범우비평판세계문학선 59-❶

적들, 어느 사랑 이야기

아이작 싱어 | 김회진 옮김

범우사

Enemies, A Love Story

by Isaac Bashevis Singer

Translation copyright ⓒ 1978 by Bumwoo Publishing Co.

Printed in Korea.

국립중앙도서관 출판시도서목록(CIP)

적들, 어느 사랑이야기 / 아이작 싱어 지음 ; 김회진 옮김.
-- 2판. -- 파주 : 범우사, 2005
  p. ;   cm. -- (범우비평판세계문학선 ; 59-1)

영어서명: Enemies, a love story
표지관제: 노벨문학상 수상작
원서명: Sonim, geshichte fun a liebe
원저자명: Singer, Isaac Bashevis
ISBN 89-08-07202-0 04840 : ₩9000
ISBN 89-08-07000-1(세트)

897.4-KDC4
839.1-DDC21   CIP2005000889

차례

이 책을 읽는 분에게 ○ 5

_제1부
　제1장 야드비가 ○ 13
　제2장 마샤 ○ 39
　제3장 타마라 ○ 68
　제4장 여정과 비애 ○ 99

_제2부
　제5장 파멸의 입김 ○ 149
　제6장 음모 ○ 173
　제7장 야드비가의 방 ○ 202
　제8장 천사와 불꽃 ○ 242
　제9장 마샤의 적 ○ 283
　제10장 이방인 ○ 310

에필로그 ○ 321
작품해설 | 유대계 작가와 아이작 싱어 ○ 323

| 이 책을 읽는 분에게 |

제2차 세계대전 후, 1950년대 이후의 아메리카 문학은 유대계 작가, 흑인작가 및 남부작가 등의 눈부신 활약을 엿볼 수 있는데, 그 중에서도 유대계 작가들의 활동이 가장 눈부셨다고 할 수 있다. 아메리카 문학을 발전시키는데 가장 큰 공헌을 했기 때문이다.

헤밍웨이(Hemingway)나 포크너(Faulkner) 등의 소위 '잃어버린 세대'(Lost Generation)의 작가들이 1960년대의 초기에 사망한 후, 아메리카 문학의 핵심을 차지한 대다수의 문인들은 아메리카 유대계의 작가들이었다. 때문에 유대계 작가들의 문학이 아메리카의 문학이라고까지 할 수 있을 것이다.

그런데 유대계든, 흑인계든, 남부계든 간에 그들은 아메리카의 사회에서 각각 어느 정도의 의미에서는 현실에 부담감을 느끼는 소외층의 베테랑들이었고, 그들의 활약이 현저했다는 것은 점차로 정돈停頓 상태를 보이기 시작한 체제에 대한 적극적 또는 소극적인 비판을 나타낸 것이라고 볼 수 있다. 그들이 전후戰後에 계속 작품을 쓰고 있는 내용은 종래와 같은 단순한 '항의 소설'이나 '문제 소설'은 아니었다. 그들의 아메리카에 있어서의 절망적 체험과 역사가 그대로 집약되었다.

그리고 메일러(Norman Mailer)가 그의 평론인 〈백인속의 흑인〉(The

White Negro)에서 전후 상황의 전개를 기점으로 제2차 세계대전에서 인류가 체험한 원폭의 출현과 나치의 강제수용소에서의 대량학살을 열거했고, 인간 개개인은 이제야말로 거대한 기구 속에서의 하나의 제로 기호와 동등하게 되었다고 언급했다. 그리고 그러한 인간 압살적壓殺的인 상황 속에서 그것과 대결하고 그것을 극복하는 능력을 가지는 힙스터들(Hipsters)의 출현을 옹호했다.

한편 그것에 대응한 것처럼 체제의 측면에 있어서도 변질적인 유동성을 띠지 않을 수 없게 되었다. 차별대우에 대한 저항 운동과 같은 양식으로 발전해 온 그들의 문학도 사회 상황에 참여하는 길과 의무를 찾아내어 20세기를 바라보게 되었다.

이러한 특징은 흑인작가들을 비롯해서 유대계 작가나 남부작가 내지는 이들의 계통에 속하지 않는 작가들도 같은 길을 걸어왔다고 할 수 있다. 특히 유대계 작가로서는 앞에서 언급한 메일러처럼 체제에 대한 반역이라는 자세를 통해서 아메리카적인 실존을 확인하려는 노력과 일보 전진해서 소외와 순응과의 사이에 가로놓인 일종의 진공지대를 고찰하는 벨로(Saul Bellow), 샐린저(Salinger), 유대인의 성性 속에 들어가서 거기서 독특한 이야기를 전개하는 맬러머드(Malamud), 그리고 맬러머드와 대조적인 로스(Roth), 골드(Gold), 싱어(Singer) 등이 있었다.

이러한 유대계 아메리카인의 활약은 문학뿐만 아니라 문학과 관계되는 학문, 예술의 분야에서도 활약했다. 국무장관으로 각광을 받은 키신저(Henry Kissinger)가 있고, 《고독한 군중》의 저자인 리스먼(David Riesman), 외교평론가인 리프먼(Walter Lippmann), 《폭력론》의 저자 어렌드트(Hannah Arendt)라는 정치철학자가 있으며, 음악계에서는 하이페츠(Jascha Heifetz), 스턴(Isaac Stern), 호로비츠(Vladimir Horowitz) 등의 명연주자들로부터 코플랜드(Aaron Copland), 거쉬윈(George Gershwin), 번슈타인(Leonard Bernstein) 등의 작곡가들을 열거할 수 있다.

　특히 유대계 소설가 중에서 동구계 아메리카의 작가였던 아이작 B. 싱어(Isaac Bashevis Singer)(1904-1991)는 동구계 유대인의 말인 이디시어(Yiddish)로 많은 작품을 발표했다. 1970년대에 주목을 받게 되었고 노벨 문학상까지 받았다.

　이번에 아메리카의 유대계 작가 중의 싱어의 작품 《적들, 어느 사랑 이야기》를 소개하게 된 것을 기쁘게 생각한다. 앞으로 아메리카의 유대계 작품들이 우리 독자들의 관심을 더욱 끌게 될 날이 머지않았음을 확신하기 때문이다.

옮긴이 씀

적들, 어느 사랑이야기

제1부

○ 제1장 야드비가

○ 제2장 마샤

○ 제3장 타마라

○ 제4장 여정과 비애

1장 야드비가

1

허먼 브로더는 잠자리에서 몸을 뒤척이며 한쪽 눈을 떴다. 그는 몽롱한 상태에서 자신이 미국에 있는지, 치브케프에 있는지, 아니면 독일의 유대인 수용소에 있는지 알 수 없었다. 그는 자신이 립스크의 다락방에 숨어 있는 건 아닌지도 생각해 보았다. 때때로 이 장소들이 모두 한꺼번에 머리에 떠오르기도 했다. 그는 뉴욕의 브루클린에 있는 것으로 알고 있는데 귓전에는 나치의 외치는 소리가 들려왔다. 그가 건초다락방 속에 깊숙이 몸을 숨기고 있을 때 독일 병사가 총검으로 그 속을 찔러 그를 끌어내리려고 했다. 총검의 칼날이 그의 머리에 닿았.

완전하게 눈을 뜨는 데는 상당한 의지의 힘이 필요했다.

"이젠 됐어."

그는 자신을 타이르듯 말하고 침대에서 일어나 앉았다. 해는 벌써 중천에 떠 있었다. 여기서 몇 번인가 야드비가는 옷을 갈아입은 적이 있었다. 침대 반대쪽 벽에 걸려 있는 거울 속에 그의 모습이 비치고 있었다

— 얼굴에는 기운이 없어 보이고, 머리에 조금 남아 있는 머리카락은 지난날 붉었지만, 지금은 마른 풀색으로 바래고 군데군데 흰머리도 섞여 있었다. 날카롭지만 온순하게 보이는 푸른 눈이 흐트러진 눈썹 아래에 자리잡고 있다. 콧대가 낮고, 움푹 들어간 볼, 게다가 얇은 입술이 있었다.

허먼은 언제나 비참할 정도로 녹초가 되어 잠에서 깨어났다. 마치 잠자기 전에 레슬링이라도 한바탕 했던 것처럼. 게다가 오늘 아침은 그의 넓은 이마에 검푸른 멍까지 들어 있었다. 그는 거기에 손을 대보았다.

'어찌된 일일까?' 하고 그는 생각했다. 꿈속에서 총검으로 두들겨 맞은 탓일까? 그렇게 생각하니 무심코 미소가 떠올랐다. 아마 간밤에 화장실에 갈 적에 선반 모서리에 부딪혔던 모양이다.

"야드비가!"

그는 잠결의 멍한 목소리로 불러 보았다.

야드비가는 문간에 모습을 나타냈다. 뺨은 빨갛고, 코는 경단처럼 동그랗고, 눈은 엷은 빛깔로 반짝이는 폴란드 여인이었다. 아마亞麻와 같은 엷은 빛깔의 머리를 뒤에서 타래로 묶어 한 개의 핀으로 매달고 있었다. 광대뼈가 튀어나오고 아랫입술이 두터운 여인이었다. 한 손에는 긴 자루가 달린 걸레, 또 다른 손에는 조그마한 물뿌리개를 들고 있었다. 미국에서는 보기 드문 빨간색과 녹색의 체크무늬 옷을 입고, 슬리퍼를 신고 있었다.

야드비가는 제2차대전 후, 허먼과 함께 독일의 수용소에서 일년을 보낸 다음 미국에 왔는데, 여기 온 지 벌써 3년이 되는데도 폴란드 시골 처녀의 신선하고도 수줍은 마음을 아직까지도 간직하고 있었다. 화장은 전혀 하지 않았다. 영어는 거의 말하지 못했다. 립스크 지방의 지방색을 몸 언저리에서 항상 풍기고 있는 듯했다. 그녀가 잠자리에 들어오면 약용식물의 냄새가 가득했다. 부엌에서는 사탕무나 감자나 당근이나, 그 밖에 꼬집어서 그 이름을 말할 수는 없지만, 아무튼 립스크의 한여름의 흙냄새를 회상케 하는 것이 언제나 끓고 있었다.

그녀는 머리를 가로저으면서 그를 상냥하게 책망했다.

"너무 늦었잖아요. 전 벌써 세탁을 하고 시장도 봐 왔는 걸요. 아침식사는 혼자서 먼저 했지만, 배가 고파서 또 먹어야겠어요."

야드비가는 폴란드의 시골 사투리로 말했다. 허먼은 그녀에게 폴란드어로, 어느 때는 이디시어로 말하는데, 그녀는 이디시어를 알지 못했다. 그는 기분이 좋을 때는 탈무드에서 성서聖書의 한 구절을 인용하여 들려주곤 했지만, 그럴 때 그녀는 말없이 듣고만 있었다.

"식세(유대인이 유대인이 아닌 여자를 부를 때 쓰는 경멸적인 의미의 표현), 지금 몇 시나 됐지?"

허먼이 물었다.

"10시가 다 되어 가요."

"그래? 그럼 옷을 입어야지."

"차 좀 들겠어요?"

"아니, 생각 없어."

"맨발로 다니지 말아요. 슬리퍼를 가져다 줄 게요. 닦아 놓은 거예요."

"또 닦았군 그래? 슬리퍼를 닦는 사람이 어디 있담."

"벌써 다 말랐어요."

허먼은 어깨를 움츠렸다.

"뭘로 닦았지? 타르로 닦았나? 당신은 여전히 립스크의 시골뜨기로군."

야드비가는 옷장에서 그의 가운과 슬리퍼를 가지고 왔다.

그녀는 허먼 브로더의 아내고 이웃 사람들도 그녀를 가리켜 브로더 부인이라고 부르지만, 그녀는 마치 그들이 아직 치브케프에 있고 지난 날처럼 허먼의 아버지인 레브 슈멜 리브 브로더의 하녀처럼 허먼을 섬기고 있었다. 허먼의 가족은 모두 나치의 대학살 때 전멸했다. 허먼만이, 그녀가 립스크의 자기 집 헛간 다락방에 숨겨 주었기 때문에 살아남을 수 있었다. 어머니의 행방은 알 길이 없었고, 허먼의 아내인 타마라에 관해서는 1945년 해방 후에 어린애들과 납치되어 총살되었다는 목격자의 증언만이 있었다. 허먼은 야드비가를 데리고 독일의 난민수용소로 도망갔다가 그 다음에 미국행 비자를 입수하고 그녀와 정식으로 결혼했다. 야드비가는 유대교로 개종할 생각이었으나, 허먼으로서는 현재 자기 자신도 믿지 않는 종교에 그녀를 끌어들인다는 것은 무의미한 일로 여겨졌다.

독일로의 지루하고 위험한 여행, 핼리팍스로의 군함을 탄 여행, 다시 뉴욕까지의 버스 여행 등은 야드비가를 너무 어리둥절하게 해서, 지금도 뉴욕의 지하철을 혼자서 타는 걸 두려워하고 있었다. 자기가 살고 있는 집에서 겨우 몇 블록 밖으로는 나가려고 하지 않았다. 사실 또 그녀는 어디론가 나가 볼 필요도 없었다. 빵, 과일, 채소, 육류(허먼은 돼지고기를 먹지 않았다), 여기에 간혹 구두와 의복 등 필요한 것은 모두 머메이드 가에서 구입할 수 있었다.

허먼이 집에 있는 날에는 두 사람이 함께 보드워크(뉴욕의 해안 산책길) 같은 곳을 산책하곤 했다. 야드비가는 허먼이 결코 도망치지 않을 테니 제발 달라붙지 말라고 몇 번이고 타일러도 언제나 그의 팔을 꼭 끼고 있었다. 그녀의 귀는 거리의 소음으로 귀머거리가 되었다. 눈앞에서 모든 것이 빙빙 돌고만 있었다. 근처 사람들이 야드비가에게 함께 바다에 가자고 권했지만, 미국으로 올 때 대서양을 건넌 이래, 그녀는 바다라면 공포에 질려 있었다. 굽이치는 파도만 보아도 그녀의 위는 메스꺼워 구역질이 날 것만 같았다.

이따금 허먼은 그녀를 브라이튼 해안의 식당으로 데리고 간 적이 있었는데, 야드비가는 고막이 터질 것 같은 고가 철도 위를 지나가는 전철의 기적 소리나 여기저기로 질주하는 자동차라든가 거리를 오가는 사람들의 소음에 적응하지 못했다. 허먼은 주소와 성명을 적은 종이 조각을 로켓(조그마한 사진, 머리카락 등, 기념물 따위를 넣어 시계 줄 목걸이에 다는 금속제의 조그마한 곽)에 넣어 길을 잃었을 때를 대비해 야드비가의 몸에 달고 다니도록 했는데, 그녀는 그런 것으로는 안심이 되지 않았다. 그녀는 문자로 된 것이라곤 무엇 하나 믿지 않았기 때문이다.

야드비가의 생활의 변화는 하느님의 섭리처럼 보였다. 허먼은 3년 동안 전적으로 그녀에게 의존하여 살아왔었다. 그녀는 음식과 물을 다락방으로 가지고 올라왔고 그가 쏟은 배설물을 가지고 내려가곤 했다. 야드비가의 여동생인 마리안나가 다락방으로 올라올 때는 언제나 야드비가가 미리 올라와서 건초다락방 속에 깊숙이 숨도록 허먼에게 경고했었다. 여름철에 새로 벤 건초가 들어올 때는, 그녀는 허먼을 지하 감자저장실에 숨겼다. 이렇듯 그녀는 늘 어머니와 여동생을 위기에 처하게 했다. 왜냐하면, 만일 유대인을 숨기고 있다는 사실이 나치에게 발견되면, 세 여인들은 당장 총살당하고, 마을도 역시 불태워질 게 틀림없었기 때문이다.

현재 야드비가는 브루클린에 있는 아파트의 위쪽 층에 살고 있었다. 두 개의 훌륭한 방과 거실, 욕실, 냉장고와 가스렌지가 딸린 부엌이 있다. 전화도 들어와 있어서, 허먼은 책을 팔러 나갔을 때 바깥에서 전화를 건다. 허먼이 출장 나간 곳이 아무리 멀더라도 전화로 목소리를 들으면 야드비가는 안심했다. 기분이 좋을 때 허먼은 전화에다 대고 그가 좋아하는 노래를 부르는 때도 있었다.

아, 만일 어린애가 생긴다면
하느님께 감사를 드립시다.
어린애를 달랠 땐 뭐가 좋을까요?
아래쪽 거리의 눈雪 위에
대야가 하나 떨어져 있어요.
저 대야 속에 어린애를 집어넣고
노래를 불러 달래 줍시다.

아, 만일 어린애가 생긴다면
빈자貧者인 하느님께 감사를 드립시다.
어떤 배내옷을 입히면 좋을까요?
당신의 소중한 앞치마로,
아니면 내 목도리로
그 어린애를 포근히 감싸 줍시다.
추위에 감기 걸리지 않도록.

그러나 그 노래는 단순한 노래에 지나지 않았다. 허먼은 야드비가가 임신하지 않도록 조심했다. 어린애를 엄마 품에서 떼어 놓고 총살하는 이러한 세상에서는 어린애를 낳을 권리마저 누릴 수 없는 노릇이었다. 또한 그 아파트에서는 어린애를 갖지 않았다. 그것은 마치 나이가 많은 마을 아낙네들이 아마亞麻를 짜거나 새털을 뜯거나 하면서 들려주는 동화에 나오는 마법에 걸린 궁전처럼 생각되었다. 벽의 단추를 누르면 불이 켜졌다. 찬물이나 더운물이 수도꼭지에서 쏟아져 나왔다. 손잡이를 돌리면 불꽃이 생겨 요리를 할 수 있었다. 벼룩이나 이가 득실거리지 않도록 몸을 씻는 것도 방 안에서 할 수 있었다. 그리고 저 라디오! 허먼은 아침이나 밤이나 폴란드어의 방송에 다이얼을 맞추어 놓았기 때문에 폴란드의 민요나 마즈르카나 폴카를 들을 수 있었다. 일요일에는 목사의 설교를 들을 수 있고, 볼셰비키파의 손에 넘어갔다고 보도하는 폴란드의 뉴스도 들을 수 있었다.

야드비가는 글을 쓰거나 읽을 줄을 몰랐다. 그러나 허먼은 그녀 대신으로 편지를 써서 그녀의 어머니나 여동생에게 보내곤 했다. 상대편에서 마을 교사가 대필한 답장이 오면, 허먼은 그것을 그녀에게 읽어 주었다. 머나먼 미국 땅에서 립스크 마을의 향수를 달래기 위해 곡류의 종자나 사과나무 잎이나 작은 들국화 따위를 마리안나는 답장 봉투 속에 넣어 보내는 적도 있었다.

실제로 이 머나먼 이국땅에서 허먼은 야드비가에게는 남편이자 오빠이고 아버지이자 하느님이었다. 그녀는 허먼의 아버지 집에서 하녀 노릇을 하던 때부터 허먼을 사랑했었다. 그녀는 외국에서 그와 살아보니, 허먼의 가치에 대한 자기의 신뢰가 얼마나 옳았는가를 다시 깨닫게 되었다. 그는 이 세상을 어떻게 살아 나가면 좋은지를 알고 있었다 — 전철이나 버스도 탈 수 있고, 책이나 신문도 읽을 수 있었다. 돈을 벌 수도 있었다. 그녀에게 무언가 필요할 때는 허먼에게 말만 하면 해결이 되었다. 말이 떨어지기가 무섭게 그가 사 가지고 오거나, 배달인이 가져다 주기 때문이었다. 야드비가는 허먼이 가르쳐 준 대로 조그마한 동그라미를 셋 그려서 사인을 대신했다.

5월 17일, 그녀의 이름이 지어진 기념일에 허먼은 여기서 앵무새라고 부르는 새 두 마리를 사 들고 왔었다. 노란색이 수컷, 파란색이 암컷이었다. 야드비가는 아버지와 여동생의 이름을 따서 오이터스와 마리안나라고 명명했다. 그녀는 어머니하고는 사이가 나빴다. 야드비가의 아버지가 죽은 후, 그녀의 어머니는 재혼을 했는데, 이 의부는 의붓자식들을 마구 때렸다. 야드비가가 집을 뛰쳐나와 유대인의 하녀 노릇을 하게 된 것도 그 때문이었다.

허먼이 좀더 오래도록 집에 있어 주기만 했다면, 매일 밤 집에서 잠을 자 주기만 했다면 야드비가는 얼마나 행복했을까? 하지만 허먼은 책을 팔러 밖으로 나가야만 했다. 그가 집을 비울 때는, 야드비가는 도둑이 들어오거나 이웃사람이 들어오지 못하도록 입구 문짝에 쇠사슬을 걸어 놓고, 집 안에 틀어박혀 있었다.

같은 아파트에 사는 늙은 아낙네들은 러시아어, 영어, 이디시어 따위의 뒤범벅된 말로 야드비가에게 말을 걸었다. 그녀에게 어디서 왔으며 남편이 무얼 하는가를 탐색하려고 했다. 허먼은 되도록 그들에게 말을 적게 할 것과, '미안해요, 지금 바쁩니다'라고 영어로 대답하도록 그녀에게 가르쳐 주었다.

2

목욕탕에 물이 가득 찰 동안, 허먼은 수염을 깎았다. 그의 수염은 빨리 자라는 편이었다. 하룻밤 사이에 그의 볼은 강판처럼 까칠까칠해졌다. 그는, 욕실 캐비닛 곁면에 달려 있는 거울 앞에 섰다. 그는 키가 크고 날씬한 체구이고, 얄팍한 가슴에는 털이 뭉쳐서 돋아 있었다. 아무리 먹어도 살이 찌지 않았다. 갈비뼈가 드러나고 견갑골肩胛骨 언저리는 물이 괼 듯이 움푹 들어갔다. 결후結喉는 자신의 의지로 그러는 것처럼 상하로 움직였다. 몸 전체가 피로에 지쳐 있었다. 그곳에 서서 그는 머릿속으로 공상하기 시작했다. 나치가 힘을 회복하여 뉴욕을 점령한다. 허먼은 화장실에 숨는다. 야드비가는 문짝을 칠하여 벽과 구별할 수 없게 만들어 버린다.

"어디에 앉을까? 변기 위가 좋겠군. 욕조 속에서 잠을 자야지. 아니, 너무 짧을까?"

그는 여유 있게 등을 펼 수 있는지 어떤지 타일을 깐 바닥을 바라보았다. 대각선상으로 눕는다 해도 무릎을 구부려야만 했다. 하나 최소한 햇볕과 공기는 있다. 앞뜰을 향해 열린 창문이 있었기 때문이다.

허먼은 그의 생존을 위해서는 야드비가가 매일 얼마만큼의 식료품을 그에게 가져다 줄 수 있을 것인지 계산해 보았다. 감자 두서너 개, 빵 한 장, 치즈 한 조각, 식물성 기름 한 스푼, 여기에 비타민제 한 알을 이따금씩 포함했다. 일주일에 기껏해야 1달러나 1달러 50센트 정도였다. 여기는 책도 있고 종이도 있다. 립스크의 피신처에 비한다면 천국과도 같다. 탄알을 잰 권총이나 기관단총을 여기에 가져다 둘 수도 있다. 만일 나치가 덮친다면 권총을 난사하고 최후의 한 발은 나를 위해 남겨 둬야지.

욕조에 더운물이 넘치고 욕실은 온통 증기로 가득 찼다. 허먼은 다급히 수도꼭지를 잠갔다. 한낮의 꿈은 강박관념으로 탈바꿈하고 있었다.

그가 욕조에 몸을 담그자마자 야드비가가 문을 열었다.

"여기 비누를 가져 왔어요."

"남은 게 있는데."

"향수비누예요. 맡아보세요. 값도 아주 싸요."

야드비가는 우선 자신이 냄새를 맡고 나서 그에게 주었다. 그녀의 손은 시골 여인의 손이었다. 립스크 마을에서 그녀는 씨를 뿌리고 거둬들이고 탈곡하고 감자를 심었다. 장작을 자르고 패기까지 했다. 브루클린에 와서는 이웃 아낙네들이 갖가지 화장수를 주곤 했는데, 아무리 바르고 또 발라도 야드비가의 손은 옹이(굳은살)가 풀리지 않았다. 종아리는 사내처럼 건장하고 단단했다. 하지만 몸의 다른 부분은 여자답고 매끄러웠다. 유방은 탄력이 있으면서 하얗고, 입술은 윤기가 흘렀다. 서른셋이라는 나이보다 훨씬 젊게 보였다.

해가 떠서 잠자리에 들기까지 야드비가는 일손을 멈추지 않았다. 반드시 뭔가 해야 할 일을 찾아내곤 했다. 아파트는 바다에 가깝지만, 창문에는 노상 먼지가 날아 들어왔다. 온종일 야드비가는 씻고 닦고 문지르고 했다. 허먼은 그의 어머니가 야드비가의 부지런함을 노상 칭찬하던 일을 되새기기도 했다.

"비누칠 해 줄게요."

야드비가가 말했다.

그는 이제까지 혼자 있는 줄로만 알고 있었다. 이곳 브루클린에서 어떻게 나치로부터 도망치느냐는 공상을 한창 하고 있는 중이었다. 창문을 독일인에게 발견되지 않도록 위장하는 것도 그럴싸한 발상이다. 허나, 어떤 식으로 하면 좋지?

야드비가는 그의 등과 팔, 허리를 밀기 시작했다. 그는 그녀에게 어린애를 기르는 데 만족감을 주지 못하고 있었으므로 자기 자신이 어린애 역할마저도 수행해야만 했다. 그녀는 그를 달랬고 또 함께 놀았다. 그가 외출할 적마다 집으로 돌아오지 않는 게 아닐까, 넓은 미국의 혼란과 광막함 속에서 미아가 되지는 않을까 하고 걱정했다. 무사히 돌아올 때마다 기적처럼 여겨졌다. 오늘 야드비가는 그가 필라델피아로 가서 1박 한다는 걸 알고 있었다. 허나 어쨌든 아침식사만은 함께 먹어 줄 것이다.

커피와 빵을 굽는 냄새가 부엌에서 풍기고 있었다. 야드비가는 양귀비 씨를 곁들인 빵을 어떻게 하면 치브케프 마을 사람들이 만드는 것처럼 맛있게 만들 수 있을까를 궁리했다. 그 밖에 여러 가지로 그가 좋아하는 맛있는 음식을 만들었다. 경단, 보르시치(빨간 순무를 주재료로 하고 양배추, 고기 등을 넣어 만든 러시아식 수프)를 곁들인 무교병無酵餠(유대인이 유월절에 먹는 빵으로 이스트를 넣지 않고 굽는다), 우유를 넣은 기장, 소스를 끼얹은 그로츠(거칠게 빻은 밀가루로 만든 음식) 등을 만들었다.

그녀는 날마다 와이셔츠를 다리고, 내의나 양말을 언제라도 입고 신을 수 있도록 해두었다. 그녀는 그를 위해 힘껏 일하고 싶었으나 그에게는 별로 쓸모가 없었다. 집보다는 밖에서 보내는 시간이 훨씬 많았기 때문이다. 그녀는 그에게 말도 걸고 싶었다.

"몇 시에 기차가 출발하죠?"

그녀가 물었다.

"2시."

"어젠 3시라고 말했잖아요."

"2시 조금 지나서야."

"그 도시는 어디에 있죠?"

"필라델피아를 말하는 거야? 그야 미국 안에 있지, 뭘."

"멀어요?"

"립스크로부터는 아주 멀지만, 여기선 기차로 몇 시간이지."

"누가 책을 사고 싶어하는지 어떻게 알아내죠?"

허먼은 신중하게 대답했다.

"잘 모르지만 구입할 사람들을 찾아내는 거야."

"그러면 왜 여기서는 팔지 않아요? 여기도 사람이 북적거릴 정도로 많은데."

"코니 아일랜드에서? 여긴 책을 읽기 위해서가 아니라 팝콘을 먹으러 모여드는 곳이야."

"어떤 책들을 팔죠?"

"그야 가지각색이지. 다리를 놓는 법에 관한 서적, 정치 문제에 관한 책, 노래책, 소설류, 히틀러의 생활 등 —."

야드비가는 진지한 표정이 되었다.

"그런 녀석에 관한 책을 쓰는 사람도 있나요?"

"있구말구, 별의별 녀석에 관한 책이 다 있지."

"어머나, 당치도 않는!"

야드비가는 부엌으로 들어갔다. 잠시 후 허먼도 뒤따라 들어갔다. 그녀가 새장 뚜껑을 열었기 때문에 앵무새는 온 방 안을 날아다니고 있었다. 오이터스는 허먼의 어깨 위에 앉았다. 그리고 허먼의 귓불을 쪼아대고, 그의 입술이나 혀끝에 묻은 빵 찌꺼기를 쪼아 먹었다. 허먼은 목욕을 하고 말끔히 면도를 하고 나니, 훨씬 젊어 보여 야드비가는 놀랐다. 그녀는 따뜻한 롤빵과 흑빵, 오믈렛, 거기다 우유를 넣은 커피를 내놓았다. 그녀는 허먼이 많이 먹도록 애를 썼지만, 그는 별로 먹지 않았다. 롤빵 모서리를 조금 씹어 보기만 하고 그냥 곁에 놓아두었다. 단지 오믈렛을 먹었을 뿐이다. 그의 위는 전쟁 동안에 확실히 오므라들었다. 야드비가는 그가 절식하고 있던 일을 다시 생각했다. 바르샤바 대학에서 공부를 하고 고향 집으로 돌아올 적마다 그는 먹는 걸로 어머니와 다투곤 했었다.

야드비가는 걱정스럽다는 듯이 머리를 흔들었다. 그는 씹지도 않고 삼켰다. 2시까지는 아직 시간이 충분한데도 시계만 자꾸 들여다보았다. 언제라도 뛰어나가려고 하는 듯이 의자 끝에 앉아 있었다. 눈은 벽 너머로 응시하고 있는 것 같았다.

그는 별안간 쾌활하게 말했다.

"오늘 저녁은 필라델피아에서 먹게 될 거야."

"누구하고요? 혼자서?"

"혼자가 아냐. 시바의 여왕女王과 함께 할 거야. 내가 단순한 책장수가 아니라는 건, 당신이 랍비의 마누라가 아닌 것과 마찬가지야. 난 아직도 그 엉터리 랍비를 위해서 일을 하고 있잖아 — 그가 없다면 우린 지금쯤 굶어 죽었을 거야. 브롱크스의 여인은 스핑크스이기도 했지. 당신들 세 사람은 지금도 내 마음에 걸려 있는 마법 같은 것이야."

"알 수 있게 얘기 좀 해요."

"알아서 뭘 하려고? '알면 알수록 괴로움은 깊어진다'라고 〈전도서〉에서도 말하고 있지. 여기서는 아니지만, 알게 될 거야. 마음에 걸리는 일을 그대로 내버려 둔다는 것은 정신 건강상 좋지 않기 때문에 —".

"커피 더 드시겠어요?"

"응, 더 줘."

"신문에는 무슨 기사가 나와 있어요?"

"휴전한 모양인데, 오래 계속되지는 않을 거야. 이내 또 전쟁을 시작하겠지 — 그 어리석은 녀석들! 아무리 전쟁을 해도 싫증이 나지 않는다니 말이야."

"어딘데요?"

"한국이나 중국이지."

"히틀러가 살아 있다고 라디오에서 방송하더군요."

"히틀러 한 놈 죽어도 몇 백만이라는 대행자가 나타나게 마련이야."

야드비가는 잠시 말이 없었다. 그러다 빗자루에 기댄 채 입을 열었다.

"아래층에 살고 있는 백발노인이, 저도 공장에서 일을 하면 일주일에 25달러는 벌 것이라고 하더군요."

"일하고 싶어?"

"혼자 집에 남아 있으면 외로워요. 하지만 이 근처엔 공장이 없어요. 가깝다면 바로 일할 수 있는데."

"뉴욕에서는 가까운 곳엔 아무것도 없어. 지하철을 타거나, 방에 웅크리고 있거나 어느 한쪽이야."

"영어도 모르고 말이에요."

"영어 학교에 다니지, 뭘. 원한다면 등록시켜 줄게."

"알파벳을 모르면 받아 주지 않는다고 그 노파가 말하던데요."

"내가 가르쳐 주지."

"언제요? 좀처럼 집에 있지도 않으면서."

그는, 그녀의 말이 옳다는 것을 알았다. 게다가 야드비가의 나이로서는 공부를 시작한다는 게 쉬운 일도 아니었다. 사인 대신에 동그라미 세 개를 그려야 할 때, 그녀는 식은땀이 흐르고 얼굴이 붉어졌다. 간단한 영어 단어마저 제대로 발음할 수 없었다.

허먼은 그녀의 폴란드 사투리를 대충 이해할 수 있지만, 종종 밤에 흥분했을 때 무심코 지껄이는 그녀 마을의 속어는 전혀 알아들을 수 없었다—그는 전에 그 말들을 들은 적이 없었기 때문이다. 이교도(이 책에서의 '이교도' 나, '이방인' 은 유대교가 아닌 종교를 믿는 사람을 뜻함) 시대로부터 내려오는 민속民俗의 낡은 말인 탓일까? 허먼은, 오랫동안 쌓아올려 온 민족의 혼이 사람의 일생 가운데 응축되어 있음을 깨닫고 있었다. 유전자는 지나간 시대의 일까지 기억하고 있는 것 같았다. 오이터스나 마리안나마저 앵무새의 조상으로부터 이어받은 말을 지껄이고 있는 것처럼 보였다. 앵무새들은 분명히 말을 주고받고 있으며, 어느 순간 같은 방향으로 나란히 날아가는 것은 서로의 마음속을 알고 있다고 생각할 수밖에 없었다.

허먼에게는 자기 자신이 수수께끼였다. 그는 자기가 몰두하고 있는 세계에 미쳐 있었다. 그는 사기꾼이었다. 무법자였다. 위선자였다. 그 자신이 랍비 램퍼트를 위해 쓴 설교는 불성실하고 모멸적이었다.

그는 몸을 일으켜 창가로 갔다. 두서너 블록 떨어진 곳에서는 파도가 굽이치고 있었다. 보드워크나 서프 가에서는 코니 아일랜드의 여름 아침의 술렁거리는 소리가 들려왔다. 그러나 머메이드 가와 넵튠 가 사이의 샛길은 죽은 듯이 조용하기만 했다. 산들바람이 불었다. 두서너 그루의 나무가 거기서 자라고 있었다. 나뭇가지에서는 작은 새들이 지저귀고 있었다. 상한 생선 냄새와 뭐라 설명하기 어려운 부패물의 악취가 풍겼다. 허먼이 창에서 머리를 내밀고 바라보니 항구 안에 버려진 파선의 잔해가 눈에 띄었다. 굴이 반은 살고 반은 태고太古의 잠에 든 채 거스러미가 일어난 선체에 찰싹 달라붙어 있었다.

　허먼은, '커피가 식어요. 테이블로 오세요!' 하고 나무라듯이 말하는 야드비가의 목소리를 들었다.

3

　허먼은 아파트를 나와 계단을 뛰어 내려갔다. 재빨리 떠나지 않으면 야드비가가 불러들일지도 몰랐다. 그녀는 그가 집을 나설 때마다 마치 나치가 미국을 지배하고 있어 그의 생명이 위기에 닥친 것처럼 말하며 떠나보내곤 했다. 그의 볼에 자신의 볼을 대고 차를 조심하고, 밥을 제때에 먹고, 반드시 전화를 하라고 부탁하는 것이었다. 그녀는 개와 같은 충성심을 가지고 그에게 매달렸다. 허먼은 곧잘 그녀를 놀려대면서 '바보 안주인'이라고 부르기도 했지만, 그녀가 그에게 온갖 정성을 다해 준 일은 결코 잊지 않았다. 그가 허위 투성이가 된 생활을 하는 것과 같은 정도로 그녀는 솔직하고 신뢰할 수 있었다. 그럼에도 그는, 낮이나 밤이나 그녀와 함께 있을 수는 없었다.

　그들이 살고 있는 아파트는 낡은 건물이었다. 건강을 위해 신선한 공기가 필요한 가난한 노인들이 자리잡고 있었다. 그들은 가까운 유대인 교회에 가서 기도를 올리고 이디시어 신문을 읽었다. 무더운 날엔 벤치나 의자를 노상에 내놓고, 태어나서 자라난 고국의 얘기, 미국 태생의 자식이나 손자들에 관한 얘기, 1929의 월 스트리트의 공포에 관한 얘기, 사라토가 온천의 한증탕이나 비타민이나 광천수의 효험 등에 관한 얘기를 서로 주거니 받거니 하고 있었다.

이따금 허먼은 이 유대인들과 가까이 하고 싶은 생각도 있지만 자신의 생활의 난맥상을 생각할 때 그것도 망설이지 않을 수 없었다. 흔들리는 계단을 서둘러 내려가서 아는 사람에게 붙잡히지 않도록 빠른 걸음으로 거리로 나섰다. 랍비 램퍼트의 일을 돕는 출근시간이 늦었다.

허먼의 사무실은 4번가 근처의 23번가 빌딩 안에 있었다. 스틸웰에 있는 지하철 입구에는 머메이드 거리에서나, 넵튠 거리에서나, 서프 거리에서나, 또는 보드워크에서도 걸어갈 수 있었다. 어느 거리나 그 나름대로 재미가 있지만, 오늘 그는 머메이드 거리를 걷기로 했다. 여기에는 동유럽의 분위기가 감돌고 있었다. 유대교 대축제일의 가수나 목사나, 좌석의 가격 따위를 적은 지난 해 포스터가 아직도 남아 있었다. 식당에서는 치킨수프라든가 카샤(메밀가루로 만든 죽)라든가 다진 레바(간) 따위의 요리 냄새가 흘러 나왔다. 빵집에는 롤빵과 계란과자, 스트루델(과일이나 치즈를 밀가루 반죽으로 싸서 구운 요리), 양파빵 등을 팔고 있었다. 가게 입구에서는 여인들이 딜로 양념한 피클 통에 떼지어 모여 있었다.

허먼은 식욕이 없을 때도 나치 시대의 굶주린 경험으로 음식을 보기만 하면 군침이 돌았다. 햇살은 오렌지, 바나나, 버찌, 딸기, 토마토 바구니에 넘쳐 있고, 이곳에서 유대인은 활개를 펴고 살고 있었다. 큰 거리나 샛길에도 히브리어 학교가 간판을 내걸고 있었다. 이디시어를 가르치는 학교까지도 있었다. 걸으면서 허먼은 나치가 쳐들어왔을 때 숨을 장소를 눈으로 찾았다. 은행이 근처에 은신처라도 파 주지는 않을까? 교회의 탑 속으로는 숨을 수 없을까? 빨치산(유격전을 수행하는 비정규군 요원. 게릴라guerrilla와 같은 뜻임)에 참가해 본 적은 없지만, 지금이라면 어디서 적을 쏘아 죽일 수 있을까를 그는 생각해 보았다.

스틸웰 거리에서 오른쪽으로 구부러졌을 때 팝콘의 고소한 냄새가 바람에 묻혀 불어 왔다. 호객꾼들이 지나가는 사람들을 유원지에서 하는 쇼에 끌어들이기 위해 선전하고 있었다. 회전목마나 사격장이 있고, 50센트로 죽은 사람의 영혼을 불러내는 영매靈媒 따위도 있었다. 지하철 입구에는 둔한 눈초리의 이탈리아인이 떠들썩하게 큰 소리를 되풀이하면서 긴 칼을 강철봉에 마구 두드리고 있었다. 솜사탕과 콘에 넣으면 바로 녹는 소프트크림을 팔고 있었다. 보드워크의 반대쪽에서는 벌거벗은 사람들 건너편에서 바다가 반짝이고 있었다. 그 색조色調, 풍부함, 자유로움은 너절하고 값싼 것이지만 볼 때마다 허먼을 놀라게 했다.

지하철로 내려가자 승객들이 열차에서 쏟아져 나왔다. 그 대부분은 젊은이들이었다. 유럽에서 허먼은 이렇게도 열광적인 표정을 짓고 있는 인간들을 본 적이 없었다. 이곳의 젊은이들은 육체적 고생보다는 쾌락에 사로잡힌 육욕의 노예처럼 보였다. 그들은 양 떼와 같이 외치면서 서로 밀치며 뛰어갔다. 대부분이 검은 눈과 좁은 이마와 곱슬머리의 젊은이였다. 이탈리아계, 그리스계, 푸에르토리코계의 젊은이들이었다. 허리폭이 넓고 가슴이 크고 키가 작은 여인들이 도시락이나 모래 위에 까는 담요와 선탠로션, 비치파라솔 따위를 가지고 지나갔다. 그들은 낄낄대면서 껌을 씹었다.

허먼은 고가철도행의 홈에 다다랐고 열차는 바로 도착했다. 문이 열리자 열풍이 느껴졌다. 환풍기가 신음하듯 소리를 내고 있다. 조명에 눈이 부셨다. 신문지나 땅콩 껍질이 불그스름한 갈색으로 퇴색한 시멘트 바닥에 흩어져 있고, 몇 사람의 손님이 반라의 흑인 소년을 옛날의 우상승배와 같은 모습으로 발목 곁에 무릎을 꿇어 앉혀 놓고 구두를 닦이고 있었다.

　허먼은 열차 안 좌석 위에 떨어져 있는 이디시어 신문을 집어서 표제를 읽었다. 기자의 질문에 스탈린이 공산주의와 자본주의는 공존할 수 있다고 대답하고 있었다. 중국에서는 장제스蔣介石와 공산군 사이에 전쟁이 벌어지고 있었다. 신문의 2면에서는 망명자가 마자네크나 트레블링카나 아우슈비츠의 공포에 관한 기사가 있었다. 도망친 목격자가 랍비, 사회주의자, 자유주의자, 목사, 유대건국주의자, 무정부주의자 등이 북北 러시아의 강제노동 수용소에서 금광을 파다가 굶주림과 각기병으로 죽어 갔음을 말하고 있었다. 허먼은 그러한 종류의 공포는 이미 잊어 버린 것으로 생각하고 있었다. 그러나 그 새로운 사실은 그에게 충격을 주었다. 그 기사는 이 세상의 왜곡을 바로잡기 위한 정의와 평등에 입각한 기구가 가까운 장래에 수립될 것이라는 희망적 관측으로 매듭지었다.

　"흠, 이 세상의 왜곡을 바로잡을 수 있으리라고 생각하고 있는 걸까?"

　허먼은 그 신문을 바닥에 떨어뜨렸다. '보다 좋은 세계'라든가, '보다 새로운 내일'이라든가 하는 틀에 박힌 문구는 하느님에 대한 반역처럼 생각되었다. 그런 따위의 문구가 아직도 뿌리 깊이 살아 있는 걸 느낄 적마다 분노가 치솟아 올랐다.

　"그러나 내가 뭘 할 수 있단 말인가? 악마를 도와주고 있을 뿐이다."

　허먼은 손가방을 열고 서류를 꺼내 읽고 메모를 했다. 그의 생계 방식도 또한 기묘한 것이었다. 그는 랍비의 설교 초안을 만드는 유령작가가 되었다. 그도 역시 에덴동산의 '보다 좋은 세계'를 사람들에게 줄곧 약속해 왔다.

　허먼은 읽으면서 눈살을 찌푸렸다. 데라(아브라함의 아버지로 우상을 만들어 파는 사람이었음)가 우상을 팔았듯이 랍비는 하느님을 팔고 있었다.

허먼의 단 한 가지 구제는 랍비의 설교를 듣거나, 그의 기사를 읽거나 하는 것이 그저 어지간한 대중이라는 점이었다. 현재의 유대주의에는 단 하나의 목적밖에 없었다. 이교도의 흉내를 내는 일이었다.

지하철 차량의 문이 열렸다 닫혔다 할 적마다 허먼은 얼굴을 쳐들었다. 뉴욕에 나치가 있다는 건 의심할 여지가 없었다. 유엔은 75만 명의 '소小나치'의 대사大赦를 선언하고 있었다. 살인자들을 재판한다는 약속은 애초부터 부도어음이었다. 누가 누구에게 선고를 내린단 말인가? 그들에게 정의가 있을 리 만무했다. 자살할 용기도 없어서 허먼은 눈을 가리고 귀를 틀어막고 마음을 닫고 한낱 벌레처럼 살아야만 했다.

허먼은, 유니언 스퀘어에서 보통 전차로 갈아타고 23번가에서 내려야 했다. 그러나 허먼이 깨달았을 때 열차는 이미 34번가에 다다르고 있었다. 반대 방향의 열차를 타기 위해 계단을 올라가서 변화가 방향으로 가는 전차를 탔는데, 이번에도 또 지나쳐 커낼가街까지 가고 말았다.

지하철의 승차 착오, 물건을 두고 내리는 것, 원고나 책이나 노트의 분실 등과 같은 건망증이 저주처럼 허먼에게 붙어 다녔다. 그는 노상 주머니에 손을 집어넣고 잃어버린 물건을 찾고 있었다. 만년필이나 선글라스가 자주 없어졌다. 돈지갑이 사라졌다. 자신의 전화번호가 머리에서 사라져 버렸다. 우산을 사서는 그날로 잃어버리곤 했다. 덧신을 신고 집을 나섰는데도 몇 시간 만에 잃어버리기가 일쑤였다. 마귀새끼나 유령이 장난을 치고 있는 건 아닐까 하는 생각마저 들었다. 결국 그는 랍비의 소유로 되어 있는 빌딩 안의 자기 사무실에 다다랐다.

4

랍비 밀턴 램퍼트는 특정한 청중을 가지고 있지 않았다. 그는 이스라엘의 히브리어 신문에 기고했으며, 미국과 영국의 유대 잡지에 원고를 쓰고 있었다. 또 몇 군데 출판사와 책을 낼 계약도 맺고 있었다. 교회나, 때로는 대학에서도 강연을 요청하는 경우가 있었다. 랍비는 스스로 공부하거나 원고를 쓰거나 할 시간이나 인내력도 가지지 못했다. 그는 극히 현세적인 방식으로 재산을 비축하고 있었다. 여섯 개 가량의 요양소를 가지고 있고, 버러 파크나 윌리엄스부르크에 아파트를 가지고 있으며, 몇 백만 달러의 수입이 있는 건축회사의 주주이기도 했다. 리갈 부인이라고 하는 나이가 지긋한, 그리고 자기 일에 별로 충실치 못한 비서를 고용하고 있으며, 한 번 헤어졌던 아내와 다시 살고 있었다.

랍비는 허먼이 하는 일을 '조사調査'라고 부르지만, 사실은 랍비의 이름으로 책을 쓰고, 잡지 원고를 쓰거나 강연 초안을 대필하는 일이었다. 허먼이 그것들을 히브리어나 이디시어로 쓰고 누군가가 영역하고 제3자가 편집했다.

어언 수년 동안, 허먼은 랍비 램퍼트를 위해 일을 하고 있었다. 랍비는 둔감하고, 온순하고, 감정적이고, 교활하고, 난폭하고, 순진했다. 미리 작성된 원고에 약간 자기의 의견을 곁들이는 경우도 있었는데, 토라(유대교의 율법. 즉 모세의 오경을 가리킴)에서 인용할 때는 오류를 범하기도 했다. 그는 증권 거래소나 경륜이나 경마에도 손을 대어 번 돈을 갖가지 자선사업에 기부했다. 1미터 80센티 이상이나 되는 장신이며 배가 나오고 체중은 100킬로그램이 넘었다. 스스로 돈 환인 체 거드름을 피우고 있지만 여자들에게는 별로 인기가 없었다. 아직도 진실한 사랑을 찾아 헤매는 모습을 보면, 자신도 우스꽝스럽다고 생각했다. 애틀랜틱 시티의 어느 호텔에서는 여주인에게 뺨을 맞은 적도 있었다. 지출이 수입을 웃돌았고—면세를 위한 회답에 그는 그렇게 보고했다 — 새벽 2시에 잠자리에 들어 7시에는 일어났다. 1킬로그램에 가까운 스테이크를 먹고, 하바나의 잎담배를 피우고, 샴페인을 마셨다. 혈압은 위험할 정도로 높아 의사로부터 심장병의 경고를 받았지만, 64세인데도 조금도 체력이 쇠퇴하지 않아 '다이내믹한 랍비'라는 별명까지 붙었다. 또 전시에는 군목으로서 대령까지 진급했었다고 허먼에게 자랑하기도 했었다.

허먼이 사무실에 들어서자마자 전화 소리가 났다. 수화기를 들어 보니 랍비의 묵직하고도 낮은 목소리가 들려왔다.

"도대체 어디 갔다 온 거야? 초고를 오늘 아침까지 가져오기로 돼 있었는데 말이야! 애틀랜틱 시티의 연설 원고는 어디 있는 거야? 이 연설이 성공하지 않으면 난처하게 된단 말이야. 그리고 왜 하필이면 전화도 없는 집으로 이사했지? 일을 맡은 이상 쥐새끼처럼 구멍 속에 틀어박혀 있으면 곤란하지 않은가. 언제까지나 시골뜨기여서는 안 돼. 여긴 치브케프가 아냐, 뉴욕이란 말이야. 미국은 자유의 나라야. 숨어 살 필요는 없지. 돈을 벌려고 나쁜 짓을 꾀하지 않는 이상 말이야. 더 이상 되풀이하지 않겠는데, 전화를 달지 않으려면 내 일을 그만두게나. 거기 기다리고 있으라구! 지금 갈 테니까. 잠깐 할 말이 있네."

랍비 램퍼트는 이렇게 말하고 전화를 끊었다.

허먼은 작은 글자로 연설문을 빨리 쓰기 시작했다. 처음 랍비를 만났을 때, 그는 자신이 폴란드의 시골 여성과 결혼했다는 사실을 숨겼다. 다만 현재 홀아비 생활을 하고 있는데, 가난한 폴란드인 집의 빈 방에 세 들어 있다고 말했었다. 거긴 삯바느질을 하는 집인데 전화가 없다는 말도 해두었다. 그러니까 브루클린에서의 허먼의 전화는 야드비가 프락츠의 명의로 등록되어 있었다.

랍비는 그 바느질 집을 방문해도 좋으냐고 여러 차례나 허먼에게 물었었다. 그는 캐딜락을 타고서 빈민가를 돌아보는 것도 특수한 기쁨을 맛볼 수 있다고 생각했다. 자신의 상당한 체격과 고급양복이 풍기는 효과도 즐겨보고 싶었다. 실업자에게 직업을 알선해 주거나, 자선사업 단체에 소개장을 써 주기도 하여 빈곤한 사람들을 도와주는 일도 해보고 싶었다. 그런 성품이었으므로 허먼은 랍비의 내방을 허용하기가 난처했다. '바느질 집' 주인은 너무 내성적인데다 수용소 생활로 정신에 이상이 생겼기 때문에 랍비를 집 안으로 들어오지 못하게 할 것이라고 설명했다. 또 '바느질 집' 마누라는 절름발이고, 부부 사이에는 어린애가 없다고 말해 두었다. 랍비는 각별히 딸이 있는 집을 좋아했기 때문이다.

랍비는 몇 번이나 그에게 이사를 하도록 권했었다. 결혼의 이야기까지 꺼냈었다. 허먼은 그 바느질 집 노인이 치브케프에서 자기의 생명을 구해 준 은인인데 지금 그가 집세로 지불하는 몇 달러의 돈이나마 필요한 처지라고 말했다. 한 가지 거짓말이 자꾸만 늘어나서 다음 거짓말을 유도해 냈었다. 랍비는 (다른 종교나 종족 사이의) 중혼重婚을 반대했다. 허먼은 여러 차례 '이스라엘의 적敵'과 결혼하지 말라고 랍비를 대신해 원고를 쓴 적도 있었다.

허먼의 행동은 조리가 맞지 않았다. 유대주의나, 미국의 법률이나, 도덕에 대해 죄를 범하고 있었다. 랍비뿐만 아니라 마샤까지도 속이고 있었다. 하지만 그 외에 어떻게 할 도리가 없었다. 야드비가의 어리숙함이 도리어 그의 마음을 괴롭게 했다. 그녀와 얘기할 때는 몹시 고독했다. 마샤는 마샤 나름대로 매우 복잡하고 완고하고 신경질적이기 때문에 그녀에게 사실 그대로를 얘기할 수도 없었다. 야드비가와의 사이는 식어 버렸고, 마샤가 남편인 레온 토트샤이너와 헤어지는 즉시, 그도 역시 야드비가와 헤어지겠노라고 엄숙하게 맹세했다.

허먼은 묵직한 발소리를 들었고 랍비가 문을 열었다. 그의 체격은 가로 세로가 다같이 크기 때문에 방의 입구도 간신히 통과할 정도였다— 붉은 얼굴, 두툼한 입술, 매부리코, 퉁방울 눈의 남자였다. 밝은 빛깔의 셔츠를 입고 황색 구두를 신고, 황금색 무늬가 들어 있는 넥타이에 진주 타이핀을 꽂고 있었다. 기다란 잎담배를 물고 있었다. 파나마모자 아래서는 반백의 머리카락이 비어져 나왔다. 손목에는 루비의 커프스가, 손가락에는 인장을 새긴 다이아몬드 반지가 번쩍이고 있었다.

랍비는 잎담뱃재를 마룻바닥에 떨면서 큰소리로 말했다.

"이제야 쓰기 시작했군. 어제까지 다 완성됐어야 할 일이었는데. 무얼 그렇게 마구 써 갈기고 있지? 문장이 너무 길잖아. 치브케프 마을에서의 설교와는 달라. 여긴 폴란드가 아니라 미국이란 말이야. 벌셈에 싣는 수필은 어찌됐지. 마감이 지났잖아. 만일 자네가 쓰지 못한다면 딴 사람에게 부탁할 거야. 테이프에 취입하여 리갈 부인에게 타이핑해 달래야지."

"오늘이면 전부 끝납니다."

"어쨌든 다 된 것만이라도 달라구. 그리고 오늘은 기필코 자네 주소를 알아 둬야겠어. 어디 살고 있지. 아슈마다이의 성城인가? 자넨 어딘가에 마누라를 숨겨 놓고 있는 게 분명해."

허먼은 입속이 말라붙은 것 같은 느낌이 들었다.

"정말 마누라가 있다면 얼마나 좋겠어요."

"원하기만 한다면 언제라도 얻을 수가 있을 텐데 말이야. 좋은 아가씨를 소개해 주었는데도 자네는 만나려고도 하지 않았어. 도대체 뭐가 두려운가? 아무도 자네를 억지로 결혼식장으로 끌고 들어가려고는 하지 않아. 자, 어서 주소를 알려 줘."

"사실 그러실 필요는 없습니다."

"알려 달라고 말하고 있잖아. 내 주소록 여기 있어. 자, 어서."

허먼은 그에게 브롱크스의 주소를 가르쳐 주었다.

"집 주인 이름은 뭔가?"

"조 프락츠입니다."

"프로취. 괴상한 이름이군. 전화국에 전화를 놓으라고 하고 대금은 이쪽에서 지불하도록 하지."

"본인 승낙도 없이 그런 일은 할 수 없습니다."

"왜 그런가?"

"전화가 울리면 수용소 생각이 나서 집 주인 몸에 좋지 않습니다."

"전화를 가지고 있는 망명자가 많은데. 전화를 자네 방에 달아 놓게나. 주인을 위해서도 그게 좋을 거야. 병자라면 의사를 부를 경우도 있을 게 아닌가. 바보! 미치광이! 이런 녀석이 있으니까 전쟁이 끝이 없는 거야. 히틀러 같은 녀석들이 나타나는 거야. 하루 6시간은 반드시 사무실에 있어 줘야 돼. 건물 세는 꼬박꼬박 물고 있으니 말이야. 사무실이 노상 닫혀 있다면, 그건 사무실이 아니야. 더 이상 피해를 끼치지 말아 주게나."

랍비는 잠깐 쉬고 나서, 다시 말을 계속했다.

"난 자네와 사이좋게 지내고 싶네. 하지만 자넨 그걸 피하고 있어. 자넬 위해 도와주고 싶은데도 자넨 조개껍질처럼 입을 틀어막고 있지. 도대체 무슨 비밀이 있나?"

허먼은 즉시 대답하지 않았다.

"저와 같은 꼴을 당하면 누구나 살아 있는 기분이 나지 않을 겁니다."

"바보 같은 소리 작작 하라구. 우리들과 마찬가지로 자넨 살아 있는 거야. 몇 번 죽을 것 같은 쓰라림을 겪었을지 모르지만, 먹고 자고 똥 싸고 하는 이상 어김없이 이 세상에 살고 있는 거야. 강제 노동 수용소에 있던 녀석들을 난 몇백 명이나 알고 있지. 사실 가스실에 끌려들어가기 직전이었지만 말이야. 지금은 미국에 있으면서 차를 몰고 다니며 사업을 벌여 놓고 있지 않은가. 이 세상에 있든 어디에 있든 한쪽 발을 허공에 올려놓고 한쪽 발로만 서 있을 수는 없는 노릇이야. 왜 틀어박혀 있는가? 좀더 개방적이 되게나."

"그렇게 하고 있습니다."

"무슨 걱정거리라도 있나? 아픈 데라도 있는 건가?"

"그렇지도 않습니다."

"아마 무력한 거지, 그래. 그건 말일세, 완전히 기분 문제야. 신체 구조상의 문제는 아니라네."

"전 무력증이 아닙니다."

"그럼, 도대체 뭐란 말인가? 난 자네에게 억지로 친절을 베풀려고 하는 건 아닐세. 하지만 오늘은 자네 하숙에다 꼭 전화를 달아 놓겠네."

"그것만은 좀 기다려 주십시오."

"왜 그러지? 전화는 나치가 아닐세. 인간을 물어뜯거나 하지 않을 거야. 여보게, 노이로제라면 의사에게 봐 달라고 하세. 정신과로 가야 할 거야. 두려워할 것 없네. 꼭 자네가 미치광이란 건 아니니까 말이야. 우수한 녀석들이 곧잘 정신과에 가곤 하지. 나도 가본 적이 있었어. 바르샤바 태생인 닥터 베초프스키란 친구가 있으니까, 연락해 두지. 바가지는 씌우지 않을 거야."

"솔직하게 말씀드려서, 랍비, 전 아무 데도 아프지 않다니까요."

"알았네, 알았다구. 내 마누라도 자네처럼 똑같은 말을 하는데, 자네와 같은 병일세. 스토브 불을 끄지 않은 채 시장에 나가곤 하지. 타월을 넣어 둔 채 목욕물을 받기 때문에 이내 구멍이 막혀 버리지. 갑자기 책상에 앉아 있는 내 발목까지 홍수사태가 되기도 하고. 왜 그렇게도 정신을 차리지 않느냐고 말이라도 하면 히스테리가 되어, 도리어 내게 덤벼들기 시작하는 거야. 그래서 정신과 의사가 필요하단 말일세. 격리되기 전에 고칠 필요가 있구말구."

"그렇습니다, 지당한 말씀입니다."

"응. 시간을 너무 낭비했군. 자네가 쓴 원고를 보여 주게나."

2장 마샤

1

허먼은 책을 팔겠다고 나간 날 밤은 언제나 브롱크스에서 마샤와 함께 지냈다. 그녀가 있는 아파트에 방을 하나 얻어 놓았던 것이다. 마샤는 몇 년 간이나 유대인의 게토(ghetto, 유대인을 강제 격리하기 위해 설정한 유대인 거주 지구)나 강제 수용소에서 지내고 있었다. 그리고 현재 트레몬트 거리에 있는 카페테리아에서 경리사원 일을 하고 있었다.

마샤의 아버지인 메이어 브로흐 씨는, 바르샤바에 상당한 재산을 가지고 있고 랍비 알렉산드로버와 테이블을 같이 한 일이 있는 유복한 레브 맨들 브로흐 씨의 아들이었다. 메이어 씨는 독일어를 할 수 있고, 히브리어로 작품을 쓰는 작가로서 상당한 평가를 받았으며, 회화 예술의 후원자이기도 했다. 나치가 국토를 점령하기 이전에 바르샤바를 빠져 나왔다가 얼마 안 되어 카자흐스탄에서 영양실조와 이질에 걸려 세상을 떠났다. 마샤는 구교도였던 어머니의 의향에 따라 베드 야코브 학교에 적을 두었다가 나중에 바르샤바의 히브리어 폴란드 고등학교에 다녔다.

전쟁 중에 어머니인 시프라 푸아와 마샤는 각각 다른 수용소에 격리되었었다. 1945년에 해방이 된 후에 루블린에서 재회할 때까지 만난 일이 없었다.

자기 자신이 히틀러의 지옥을 체험한 허먼은, 이 두 여인이 어떻게 해서 그곳을 탈출할 수 있었는지 상상도 할 수 없었다. 허먼 자신은 3년 동안이나 건초다락방에 숨어 있었다. 그것은 그의 생활에서 빠져 버린 세월이었다. 나치가 폴란드를 점령했던 해의 여름, 그는 치브케프로 양친을 방문중이었고, 아내인 타마라는 그녀 아버지의 별장이 있는 날렌체프의 온천장으로 두 아이를 데리고 가 있었다. 허먼은 처음엔 치브케프에, 다음엔 립스크에 있는 야드비가의 집에 숨어 있었기 때문에 게토나 수용소의 강제노동을 모면할 수 있었다. 나치의 고함치는 소리와 총 소리를 들으면서도 나치와 얼굴을 마주치지 않게 된 것이다. 햇빛을 보지 못한 채 몇 주일이고 지냈다. 그의 눈은 어둠에 익숙해져 갔다. 손발은 쓰지 않아서 기운이 없었다. 벌레나 들쥐에게 물렸다. 높은 열이 나면 야드비가가 약초나, 어머니 몰래 가지고 온 보드카로 응급치료를 해 주었다. 허먼은, 자기가 70년 동안이나 잠을 자고 깨어나면 세상이 아주 싹 달라질 테니까 죽기를 원했었다고 하는 탈무드의 성자인 초니 하마골을 닮았다고 생각했다.

그는 마샤와 시프라 푸아를 독일에서 만났다. 마샤는 새로운 비타민 종류를 발견했거나 발견하는 걸 거들어 주었다고 하는 과학자 레온 토트샤이너 박사의 아내였다. 그러나 독일에서 그 박사는 낮이나 밤이나 밀수업자와 도박을 하면서 시간을 보냈었다. 폴란드어를 능란하게 했지만, 대학이나 교수라는 직함도 다 버리고 있었다. 한 단체에서 나오는 돈과 마샤가 옷을 수선해서 버는 약간의 수입으로 근근이 살림을 꾸려 나갔다.

마샤와 시프라 푸아와 레온 토트샤이너는 허먼보다도 먼저 미국에 와 있었다. 뉴욕에 도착했을 때, 허먼은 또다시 마샤와 마주쳤다. 처음에 그는 탈무드 토라(모세 오경)의 선생 노릇을 하고, 그 다음엔 조그마한 출판사의 교정원이 되었는데, 거기서 랍비를 만났다. 그 무렵 마샤는 진작부터 아무런 발견도 하지 못하고 박사라는 명칭만 갖고 있는 남편과 별거중이었다. 레온 토트샤이너는 지금 부동산의 미망인인, 자기보다 연상인 돈 많은 미망인의 애인이 되었다. 허먼과 마샤는 독일에 있을 무렵부터 서로 사랑했었다. 집시인 무당이 허먼을 만날 것을 예언했다고 마샤는 말했다. 집시인 그 여자 점장이는 꼬치꼬치 그의 처지를 얘기하면서, 이 사랑이 고민과 고통을 가져다 줄 것이라고 예언했다. 그녀는 한창 예언을 하는 도중에 경련이 일어나 실신했다.

허먼과 첫번째의 아내인 타마라는 둘 다 유복한 가정에서 자라났다. 타마라의 아버지 레브 샤크나하 루리아는 재목상材木商이었는데, 유리 사업을 하는 처남과도 함께 사업을 하고 있었다. 그에게는 타마라와 시바라는 두 딸이 있었으나, 시바는 수용소 안에서 죽었다.

허먼은 외아들이었다. 랍비 허샤틴의 후계자인 아버지, 레브 새뮤얼 리브 브로더는 치브케프에 대여섯 채의 집을 가지고 있는 부자였다. 아들에게 유대식 교육을 시키기 위해서 랍비 한 사람을 가정교사로 두고, 또 세속적 학문을 위하여 폴란드인 가정교사를 따로 두어 지도를 받도록 했다. 그는 아들이 새로운 타입의 랍비가 되기를 바랐다. 한편, 독일의 렘베르크에 있는 체육학교를 나온 어머니는 아들이 의사가 되기를 바라고 있었다. 19세에 바르샤바 대학에 합격한 허먼은, 그러나 철학과에 들어갔다. 어린 시절부터 철학에 흥미를 느낀 그는 치브케프 도서관에 있는 철학책을 모조리 읽었다. 그리고 우스츠니카에서 생물학을 공부하고 있던 좌익운동 학생인 타마라와 양친의 반대를 무릅쓰고 바르샤바에서 결혼했다. 이 결혼은 처음부터 순탄하지 않았다. 쇼펜하우어의 문하생으로서의 허먼은 절대로 결혼하지 말 것, 자식을 낳지 말 것을 마음속으로 결심하고 있었다. 그렇지만 타마라는 임신을 하고서는 낙태하기를 거부하면서, 그에게 결혼을 강요해 달라고 가족에게 부탁했다. 태어난 아기는 사내아이였다. 그 당시 그녀는 열광적인 공산주의자여서, 어린애와 함께 소련에 가서 살까 하는 계획도 세우기까지 했었다. 타마라의 양친이나 허먼의 양친이나 다 같이 젊은 부부의 생활을 도와주지 않았기 때문에, 그들은 교사 노릇을 하며 돈벌이를 하지 않으면 안 되었다. 결혼한 지 3년째에 계집아이가 또 태어났다 — 오토 바이닝거에 의하면 (왜냐하면 허먼은, 그 당시 이 사람이야말로 언행일치의 철학자라고 생각하고 있었기 때문이다) '논리나 금전이나 애정과는 관계없이 단지 성기의 결합에 의해서' 태어난 것이었다.

 전시戰時부터 전후戰後에 걸쳐, 허먼은 가족에 대한 자신의 태도를 반성하는 일이 자주 있었다. 하지만 기본적인 태도는 언제나 마찬가지였다. 자신이나 사회나 양쪽을 다 같이 믿지 않는, 자살 직전의 음울한 기분으로 살아가고 있는 쾌락주의자였다. 종교도 거짓말 하고, 철학도 애당초부터 무력했다. 진보라고 하는 나태한 약속은 모든 시대의 순교자의 낯짝에다 뱉는 침 이상의 아무것도 아니었다. 만일 시간이 단순한 지각知覺의 형식이요, 이성의 범주에 속하는 것이라면, 과거는 오늘과 마찬가지로 현재여야만 된다. 카인은 오늘도 아벨을 계속 죽이고 있을 것이고, 네부카드네자르(기원전 605~562, 예루살렘 성을 파괴한 바빌론의 왕)는 제데키아(바빌론 포로 직전의 최후의 유대왕)의 자손들을 살육하고, 제데키아의 눈을 계속 도려내고 있을 것이다. 케시니예프의 집단 살육은 영원히 끝나지 않을 것이고, 유대인은 언제나 아우슈비츠에서 계속 불타 죽게 될 것이다. 자기의 생존을 자기의 손으로 끝장낼 용기를 가지지 못한

자들에게 남겨진 길은 단 한 가지밖에 없다. 즉 자신의 지각을 마비시킬 것, 기억을 질식시킬 것, 희망의 최후의 한 조각마저 압살하는 것이다.

2

　허먼은 랍비의 사무실에서 나와 브롱크스행 지하철을 탔다. 여름날의 열기 속에서 사람들은 이리 밀리고 저리 밀리곤 했다. 열차 안에는 이젠 빈 자리가 없었다. 그는 가죽 손잡이에 매달렸다. 머리 위에서는 선풍기가 돌아가고 있지만, 휘저어지는 공기는 후텁지근했다. 석간을 사는 걸 잊어버렸기 때문에 그는 차내의 광고를 읽었다 — 스타킹, 초콜릿, 통조림 수프, 성대한 장의葬儀에 관한 광고들이었다. 열차는 좁은 터널 속으로 들어갔다. 전조등의 불빛으로도 칠흑 같은 어둠을 몰아낼 수 없었다. 열차가 각 전철역에 닿을 때마다 군중이 우르르 밀어닥쳤다. 향수와 땀이 뒤범벅된 냄새가 가득 찼다. 여자들 얼굴의 마스카라는 녹아 번지고, 화장은 뭉개져 버렸다.
　점차로 손님은 줄어들고, 지하철은 고가철도에 접근할 때 지상을 달렸다. 공장 건물 안에서는 창으로 기계 옆에서 생기 있게 일하고 있는 흑인이나 백인 여자들이 공장 창문으로 보였다. 금속제 천장이 낮은 홀에서는 반나체의 청년들이 당구를 치고 있었다. 옥상의 석양빛 속에서는 수영복을 입은 처녀가 접을 수 있도록 만들어진 의자에 드러누워 일광욕을 하고 있었다. 한 마리의 새가 푸른 하늘을 날아갔다. 건물은 아직 낡아 보이진 않았지만 어딘가 허물어지는 듯한 불안이 거리를 뒤덮고 있었다. 황금빛으로 불타고 먼지투성이의 안개가 자옥이 끼어, 지구 전체가 혜성의 꼬리 속으로 휘말려 들어간 기분이었다.

고가철도의 홈에서 열차가 멈추었다. 허먼은 열차를 내려 강철로 된 층층대를 달려 내려가 공원으로 들어갔다. 영락없이 벌판에서처럼 초목의 모습은 자연스러웠다. 마을마다 작은 새가 어지러이 날며 울고 있었다. 해질 무렵이 되면 공원의 벤치는 사람들로 온통 붐비게 되지만, 지금은 나이 많은 사람들이 몇 명 있을 뿐이었다. 한 노인이 푸른 안경을 끼고서 이디시어 신문을 읽고 있었다. 또 한 사람은 류머티즘을 앓는 한쪽 다리를 굽혀 무릎 위에 올려놓고 주무르고 있었다. 한 노파가 아주 굵은 회색 털실로 스웨터를 짜고 있었다.

허먼이 길을 왼쪽으로 꺾어 들어간 쪽에 마샤와 시프라 푸아가 살고 있었다. 갈대가 우거져 있는 공터를 지나 불과 두세 시간의 거리였다. 창이고 문짝이고 꽉꽉 닫혀 있고 허름한 매춘집이 있었다. 몹시 황폐한 건물 속에서 목수가 덜 만든 채 팔아 버린 가구의 끝마무리를 하고 있었다. 창이 부서진 집에 '팔 집'이라는 딱지가 붙어 있었다. 그 주변 전체가 이대로 존재해 갈 것인지, 그렇지 않으면 사라져 버릴 것인지 망설이고 있는 것 같았다. 시프라 푸아와 마샤는 현관은 부서지고 1층은 전부 텅 빈 건물의 3층에서 살고 있었다. 창은 판자와 생철로 가려져 있고, 현관 앞의 판자는 건들건들 흔들렸다.

허먼은 2층으로 올라가 우뚝 멈춰 섰다. 지쳐서가 아니라, 공상을 끝내기 위해서였다. 만일 이 지구가 브루클린과 브롱크스 사이에서 두 쪽으로 딱 갈라져 버린다면 어떤 일이 일어날 것인가? 그렇다면 여기에 머물러 있어야 한다. 야드비가와의 생활은 다른 성좌星座로 옮겨갈 것이다. 만일 니체의 영겁 회귀永劫回歸의 사상이 옳았더라면, 천조년千兆年쯤의 옛날에 그런 일이 일어났을지도 모른다. 하느님은 자기가 할 수 있는 모든 일을 해 버린다고 스피노자는 어딘가에 써 놓았다.

허먼이 부엌문을 두드리자 마샤가 얼른 문을 열어 주었다. 그녀는 키는 크지 않지만, 호리호리한데다가 고개를 쳐들고 있는 몸매여서 제법 키가 큰 여자처럼 보였다. 빨간 머리가 섞인 검은 머리였다. 허먼은 그걸 '어둠의 불꽃'이라고 표현했다. 살결은 눈이 아찔해질 정도로 희고, 눈빛은 초록을 띤 푸른빛이었으며, 코는 갸름하고, 턱은 뾰족했다. 불쑥 튀어나온 광대뼈 밑의 뺨은 옴폭 패어 있었다. 입에는 느슨하게 담배를 꼬나물고 있었다. 얼굴에는 위험을 벗어난 자만이 가지는 냉엄한 빛이 감돌았다. 지금은 50킬로그램의 체중이지만, 해방 당시에는 겨우 33킬로그램밖에 안 되었었다.

"당신 어머니는?"

허먼이 물었다.

"당신 방에 계세요. 곧 밖에 나가실 거예요. 앉아요."

"자, 선물."

허먼은 봉지를 건네주었다.

"선물? 이러지 않아도 되는데, 뭘까?"

"우표 상자야."

"그래요? 편리하네요. 우표도 들었어요? 들었구나. 써야 할 편지가 몇십 통이 있지만, 그냥 내팽개쳐 뒀어요. 펜을 들고 싶은 생각이 안 나요. 우표가 없는 걸 핑계 삼았죠, 뭐. 이젠 그럴 수도 없게 됐군요. 고마워요. 하지만 돈 같은 건 쓰지 않아도 괜찮아요. 자, 밥이나 먹자구요. 당신이 좋아하는 거예요. 고기 스튜예요."

"이젠 육류 고기 요리는 안 하기로 약속했잖아."

"그래요. 하지만 고기 없이는 아무 요리도 할 수 없거든요. 하느님도 고기를 먹잖아요, 인간의 고기를. 채식주의자 같은 건 없어요. 나하고 똑같은 광경을 당신도 보았더라면, 하느님이 살인을 허가하고 있다는 걸 알 수 있을 거예요."

"하느님이 용인한 것을 다 할 수는 없잖아."
"인간은 그렇게 하고 있는 걸요."
다른 방으로 통하는 문이 열리더니 시프라 푸아가 모습을 나타냈다. 마샤보다도 키가 크고 검은 눈인데, 밤색 머리를 뒤로 묶었다. 콧날이나 눈썹이 날카로웠다. 윗입술에 검은 사마귀가 있고, 수염이 나 있었다. 왼쪽 볼에는 나치가 점령해 왔던 첫 주일에 그들의 총검에 찔렸던 흉터가 남아 있었다.

이전에는 아주 매력적인 여성이었다는 걸 쉽사리 알 수 있었다. 메이어 브로흐가 그녀와 사랑에 빠져 히브리어로 노래를 지어 바칠 정도였다. 그러나 수용소와 병이 그녀의 매력을 엉망으로 만들어 버렸다. 시프라 푸아는 언제나 검은 옷을 입었다. 수용소에서 죽어간 남편이나 양친이나 형제자매들을 위해서 그녀는 아직도 상복을 입고 있었다. 어둠 속에서 갑자기 밝은 곳으로 나오기라도 한 듯이 그녀는 눈썹을 찡그렸다. 마치 흐트러진 머리를 끌어 올리기라도 하는 듯이 손가락이 가느다란 손을 쳐들고 그녀는 말했다.

"아이구, 허먼인가? 그런 줄 몰랐네. 요즘에는 앉기만 하면 금세 잠이 들어 버려서 원. 밤에는 이 생각 저 생각을 하느라고 아침까지 뜬눈으로 새우지. 그래 가지고 낮이 되면 그만 눈을 뜰 수 없지 뭐야. 잠을 많이 잤니, 내가?"

"엄마가 주무시는 것도 몰랐어요. 엄마는 쥐처럼 발소리도 안 내고 집 안을 돌아다니셔요. 이곳엔 진짜 쥐도 있지만, 어느 쪽이 진짜인지 모를 정도예요. 불도 안 켜고 밤중에 집 안을 돌아다녀요. 그러다간 언젠가는 어둠 속에서 넘어져 다리를 뻴 거야. 조심하세요."

마샤는 말했다.

"알았다, 알았어. 그런데 말이야, 정말로 한잠도 못 자겠구나. 얼굴

위로 커튼이 떨어져 내릴 것만 같아서 아무것도 생각할 수 없구나. 넌 모른다. 아이고, 이게 무슨 냄새니? 뭐가 타니?"

"타는 건 아무것도 없어요. 엄마한텐 이상한 버릇이 있어요. 엄마가 실수해 놓고서도 나를 나무래요. 엄마가 요리를 만들기 시작하면 으레 태우고 말아요. 내가 요리를 만들기 시작하면 금세 타는 냄새가 난다지 뭐예요. 엄마가 우유를 엎질러 놓으시고도 나더러 주의하라는 거예요. 히틀러 병이라고나 할까요. 수용소에서도 자기가 일을 저질러 놓고서 언제나 남을 꾸짖는 여자가 있었거든요. 기분이 언짢았지만, 한편으로는 우스꽝스러웠죠. 그곳엔 정말 미친 사람은 없어요. 미친 척할 뿐이에요."

"모두 다 온전한 사람이야. 다만 네 어미만이 미치광이다."

시프라 푸아는 중얼거렸다.

"그런 뜻이 아니에요, 엄마. 그런 말씀마세요. 앉아요, 허먼. 우표가 든 조그마한 상자를 허먼이 가져다 주었어요. 편지를 써야겠어요. 허먼, 당신의 방은 청소가 다 끝나지 않았는데, 나는 그 일 말고도 해야 할 일이 잔뜩 쌓였어요. 내가 말했죠? 하숙생인 셈치고 뭐든지 말을 하라고요. 청소를 하라고 하세요. 그렇지 않으면 먼지 속에 있게 될 테니까. 너무 오랫동안 나치의 명령에 복종해 와서, 내 스스로 뭘 자진해서 할 수 없게 돼 버렸어요. 이 미국에서조차도 스스로 자진해서 뭔가를 하려고 하면 독일 병사가 총을 들고 눈앞에 가로막고 서 있는 모습이 보여요. 이젠 노예 제도가 별로 비장한 것이라고는 여겨지지 않게 됐어요. 일을 하도록 만드는 데는 매가 제일이에요."

"저 계집애 하는 소릴 들어 봐. 네가 무슨 말을 하고 있는지 알구나 있냐? 꼭 반대가 되는 말만 한다니까. 저 애 애비의 가족들한테서 받은 영향이지. 그 사람들은 에덴동산에서 나와서는 안 되는 사람들이었어. 그 사람들은 누구나 다 논쟁하길 좋아했으니까. 돌아가신 우리 아버님은 이렇게 말씀하셨지. '그 사람들의 탈무드류流의 논쟁은 훌륭한 것이지만, 결론은 어떤 것인가 하면, 유월절에 빵을 먹어도 좋다는 정도의 것'이라는 거야."

시프라 푸아는 불평했다.

"어째서 유월절의 빵 얘길 꺼내세요, 엄마? 아무튼 앉아요. 엄마가 서 계시면 불안해서 견딜 수 없어요. 그렇게 떨면서 — 정말 걸핏하면 넘어지시잖아요. 매일같이 넘어지시잖아요."

"쓸데없는 참견은 그만둬라. 루블린의 병원에서 나는 사신死神과 함께 있었으니까 말이다. 간신히 눈을 감고 죽을 수 있었는데. 이 애가 또다시 이 세상에 돌아오도록 불러 주었지 뭐야. 나를 가지고 그런 터무니없는 소리를 해서 무슨 소용이 있단 말이냐? 이젠 이 세상에 사는 것이 지긋지긋해졌다. 정말 어서어서 죽고만 싶구나. 죽음의 맛을 안 사람은 이 세상에 대해 아무 미련도 없는 법이다. 나는 이 애도 죽었으리라고 마음먹고 있었는데, 어느 날 난데없이 나를 찾아오지 않았겠어? 그리고는 다음 날에는 벌써부터 말대꾸를 하고, 천 개의 바늘로 나를 콕콕 찌르는 듯한 말을 하고 있지 뭐야. 만일 내가 사실을 털어놓는다면, 내 말을 들은 사람은 모두 나를 미친년이라고 생각할 거야."

"미쳤어요, 엄마는. 엄마는 미쳤어요. 폴란드에서 엄마를 모시고 나올 때의 일을 수기로 쓴다면 잉크가 한 통은 있어야 해요. 하지만 단 한 가지 분명히 말할 수 있는 것은, 지금까지 엄마처럼 나를 괴롭힌 사람은 없었다는 점이에요."

"내 이야기가 어쨌다는 거야. 그때도 너는 아주 건강했었다. 하지만 나는 죽어 있었거든. '이젠 살고 싶지 않구나. 오랫동안 살았으니까'라고 내가 그렇게 말했는데도 이 계집애는 이 괴로운 세상에 또다시 나를 끌고 온 거야. 미워서 사람을 죽이기도 하지만, 미워서 사람을 살리는 경우도 있는 거야. 어째서 내가 필요하단 말이냐. 엄마라는 걸 갖고 싶다는 네 기분일 따름이야. 그리고 또, 이 애의 남편 레온도 나는 처음부터 싫었지. 첫눈에 보자마자 '저 사내는 사기꾼이다'라고 나는 말했거든. 읽을 줄만 알고 있으면, 인간의 성격은 전부 그 사람의 이마에 씌어 있다는 걸 알 수 있지. 이 애는 책이라면 어려운 것을 읽을 수 있지만, 사람의 마음은 아주 읽을 줄 몰라. 그러니까 서방한테 버림받은 여편네가 돼 가지고 여기에 앉아 있는 거지 뭐."

"재혼하고 싶으면 이혼을 할 때까지 기다리지 않겠어요."

"뭐라구? 우린 이교도가 아니고 유대인이야. 스튜는 어떻게 됐어? 언제까지고 불에다 올려놓아야 되니? 고기가 녹아 버리겠다. 어디 좀 보자. 아이구, 이게 뭐람! 한 방울도 기름기가 없잖니. 얘는 믿을 수 없다니까. 누린내가 나잖아. 이 근방 사람들은 나에 대해서 악담을 하지만, 나도 역시 냄새쯤은 맡을 수 있거든. 네 눈은 어디에 붙어 있니? 이상한 책만 잔뜩 읽으니까 그렇지, 아이구 하느님!"

3

마샤는 먹으면서 담배를 피웠다. 음식을 씹는 것과 담배 연기를 내뿜는 것을 번갈아 했다. 어느 접시의 음식이나 젓가락을 댔다가는 멀찌감치 밀어 놓았다. 허먼에게는 많이 먹으라고 권하면서 접시를 가져다주었다.

"당신은 지금도 립스크의 다락방에 있고, 그 시골뜨기가 돼지고기 한 점을 가져왔다고 생각해 봐요. 내일 무슨 일이 일어날지 누가 알 수 있겠어요? 또다시 그런 일이 일어날지도 몰라요. 유대인 살육은 자연 현상 중의 한 가지다, 유대인은 살육당하지 않으면 안 된다 — 이것이 하느님이 원하시는 거예요."

"애야, 내 심장이 터질 것만 같구나."

"하지만 사실이에요. 아버지는 모든 것이 하느님의 뜻이라고 하셨어요. 엄마, 엄마도 그렇게 말하지 않았어요? 하지만 유럽의 유대인이 살육당하는 건 바라고, 어째서 미국의 유대인이 존속하는 건 허락하는지 모르겠어요. 하느님은 어느 쪽이든 상관이 없는 거예요. 그것이 하느님이에요. 그렇죠, 허먼?"

"아무도 모르는 일이야."

"당신은 어떤 질문에나 똑같은 대답이시군요. '아무도 모르는 일'이라니요. 누군가가 알고 있을 거예요! 만일 하느님이 전지전능하시다면, 사랑하는 사람을 위해 뭔가를 하실 거예요. 만일 하느님이 하늘에 앉아서 침묵만 지키고 계시다면, 자꾸만 자극을 줄 필요가 있어요."

"애야, 허먼을 가만히 내버려 두는 게 어떠니? 먼저는 고기를 태우더니 이제는 허먼을 들볶는구나."

"아무래도 상관없어. 나도 대답을 알고 싶거든. 고민하고 번민하는 것이 하느님의 속성이라고도 하지. 만일 모든 것이 하느님이라면, 우리들 자신도 또한 하느님이 아니면 안 돼. 그렇다면 내가 당신을 때린다고 해도 하느님이 때린 셈이 된단 말이야."

허먼이 말했다.

"어째서 하느님이 자기 자신을 때리지 않으면 안 되는 거죠? 자, 밥이나 먹어요. 모조리 다 먹어요. 그것이 당신의 철학이에요? 만일 유대인이 하느님이고 나치도 하느님이라면, 얘기할 것은 아무것도 없어요. 엄마가 과자를 구우셨어요. 한 조각 갖다 줄게요."

"애야, 우선 설탕에 절인 과일을 주려무나."

"뭘 먼저 먹든 마찬가지잖아요. 뱃속에 들어가면 다 같이 뒤범벅이 돼 버리니까요. 엄마, 엄마는 폭군이야. 좋아요, 과일절임을 가져오죠."

"제발 나 때문에 다투지들 말아요. 뭘 먼저 먹든지 나는 상관없어요. 만일 모녀가 사이좋게 지낼 수 없다면, 어떻게 남과 사이좋게 지낼 수 있겠어요. 평화는 존재하지 않게 돼요. 지상에 살아남은 마지막 두 사람도 서로 죽일 겁니다."

마샤는 다음과 같이 물었다.

"그렇지 않다고 생각하세요? 양 손에 원자폭탄을 든 채 가로막고 서서 굶어 죽을 거예요. 왜냐하면 상대방에게 밥 먹을 틈을 주지 않으려고요. 아버지는 곧잘 영화관에 데리고 가 주셨어요. 엄마는 영화를 싫어하시니까요."

마샤는 그렇게 말하고 나서, 엄마 쪽에 대고 고개를 끄덕였다.

"하지만 아버지는 영화를 좋아하셨어요. 영화를 보고 있으면 현실적인 걱정거리를 잊어버린다고 곧잘 말씀하셨어요. 지금은 그렇지도 않지만, 그 무렵에는 나도 영화에 미쳤고요. 나는 항상 아버지 곁으로 가서 아버지의 지팡이를 잡고 있었어요. 남자들이 전부 프라하 다리를 건너간 그날, 바르샤바를 떠날 때 아버지는 지팡이를 가리키면서 '이놈이 있는 한 길을 잃지는 않는다' 고 하셨어요. 왜 이런 게 생각날까? 그래요. 한 마리의 암사슴을 놓고 싸우는 두 마리의 수사슴이 나오는 영화를 보았기 때문이에요. 뿔을 맞대고서 상대방이 쓰러질 때까지 싸우는 거예요. 살아남은 쪽도 절반은 죽어 있었어요. 그리고 그렇게 싸우고 있는 동안 줄곧 암사슴만이, 자기는 아무 관계가 없다는 듯이 시원한 얼굴을 하고서 풀을 뜯어 먹고 있는 거예요. 나는 아직 중학교 2학년생이었지요. 만일 하느님이 저렇게 순진무구한 짐승에게 저런 폭력을 가져다주었다면, 이 세상은 희망이 없다고 생각했어요. 수용소에서도 곧잘 그 영화가 생각났어요. 그리고 나는 하느님을 증오했어요."

"얘야, 그런 말버릇을 쓰면 안 된다."

"해서는 안 되는 일을 나는 잔뜩 하겠어요. 과일절임을 빨리 꺼내세요."

"하느님의 뜻을 우리는 알 수 없는 거다."

시프라 푸아는 스토브 쪽으로 갔다.

"그런 투로 어머님께 말하지 마. 아무 소용도 없어. 우리 어머니가 살아 있더라도 나는 그런 투로는 말할지 않을 거야."

허먼은 조용히 말했다.

"나한테 말하는 법을 가르칠 작정이에요? 나는 당신하고가 아니라 엄마하고 생활하지 않으면 안 돼요. 당신은 7일 중에 5일은 저 시골뜨기와 지내다가, 결국은 여기로 돌아와서 설교를 시작하시는군요. 엄마의 경건하고 완고한 태도에는 정말 화가 나요. 하느님이 그렇게 옳다면, 수프가 금방 되지 않는다고 해서 어째서 저렇게 소동을 벌이는 걸까요? 저래 가지고서는 어떤 무신론자보다도 물질주의적이니까요. 과자를 가끔 가져다준다고 해서 나를 레온 토트샤이너에게 시집보낸 것은 어머니였어요. 하지만, 왠지 모르지만, 얼마 안 되어 레온을 싫어하기 시작했거든요. 누구하고 결혼해 봤자 나는 마찬가지였어요. 결국 헤어지고 말았으니까요. 당신의 촌뜨기는 어때요? 또 책 팔러 간다고 했나요?"

"그밖엔 할 말이 없잖아."

"오늘은 어디서 있기로 되어 있어요?"

"필라델피아."

"만일 우리들 일이 들통이 나면 어떻게 되죠?"

"들키진 않을 거야."

"그건 알 수 없는 일이에요."

"그 여자 때문에 우리가 헤어질 수 없다는 건 알고 있잖아."

"반드시 그렇지는 않아요. 저런 무식한 까막눈하고 그렇게 오랫동안 같이 있으니까 좀더 나은 것에 대한 희망도 없는 거예요. 랍비라는 더러운 직업은 어떻게 됐어요? 결국 랍비가 되어 당신의 이름을 더럽히는 게 고작이겠지요."

"그런 짓은 안 해."

"당신은 지금도 그 다락방의 건초더미에 숨어 있어요. 그건 사실이에요!"

"그래, 그건 사실이야. 시내에는 폭탄을 떨어뜨려 단번에 천 명을 죽일 수 있지만, 자기 손으로는 닭 한 마리도 못 죽이는 병사가 있지. 내가 속인 독자하고 눈이 마주치지 않는 이상 나는 지탱할 수 있지. 한편, 랍비를 위해 내가 하고 있는 일은 그들이 한 일과는 달라서 아무런 해독도 주지 않아."

"하지만 그건 사기꾼 같은 짓이 아닌가요?"

"응, 그래. 이 얘기는 그만 하지."

시프라 푸아가 돌아왔다.

"이봐, 절임과자야. 좀 기다려, 찬 것이 좋을 거야. 이 애가 내 흉을 보고 있었겠지? 이 애는 나를 눈엣가시처럼 생각하구 있거든."

"엄마, 이런 격언이 있어요. '하느님이 친구들로부터 지켜 준다. 적敵으로부터는 자기 자신을 지킨다.'"

"네가 어떻게 적으로부터 네 자신을 지키는지를 나는 보아 왔다. 그래, 그놈들이 우리 가족이나 친구들을 학살한 후에도 나는 이렇게 살아 남았으니까 네 말은 옳다. 마샤, 너만이 잘한 거야. 내가 아니었다면 나는 영원히 잠들어 버렸겠지."

4

 허먼은 저녁을 먹고 난 후, 자기 방으로 갔다. 조그마한 뜰이 내려다 보이는 창문 하나가 달려 있는 작은 방이었다. 뜰에는 온통 잡초가 우거지고 뒤틀린 나무 한 그루가 서 있었다. 잠자리는 어질러져 있었다. 책, 원고, 그리고 허먼이 여기저기에 마구 후려 쓴 종이들이 사방에 흩어져 있었다.
 꼭 마샤가 손가락 사이에 담배를 항상 끼고 있듯이, 허먼은 항상 펜이나 연필을 끼고 있었다. 저 립스크의 다락방에서조차 천장의 틈새로 새어드는 햇빛만 있다면 뭔가를 적어 놓았을 것이다. 자잘한 달필達筆로 장식 글자체를 연습하고 있었다. 나팔이나 뿔피리, 또는 독사가 에워싸고 있는 속에서 귀가 뾰족하고 부리가 긴, 눈이 동그란 이상한 짐승을 그렸다. 꿈속에서도 그는 썼다. 누런 종이 위에 라시(유대교의 랍비로 프랑스의 유대계 성서 주석학자)의 사본을, 얘기를, 신비스런 가르침의 계시를, 과학상의 발견 등을 썼다. 너무 지나치게 쓴 탓으로 손목이 경련을 일으키는 때도 있었다.
 허먼의 방은 다락방 바로 밑에 있었기 때문에 해가 뜨기 전의 잠시 동안 외에는 여름에는 몹시 무더웠다. 짙은 그을음이 창에서 들어왔다. 마샤가 시트나 베갯잇을 자꾸만 갈아 주었지만, 그래도 역시 침대는 기분이 나빴다. 마룻바닥에는 구멍이 뚫려 있어서, 밤이면 발 밑에서 쥐가 갉아먹는 소리가 들렸다. 마샤가 덫을 놓았지만, 덫에 걸린 생물의 괴로워하는 소리는 허먼에게는 견딜 수 없었다. 밤중에 일어나 풀어 주었다.
 방으로 들어가자마자 허먼은 침대 위에 쓰러졌다. 지병으로 몸이 쑤시고 아팠다. 류머티즘과 좌골신경통에 걸려 있었다. 척추 종양에 걸려 있지나 않는가 하고 생각할 때도 있었다. 의사를 찾아가고 싶지도, 의사를 믿고 싶지도 않았다. 마샤와 사랑을 속삭이고 있을 때 외에는 벗어날 수 없는 피로가 히틀러 시대부터 축적되어 있었다. 음식을 먹으면 위胃가 아팠다. 문틈으로 들어오는 바람으로도 코가 막혔다. 목이 아프고 목소리가 쉬었다. 부스럼 같은 것이 귓속에서 쑤셔댔다. 다행히 열만은 나지 않았다.

해질녘인데도 하늘은 밝았다. 단 하나의 별이 청색으로, 청록 빛으로, 멀리서 가까이서 진절머리가 날 정도의 실재감實在感과 선명한 빛으로 반짝였다. 그 우주의 높이에서 한 줄기의 빛이 똑바로 허먼의 눈에 비쳐 들었다. 이 천체는 우주적인 광대한 환희를 반짝반짝 빛내고 있었다. 단지 괴로워할 줄밖에 모르는 인간들의 육체적, 정신적인 왜소함을 비웃었다.

문이 열리고 마샤가 들어왔다. 황혼 속에서 그녀의 얼굴은 빛과 그림자로 모자이크처럼 되었다. 눈은 빛을 발하고 있는 것 같았다. 그녀는 담배를 물고 있었다. 언젠가는 담배 때문에 틀림없이 불이 나고 말 것이라고 허먼은 거듭거듭 경고해 왔다. '언젠가는 그렇겠죠' 하고 그때마다 마샤는 대답했다. 문 있는 데서 그녀가 담배를 빨아들였을 때, 그 불은 환상적인 붉은빛으로 그녀의 얼굴을 비췄다. 의자 위에 있는 책을 치우고 '어머나, 여긴 이렇게 덥군요' 하고 말하면서 그녀는 앉았다.

아무리 더워도 그녀는 어머니가 잠을 자고 있지 않는 한 옷을 벗지 않았다. 그리고 겉보기만이라도 거실 소파 위에 침구를 깔았다.

마샤의 아버지인 메이어 블로흐는 자기 자신이 무신론자라고 생각하고 있지만, 시프라 푸아는 신앙심이 깊어서 유대교의 의식대로 음식을 먹었다. 기도하러 갈 때는 정식으로 가발까지 썼다. 안식일에는, 그녀의 남편에게 유대 교회에 가서 성스러운 의식을 행하고 성가를 부르라고 강요했다. 가령 식사 후에 서재에 틀어박혀 히브리어로 시를 쓴다고 하더라도 —.

　게토나 강제수용소나 난민촌은 어머니와 딸의 생활을 다르게 만들어 버렸다. 전후에 시프라 푸아와 마샤가 함께 지낸 독일의 수용소에서는 남녀가 공개적으로 성관계를 가졌다. 마샤가 레온 토트샤이너와 결혼했을 때, 어머니인 시프라 푸아는 단지 커튼으로 칸막이를 했을 뿐인 방 하나에서 젊은 부부와 같이 지냈다. 육체와 마찬가지로 정신도 몇 번이고 되풀이해서 얻어맞은 후에는 이내 고통을 느끼지 못하게 된다는 것을 시프라 푸아는 깨달았다. 미국에 온 후로 그녀는 특히나 더 신앙심이 깊어졌다. 하루에 세 번이나 기도를 올리고, 바르샤바에서는 보인 적이 없는 경건한 태도로 머리를 천으로 가리고서 걸어 다녔다. 마음속으로는 가스실에서 죽거나 고문으로 살해당한 사람들과 같이 살고 있었다. 컵에다 파라핀을 가득 채운 양초를 항상 켜 놓고 친구나 친척들을 회상했다. 이디시어 신문에서는 단지 수용소나 게토에서 살아남은 사람들에 관한 기사를 읽을 따름이었다. 마자네크나 트레블링카나 아우슈비츠에 관한 책을 사기 위해서 식비를 절약했다.

　다른 망명자들은 시간이 흐름에 따라 잊혀진다고 말했지만, 마샤와 시프라 푸아에게는 그와 반대였다. 그 대학살의 무렵부터 멀어지면 멀어질수록 그 기억은 선명했다. 마샤는 죽은 사람들에 대해서 어머니가 너무 슬퍼한다고 하면서 화를 냈지만, 어머니가 침묵을 지키면 이번에는 자신이 슬퍼졌다. 독일 군인의 잔혹성에 대해서 얘기할 때 그녀는 문에 건 메주자(유대인이 문간에 달아두는 〈구약성서〉의 문구가 적힌 양피지)에다 침을 뱉었다.

　그걸 본 시프라 푸아는 자신의 뺨을 꼬집으며 외쳤다.

　"침을 뱉다니, 애야, 그게 무슨 불경스러운 짓이냐! 우리는 이미 재앙을 겪었는데, 또 파멸을 맞이하게 되는구나!"

그녀는 그렇게 말하고는, 하늘을 가리켰다.

마샤가 레온과 이혼하고 얌전한 여자의 남편인 허먼과 관계를 가지고 있는 것도, 역시 시프라 푸아에게는 1939년에 시작된 저 공포스런 일련의 사건이었다. 그것은 이제는 끝나는 일이 없을 것만 같았다. 그러나 그래도 역시 시프라 푸아는 허먼에게 따뜻한 친근미를 느끼고 '내 아들' 하고 불렀다. 유대교에 관한 허먼의 지식에 압도되어 있었기 때문이다.

그녀는 전지전능하신 하느님에게 매일같이 올리는 기도에서, 레온이 마샤와 헤어지고 허먼이 그의 선량한 아내와 헤어져서 마샤와 허먼이 함께 결혼식을 올리는 기쁨을 자기가 경험할 수 있게 해달라고 빌었다. 그러나 그렇다고 해서 그것이 자기를 위해서 도움이 되리라고 생각하고 있지는 않았다. 시프라 푸아는 자신을 꾸짖었다. 그녀는 양친에 대해 거역하고 반항했다. 남편인 메이어를 업신여기고, 하느님을 두려워하는 마음을 심지 않으면 안 되는, 다 자란 마샤를 제멋대로 내팽개쳐 두고 있었다. 특히 커다란 죄는 그렇게도 수많은 죄 없는 남녀가 살육당한 후에도 이렇게 살아남은 일이었다.

시프라 푸아는 부엌에서 뭔가 혼잣말을 하면서 접시를 닦았다. 보이지 않는 사람의 그림자와 얘기를 나누고 있는 것처럼 생각되었다. 그녀는 불을 껐다가 다시금 켰다. 잠자리에 들기 전에 기도를 하고, 수면제를 먹고, 물주전자에 더운 물을 채웠다. 시프라 푸아는 심장, 간장, 신장, 게다가 폐까지 안 좋아져 고통을 받고 있었다. 2~3개월 간격을 두고 그녀는 혼수상태에 빠져, 의사로 하여금 치료할 가망이 없어 포기하게 만들었으나, 그때마다 서서히 회복되었다. 마샤는 유사시에 어머니를 보살펴 주려고 어머니의 동정을 주의 깊게 지켜보고 있었다. 어머니와 딸은 서로 사랑하고는 있지만, 그와 동시에 헤아릴 수 없을 만큼 많은 원한을 품고 있었다. 그것은 메이어 블로흐가 살아 있던 당시로까지 거슬러 올라간다. 그는 마샤의 선생이었던 여류 시인과 플라토닉한 애정 관계를 지속해 왔었다는 것이다. 마샤에 의하면, 이 사랑이라는 것은 히브리어 문법에 관한 의견 교환에서부터 비롯된 것인데, 그 이상은 깊이 들어가지 않았다는 것이다. 하지만 시프라 푸아는 이 사소한 남편의 배신도 용서하지 않았다.

시프라 푸아의 방은 이미 어두워졌으나, 마샤는 여전히 담배를 꺼내어 피우면서 허먼의 방에 앉아 있었다. 허먼은 그녀가 그들의 사랑의 장난에 관해서 뭔가 의미 있는 얘기를 하려는 것을 알았다. 마샤는 자신을 세헤라자데(회교왕 '술탄'의 아내)에 비교했다. 키스나 애무나 정열적인 성교는 항상 게토나 수용소나 또는 그녀가 폴란드의 폐허를 방황했던 경험 등에서 나오는 이야기 속에 퍼져 있었다. 방공호에서, 숲 속에서, 또한 간호부로 일하고 있던 병원에서 사내들은 그녀에게 성교를 강요했었다.

마샤는 이런 종류의 경험을 많이 가지고 있었다. 지어 낸 얘기처럼 여겨지는 것도 있지만, 거짓말은 아니었다. 가장 지독한 것은 해방 후에 경험한 것이었다. 그녀의 얘기의 교훈은, 만일 하느님이 히틀러의 박해를 통해서 '선택받은 민족'을 단련시키고자 한 것이라면 하느님은 실패했다는 것이다. 특히 신앙심이 깊은 유대인의 대부분은 살육당하고 말았다. 세계에 뿔뿔이 흩어져 도망 다닌 유대인은 아주 약간의 예외를 제외하고는 저 공포로부터 아무것도 배우지 못했다. 마샤는 고백과 자만을 동시에 하고 있었다. 허먼은 침대에서는 담배를 피우지 말라고 부탁했지만, 마샤는 그에게 동그랗게 연기를 내뿜으면서 키스를 했다. 담뱃불이 시트에 떨어졌다. 그녀는 껌을 씹고 초콜릿을 빨아먹고 콜라를 마셨다. 그러고는 부엌에서 허먼에게 음식을 가져다주었다. 그들의 성교는 보통 남녀가 하는 그런 것뿐만 아니라, 흔히 새벽까지 계속되는 하나의 의식儀式이었다. 그것은 허먼에게 새벽까지 이집트를 탈출한다고 하는 기적을 이루었던 아득한 조상들의 일을 생각나게 했다.

마샤의 꿈같은 얘기에 등장한 수많은 히어로나 헤로인은 살해되고 질병으로 죽고 또는 러시아에서 포로가 되었다. 남은 사람들은 캐나다나 이스라엘이나 뉴욕에 정착했다. 어느 날 마샤가 빵집에 들렀더니, 그 빵 굽는 사람은 옛날의 카포로 변신했다. 그녀가 트레몬트 거리의 카페테리아에서 계산원 일을 하고 있을 때는 낯익은 망명자와 마주쳤다. 어떤 사람은 미국에서 공장을 가졌고 호텔을 가졌으며 슈퍼마켓을 가진 부자가 되어 있었다. 홀아비는 새로운 아내를, 과부는 새로운 남편을 얻어 살고 있었다. 자식을 잃어도 아직 젊은 여성은 새로 결혼을 하여 자식을 얻었다. 나치 시대의 밀수업자였던 사내는 독일병사의 딸이나 여동생과 결혼을 했었다. 살육을 한 사람이나 살육을 당한 사람이나 어느 한 사람도 자신들의 죄를 추궁하지는 않았다. 예를 들면 레온 토트샤이너가 그러했다.

마샤는 레온의 협잡질에 대해서는 절대로 얘기하지 않았다. 그는 병적인 거짓말쟁이인 동시에 술꾼이며 떠벌이이고 섹스광이고, 셔츠까지 벗어 던지고 대들 정도의 도박광이었다. 마샤 모녀가 저금해 둔 마지막 돈으로 치른 결혼식에 그는 자기의 정부를 데리고 나왔었다. 머리를 염색해 빛깔을 바꾸고, 권위도 없는 박사의 직함을 가지고 있었다. 또한 표절로 고소를 당하기도 했었다. 동시에 보수당과 공산당 두 가지 정치단체에 속해 있었다. 두 사람의 별거를 인정한 뉴욕 재판소는 일주일 15달러의 생활비를 마샤에게 지불하라고 명령했지만 그는 지불할 돈이 한푼도 없었다. 오히려 그녀한테서 돈을 우려내려고 온갖 궁리를 다했었다. 지금도 그녀에게 전화를 걸고 편지를 보내어 그의 곁으로 되돌아오라고 간청하는 중이었다.

여러 차례에 걸쳐 허먼은 마샤더러 밤늦게까지 놀지 않기로 약속을 하게 했다. 두 사람 다 아침 일찍 일터로 나가야 할 필요성이 있었다. 마샤는 거의 잘 필요가 없는 것처럼 보였다. 꾸벅꾸벅 조는가 싶으면 졸음이 깨기라도 한 듯이 눈을 뜨곤 했다. 꿈을 꾸고는 괴로워했다. 잠든 채로 독일어로, 러시아어로, 폴란드어로 소리쳤다. 죽은 사람들이 되살아나 있었다. 그녀는 회중전등을 켜고서, 허먼에게, 죽은 사람들이 그녀의 가슴이나 팔이나 허벅지에 남긴 흉터를 보여 주었다. 그녀의 아버지 또한 나타나서 저승에서 쓴 시詩를 읽어 주었다. 그 중의 일절은 잠을 깬 다음에도 기억에 남아 있어 허먼에게 암송해 주었다.

마샤는, 자신이 과거에 여러 남자와 애정 관계에 있었음에도 불구하고, 허먼의 애정 관계에 관해서는 죽은 여자와의 관계조차도 용서하지 않았다. 그는 자기 아이들의 어머니였던 타마라를 사랑했던 것일까? 타마라의 육체는 내 육체보다도 더 매력적인 것이었을까? 만일 그렇다고 한다면 어떻게 생겼을까? 저 길게 머리를 땋아 늘인, 로망스어를 쓰던 여학생은? 그리고 야드비가는? 정말 그가 말한 대로 얼음과 같은 여자일까? 만일 야드비가가 갑자기 죽거나 자살하거나 한다면 어떻게 될까? 만일 내가 죽는다면? 그는 얼마 동안이나 나를 기억하고 있을까? 얼마나 지나야 새로운 여자를 발견하게 될까? 한 번이라도 좋으니, 그가 나한테 진심을 털어놓아 준다면 얼마나 좋을까!

"당신 같으면 얼마나 기다리겠어?"

허먼이 물었다.

"이젠 아무하고도 관계를 맺지 않을 거예요."

"정말이야?"

"물론이에요. 당신은 악질이야. 맹세코 정말이에요."

그렇게 말하고 마샤는 그에게 정열적인 기나긴 키스를 했다. 너무나 고요해서 마룻바닥 밑을 갉아먹는 쥐 소리가 들렸다.

마샤는 또한 곡예사와도 같은 순응성을 지니고 있었다. 허먼의 마음 속에, 그가 지니고 있는 줄도 몰랐던 소망이나 힘을 그녀는 북돋아 주었다. 어떤 특수한 방법으로 자기의 월경을 일시적으로 멈추게 할 수도 있었다. 허먼이나 마샤나 다 같이 변태는 아니지만, 이상 성욕異常性慾과 동성애에 대해서 얘기하는 데 지칠 줄을 몰랐다. 나치의 살인귀신들을 고문하는 건 재미있는 일이 아닐까? 만일 지상에서 남성이 말살되어 버린다면, 그녀는 여성과 성교할 수 있을까? 마샤와의 교제가 시작되면서부터 그는 카발라(유대교의 신비 철학)에서 남녀의 결합을 왜 중요시하고 있는지 이해할 수 있었다.

허먼이 새로운 철학 또는 새로운 종교에 대해서 생각할 때, 그것은 언제나 성性에 기초를 두게 되었다. 먼저 육욕이 있었다. 인간뿐만이 아니라 하느님에게도 원칙은 우선 욕망이었다. 중력도 빛도 자력磁力도 우주에 있어서의 욕망의 현상이라고 생각되었다. 고뇌도 공허도 암흑도 영원히 강해지는 우주의 성욕이 어떤 원인으로 방해를 받은 결과라고 생각되었다.

5

오늘 마샤는 이른 아침부터 카페테리아에서 일을 했다. 그래서 허먼은 늦게까지 잠을 잤다. 눈을 떴을 때는 11시 15분 전이었다. 해는 중천에 떠 있고, 새소리며 화물트럭의 달리는 소리가 열어 놓은 창문으로 들어왔다. 옆방에는 시프라 푸아가 이디시어 신문을 보면서 유대인 문제라든지 인간의 잔혹성 때문에 한숨을 내쉬었다.

　허먼은 욕실로 들어가 면도를 하고 샤워를 했다. 그의 의복들은 코니 아일랜드의 아파트에 있으나, 이곳 브롱크스에도 몇 장의 셔츠며 손수건이며 속옷 따위를 놓아두고 있었다. 시프라 푸아가 깨끗하게 빨아 다림질을 해주었다. 그녀는 마치 장모라도 되는 듯이 그를 보살펴 주었다. 그가 옷을 입기 전에 오믈렛을 만들어 주었다. 그를 위해서 사 놓은 딸기를 내놓았다. 허먼은 시프라 푸아와 함께 식사를 할 때, 기쁘기는 했지만 동시에 난처하기도 했다. 정통파의 의식에 따라서 식사하기 전에 물주전자의 물로 손을 씻으라고 그녀는 말했다. 마샤가 없기 때문에 그는 시프라 푸아가 시키는 대로 모자를 쓰고 손을 씻고 기도를 올렸다. 시프라 푸아는 테이블 맞은편에 마주 앉아서 고개를 끄덕이기도 하고 중얼거리기도 했다. 허먼은 그녀가 뭘 생각하고 있는지 알아챘다. 수용소에서는 이와 같은 의식을 올리는 건 생각할 수도 없었다. 그곳에는 한 조각의 빵이나 감자 때문에 생명이 좌우되는 사람들이 있었다. 시프라 푸아는 뭔가 귀중한 것이라도 만지는 듯이 빵 조각을 손끝으로 집었다. 죄가 그녀의 검은 눈에 빛나고 있었다. 그토록 수많은 경건한 유대인이 굶어 죽었는데도 이렇게 하느님의 혜택을 받아도 좋은 것일까? 자신의 죄 때문에 이렇게 이 세상에 남겨진 것이라고 그녀는 생각했다. 축복받은 사람들은 하느님이 당신의 곁에 불러들인 것이다.

　"허먼, 전부 다 들게. 음식을 남기는 건 금지된 일이야."

　"고맙습니다. 이 오믈렛 맛있는데요."

　"맛이 없을 리가 있나. 계란도 버터도 신선한 것이야. 미국에는 맛있는 게 얼마든지 있지. 죄가 두려워서 먹지 못한다는 사람은 없어요. 좀 기다려, 커피를 가져올게."

　부엌에서 커피를 준비하면서 그녀는 컵을 깼다. 그릇을 깨는 건 그녀의 버릇이었다. 마샤는 그런 일 때문에 어머니를 이따금 나무랐다. 그리고 시프라 푸아는 자신의 허약함을 부끄럽게 여겼다. 자기 스스로는 그런 일은 일어나지 않을 것이라고 생각하고 있었다. 예전에 그녀는 허먼에게 이제까지 절대로 물건을 부순 일이 없다고 했지만, 수용소에서 나왔을 때 몇 가지의 신경증을 앓았다고 말을 했었다. 그녀가 얼마나 고통스러워했는지, 망령에게 시달렸는지는 오직 하느님만이 알고 있다고 했다. 모든 경험을 마음속에 간직한 채 어떻게 사람은 살아갈 수가 있었는가? 부엌에 서 있으면서도 그녀는 발가벗은 유대인 처녀가 똥통 속에 세워 놓은 하나의 통나무 위에 올라 서 있는 것을 마음의 눈으로 보고 있었다. 그 주위에서 독일인, 우크라이나인, 리투아니아인이 그녀가 얼마 동안이나 그 위에 서 있을 수 있는지를 얘기하면서 지켜보고 있었다. 처녀와 유대인에게 모욕을 주면서 떠들어대고 있었다. 그들은 술이 얼근하게 취해 가지고, 이 랍비의 딸인 18세의 아리따운 처녀가 똥통 속에 빠질 때까지 지켜보고 있었다.

시프라 푸아는 수백 가지나 되는 이런 종류의 실화를 허먼에게 들려주었다. 이러한 추억에 잠겨 있다가 그녀는 컵을 떨어뜨렸던 것이다. 컵 조각을 주워 모으는 걸 거들어 주려고 허먼은 시도했지만, 시프라 푸아는 손가락을 벨까 염려해서 만류했다. 은빛이 나는 유리 조각을 쓸어 모아 내다 버린 다음 커피를 들고 들어왔다. 그녀가 손으로 만진 것은 모두 다 신성하게 되는 것처럼 생각되었다. 그는 커피를 마시고, 특별히 그를 위해서 만든 과자를 먹었다(의사는 그녀에게 엄격한 식단을 지키도록 명령했다). 그는 매우 다정하고 친절한 대접에 말로는 뭐라고 표현할 수 없는 감정에 잠겨 들었다.

허먼은 사무실에 나갈 필요가 없었다. 마샤의 일은 낮에 끝나기 때문에 그는 카페테리아로 그녀를 만나러 갔다. 그녀는 이번 여름에 처음으로 일주일 간의 휴가를 얻기로 되어 있었다. 그와 함께 어딘가로 떠나고 싶었다. 하지만 어디에? 허먼은 카페테리아 쪽을 향해서 트레몬트 거리를 내려갔다. 거리에는 잡화점, 양장점, 문방구점 등이 늘어서 있었다. 치브케프에서와 마찬가지로 장사꾼들이 손님을 기다리고 있었다. 체인점의 발달로 말미암아 수많은 작은 가게들이 파산하고 말았다. 여기저기의 입구에 '점포 세 놓음'이라고 씌어진 종이가 붙어 있었다. 자신의 운명을 시험해 보고 싶어 하는 인간은 쓸어다가 내버릴 정도로 많이 있었다.

카페테리아의 회전문을 통해 안으로 들어갔더니, 마샤가 있었다. 메이어 블로흐와 시프라 푸아의 딸은 그곳에서 수표를 받고, 껌이나 담배를 팔며 돈을 세고 있었다. 그녀는 그가 온 것을 알아채고 미소를 지었다. 카페테리아 시계로는 앞으로 20분은 더 일해야 하기 때문에 허먼은 테이블에 앉아 기다렸다. 다른 손님이 곁으로 오지 않도록 한쪽 구석의 벽 옆에 있는 테이블을 선택했다. 이제 막 점심을 잔뜩 먹고 온 참이지만, 허먼은 커피와 푸딩을 카운터에 주문했다. 어떤 짓을 해도 체중은 불지 않았다. 모든 것을 다 태워 버리는 불이 몸 안에서 타오르고 있는 것 같았다. 그는 마샤를 멀찍감치 바라보았다. 아직도 해가 창 너머로 환하게 비치고 있는데도 전등이 켜져 있었다. 옆 테이블에서 사람들은 공공연하게 이디시어 신문을 읽고 있었다. 아무에게도 모습을 감출 필요가 없었다. 그것은 기적처럼 생각되었다.

"언제까지나 이 생활이 지속될 수 있을까?"

그는 혼잣말을 했다.

손님 한 사람은 공산당의 기관지를 읽고 있었다. 아마 미국에 만족할 수 없어서 혁명이 일어나기를 바라고, 대중을 가두시위에 선동하고, 허먼이 지나온 거리의 가게들을 때려 부수고, 가게 주인을 감옥이나 강제 수용소에 들여보내고 싶은 거겠지.

허먼은 자기가 놓여 있는 복잡한 상황에 마음이 사로잡혀 가만히 앉아 있었다. 그는 브롱크스에 벌써 3일 동안 머물렀다. 그는 야드비가에게는 전화를 걸어, 필라델피아에서 볼티모어로 갔다가 오늘 밤에나 돌아가겠노라고 약속했던 터였다. 하지만 과연 마샤가 돌아가게 할는지. 그들은 오늘 밤 극장에 가기로 되어 있었다. 마샤는 온갖 궁리를 다하여 그를 못 가게 하고, 그가 떠나는 걸 어렵게 만들었다. 그녀의 야드비가에 대한 혐오는 이젠 이성으로 억누를 수 있는 한계를 초월했다. 만일 허먼의 옷에 얼룩이 져 있다든지 코트의 단추가 떨어져 있다든지 하기만 하면, 마샤는 야드비가를 비난했다. 단지 허먼의 보호를 받기만 할 뿐 그 자신은 아무것도 해주지 못하는 트릿한 여자라고 말이다. 마샤야말로 '지성이란 맹목적인 의지의 종'이라는 쇼펜하우어의 말의 가장 적절한 일례였다.

마샤는 일을 끝마치고 경리에게 수표와 현금을 건네 준 후 자기의 점심을 쟁반에 얹어 가지고 허먼이 앉아 있는 테이블로 왔다. 어젯밤 거의 한잠도 못 자고 아침 일찍 일어났는데도 피곤한 기색은 보이지 않았다. 여느 때와 마찬가지로 담배를 입술 사이에 물고 있었다. 몇 잔이고 커피를 마신 후였다. 그녀는 자극이 심한 음식을 좋아했다. 사우어 캐비지(양배추 절임), 나도고수(독특한 향내가 나는 약용식물로 유럽에서는 향신료로 사용함)로 양념한 오이지, 그리고 겨자 등이다. 어떤 음식에든지 소금과 후춧가루를 뿌리고, 커피는 설탕을 타지 않고 마셨다. 마샤는 커피를 한 모금 훌쩍 마시고는 담배 연기를 빨아들였다. 음식의 4분의 3은 먹지 않고 남겼다.

"엄마는 어때요?"

그녀는 물었다.

"별일 없으셔."

"그래요? 내일 병원에 모시고 가야 하는데."

"언제부터 휴가지?"

"모르겠어요, 아직은. 자, 여기서 나가요. 동물원에 가기로 했잖아요."

마샤나 허먼은 몇 마일이고 걸을 수 있었다. 마샤는 가끔 쇼윈도에서 발을 멈췄다. 미국식으로 사치를 하려고 하지 않지만, 염가판매에는 흥미를 느끼고 있었다. 가게를 폐업하는 사람들이 덤핑을 하고 있는 것이리라. 반값일 때도 있다. 약간의 돈으로 마샤는 자투리를 사다가 그걸로 어머니와 자기의 옷을 만들기도 했다. 침대 커버나 커튼이나 가구의 덮개천 등도 제 손으로 만들었다. 하지만 찾아오는 손님도 찾아갈 곳도 없었다. 그녀는 망명자들과는 교제를 끊었다. 왜냐하면, 우선 망명자의 그룹에 속해 있는 레온을 피하기 위해서이고, 둘째로는 허먼과의 관계가 있기 때문이었다. 허먼을 아는 코니 아일랜드의 사람들과 마주칠 위험성이 있었기 때문이다.

온실 속에서 무성하게 자라난 선인장이나 열대 식물을 보기 위해서 두 사람은 식물원에서 발을 멈췄다. 유대 민족은 온실 식물이라는 생각이 허먼에게 떠올랐다 — 메시아에 대한 신앙, 꼭 오고야 말 정의에 대한 희망, 영원히 그들을 최면술에 건 바이블의 약속을 믿으며 이방異邦의 땅에서 자라는 온실 식물. 그 다음, 두 사람은 브롱크스 동물원으로 갔다. 동물원에 관한 소문은 바르샤바에 있을 무렵부터 듣고 있었다. 두 마리의 흰 곰이 못가의 바위 선반 밑에서 북국北國의 눈이나 얼음을 꿈꾸면서 꾸벅꾸벅 졸고 있었다. 어느 동물, 어느 새의 모습이나 다 유사 이전부터 되풀이해서 계승되어 온 형태를 보이기도 하고 감추기도 하면서 말없는 말을 주고받고 있었다. 잠자는 사자는 사는 것도 죽는 것도 금지된 자의 절망을 나타낸 황금빛 눈을 껌벅거리면서 꼬리로 파리를 쫓고 있었다. 이러는 자신의 광기를 제자리에 그리면서 이리저리 돌아다니고 있었다. 호랑이는 몸을 뉠 수 있는 자리를 찾아 마룻바닥을 쿵쿵거리며 냄새를 맡고 돌아다녔다. 두 마리의 낙타는 동양의 왕자임을 뽐내며 꼼짝도 않고 서 있었다. 동물원은 너무 수용소와 흡사했다. 이곳의 공기는 사막에, 골짜기에, 구릉에, 동물에, 그리고 친구들에 대한 한없는 그리움으로 충만해 있었다. 유대인과 마찬가지로 짐승들도 세계의 이곳 저곳에서 끌려와 격리를 당한 끝에 권태에 시달리고 있었다. 어떤 놈은 슬픔을 부르짖고, 어떤 놈은 침묵을 지키고 있었다. 앵무새는 쉰 목소리로 자신의 권리를 외치고 있었다. 바나나처럼 생긴 부리를 가진 새는 마치 자기를 이런 꼴로 만들어 놓은 범인을 찾기라도 할 듯이 머리를 이쪽저쪽으로 돌려대고 있었다. 우연일까? 다윈주의일까? 그렇지 않다면 거기에는 하나의 계획이 있었다 — 적어도 하나의 게임이 의식적으로 벌어지고 있었다. 허먼은 천국에 있는 나치에 대한 마샤의 말이 생각했다. 히틀러가 저승에서 유대인을 조종하고 있는 것이나 아닐까? 유대인을 육체나 피나 치아나 손톱이나 뿔피리나 분노로 무장시켜, 악행을 저지르든가 멸망하든가의 둘 중에서 하나를 선택하지 않으면 안 되도록 조종하고 있는 것이 아닐까?

마샤는 담배를 내던졌다.

"무슨 생각을 하고 있어요? 닭이 먼저냐, 달걀이 먼저냐, 그런 거겠죠? 나 아이스크림 사 줘요."

3장 타마라

1

허먼은 야드비가와 이틀을 함께 보냈다. 그는 마샤가 얻은 두 주일의 휴가를 함께 보내기로 마음먹고 있었으므로 멀리 시카고까지의 이번 여행에 대해 야드비가에게 어떻게 말해야 좋을지 벌써부터 마음을 졸이고 있었다. 아무튼 그녀에게 그것을 미리 알려 주어야 하겠기에 그는 어느 날 야드비가를 데리고 산책을 갔다. 아침식사를 마치고 걸어서 보드워크로 가 회전목마를 탔다. 허먼이 그녀를 사자 위에 앉혔을 때 야드비가는 비명을 질렀다. 그는 호랑이에 올라탔다. 그녀는 한쪽 손으로 사자의 갈기를 잡고 또 한 손으로는 아이스크림 콘을 들고 있었다. 다음에 그들은 전후로 충돌하면서 나아가는 소형 자동차에 올라탔다. 야드비가는 허먼 위에 자빠지며 두려움과 기쁨의 비명을 질렀다. 크니시(크로켓과 비슷한 유대 음식)와 데르마(소시지)와 커피로 점심을 마친 뒤 그들은 시프스헤드 항구까지 걸어가 브리지 곶으로 가는 배를 탔다. 야드비가는 뱃멀미를 걱정했으나 다행히 바다는 잔잔했다. 녹색과 금빛으로 물든 바다는 미동하고 있었다. 산들바람으로 흐트러진 머리를 그녀는 머릿수건으로 묶었다. 배가 닿은 부두에서는 음악이 연주되고 있었다. 야드비가는 레모네이드를 마셨다. 생선 요리로 저녁을 마친 뒤, 허먼은 그녀를 데리고 춤과 노래와 아름다운 여자와 근사한 궁전이 나오는 영화를 보러 갔다. 이야기는 허먼이 통역해 주었다. 그녀는 허먼에게 바짝 다가앉아 그의 손을 잡고 가끔 그 손을 자기의 입술에 갖다 대고는 속삭였다.

"행복해요, 정말 행복해요. 하느님이 제게 당신을 보내 주셨어요."

그날 밤, 한잠을 자고 난 뒤 야드비가는 희망으로 가슴이 부푼 채 눈을 떴다. 그리고 이제까지 몇 번이나 해온 같은 말을 되풀이했다 — 아이를 가지고 싶고 유대교로 개종하고 싶다고. 그녀의 소망을 모두 들어주겠다고 허먼은 약속했다.

다음 날 아침, 마샤로부터 전화가 왔다. 그녀와 교대할 계산원이 병이 났기 때문에 휴가가 며칠 연기되었다는 것이다. 허먼은 야드비가에게 시카고로 가는 행상이 연기되고, 그 대신 며칠 안에 트렌턴에 가야 한다고 말했다. 허먼은 23번가에 있는 랍비의 사무실에 잠깐 들렀다가 마샤의 집으로 가는 지하철을 탔다. 그는 만족해야 했지만, 어떤 파멸이 닥쳐올 것만 같은 예감으로 괴로웠다. 그게 무엇일까? 자신이 병에 걸리는 것일까? 마샤나 야드비가에게 불행이 들이닥치는 것일까? 세금을 물지 않아서 체포당하는 것일까? 실제로 그는 세금을 물 만큼 벌고 있지는 않지만, 신고는 해야 했다. 국가나 주 정부에 얼마간의 빚이 있는 것은 사실이다. 치브케프의 시골 친구가, 허먼이 미국에 있는 것을 알고 연락을 취하고 싶어 하는 것을, 그는 알고 있으면서 피하고 있었다. 모든 인간관계는 그에게 있어 위험을 내포하고 있었다. 미국에 먼 친척이 있다는 것을 알고 있지만, 어디에 있는지 알려고도 하지 않았다.

그날 저녁부터 허먼은 마샤와 함께 지냈다. 그들은 싸우고, 화해하고,

또 다투었다. 언제나처럼 계속될 리가 없는 행복, 달성할 수 없는 기쁨의 환상, 공통의 기쁨의 원천을 찾는 말로 두 사람의 대화는 충만했다. 마샤는 만일 자기가 여동생을 가지고 있다면, 허먼과 동생이 함께 밤을 지내는 것을 용서할 수 있을까 하고 생각했다. 만일 허먼에게 아우가 있다면 그녀는 그 두 사람 모두와 육체 관계를 맺을 수가 있을까? 만일 그녀의 아버지가 살아 있고, 그녀에게 근친상간적인 애정을 구한다면 어떻게 될까? 만일 그녀가 다시 레온에게로 돌아가든가 어떤 부자와 결혼을 하더라도, 허먼은 계속 이런 관계를 유지할까? 만일 어머니가 돌아가시면 마샤는 허먼과 야드비가의 집으로 이사를 가게 될까? 만일 그가 성불능자가 되면 자기는 헤어질까? 두 사람은 가끔 죽음에 대해서도 이야기를 나누었다. 두 사람 모두 요절할 것이라고 믿고 있었다. 마샤는 허먼에게 죽었을 때 함께 매장될 수 있는 묘지를 장만하라고 재촉했다. 허먼이 먼저 죽으면 그 무덤에 찾아와 그와 사랑을 나누겠다고 마샤는 맹세했다. 달리 방법이 없지 않은가?

　마샤는 아침 일찍 카페테리아에 가야만 했다. 허먼만 침대에 남았다. 여느 때처럼 랍비의 일이 늦어져서 그 일을 했다. 랍비에게는 전화가 있는 거짓 주소를 알려 주고 있었는데, 랍비는 잊고 있는 모양이었다. 고맙게도 자기 일에 열중하고 있었다. 옛날의 철학자나 사상가 중 어느 한 사람도 이렇게 분주한 시대가 온다고 예언한 사람은 없었다. 급하게 일하고, 급하게 먹고, 급하게 이야기하고, 급하게 죽어간다. 급속은 하느님의 특징이다. 전기의 흐름의 빠름이나, 은하계가 우주의 외부로 움직여 가는 그 빠른 속도로 볼 때 하느님은 성급하다고 판단을 내려도 좋을 것이다. 하느님이 천사 메타트론(천사들의 왕, '파괴의 천사'라고도 알려져 있으나 유대교에서는 '신의 대리자'로 신봉함)을 밀고, 메타트론은 천사 산달폰(태아를 관장하는 천사)을, 세라핌(인간과 닮은 세 개의 날개를 가진 천사)을,

케루빔(구약성서에 나오는 초인적 존재)을, 오파님(신의 옥좌를 운반하는 존엄과 정의의 천사)을, 에를림(관찰, 보고의 능력이 뛰어난 천사)을, 분자를, 원자를 밀고, 그 결과로서 전자가 몹시 빠른 속도로 움직이고 있었다. 시간 자체가 무한한 공간 속에서 수행해야 할 과업을 맡은 시간을 마구 밀고 있었다.

허먼은 다시 잠에 빠졌다. 그의 꿈 역시 엉망으로 뒤섞여 무엇이 무엇인지 구별할 수 없었고, 이성을 무시하고 있었다. 마샤와 교접을 하고 있었는데, 상반신이 하반신에서 떨어져 나와 거울 앞에 서서 다른 여자와 교접을 하고 있다며 그를 비난했다. 허먼은 눈을 떴다. 10시 15분이었다. 시프라 푸아는 옆방에서 한 마디 한 마디씩 천천히 아침 기도를 올리고 있었다. 그는 옷을 갈아입고 항상 아침 식사가 준비되어 있는 부엌으로 갔다. 이디시어 신문이 테이블 위에 놓여 있었다.

허먼은 커피를 마시면서 신문을 한 번 죽 훑어봤다. 갑자기 그는 자기의 이름을 보았다. '사람 찾는' 난欄이었다:

> [치브케프의 허먼 브로더 씨 레브 아브라함 니센 야로슬레이버에게 연락 바람]

그 뒤에 이스트 브로드웨이의 주소와 전화번호가 적혀 있었다. 허먼은 몸이 움츠러졌다. 그 난을 보는 일은 거의 없었기 때문이다. 보통 때는 1면의 표제만 대충 훑어볼 뿐이었다. 허먼은 레브 아브라함 니센 야로슬레이버가 누구인지 알고 있었다. 그의 죽은 아내인 타마라의 큰아버지로, 학자며 알렉산드로버 하시드(18세기 폴란드에서 생긴 유대교 단체)의 일원이었다. 허먼이 미국에 도착했을 무렵, 한 번 찾아왔었고 다시 찾아올 것을 약속했다. 조카딸이 죽은 뒤에도 레브 아브라함은 허먼을 돌봐 주려고 했지만, 그는 이교도인 여자와 재혼한 사실을 알리고 싶지 않았으므로 그를 피하고 있었다. 그 레브 아브라함이 신문에 광고를 낸 것이다.

"어찌된 일일까?"

허먼은 이 치브케프의 추억과 관련이 있는 인물의 출현에 놀라 어찌할 바를 몰랐다. 보지 않은 것으로 하자고 마음먹었다. 그러나 광고를 보며 오랫동안 앉아 있었다. 전화 소리가 났고 시프라 푸아가 받았다.

"허먼, 마샤 전화네."

마샤는 시간 외 근무를 하게 되었으므로 4시에 만나자고 했다. 그가 전화로 이야기를 하고 있는 동안 시프라 푸아는 신문을 보고 있었는데, 그의 이름을 발견하고 놀라서 그곳을 손가락으로 가리켰다. 허먼이 수화기를 놓자마자 그녀는 말했다.

"신문에서 자네를 찾고 있네."

"네, 보았습니다."

"전화를 걸게. 번호가 적혀 있어. 누구야?"

"모르겠습니다. 옛날에 살던 곳에서 온 누군가겠지요."

"전화를 걸어 봐. 신문 광고를 낼 때는 중요한 일이야."

"제게는 아무래도 좋습니다."

시프라 푸아는 눈썹을 치켜 올렸다. 허먼은 테이블에서 움직이려 하지 않고, 그 광고를 찢어 버렸다. 그 배후에는 아무것도 없다는 것을 그녀에게 알리기 위해서였지만, 동시에 다른 광고까지 찢어 버리고 말았다.

"저를 동향인의 모임에 가입시키고 싶어서일 겁니다만, 바빠서 도저히 그럴 틈이 없습니다."

"아마 가족 중의 누가 찾는 걸 거야."

"이제 살아남은 사람은 없습니다."

"지금 이런 식으로 찾을 때는 중요한 일이 있기 때문이야."

허먼은 일찌감치 자기 방으로 돌아가 일을 하려고 결심했으나 시프라 푸아에게 인사를 하고는 아파트를 나와 버렸다. 천천히 트레몬트 거리로 걸었다. 공원으로 나와 벤치에 앉아 원고를 끝마치려고 생각했지만, 발은 전화 부스 쪽으로 향하고 있었다. 그는 의기소침했다. 요 며칠 동안 마음에 걸려 견딜 수 없었던 어떤 예감이 바로 이 광고였나 보다고 생각했다. 텔레파시라든가 천리안과 같은 것이 어쩐지 있는 것만 같았다.

그는 트레몬트 거리로 가서 약국으로 들어갔다. 그리고 신문에 나와 있던 번호로 다이얼을 돌렸다.

'자진해서 혼란 속으로 뛰어들려 하고 있군'

그는 생각했다. 저편에서 전화벨이 울리고 있지만 대답은 없었다.

"이런 게 좋은 거야, 이제 두 번 다시 전화는 말아야지."

그는 결심했다. 그런데 그 순간, 레브 아브라함의 목소리가 들렸다.

"여보세요, 누구십니까?"

그것은 늙은이의 쉰 목소리였고, 단 한 번 이야기했을 뿐이지만 허먼의 귀에 익은 목소리였다.

허먼은 목청을 가다듬었다.

"허먼입니다. 허먼 브로더입니다."

레브 아브라함 니센은 경악에 사로잡힌 듯 잠자코 있었다. 잠시 후 정신을 되찾은 듯이 보였고 그의 목소리는 더 밝고 컸다.

"허먼이라구? 신문을 보았군. 뉴스가 있지만 놀라진 말아. 나쁜 소식은 아니야. 그 반대지만 우선 진정해 주게."

"무슨 일입니까?"

"타마라 레이철의 일인데, 타마라가 살아 있었어."

허먼은 대답하지 않았다. 분명히 기대했던 것만큼 자기가 쇼크를 받지 않은 것을 보면, 마음 한구석에서 그 가능성을 예상하고 있었는지도 모른다.

"그리고 아이들은요?"

그는 물었다.

"아이들은 죽었어."

허먼은 오랫동안 말을 하지 않았다. 자기에게 밀어닥친 운명의 변덕이 너무 기구했기 때문에 이제는 놀랄 것도 없었다.

"어떻게 된 겁니까? 그녀가 사살당한 것을 본 사람이 있었습니다. 이름이 뭐랬더라?"

"사실이야. 타마라는 총에 맞았어. 하지만 되살아난 거야. 친절한 이교도의 집으로 도망을 갔어. 그 후에 러시아로 탈출했어."

"지금 어디 있습니까?"

"우리 집에 있어."

두 사람 사이에는 다시 침묵이 흘렀다. 그리고 허먼이 입을 열었다.

"언제 이곳에 도착했습니까?"

"지난 금요일에 왔네. 갑자기 문을 두드리고 들어왔어. 우리는 모두 함께 자네를 찾기 위해 온 뉴욕을 헤맸지. 잠깐만 기다리게. 그녀를 바꿔 줄 테니까."

"아닙니다. 제가 지금 곧 그리로 가겠습니다."

"뭐라구?"

"곧 가겠습니다."

그는 같은 말을 되풀이했다. 수화기를 놓으려는 순간에 그것은 손에서 미끄러져 전화 코드 끝에 매달렸다. 레브 아브라함의 목소리가 아직도 거기에서 나오고 있는 것처럼 생각되었다. 그는 전화 부스의 문을 열었다. 맞은편 테이블에서는 남자가 쿠키를 가져다주고 있는 동안 음료

수를 빨대로 빨고 있는 여자가 있었다. 여자는 남자에게 교태를 부리고 있는데, 붉은 빛 얼굴의 주름살은 이미 권리를 주장하는 것이 아니라, 상대에게 간청하게 된 연령이 가지는 따스함으로 미소 짓고 있었다. 허먼은 수화기를 바로 놓고 전화 부스를 나와 문 쪽으로 걸어갔다.

마샤는 가끔 그를 '기계 같은 인간'이라고 비난했지만, 지금 그는 스스로 그것을 인정해야만 했다. 감정의 흐름을 억누르고 그의 마음은 냉정히 계산하고 있었다. 그는 4시에는 마샤와 만나야 한다. 야드비가에게는 저녁때 돌아간다고 약속을 했다. 랍비의 원고는 아직 끝내지 못했다. 그는 문가에 서 있었으므로 출입하는 손님이 그에게 부딪혔다. 스피노자의 놀람에 관한 정의를 그는 생각해 냈다.

"공상이 주위의 것과 아무 관계도 없기 때문에, 정신이 작동하지 않는 경우······."

허먼은 걷기 시작했으나 카페테리아가 어느 방향에 있는지 기억할 수 없었다. 그는 우체통 앞에서 멈춰 섰다.

"타마라가 살아 있다!"

그는 분명하게 입 밖으로 내어 크게 말했다. 그를 괴롭히고, 전쟁이 시작되었을 때 이혼하려고 했던 그 여자가 황천으로부터 되살아 온 것이다. 큰 소리로 웃고 싶었다. 형이상의 익살꾼이 마침내 숙명적인 장난을 그에게 걸어온 것이다.

1초 1초가 귀중한 줄을 알아도 그는 움직일 수 없었다. 우체통에 기대었다. 어떤 여자가 편지를 집어넣고 수상쩍다는 듯이 그를 쳐다보며 갔다. 도망을 가 버릴까? 어디로? 누구와? 마샤는 어머니와 떨어질 수 없다. 그건 그렇고 지금 돈이 한 푼도 없다. 어제 10달러짜리를 잔돈으로 바꾸었는데, 랍비가 새로 봉급을 줄 때까지는 4달러와 잔돈밖에 남지 않는다. 마샤에게는 도대체 뭐라고 말해야 좋을까? 시프라 푸아는 신문 광고에 대해서 그녀에게 분명히 말할 것이다.

그는 골똘히 손목시계를 들여다 보았다. 짧은 바늘이 11시를 가리키고 있고, 긴 바늘이 3시를 가리키고 있지만 그 뜻을 파악할 수 없었다. 시간을 알아보기 위해 마치 얼마간의 정신적 기능을 집중시킬 필요가 있는 것처럼 그는 시계의 글자판을 응시하고 있었다.

"좋은 옷을 입고 있다면!"

처음으로 허먼은 미국에서 어느 정도의 성공을 과시하는 망명자들과 공통된 희망을 느꼈다. 또 한편으로는 이 진부한 희망을 비웃었다.

2

허먼은 고가철도까지 걸어갔고 지하철의 계단을 올라갔다. 타마라의 생존 소식은 그에게 대단한 충격을 주었음에도 불구하고, 그에게 변화를 가져다 준 것은 아무것도 없었다. 승객들은 여느 때와 마찬가지로 신문을 읽거나 껌을 씹었다. 머리 위에선 선풍기가 윙윙 시끄럽게 돌아갔다. 허먼은 바닥에 버려져 있는 신문을 주워 들었다. 그것은 경마면競馬面이었다. 그는 페이지를 넘겨 유머 기사를 읽고 웃었다. 표면상으로는 주관적인데도 내면적으로는 이상하리만큼 객관적이었다. 햇살이 눈부셔서 그는 모자의 차양을 숙였다. '중혼重婚? 그렇다, 중혼이다.' 어느 의미에서 일부다처의 죄를 범하고 있었다. 타마라가 죽었다고 믿고 있는 동안에는 그녀의 좋은 점만을 생각해 내려고 했었다. 그녀는 그를 사랑하고 있었다. 본질적으로는 마음이 깊은 여자였다. 그는 이따금 그녀의 혼魂한테 말을 걸어 용서를 빌었다. 그와 동시에, 그녀의 죽음에 의해서 그는 고통으로부터 해방되었음을 알고 있었다. 립스크의 다락방에서 헛되이 보낸 세월조차도 타마라와의 결혼생활에서 빚어진 너저분한 불화를 끝까지 꾹 참고 살아 온 것처럼 생각되었다.

어째서 그렇게 심하게 싸웠는지, 어째서 그녀와 자식들을 내팽개쳤는지 허먼은 이젠 생각해 낼 수 없을 정도였다. 부부 싸움은 아무래도 한쪽이 다른 한쪽을 굴복시킬 수 없는 끝없는 입씨름이 되어 갔다. 타마라는 끊임없이 인간의 해방, 유대인의 고난, 사회에 있어서의 여성의 역할에 대해서 얘기했다. 그녀는 그가 종이조각보다는 조금 낫다고 생각되는 정도의 책을 찬양하고, 그가 혐오감을 느끼는 연극에 열중하고, 유행가를 부르고, 온갖 당파의 선동가들의 연설을 들으러 가곤 했다. 공산당원일 때는 아라세카 가죽으로 만들어진 재킷을 입고, 유대 건국주의자가 되었을 때는 목에다 다비드의 별(이스라엘을 상징하는 육각형의 별 모양)을 걸었다. 항상 데모에 참가하거나 항의서에 서명을 하거나 온갖 종류의 기금 모집을 하러 다니거나 하고 있었다. 30년대 말쯤에 나치의 지도자가 폴란드에 들어왔고, 국수적인 학생들이 유대인 배척을 일으키며, 유대계의 학생을 대학 강의 중에 일어서게 하는 등의 사태가 벌어지자, 다른 유대계 학생들과 마찬가지로 그녀는 종교에 기울어졌다. 금요일 밤은 촛불을 켜고 율법에 맞는 식사를 했다. 그녀는 항상 어느 지도자를 추종하고 슬로건에 날뛰며 자신의 독자적인 의견을 갖지 않은 대중의 화신처럼 허먼에게는 보였다.

초조함 속에서 그는 자기와 자식들에게 대한 타마라의 헌신을 못보고 넘어갔다. 그가 집에서 나와 혼자 작은 아파트에서 살고 있을 때 그녀는 먹을 것을 가지고 왔고 방 안 청소도 해주었다. 허먼이 병이 났을 때는 간호를 하고, 옷을 꿰매 주고, 시트를 빨아 주었다. 그녀의 의견에 의하면, 반反인간적이고 여성 경멸적이며 불쾌하기 짝이 없었지만, 그의 논문을 타이프해 주기도 했다.

"그녀는 조금은 차분해졌을까? 가만 있자, 그녀는 몇 살이나 되었지?"
허먼은 생각했다. 그는 이젠 생각해 낼 수도 없지만, 자기보다도 나이가 많다는 것은 확실했다. 허먼은 과거의 사건을 차근차근 정리해 보려고 했다. 자식을 빼앗기고 그녀는 총알을 맞았다. 총알이 몸 속에 박힌 채, 그녀는 이교도의 집에서 도움을 받았다. 상처가 아물자, 그녀는 러시아로 달아났다. 그것은 1941년보다 그 이전이었을 것이다. 그렇다면 도대체 그 후에는 어디에 있었을까? 1945년 이후, 어째서 연락해 주지 않았을까? 그는 그녀를 수소문해서 찾지는 않았다. 유대계의 신문에 실려 있는, 친척을 찾는 리스트를 이제까지 본 일조차 없었다. 그는 중얼거렸다. 이러한 고난에 빠졌던 사람이 이제까지 있었을까? 몇 백만 년, 몇 천만 년이 지나지 않고서는 또다시 이런 일은 일어나지 않을 것이다. 그렇게 생각하니, 어쩐지 웃음이 터져 나오려고 했다. 하늘이, 독일의 의사들이 유대인들에게 했었던 것과 똑같은 실험을 그에게 하고 있었다.

지하철이 멎자 허먼은 펄쩍 뛰어 일어났다 — 14번가였다. 그는 계단을 올라가 거리로 나와서 동쪽으로 꺾어 돈 다음, 동쪽 접경지대로 가는 버스를 타기 위해서 정거장으로 갔다. 아침의 서늘함도 시시각각 더워져 갔다. 셔츠가 등에 착 달라붙었다. 어떤 옷인지 그의 기분을 언짢게 했다. 칼라일까, 속옷의 고무밴드일까, 구두일까? 거울에 비친 자신의 모습은 한쪽으로 기울어지고 지쳐 빠지고 허리는 굽었으며, 낡아 빠진 모자와 바지를 걸치고 있었다. 넥타이는 꼬깃꼬깃해져 있었다. 몇 시간 전에 면도를 했는데도 그의 얼굴에는 벌써 수염이 자라나 있었다.

"이런 꼴로는 찾아갈 수가 없는데!"
그는 혼잣말을 중얼거렸다. 그는 걸음의 속도를 늦추었다. 상점의 윈도우를 들여다보았다. 값싼 셔츠 하나는 사도 괜찮겠지, 옷을 다림질해 줄 곳이 이 근처에 있겠지, 적어도 구두 정도는 닦아도 되겠지. 구두닦이 앞에 서자 검둥이 소년이 손가락으로 구두약을 칠하기 시작했다. 허먼의 발가락이 가죽을 통해서 간질거렸다. 먼지와 가솔린과 아스팔트와 땀 냄새가 뒤범벅이 된 뜨거운 공기에 가슴속이 메슥거렸다.

"언제까지나 폐가 지탱할 것인가? 이 자살 행위 같은 현대 문명이 계속될 것인가? 인간은 우선 미쳐서 질식할 것임에 틀림없다."

허먼은 혼자 생각했다

검둥이 소년이 그의 구두에 대해서 뭐라고 중얼거리기 시작했지만, 허먼은 그 영어를 알아들을 수 없었다. 단어의 최초의 발음이 귀에 들릴 따름이었다. 소년은 반 벌거숭이였는데, 그의 네모진 머리에는 땀이 나고 있었다.

"돈벌이가 잘 되나?"

허먼은 얘기를 해볼까 하는 마음에서 물었다.

"그저 그래요."

소년이 대답했다.

3

허먼은 유니언 광장에서 이스트 브로드웨이로 가는 버스를 타고 앉아서 창 밖을 내다보았다. 그가 미국에 온 이후로 근처가 변했다. 지금은 많은 푸에르토리코 사람들이 살고 있었다. 이 구역의 모든 건물은 헐려 버렸으나, 그래도 역시 이따금 유대어 간판이나 유대 교회, 그리고 예시바(탈무드 학원. 유대교의 초등학교, 혹은 탈무드를 연구하는 유대교 대학을 의미함)나 양로원 등이 남아 있었다. 이 근방 어딘가에 허먼이 그토록 피해 다니던 치브케프 투표소의 본부가 있었다. 버스는, 코셔(유대인 관습에 따라 먹는 정결한 음식) 음식점, 유대인 영화관, 웅장한 목욕탕, 결혼식이나 제전을 위한 전세 홀, 유대계의 장례식장 등을 지나갔다. 바르샤바에서는 본 일조차 없는, 긴 더벅머리를 늘어뜨리고 차양이 넓은 융단 모자를 쓴 소년이 있었다. 사흐츠, 벨츠, 보보우 등과 같은 랍비의 후계자들이 자리잡고 있고, 이 근방과 윌리엄스버그 다리 건너는 예로부터 반목이 계속되는 곳이다. 하시딤(예루살렘의 타락을 이유로 탈脫 예루살렘 주의를 주장한 신앙집단)의 과격파는 이스라엘의 땅을 인정하려고 하지 않는다.

허먼이 버스를 내린 이스트 브로드웨이에서는, 지하실에서 유대교 법전을 배우는 백발의 그룹이 창 너머로 흘낏 보였다. 긴 속눈썹 아래 빛나는 눈들은 학자다운 날카로움이 느껴졌다. 너른 이마의 주름살은 양피지 두루마리에 씌어진 서간문집의 가로줄을 연상시켰다. 노인들의 얼굴에는 그들이 읽고 있는 책과 마찬가지로 오랫동안 계속된 완고한 슬픔이 새겨져 있었다. 한참 동안, 허먼은 자신도 그들 축에 끼어 있는 듯한 공상에 잠겨 있었다. 허먼은 백발이 되기까지는 이젠 얼마 남지도 않았다.

허먼은, 레브 아브라함 니센 야로슬레이버가 히틀러가 폴란드에 침공하기 몇 주 전에 미국으로 건너오게 된 상황에 대해 들은 것을 기억했다. 루블린에서 레브 아브라함은 종교 관계의 희귀본을 출판하는 조그마한 회사를 가지고 있었다. 가끔 가다가 그곳에서 발견해 낸 옛날 원고를 복사하기 위해 그는 옥스퍼드로 갔다. 1939년, 이 원고를 인쇄하기 위해 뉴욕에 온 후로는 나치가 고국을 침략했기 때문에 귀국할 수 없게 되고 말았다. 그는 아내를 잃었으나, 뉴욕에서 어느 랍비의 미망인과 재혼했다. 그는 그 원고의 출판을 단념해 버리고, 그 대신에 나치에게 학살된 랍비들의 앤솔러지 출판을 계획했다. 새 아내인 셰바 하다스가 그 일을 거들어 주었다. 두 사람 다 유럽에서 희생당한 사람을 위해서 월요일에는 반드시 상복을 입었다. 그날은 단식을 하고, 낮은 의자에 구두를 벗고 앉아 셰바의 모든 계율을 지켰다.

허먼은 이스트 브로드웨이의 레브 아브라함의 집에 가까이 다가가 일층의 창문을 올려다보았다. 창문에는 역사 깊은 나라의 습관대로 커튼 자락만이 쳐져 있었다. 그는 낮은 돌층계를 올라가서 현관의 벨을 눌렀다. 아무런 대답도 없다. 그는 문 안에서 그를 들여보낼까 어쩔까 하고 의논하고 있는 소곤거리는 소리가 들리는 것만 같았다. 문이 열리더니, 셰바 하다스임에 틀림없는 노파가 문간에 나타났다. 키가 작고 마르고, 볼은 주름이 졌으며, 입가는 움푹 꺼지고, 매부리코 위에는 안경이 걸쳐져 있었다. 깃 높은 옷과 모자를 몸에 걸친, 전형적인 폴란드의 경건한 부인이었다. 그녀의 모습에는 어떠한 미국의 영향도, 바쁨이나, 떠들썩함도 찾아볼 수 없었다. 그녀의 태도로 보면 남편과 아내의 그러한 사별死別이나 새로운 결합은 평범하기 짝이 없는 일상적인 일에 불과한 듯했다.

허먼이 인사를 하자, 그녀는 고개를 끄덕였다. 두 사람은 긴 현관을 말없이 걸었다. 레브 아브라함 니센은 거실에 서 있었다. 작고 땅딸막한 키에 허리는 굽었고, 창백한 얼굴엔 노르스름한 수염이 나 있었으며, 흐트러진 머리는 그대로 늘어뜨린 남자였다. 이마가 높고, 머리 위에는 넓적한 모자를 얹어 놓고 있었다. 노르께한 눈썹 밑에 있는 갈색 눈동자는 신뢰와 슬픔이 넘쳐흘렀다. 폭이 넓고 테두리가 있는 의복이 단추를 잠그지 않은 가운 밑으로 비죽 나와 있었다. 기름에 튀긴 양파, 마늘, 치커리, 왁스 등이 뒤범벅된 방 안의 냄새까지도 흘러가 버린 시대의 냄새였다. 레브 아브라함 니센은 허먼을 찬찬히 쳐다봤다. 그 눈초리는 '말이란 표면적인 것이다'라고 말하는 것 같았다. 그리고 다른 방으로 들어가는 문을 눈으로 가리켰다.

"그 애를 오라고 해요."

그는 아내에게 말했다. 조용히 늙은 부인은 방을 나갔다.

"하늘이 내려 주신 기적이야."

레브 아브라함 니센은 말했다.

오랜 시간이 지난 듯한 느낌이 들었다. 또다시 나지막한 말다툼 소리가 들리는 듯했다. 문이 열리더니, 셰바 하다스가 마치 신부를 천개天蓋 모양의 차양 밑으로 인도하는 듯한 모습으로 타마라를 데리고 나왔다.

한눈에 허먼은 모든 것을 알아차렸다. 타마라는 좀 나이가 들기는 했으나, 경탄할 만큼 앳되게 젊어 보였다. 미국풍의 복장을 하고 있고, 분명히 미장원에 갔다 온 모양이었다. 칠흑 같은 머리는 산뜻하게 빛나고 있고, 뺨에는 연지를 바르고, 눈썹은 그려졌고, 손톱은 빨갛게 칠해져 있었다. 그것은 어딘지 새로운 맛을 내기 위해서 뜨거운 오븐 속에 넣어 놓은 묵은 빵을 연상시켜 주었다. 그녀는 옅은 갈색의 곁눈질로 그를 쳐다보았다. 그 순간까지 허먼은 타마라의 얼굴 모습을 완전히 기억하고 있는 줄로 알았으나, 그렇지 않았다. 어딘가를 잊어버리고 있음을 깨달았다. 입 언저리에 애당초부터 있던 주름살이 당혹과 미심쩍음과 빈정거리는 투의 표정을 나타내고 있었다. 허먼은 그녀를 쳐다보았다. 똑같은 코, 똑같은 광대뼈, 똑같은 입가, 똑같은 턱, 입술, 귀 등이었다.

"나를 알아보겠지."

허먼은 자신의 목소리를 들었다.

"네, 그럼요."

아마, 조심스러워서 약간 이상하게 들렸지만, 그것은 틀림없는 타마라의 목소리였다.

레브 아브라함이 아내에게 눈짓을 하더니, 두 사람은 방에서 나갔다. 허먼과 타마라는 단 둘이만 남게 되었다. 긴 침묵이 흘렀다. '어째서 그녀는 핑크색 옷을 입고 있을까?' 하고 허먼은 생각했다. 최초의 흥분이 가라앉자, 자식들을 빼앗기고 총살을 당한 여자가 이런 옷을 입고 있다는 것에 짜증이 났다. 그는 자신이 좋은 옷으로 갈아입지 않고 온 것을 이제야 다행으로 여겼다. 그는 또다시 그 옛날의 허먼, 아내와 원만하게 살아가지 못하던 사내, 아내를 등지고 집을 뛰쳐나갔던 사내로 변신했다.

"당신이 살아 있을 줄은 몰랐지."

그는 이렇게 말하고 곧 후회했다.

"생각지 못했을 거예요."

타마라는 날카롭게 옛날의 말투로 대꾸했다.

"자, 이쪽 소파에 앉아요."

타마라는 앉았다. 그녀는 나일론 스타킹을 신고 있었다. 무릎 위에까지 올라가 있는 옷자락을 끌어내렸다. 허먼은 조금 떨어져서 묵묵히 서 있었다. 이제 막 죽은 사람의 혼이 미처 저승의 언어를 몰라서 생전의 언어로 말한다면 이런 식일까?

"미국엔 어떻게 왔지? 배로?"

"아뇨, 비행기로요."

"독일에서?"

"아뇨. 스톡홀름에서."

"그때까지 어디서 있었어? 러시아에?"

타마라는 질문의 의미를 곰곰이 따져보는 것처럼 보였다. 한참 후에 대답했다.

"러시아에 있었어요."

"당신이 살아 있다는 걸 오늘 아침까지도 몰랐어. 어떤 사람이 당신이 총에 맞은 것을 보았다고 나한테 일러 주더군."

"그게 누구예요? 거기서 살아남은 사람은 없는 걸요, 나치 외에는."

"유대인이야."

"그럴 리가 없어요. 그들은 나에게 두 발의 총알을 쏴 댔어요. 한 알은 아직도 몸 속에 박혀 있죠."

왼쪽 옆구리를 보이면서 타마라는 말했다.

"꺼낼 수 없나?"

"미국에서는 할 수 있을 거예요."

"저승에서 되살아 돌아온 것 같군."

"정말 그래요."

"그건 어디서였지? 날렌체프인가?"

"교외의 벌판에서였어요. 피가 흐르고 있었지만, 밤이 된 후에야 도망쳤어요. 비만 오지 않았더라도 나치에게 들켰을 거예요."

"이교도란 대체 누구였는가?"

"파우엘 체콘스키였어요. 아버지하고 같이 사업을 하시는 분이었어요. '앞으로 어떻게 될까? 최악의 경우에는 나치에게 넘겨주겠지' 하고 생각하면서 그분의 집으로 갔어요."

"그런데 그 사람이 살려 준 거로군?"

"넉 달 동안 그 집에 있었어요. 의사는 위험하니까 부르지 않고, 내외분이 의사 노릇을 해줬어요."

"그 후에 연락을 하고 있나?"

"두 분 다 이젠 살아 계시진 않아요."

그와 그녀는 다 같이 입을 다물었다.

"큰아버지께서 당신의 주소를 모른다고 하시던데, 어떻게 된 거예요? 그래서 신문 광고를 냈어요."

"내 아파트가 없어서 다른 사람의 집에 신세를 지고 있지."

"큰아버지께 주소를 알려 드리는 것쯤은 할 수 있었을 텐데요."

"뭣 때문에? 나는 아무도 만나고 있지 않아."

"왜요?"

허먼은 대답하려고 했지만, 말이 나오지 않았다. 테이블에서 의자를 끌어내어 그 끝에 걸터앉았다. 애들의 소식을 물어야겠다고 생각했으나 그게 안 되었다. 건강하게 살아남은 아이들 얘기를 듣기만 해도 가슴이 아팠다. 야드비가나 마샤가 그의 자식을 가지고 싶다고 말할 때마다 그는 화제를 딴 데로 돌렸다. 서류의 어딘가에 어린 요셉과 다비드의 사진이 들어 있지만 그걸 보려고도 하지 않았다. 아버지로서 아들에게 떳떳하게 행동한 일이 없었기 때문이다. 자식들의 존재까지 무시하고서 독신자처럼 행동했다. 그 죄악의 목격자인 타마라가 눈앞에 있었다. 그녀가 울음을 터뜨리지나 않을까 하고 그는 겁이 났으나, 의외로 그녀는 냉정했다.

"내가 살아 있다는 걸 언제 알았지?"

"언제냐고요? 전쟁이 끝난 후요. 정말 우연이었어요. 친하게 아는 사람이 뮌헨에서 발행된 유대인 신문으로 물건을 싸고 있다가 당신의 이름을 발견한 거예요."

"당신은 그때 어디 있었지? 러시아인가?"

타마라는 대답하지 않았다. 그는 그 질문을 되풀이하지 않았다. 마샤와의 자기 자신의 경험이나 독일 수용소에 있는, 살아남은 사람들의 얘기를 비롯하여, 집단수용소에서 살아남은 사람들이나 러시아 방랑자들로부터는, 그들이 거짓말을 하고 있기 때문이 아니라, 모든 것을 말로 표현할 수 없기 때문에 진실을 털어놓을 수 없다는 것을 알고 있었다.

"어디에 살고 있어요? 뭘 하고 있어요?"

타마라가 물었다.

그녀가 이 질문을 하리라는 것은 오면서 예상하고 있었다. 그럼에도 불구하고 그는 입을 꼭 다물고 있었다.

"당신이 살아 있었다니—그리고 내 자리를 빼앗은 행복한 여자는 도대체 누구예요?"

타마라는 쓴웃음을 지었다.

"유대인은 아니야. 자기 집에다 나를 숨겨준 폴란드 사람의 딸이야."

타마라는 그의 대답의 의미를 생각했다.

"시골 처녀죠?"

"응, 그래."

"은혜를 갚을 작정인가요?"

"그런 핑계도 있지."

타마라는 그를 쳐다보았으나 말은 하지 않았다. 입으로 말하고 있는 것과 마음으로 생각하고 있는 것이 서로 다른, 인간 특유의 공허한 표정을 짓고 있었다.

"무슨 일을 하고 있어요?"

그녀는 되풀이했다.

"어떤 랍비를 도와주고 있어. 미국의 랍비지만 말이야."

"랍비를 위해서 무슨 일을 해요? 관례나 의식儀式에 대한 질문에 답변하는 건가요?"

"그 사람 대신에 책을 쓰고 있어."

"그럼, 그 랍비는 뭘 하고요? 외국 여자와 춤이나 추고 있나요?"

"그건 당신이 생각하고 있는 것만큼 기대에 어긋난 건 아니야. 이젠 미국에 대해서 여러 가지를 알게 됐겠지."

"우리 수용소에도 미국 여자가 한 명 있었어요. 러시아에 망명해 왔다가 바로 우리 수용소로 압송되었죠. 이질을 앓는데다가 배가 고파서 죽었어요. 그녀의 여동생의 주소가 어딘가에 적혀 있을 거예요. 죽기 전에 내 손을 꼭 잡고서 미국의 친척을 찾아가 진실을 말해 달라고 부탁했어요."

"그 여자의 가족도 공산당원인가?"

"그런 눈치였어요."

"그들은 당신의 말을 믿지 않을 거야. 최면술에 걸려 있으니까."

"수용소에는 사람들이 끊일 새 없이 들어왔어요. 남자는 끌려 나가 굶주린 상태로 중노동을 당했기 때문에 아무리 튼튼한 사람일지라도 1년도 채 안 가서 죽어 갔어요. 만일 이 눈으로 보지 않았더라면 믿어지지 않는 광경이었어요."

"당신은 어떤 꼴을 당했지?"

타마라는 아랫입술을 깨물었다. 얘기를 해봐야 아무 소용이 없지 않느냐고 말하는 듯 고개를 저었다. 그것은 그가 잘 알고 있는 수다스러운 타마라하고는 다른 여자였다. 타마라가 아니라, 그녀의 여동생이라는 이상한 생각에 허먼은 사로잡혔다. 그런데 갑자기 지껄이기 시작했다.

"어떤 꼴을 당했는지 자세히 말할 수 없어요. 나 자신도 잘 알 수 없는 걸요. 너무 여러 가지 사건이 일어나서, 아무것도 일어나지 않았던 것 같은 느낌이 들어요. 많은 사실을 잊어버렸거든요. 우리들이 같이 살고 있던 시절의 일까지도. 카자흐스탄에서 나무벤치에 드러누워서, 어째서 1939년의 여름에 아이들을 데리고 아버지를 찾아갔었는지 생각해 봤어요. 하지만 나 자신도 그 이유를 알 수 없었어요. 하루에 12시간 내지 14시간 동안 숲속에서 통나무 베는 일을 했어요. 밤이면 추워서 잠을 잘 수 없었죠. 악취가 너무 심해서 숨도 쉴 수 없었어요, 대부분 각기병에 걸렸어요. 누군가가 얘기를 걸어 와서는 앞으로의 계획을 말하고 있었는데, 갑자기 입을 다물고 조용해지는 거예요. 내가 말을 걸어도 대꾸가 없는 거예요. 다가가서 보니까 벌써 죽어 버렸어요. 그래서 나는 누워서 생각해 봤죠. 어째서 나는 당신과 치브케프에 가지 않았을까 하고요. 하지만 나는 생각이 나지 않았어요. 정신병에 걸려 있다는 말을 들었어요. 전부 회상할 수 있으려니 하고 생각해 보면, 다음 순간에는 이미 아무것도 생각나지 않는 거예요, 볼셰비키가 무신론을 가르쳐 주었지만, 나는 모든 것이 운명으로 정해져 있다고 생각하고 있었어요. 아버지의 바로 옆에서 그놈의 괴물들이 아버지의 수염과 볼의 일부를 쥐어뜯는 광경을 목격하는 건 운명이었어요. 그 순간의 내 아버지를 본 일이 없는 사람은 유대인이라는 것이 어떠한 것인지를 알 수 없을 거예요. 나 자신도 알지 못했기 때문에, 아버지의 뒤를 따를 수 있어요. 어머니가 발밑에 쓰러진 것을 놈들은 구둣발로 짓밟고 침을 내뱉었어요. 나를 겁탈하려고 했지만, 때마침 생리를 하고 있던 때라서, 당신도 아시다시피 굉장하게 출혈을 하고 있었어요. 놈들은 질겁을 하고 놓아 주었지요. 내게 무슨 일이 생겼냐고 물었죠? 바람이 마구 휘몰아치는 모래 먼지 속에 있는 인간은 자신이 어디에 있는지 알지를 못해요. 당신을 살려 준 이교도는 누구예요?"

"하녀였지. 알 텐데, 야드비가 말이야."

"그 아가씨와 결혼했다고요?"

타마라는 웃음을 터뜨릴 듯한 표정으로 그를 노려보았다.

"그래."

"미안해요. 하지만 그런 아가씨하고? 당신 어머니가 노상 놀려 주지 않았어요. 구두도 제대로 신을 줄 모른다고요. 오른쪽 구두를 왼발에 신고, 심부름을 보내면 돈을 잃어버리지 않나."

"그녀가 내 목숨을 구해 주었어."

"그렇죠. 뭔들 목숨과 바꿀 수야 있겠어요? 어디서 결혼했나요? 폴란드?"

"독일."

"다른 방법으로 목숨을 살려 준 보답을 할 수는 없었나요? 이런 말은 묻지 않는 편이 더 좋겠군요."

"더 이상 물어볼 것도 없어. 모두 내가 말한 대로야."

타마라는 자신의 발을 보았다. 스커트 앞자락을 조금 치켜 올려 무릎을 긁고, 재빨리 끌어 내렸다.

"어디 살고 있어요? 뉴욕?"

"브루클린이야. 뉴욕 안에 있지."

"알고 있어요. 거기 살고 있는 사람을 만난 적이 있었으니까요. 내 주소록엔 모든 사람의 주소가 가득 적혀 있어요. 누구는 이렇게 죽었고, 어떤 사람은 그렇게 죽었노라고 말해 주느라 그 사람들의 친지를 찾아 다니기만 하는데도 꼬박 일년이 걸릴 거예요. 브루클린도 벌써 가 봤어요. 큰어머님께 길을 물어 혼자서 갔었죠. 찾아간 집에선 누구 한 사람 유대어를 아는 사람이 없었어요. 전 러시아어나 폴란드어나 독일어로 말했지만 그들은 영어밖에 할 줄 몰랐어요. 몸짓으로 그들의 큰어머니가 죽었다고 설명하는데도 어린애들은 재미있다는 듯 웃기만 할 뿐이었어요. 애들 어머니는 좋은 여자로 보였는데, 유대인의 그림자는 찾아볼 수 없었어요. 나치가 저지른 일에 관해서는 조금은 알고 있었죠. 그러나 스탈린이 무얼 했는지, 지금도 계속하고 있는지, 무엇 하나 모르더군요. 러시아에서 살고 있는 자들마저 전부 모르고 있었어요. 당신 직업은 뭔가요? 랍비의 대필업?"

허먼은 고개를 끄덕였다.

"옳아, 그리고 서적 판매도 하고 있지."

거짓말을 하는 버릇이 여기서도 나왔다.

"부업인가요? 어떤 책을 파나요? 이디시어?"

"이디시어, 영어, 히브리어. 말하자면, 떠돌이 세일즈맨이란 거야."

"어디를 돌아다니나요?"

"여기저기 안 가는 데가 없지, 뭘."

"당신이 집을 비운 사이, 부인은 뭘 하고 있나요?"

"남편이 여행 중일 때 다른 집 마누라들은 뭘 하고 있을까? 미국에선 세일즈는 중요한 일이지."

"아이는 생겼나요?"

"없어."

"있다 해도 놀라지 않겠어요. 나치의 병사였던 사나이와 유대 여인을 알고 있어요. 또 여성들이 그들의 목숨을 지키기 위해 어떤 짓을 했는지는 말하지 않는 게 좋을 것 같군요. 누구 할 것 없이 타락하고 있었죠. 바로 옆 침대에서는 오누이가 함께 자고 있었어요. 어두워질 때까지 기다리지도 않고 말이에요. 이 이상 더 놀랄 일이 있겠어요? 그 여자가 당신을 어디에 숨겼었나요?"

"말했잖아? 다락방의 건초 속이라구."

"그녀의 부모들은 몰랐었나요?"

"어머니와 여동생뿐이었어. 아버지는 없구. 다들 몰랐었지."

"틀림없이 알았을 거예요. 농부들은 교활해요. 나중에 당신이 그녀를 아내로 삼아 미국으로 데리고 갈 줄 알고 있었던 거예요. 우리들이 함께 살고 있을 무렵에도 당신은 벌써 그 아가씨의 침대에 몰래 드나들고 있었겠죠."

"그런 일은 하지도 않았어. 바보 같은 소리 작작하라구. 내가 미국행 비자를 받게 되리라곤 그들은 생각지도 못했을 거야. 사실 난, 팔레스타인으로 갈 생각이었지."

"그들은 알고 있었어요. 야드비가는 어리석지만, 그녀의 어머니가 당신에 관한 일을 농부들에게 얘기했기 때문에 야드비가를 도와주었던 거죠. 다들 미국에 오고 싶어 해요. 온 세계 사람들이 미국에 오려고 안간힘을 쓰고 있죠. 이민 할당제도를 없애기만 한다면, 미국은 다른 나라로부터 온 사람들로 가득 차서 발 들여 놓을 틈도 없을 거예요. 내가 당신에게 화를 내고 있다곤 생각하지 말아요. 첫째로, 이젠 무슨 일에든 화를 내지 않게 됐어요. 둘째론 내가 살아 있다는 걸 당신은 모르고 있었으니까요. 우리가 함께 살 때 당신은 곧잘 거짓말을 했어요. 어린애를 버리다시피 돌보지도 않았어요. 전쟁이 당장 일어날 걸 뻔히 알고 있으면서도 편지 한 장 보내지 않았어요. 어떤 아버지는 자식을 지키기 위해 목숨을 걸고 국경을 넘었다고도 하는데 말이에요. 러시아로 피난하려고 생각했던 사람들은, 가족의 안전을 지키기 위해 나치 편을 들기도 했었죠. 하지만 당신은 치브케프에 남아 연인과 함께 다락방의 건초더미에 있었어요. 이런 남자를 어떻게 믿고 살겠어요. 왜 그 바보 같은 여자에게서 애를 낳지 않았어요?"

"아이는 낳지 않아."

"왜 그런 눈초리로 날 보는 거죠? 야드비가와 결혼한 사람은 바로 당신이에요. 내 아버지의 손자들이 당신 마음에 들지 않아 머리에 생긴 부스럼딱지처럼 부끄러워했으면서, 당신이 홀딱 반한 바보 아가씨에게 애를 낳게 하면 그야말로 만족하겠죠. 그 아가씨의 아버지는 내 아버지보다 훨씬 훌륭했을 테니까요."

"조금은 변한 줄 알았는데, 역시 옛날 그대로군."

"그럴 리가 있나요. 당신 앞에 있는 건 다른 여자예요. 자식을 죽게 하고 스키바 마을로 도망쳤던 타마라는 내가 아니랍니다. 그 타마라는 죽었어요. 마누라가 죽은 이상, 남편이야 마음 내키는 대로 무슨 짓인들 못하겠어요. 하지만 이 몸에는 아직 생명이 깃들어 있어요. 그 생명이

명하는 대로 난 뉴욕까지 오고 말았죠. 나일론 스타킹을 신고, 머리를 염색하고, 손톱을 칠했어요. 이교도는 언제나 몸치장을 해 왔고, 지금에 와서는 유대인 자신이 이교도가 돼 버렸어요. 난 지금 아무도 원망하지도 않고, 의지하려고도 하지 않아요. 당신이 그 유대인 시체 위에서 춤을 추고, 유대인 아가씨 눈에다 하이힐 뒤축을 틀어박았던 나치의 계집과 결혼한들 놀라지 않겠어요. 어떤 일이 있었는지 당신은 아무것도 몰라요. 그러나 날 속였던 것처럼 지금 부인을 속여서는 안 될 거예요."

현관과 부엌으로 통하는 문 쪽에서 발소리가 들리더니, 셰바 하다스에게 안내되어 레브 아브라함 니센이 나타났다. 두 사람 모두 걷는다기보다는 발을 질질 끌고 있다고 하는 편이 옳았다. 레브 아브라함은 허먼에게 말했다.

"아직 아파트를 마련하지 못했겠지? 장만할 때까지 여기서 묵게나. 남을 대접한다는 건 선의의 표시야. 게다가 자넨 친척이 아닌가. '그대 자신을 그대의 혈육으로부터 숨기지 말지어다' 라고 성서에도 씌어 있네."

"큰아버지, 이 사람은 따로 부인이 있다는군요."

타마라가 말을 가로막았다.

셰바 하다스는 손을 모아 쥐었다. 레브 아브라함 니센은 놀라움을 숨기지 않았다.

"그렇다면 얘기가 다르지."

"그들이 살해당한 것을 목격한 사람이 있었어요."

허먼은 타마라에게 자신의 아내가 이교도임을 말하지 않도록 입막음하는 걸 잊고 있었다. 타마라에게 머리를 가로로 흔들어 보였다. 이 장소가 엉망진창이 되기 전에 도망쳐 버리고 싶은 어린애 같은 생각마저 들었다. 자신이 무얼 하고 있는지도 모르는 채 문 쪽으로 갔다.

"도망치지 말아요. 굳이 어떤 일도 강요하진 않겠어요."

타마라가 말했다.

"신문기사에서 곧잘 볼 수 있는 얘기 같구려."

셰바 하다스가 말했다.

"자넨 아무 죄도 저지르지 않았어. 만일 타마라가 살아 있는 걸 알고서도 저지른 일이라면 법의 저촉을 받아야겠지만, 이 경우엔 랍비 거숌의 견해는 당치도 않는 말이지. 다만 확실히 말할 수 있는 건, 자네가 새로 맞은 아내와 이혼해야만 된다는 걸세."

레브 아브라함 니센이 말했다.

"이런 일이 생길 줄이야 누가 알았겠어요?"

타마라가 말했다.

허먼은 이번엔 손가락을 입술에 대고 신호했다. 레브 아브라함 니센은 자기 수염을 만지작거렸다. 셰바 하다스의 눈동자에는 모성적인 슬픔이 넘치고 있었다. 보닛을 쓴 머리는, 예부터의 남성의 특권, 가장 품행이 방정한 남자일지라도 피할 수 없는 남성의 바람기를 인정하겠다는 듯이 끄덕이고 있었다. 이제까지도 그랬고, 앞으로도 그렇게 되리라고 생각하고 있는 것처럼 보였다.

"두 사람이 이야기할 문제 같구려. 난 음식이나 장만해야지."

그렇게 말하고 그녀는 부엌으로 가려고 했다.

"괜찮습니다. 이제 막 먹고 오는 길입니다."

허먼은 당황한 듯이 말했다.

"이 사람의 아내는 요리 솜씨가 뛰어나거든요. 기름진 수프를 점심식사로 만들었겠죠?"

타마라는, 구교도의 유대인이 돼지고기를 가리켜 말할 때의 독특한 흉내를 내면서 얼굴을 찌푸려 보였다.

"쿠키에다 차는 어떨까?"

셰바 하다스가 물었다.

"정말 아무것도 생각이 없습니다."

"별실에 가서 단 둘이 말하게나. 난처한 일이 있으면 얼마든지 힘이 돼 줄 테니까."

레브 아브라함 니센이 말하고 나서, 말투를 바꾸어 계속 말했다.

"현대는 무도덕 시대란 말이야. 최대의 죄인은 저 비열한 살인자들이야. 자신을 책하지 말아야 돼. 답은 오로지 하나밖에 없으니까 말이야."

"큰아버지! 유대인 가운데도 비열한 녀석은 얼마든지 있잖아요. 저희들을 그 초원으로 꼬여 데리고 갔던 자가 누군지 아세요? 바로 유대인 경찰들이었죠. 새벽녘에 문짝이란 문짝은 모조리 때려 부수고 지하실에서 다락방까지 온통 뒤지고 다녔어요. 숨어 있는 걸 보는 날엔 고무밧줄로 마구 갈겼죠. 그리고 도살장으로 끌려가는 짐승처럼 우리들을 다그쳤어요. 한 마디 말이라도 하면 구둣발로 차댔죠. 그때의 아픔은 평생 잊을 수 없어요. 그 바보 녀석들은 자기들도 같은 운명에 빠지게 된다는 걸 전혀 모르고 있었죠."

"무지는 온갖 죄악의 근원이라는 말이 있지 않느냐."

레브 아브라함이 대답했다.

"러시아 비밀경찰도 나치 이상이었어요."

"예언자 이사야는 '머리를 수그리면 인간은 겸허하게 된다'고 말하지 않았느냐. 하느님을 잊었을 때, 인간은 무질서해지고 마는 거란다."

"그게 인간이란 겁니다."

허먼은 자신을 타이르듯 말했다.

"'인간의 정신에 관하여 가늠함은 그의 청춘에 대해 죄악이다'라고 토라도 말하고 있네. 허나 그야말로 토라가 저지른 일이 아닌가 말일세. 자, 저쪽으로 가서 얘기라도 나누어 보렴."

레브 아브라함은 침실로 통하는 문을 열었다. 유럽제 커버가 덮인 두 개의 침대가 유럽풍으로 머리와 머리를 맞대고 가로 놓여져 있었다. 타마라는 어깨를 움츠리고 앞서서 들어갔다. 허먼이 뒤를 따랐다. 그것은 몇 년 전의 결혼식의 첫날밤, 두 사람이 신랑 신부로서 들어간 신혼 방을 연상케 했다.

어느덧 뉴욕은 아득하게 멀어져 가고 커튼 그늘에서 날렌체프인지 치브케프인지가 숨쉬고 있었다. 모두가 흘러간 날의 환영을 재현하고 있었다. 담황색 벽, 높다란 천장, 마룻바닥, 장롱이나 스프링이 달린 안락의자까지도. 천하에서 으뜸으로 손꼽히는 무대장치의 전문가라도 이렇게까지는 꾸며내지 못할 것이다. 코담배 냄새가 풍겼다. 그는 안락의자에 걸터앉았고, 타마라는 침대 끝 쪽에 앉았다.

허먼이 입을 열었다.

"대답할 것까진 없겠지만, 만일 내가 죽었다고 믿고 있다면, 당신은 틀림없이 다른 남자와 ―."

그는 계속해서 말할 수 없었다. 그의 셔츠는 또다시 식은땀으로 젖었다.

타마라는 교활하게 그를 관찰했다.

"알고 싶은가요? 모든 일을 한꺼번에 말이에요?"

"대답하지 않아도 좋아. 하지만 난 당신에겐 정직했다고 생각해. 그리고 당연히―."

"당신은 생각해 본 적이 있나요? 정직하게 말해요. 법적으로 전 당신의 아내예요. 이건 다시 말한다면, 즉 당신이란 사람은 두 명의 아내를 거느린 셈이 되겠죠. 이 나라에선 까다로워요. 어쨌든 한 가지 확인해 줘야 될 문제가 있어요. 내게 있어선 사랑이란 게임이 아니에요."

"게임이라고 말하진 않았어."

"우리의 결혼을 당신은 파괴하고 말았어요. 난 처녀로 당신에게로 출가했어요. 그리고 또 한 가지―."

"그만두지 못하겠어!"

"아무리 괴로워도, 앞으로 하루, 아니 앞으로 한 시간밖에 살지 못하는 때가 다가왔다 하더라도, 우리에겐 사랑이 필요해요. 여느 때 이상으로 사랑에 매달려야만 해요. 방공호에 있든, 다락방에 있든, 배가 고프든, 이(虱) 투성이가 되든 서로 입맞춤을 하고 손을 맞잡는 거예요. 그런 상황 아래일수록 인간은 정열적이 돼요. 당신에게는 나란 여자가 아무것도 아니었지만 뭇 남자들은 뒤돌아서서 날 보곤 했죠. 어린 것은 죽음을 당했고, 남자들은 내게 성(性)을 강요했었죠. 그들은 빵을 주겠노라, 비계기름을 주겠노라, 일감을 주겠다는 등등 갖은 수작을 다 부렸어요. 이런 것이 아주 사소한 일에 지나지 않는다고는 생각지 마세요. 빵 껍질 한 장이 꿈이었어요. 감자 두서너 개만 있으면 대단한 재산이었어요. 가스실로부터 아주 가까운 거리에서도 몸을 지키기 위한 일이, 뭔가 언제나 따르고 있었죠. 전 재산이 구두 한쪽에 몽땅 들어갈 시대였으니 말이에요. 자신의 생명을 지키는 일마저 불가능한 시대였죠. 아름다운 아내를 거느린 보다 젊은 미남자들이 제 꽁무니를 귀찮게 따라다니며, 밤하늘에 떠 있는 저 달에 맹세하겠다면서 달콤한 말을 걸어오기도 했죠. 당신이 살아 있다고는 생각지 않았고, 설사 살아 있다 해도 당신에게 의리를 지킬 것도 없었어요. 도리어 당신 일은 한시라도 빨리 잊고만 싶었어요. 그러나 '하고 싶다는' 것과 '할 수 있다'는 것은 전혀 다른 거예요. 사랑하지 않는 남자와 밤을 같이 하는 것만큼 싫은 일은 없어요. 섹스를 게임으로 생각하고 있는 여성들을 몹시 부러워했죠. 게임이 아니라면 도대체 뭐란 말이에요? 하지만 내 속에는 하느님을 두려워하는 할머니의 저주된 피가 흐르고 있어서 어찌할 도리가 없었어요. 자신이 둘도 없는 바보라는 건 알고 있지만, 남자들이 손을 대거나 하면 전 그 손을 뿌리치고 말았어요. 남자들은 저를 미치광이라고 말했고, 그 말은 또 옳았어요. 위선자라고도 말했어요. 모두들 웃기도 했어요. 어느 신분이 높은 사내가 절 강간하려고 덤벼들었죠. 그런 일이 한창일 때 잼불에서의 수용소 동지가 제게 결혼을 권했었죠. 누구나 다 '당신은 아직 젊으니까 어차피 결혼해야 돼요'라고 말했어요. 그러나 결혼했던 건 내가 아니라 바로 '당신'이었죠. 한 가지 분명하게 말할 수 있는 건 자비로운 하느님이란 존재하지 않는다는 거예요."

"그럼, 아무 상대도 없었단 말인가?"

"실망했나요? 있을 리가 있나요. 이제까지도 없었지만 앞으로도 없을 거예요. 아이들의 영혼 앞에서 순결을 지니고 서 있겠어요."

"하느님은 존재하지 않는다면서?"

"만일 하느님이 이 지옥을 바라보시고, 그래도 아무 말 없이 계신다면 그런 건 하느님이 아니에요. 신심 깊은 유대인이나 신부에게까지 얘기했었죠. 올드 드치코프에서 신부로 있던 젊은이가 수용소에 있었어요. 그렇게 경건한 인간도 이젠 없을 거예요. 여위고 허약하게 보이는데도 숲에 들어가서 막일을 해야만 했으니까요. 붉은 군대 녀석들은 그가 쓸모가 없다는 걸 알고 있었지만, 신부를 괴롭힌다는 건 좋은 일이라고 생각했던 거죠. 토요일은 종교상의 계율로 빵 한 조각 먹어도 안 되죠. 늙은 랍비의 아내이기도 했던 그의 어머니는 바로 성녀聖女였죠. 그녀가 타인을 위로하고, 남을 위해 자신이 가진 최후의 것까지 바쳤던 것은 하느님이 잘 알고 계실 거예요. 수용소 안에서의 생활로 맹인이 되고 말았지만, 기도문을 모두 기억하고 있어서, 최후의 순간까지 소리 내어 읽고 있었죠. 전 그녀의 아들인 신부에게 '어찌하여 하느님은 이런 비극을 용서하시는 것일까요?' 하고 물어본 적이 있죠. 그는 제게 온갖 위로하는 말을 해주었어요. '하느님의 거룩한 마음을 인간이 알 수는 없습니다.' 난 대꾸를 하진 않았지만 씁쓸하게 생각했죠. 우리 아이들에 관해 얘기하면 창백한 표정으로 마치 자신이 저지른 일처럼 부끄러워했어요. 그리고 마지막에는 '제발 부탁이니, 더 이상 그 얘기는 하지마세요' 라고 말했어요."

"그렇군, 그래."

"당신은 아이들에 대해선 물어 보지도 않는군요."

허먼은 잠깐 말이 없었다.

"뭘 물어보면 좋겠어?"

"아뇨, 묻지 마세요. 어른들 가운데도 훌륭한 사람들이 있지만, 그 순진한 어린애들처럼 그렇게 훌륭한지는 생각할 수 없을 정도예요. 하룻밤 사이에 어른이 된 것처럼 말이에요. 내가 먹을 걸 나누어 주면 절대로 먹으려 하지 않았어요. 그리고 성자^{聖者}처럼 죽어 갔어요. 영혼은 존재하겠죠. 존재하지 않는 건 하느님이에요. 반대하지 말아 줘요. 내 신념이니까 말이에요. 그 어린 다비드와 요셉이 제 곁으로 와요. 꿈속에서가 아니라 대낮에요. 절 미치광이라고 생각하겠죠. 어떻게 생각해도 조금도 걱정될 건 없지만."

"그 애들이 뭐라고 말하던가?"

"별의별 말을 다 했어요. 그들은 항상 어린애들로 있죠. 당신, 어떻게 할 작정인가요? 나와 이혼할 건가요?"

"아니."

"그럼 내가 어떻게 해야 하죠? 당신 아내 집으로 이사를 가야 하나요?"

"우선 당신이 살 아파트를 물색해야지."

"네, 난 이곳에 있을 수 없어요."

4장 여정과 비애

1

"자, 불가능한 것은 가능하다. 실제로 이루어졌단 말이야."

허먼은 중얼거렸다. 그는 중얼거리며 14번가로 걸어 내려갔다. 그는 타마라를 아저씨 집에 남겨놓고 치브케프에 사는 그의 먼 친척이 나타났다고 마샤에게 알려 주기 위해 이스트 브로드웨이에 있는 카페테리아로 전화를 걸러 가는 길이었다. 그는 그 친척을 페이블 렘버거라고 이름 붙였으며, 60대의 탈무드 학자처럼 생긴 남자라고 가르쳐 주었다.

"그가 서른 살쯤 된 당신의 외국인 걸프렌드 에바 크라코버는 분명히 아니지요?"

마샤가 물었다.

"당신만 좋다면 그 사람한테 당신을 소개하지."

허먼이 대답했다.

허먼은 야드비가에게 전화를 걸려고 약국 앞에서 걸음을 멈추었다. 그러나 전화 부스는 모두 사람들로 꽉 차 있어 기다려야만 했다. 그토록 당황스러운 것은 사건 자체가 아니라 타마라가 살아 있었으리라고는 도저히 상상할 수 없었다는 사실이다. 그의 아이들도 다시 나타날까? 삶의 소용돌이가 되돌아오고 이전의 모든 것이 다시 나타날 것이다. 하느님이 그와 함께 하는 한 그들이 무엇인가 맞닥뜨리는 것은 의심할 여지가 없었다. 하느님이 히틀러와 스탈린 같은 인물을 만들어내지 않았는가? 인간은 자신의 재간을 믿을 수 있었다.

10분이 지나도 전화 부스 5개 중 어느 것도 비지 않았다. 어떤 사람은 통화하면서 상대편의 모습이 보이기라도 하는 듯 손짓발짓을 했다. 또 어떤 사람은 쉴새없이 혼자 뇌까리면서 입술을 그냥두지 않았다. 또 어떤 사람은 통화를 연장하려고 동전을 넣으며 담배를 피웠다. 한 소녀는 웃으면서 왼쪽 손에 칠한 빨간 매니큐어를 들여다보고 있었다. 마치 저쪽에서 통화하고 있는 사람과 자기 손톱의 모양과 색깔을 얘기라도 하는 듯이. 통화자들은 각기 무언가를 설명하든가, 사과하든가 핑계를 대야 하는 형편에 처해 있는 게 분명했다. 그들의 얼굴에 사기성과 호기심과 걱정이 드러났다.

드디어 전화 부스 하나가 비었다. 허먼이 들어서니 막 나간 사람의 온기와 체취가 스쳤다. 그가 다이얼을 돌리자마자 야드비가의 목소리가 들렸다. 마치 전화기 옆에 서서 기다렸다는 듯이.

"야드비가, 나야."

"아, 네!"

"어떻게 지냈어?"

"어디서 전화를 걸고 있어요?"

"볼티모어에서."

야드비가는 잠시 숨을 돌렸다.

"거기가 어딘데요? 아니, 상관없어요."

"뉴욕에서 수백 마일 떨어진 곳이야. 내 목소리가 또렷이 들려?"

"아주 잘 들려요."

"책을 팔 거야."

"사람들이 사요?"

"어려운 일이긴 하지만, 팔리고는 있어. 우리 집세를 내는 사람들이야. 오늘 하루를 어떻게 보냈어?"

"빨래를 했어요. 여긴 모든 것이 쉽게 더러워져요."

야드비가는 자신이 항상 똑같은 말을 되풀이한다는 걸 모르는 듯 '세탁기가 옷을 갈기갈기 찢어버려요' 하고 말했다.

"새들은 잘 있어?"

"지저귀고 있어요. 하루 종일 같이 있으면서 서로 키스를 해요."

"행복한 생물이군. 오늘 저녁엔 여기 볼티모어에서 묵고 내일 워싱턴으로 갈 예정이야. 여기서 한참 떨어진 곳인데, 다시 전화하지. 거리가 멀어도 전화는 상관없거든. 전기는 사람의 목소리를 초속 18만 마일로 운반하니까."

허먼은 자신이 그녀에게 왜 이런 얘기를 하는지 잘 모르면서 얘기했다. 자기가 아주 멀리 떨어져 있어 집에 곧 돌아가기 어렵다는 인상을 심어 주기 위해서였던 것 같다. 새들이 지저귀는 소리가 들렸다.

"누가 왔었어? 이웃 사람들 말이야?"

그가 물었다.

"아무도 없었어요. 한번은 벨이 울리기에 사슬을 걸어둔 채 문을 열었더니 먼지를 빨아들이는 기계를 가진 웬 남자가 서 있었어요. 기계가 작동하는 걸 내게 보여 주고 싶었던 것 같았어요. 그래서 나는 당신이 없을 땐 아무도 집에 들여 놓을 수 없다고 말했죠."

"잘했군. 그 친구는 아마 진공청소기 판매원이었겠군. 혹시 도둑놈이

거나 아니면 살인자였을지도 몰라."

"그를 들여 놓지 않았어요."

"오늘 저녁엔 뭘 할 예정이지?"

"접시를 닦아야겠어요. 그리고 당신 셔츠도 다려야겠고."

"그래."

"언제 전화 하실 거예요?"

"내일."

"저녁은 어디 가서 드실 거예요?"

"필라델피아, 아 난 볼티모어를 말하는 거야. 이곳엔 식당이 많아."

"고기는 절대로 먹지 마세요. 위를 버려요."

"모든 게 이미 나빠졌는걸, 뭘."

"일찍 자도록 해요."

"그래. 당신을 사랑해."

"언제 집에 올 거예요?"

"내일 모레까지는 못 갈 거야."

"빨리 돌아와요. 당신이 없으니 외로워요."

"나도 당신이 보고 싶어. 선물을 사 갈게."

허먼은 수화기를 올려놓았다. 그리고 그는 혼자 중얼거렸다.

"온화한 사람이야. 이처럼 타락한 세상에 저렇게 착한 영혼이 남아 있다는 게 참 신통해. 정말이지 미스테리군."

허먼은 야드비가에게도 애인이 생길 거라는 마샤의 암시가 생각났다.

"그럴 리 없어. 그녀는 진실해."

그는 화를 내며 생각했다.

그렇지만 그는 그녀가 자기와 전화를 하는 동안 그녀 옆에 폴이 서 있는 모습을 상상했다. 폴은 허먼이 잘 알고 있는 사나이였다.

"흠, 단 한 가지 죽음만은 확실하지."

허먼은 랍비 램퍼트를 생각했다. 만일 허먼이 그날 약속한 장章을 보내 주지 않으면 랍비는 그를 아주 해고해 버릴지도 모른다. 브롱크스와 브루클린에서 또다시 시간을 허비했다.

"뛰어야겠군. 시간을 너무 보냈어."

그는 정거장으로 가서 지하철 계단을 내려갔다. 후텁지근하고 더웠다. 젊은 흑인들이 아프리카인들처럼 소리를 지르며 바삐 뛰었다. 겨드랑이 밑이 축축이 젖은 부인네들이 짐을 들고 옥신각신했다. 허먼은 바지 주머니에서 손수건을 꺼냈다. 젖어 있었다. 플랫폼에는 빽빽한 군중이 서로 몸을 밀치며 열차를 기다리고 있었다. 열차가 플랫폼을 순식간에 스쳐 지나가려는 듯 날카로운 기적을 울리며 정거장에 들어왔다. 차 안은 이미 만원이었다. 플랫폼에서 기다리고 있던 떼거리가 사람들이 미처 내리기도 전에 문으로 몰려들었다. 허먼은 도저히 저항할 수 없는 힘에 밀려 차 속으로 들어갔다. 그의 등 뒤로 엉덩이, 유방, 팔꿈치 등이 와 닿았다. 드디어 자유의 환상이 사라져 버렸다. 마치 우주 공간에 뜬 별똥별처럼, 혹은 조약돌처럼 흔들렸다.

허먼은 빽빽한 사람들 틈에 꼭 낀 채 서 있었다. 180센티미터 가량 되는 키 큰 남자들이 환기통으로 들어오는 찬 공기를 들이쉬는 게 부러웠다. 건초장에서 보낸 여름 동안에도 이처럼 더운 적은 없었다. 유대인들은 화물차에 이처럼 빽빽이 실려 가스실로 갔음이 틀림없었다.

허먼은 두 눈을 감았다. 이제 무엇을 해야 하며 어디서부터 시작해야 한단 말인가. 타마라는 틀림없이 한 푼도 없이 왔을 것이다. 그녀는 자기에게 남편이 있다는 사실만 숨기면 합동분배위원회에서 생활 보조금을 받을 수도 있다. 그러나 그녀는 미국 자선 사업가들을 속일 의도는 없다고 이미 얘기했다. 그리고 이제 그는 중혼한 남자이며 정부情婦까지 있었다. 그것이 발각되면 체포되어 폴란드로 추방될 수도 있다.

"변호사를 만나야겠어. 곧장 변호사한테 가야 해."

하지만 그런 입장을 어떻게 설명할 수 있을까? 미국 변호사들은 모든 문제를 간단히 해결했다.

"어느 쪽을 사랑하십니까? 한쪽과는 이혼하십시오. 일을 끝내십시오. 일자리를 찾으십시오. 그리고 심리분석가에게 가 보십시오."

허먼은 손가락으로 자기를 가리키며 '당신은 미국의 호의를 악용했소' 하고 판결을 선고하는 판사의 모습을 상상했다.

"나는 셋 모두를 거느리고 싶다. 수치스럽지만 진실이다."

그는 혼자 중얼거렸다.

타마라는 더 예뻐지고 더 침착해지고 더욱 명랑해졌다. 그녀는 마샤보다도 더 지독한 일을 경험했다. 그녀와 이혼한다는 것은 그녀를 다른 남자에게 팔아넘기는 것이나 다름없다. 명확히 규정할 수 있기나 한 듯이 전문가들은 사랑이란 말을 사용했다. 그러나 아무도 그 말의 진정한 의미를 깨닫지는 못했다.

2

허먼이 도착했을 때 마샤는 집에 있었다. 그녀는 기분이 좋아보였다. 담배를 피우다 말고 입 가득히 키스를 했다. 부엌에서 요리하는 소리가 들렸다. 고기, 마늘, 햇감자 등을 튀기는 냄새가 났다. 그는 시프라 푸아의 소리를 들었다.

이 집에 오면 항상 식욕이 돌았다. 어머니와 딸이 끊임없이 포트, 프라이팬, 소금판, 누들판(스파게티처럼 계란을 넣어 만드는 국수판)으로 요리하고 굽고 있었다. 그는 치브케프에 사시는 어머니 생각이 났다. 안식일엔 시프라 푸아와 마샤가 촐렌트(고기와 야채로 만들어 먹는 유대 음식)와 쿠글(미트볼처럼 둥글게 만든 유대 음식)을 준비했다. 그가 이교도(여기서는 유대교가 아닌 종교를 가진 사람)와 함께 살고 있기 때문인지, 마샤는 안식일에 촛불을 켜고, 성찬식 잔이 깨끗이 닦여 있고, 율법과 관습에 따라 상을 차리고 있는가를 확인했다. 시프라 푸아는 유대인의 음식물 금기 문제에 대해 허먼에게 종종 물었다. 때로 그녀는 우유 스푼과 고기 포크를 함께 씻거나(유대교에서는 고기(쇠고기, 돼지고기는 금기 식품)와 유제품을 함께 먹어서는 안 됨) 쟁반 위에 초를 뚝뚝 떨어뜨리거나 닭고기와 쓸개를 버리거나 하는 일이 있었다. 다음과 같은 마지막 질문에 허먼은 대답했다.

"간요리 맛을 좀 봐, 쓰지 않은지."

"예, 쓰네요."

"쓰면 됐어. 율법에 맞아."

그가 만난 친척에 대해 마샤가 물었을 때 허먼은 감자수프를 먹고 있었다. 그는 한입 가득히 물고 있어 하마터면 목이 메일 뻔했다. 그는 전화로 그녀에게 가르쳐 준 이름을 기억할 수 없었다. 그렇지만 그는 즉석에서 둘러대는 말에 능숙해 있었다.

"응, 나는 그 친척이 살아 있었는지조차 몰랐어."

"남자예요, 여자예요?"

"남자라고 말했잖아."

"당신은 여러 가지를 말했어요. 그가 누구예요? 어디 출신이지요?"

그가 붙여 주었던 이름이 겨우 생각났다. 페이블 렘버거였다.

"당신하고 어떤 관계죠?"

"외가 쪽이야."

"어떻게?"

"외삼촌의 아들이야."

"당신 어머니의 결혼 후 이름이 렘버거였잖아요? 당신은 다른 이름을 댔던 것 같은데."

"당신이 잘못 들었겠지."

"그는 60대의 남자라고 전화로 말씀하셨잖아요. 그런데 어떻게 그런 나이 많은 사촌형제가 있을 수가 있어요?"

"우리 어머니는 막내였어. 외삼촌은 우리 어머니보다 스무 살이 많았고."

"외삼촌 이름이 뭐예요?"

"투페."

"투페? 당신 어머니는 몇 살에 돌아가셨지요?"

"쉰한 살."

"모든 게 의심스러워요. 그녀는 옛 여자친구예요. 그녀는 당신을 몹시 그리워했어요. 그러다가 신문에 광고를 냈어요. 왜 당신은 그 신문을 찢어 버렸죠? 내가 그녀의 이름과 전화번호를 알까 봐 두려웠던 거예요. 그래서 나는 다른 신문을 샀어요. 이제 전화를 걸어봐야겠어요. 사실을 밝히겠어요. 이제 당신은 혁대로 목을 매고 자살할 거예요."

마샤가 말했다. 그녀의 얼굴에 증오와 만족감이 드러났다.

허먼은 접시를 밀어젖혔다.

"왜 전화를 걸지 않는 거야? 왜 이처럼 우스꽝스런 힐문을 끝내 버리지 않는 거지?"

그가 말했다.

"자, 가서 다이얼을 돌려. 나는 당신의 그 추잡한 혐의가 지긋지긋해."

마샤의 표정이 변했다.

"내가 하고 싶을 때 하겠어요. 감자나 식기 전에 드세요."

"당신이 나를 전혀 믿지 못한다면 모든 관계가 무의미해."

"전혀 무의미하죠. 어서 감자나 드세요. 만일 그가 당신 어머니의 조카였다면 왜 당신은 그를 보고 먼 친척이라고 했어요."

"모든 친척이 나에게는 먼 친척 같으니까 그렇지."

"당신에게는 식세가 있고 내가 있어요. 그런데 유럽에서 온 어떤 갈보가 나타나 당신은 그년한테로 간 거예요. 그런 매춘부는 아마 매독에 걸렸을지도 몰라요."

시프라 푸아가 식탁으로 왔다.

"너는 왜 밥도 못 먹게 잔소리니?"

"엄마는 간섭하지 마세요." 마샤가 위협적으로 소리 질렀다.

"간섭하는 게 아니다. 내 말이 무슨 소용이나 있든? 밥을 먹고 있을 땐 불평하는 게 아냐. 어떤 사람이 하마터면 질식해 죽을 뻔했던 경위를 나는 알고 있단 말이다."

"어머니는 모든 걸 꾸며대고 있어요. 허먼은 거짓말쟁이에요. 사기꾼이에요. 또 너무 우둔해서 일이 어떻게 되어 가는지를 모른단 말예요."

마샤는 반은 자기 어머니에게, 반은 허먼에게 말했다.

허먼은 스푼으로 조그마한 감자를 찍어 올렸다. 둥근 감자였다. 버터를 바르고 파슬리를 뿌린 것이었다. 그는 그것을 입에 막 집어넣으려다가 멈췄다. 마누라를 찾은 대신 정부를 잃게 될지도 모른다. 어쩌면 이런 운명의 장난이 그에게 닥쳐오고 있는 걸까?

자기 친척에 대해서 마샤에게 한 말을 아무리 조심스럽게 되새겨 보아도 기억이 나지 않았다. 그는 스푼으로 부드럽고 조그마한 감자를 반으로 잘랐다. '그녀에게 사실을 말해야 할까?' 하고 스스로 자문했다. 그러나 이렇다할 해답은 없었다. 이러한 불안에도 불구하고 허먼은 이상스러울 정도로 침착했다. 그것은 피할 수 없는 처벌을 받은 살인자의 체념과 같은 것이었다.

"당신 왜 전화를 안 걸지?" 그가 말했다.

"밥이나 먹어요. 푸딩을 가져오겠어요."

그는 감자를 먹었다. 한입씩 먹을 때마다 힘이 되는 것 같았다. 그는 점심을 먹지 않았었다. 낮에 있었던 사건으로 지쳐 있었다. 그는 자신이 처형되기 직전에 마지막 식사를 하는 죄수와 같다고 생각했다. 마샤는 곧 사실을 알게 될 것이다. 그리고 랍비 램퍼트는 분명히 그를 해고할 것이다. 주머니에는 단지 2달러밖에 없었고, 그는 정부 보조금을 신청할 수도 없는 입장이었다. 왜냐하면 그의 이중생활이 곧 들통 날 것이므로. 이제 그는 어떤 일자리를 구할 수 있을까? 접시닦이라도 구할 수 있을까?

마샤는 그에게 푸딩과 사과절임을 차와 함께 가져다주었다. 허먼은 저녁을 먹고 나서 목사에게 보낼 원고를 쓸 생각이었으나 위가 답답했다. 모녀에게 잘 먹었다고 사례를 하자 시프라 푸아가 말했다.

"왜 우리한테 감사하지? 주님께 감사해야지."

그녀는 그가 감사기도를 드리도록 손 씻을 물병과 수건을 가져왔다. 그는 기도문의 첫 구절을 중얼거리고 자기 방으로 돌아왔다. 마샤는 설거지를 하려고 싱크대에 물을 가득 채웠다. 밖은 아직도 훤했다. 뒷마당 나무에서 지저귀는 새소리가 들리는 듯했다. 그러나 그 소리는 나뭇가지 사이를 날아다니는 참새소리는 아니고, 다른 시대, 즉 콜럼버스 시대 이전부터, 혹은 선사시대부터 새벽에 잠을 깨어 노래한 새들의 영혼이라고 허먼은 생각했다. 밤에 방에서 그는 이 시대, 혹은 오늘날 기후의 산물이라고는 도저히 믿을 수 없을 만큼 아주 크고 이상하게 생긴 딱정벌레를 발견했다.

오늘 하루가 그가 회상할 수 있는 어느 여름보다도 더 길게 느껴졌다.

그는 다음 날 아침에 해가 떠오르리라고 논리적으로는 도저히 입증할 수 없다는 다비드 흄의 말이 생각났다. 그런 식으로 말하면 오늘 낮에 해가 지리라는 어떤 보장도 없을 것이다.

날씨가 무척 더웠다. 그는 이렇게 높은 온도에서 왜 방에 불이 나지 않는지 의심스러웠다. 특히 저녁에 그는 천장, 벽, 침대, 책, 원고에서 불꽃이 타오르는 모습을 상상했다. 그는 몸을 쭉 뻗고 졸기도 하고 생각도 하며 누워 있었다. 타마라는 그의 주소와 전화번호를 물었지만, 그는 내일 아침에 다시 전화를 하겠노라고 말했다. 그들 모두가 원하는 것이란 잠시 동안 외로움을 잊고 죽음의 운명을 잊는 것이었다. 그는 비록 가난하고 보잘것 없지만 아직도 그에게 의존하고 있는 사람이 있었다. 그러나 모든 것을 의미 있게 해 준 이는 마샤였다. 만일 그녀가 그 곁을 떠나 버린다면 타마라와 야드비가는 거추장스런 짐짝에 지나지 않을 것이다.

잠이 들었다. 그가 깨어났을 때는 아침이었고 옆방에서 마샤가 전화하는 소리가 들렸다. 그녀는 레브 아브라함 니센 야로슬레이버하고 얘기하고 있을까? 아니면 타마라일까? 허먼은 귀를 기울였다. 아니다. 그녀는 다른 카페테리아 지배인과 이야기하고 있었다. 잠시 후 그녀가 그의 방으로 왔다. 그녀는 약간 침울한 목소리로 말했다.

"졸려요?"

"방금 일어났어."

"누워서 더 자요. 당신은 의식이 맑아져야 해요."

"나는 아무도 죽여 본 적이 없어."

"칼 없이도 사람을 죽일 수는 있어요."

그리고 그녀는 목소리를 바꿔 말했다.

"허먼, 나 이제 휴가 갈 수 있어요."

"언제 떠나지?"

"일요일 아침에 떠날 수 있어요."

허먼은 잠시 침묵했다.

"내가 가진 전 재산은 2달러 몇 페니뿐이야."

"랍비한테서 급료를 받을 게 있잖아요?"

"이제 확실치 않아."

"당신은 시골뜨기와 함께 있고 싶어 해요. 아니면 또 다른 여자와 함께 있고 싶은지도 모르죠. 일년 내내 저를 시골에 데려가겠다고 약속했잖아요. 그런데 마지막 순간에 마음이 변했군요. 이런 말을 해서는 안 되겠지만, 당신과 비교하면 레온 토트샤이너는 정직한 남자였어요. 그도 거짓말은 해요. 그렇지만 다른 사람에게 해를 끼치지는 않아요. 그저 어리석은 공상만 할 뿐예요. 당신이 신문에 그 광고를 냈죠? 나는 놀라지 않았어요. 내가 할 일이라고는 다이얼을 돌리는 일뿐예요. 곧 당신의 속임수를 알게 될 거예요."

"전화를 걸어서 알아 봐. 단돈 몇 센트면 사실을 알 수 있을 테니."

"당신 누굴 만나러 갔었죠?"

"죽은 마누라 타마라가 되살아났어. 그 여자가 손톱을 말끔히 닦고 뉴욕에 왔어."

"예, 물론 그렇겠지요. 당신하고 랍비 사이엔 무슨 일이 있었죠?"

"내가 일을 다 못 했어."

"나와 함께 가지 않으려고 당신은 일부러 일을 늦춘 거예요. 나는 당신이 필요 없어요. 일요일 아침에 가방을 부치고 가고 싶은 곳으로 아무데나 가겠어요. 며칠 동안이나마 이 도시를 떠나 있지 않으면 정신을 잃을 것 같아요. 전에는 이처럼 피곤했던 적이 없었는데."

"왜 쉬지 않는 거지?"

"충고해 줘서 고맙군요. 그렇지만 별 도움이 안 돼요. 나는 누워서 모든 야만적인 짓과 굴욕을 생각했어요. 잠이 들면 즉시 그들이 나타나 나를 질질 끌고 매질하며 쫓고 있죠. 산지사방에서 마치 산토끼를 쫓은 사냥개마냥 달려오고 있다고요. 악몽을 꿈꾸다 죽은 자가 있나요? 잠깐 기다려요, 담배 한 대 피워야겠어요."

마샤가 방을 나갔다. 허먼은 일어나서 창 밖을 내다보았다. 하늘은 어슴푸레하고 우중충했다. 나무는 미동조차 없었고 대기에서는 습지대와 열대지방의 냄새가 났다. 지구는 오랜 옛날부터 그랬듯이 서쪽에서 동쪽으로 돌고 있다. 태양이 그 위성들과 함께 어딘가로 달려가고 있다. 은하수가 회전축을 바꿨다. 이러한 우주의 모험 한복판에서 허먼은 엄연한 현실을 겪고 있다. 우스꽝스런 사소한 문제를 안고 있다. 단지 로프 하나만 있으면, 독약 한 방울만 있으면 모든 게 사라져 버릴 것이다.

"그녀는 왜 전화를 하지 않을까? 뭘 기다리고 있는 걸까? 아마 그녀는 사실이 드러나는 걸 두려워할지도 몰라."

허먼은 자신에게 물었다.

마샤가 입술에 담배를 물고 돌아왔다.

"당신, 나와 함께 간다면 내가 비용을 대겠어요."

"돈 있어?"

"조합에서 빌리면 돼요."

"당신도 알다시피 나는 그럴 만한 입장이 못 돼."

"도둑놈이 필요할 경우엔 그가 교수형을 면하도록 해주는 거예요."

3

허먼은 금요일, 토요일, 일요일을 브루클린에서 야드비가와 함께 보낼 계획을 세웠다. 월요일엔 마샤를 데리고 시골에 갈 생각이다.

그는 논문 한 장章을 끝내 랍비에게 보내면서 다시는 늑장을 부리는 일이 없을 것이라고 약속했다. 랍비 램퍼트가 항상 너무 바빠서 그에게 경고장을 보낼 틈도 없다는 게 그로서는 대단히 다행스런 일이었다. 랍비는 원고를 받고는 허먼에게 즉시 급료를 지불했다. 랍비의 책상 위에 놓여 있는 전화 두 대에선 벨이 울렸다. 그는 그날 디트로이트로 날아가서 설교할 예정이었다. 허먼이 작별의 인사를 알리자, 랍비는 머리를 흔들었다. 그는 이렇게 말하는 것 같았다.

"당신, 나를 얼간이라고 생각하겠지만 당신이 생각하는 그 이상을 알고 있어."

그는 허먼에게 악수를 청하지 않고, 두 손가락으로 인사했다.

문간에 이르니 랍비의 비서 리갈 부인이 물었다.

"전화번호가 어떻게 되죠?"

"랍비에게 주소를 가르쳐 주었어요."

그러고 나서 그는 돌아서서 문을 닫았다.

허먼은 랍비 램퍼트로부터 수표를 받을 때마다 그것이 기적처럼 여겨졌다. 그는 곧장 랍비가 거래하는 은행에 가서 수표를 현금으로 바꿨다. 그는 수표로는 할 일이 없었다. 소매치기를 당하지 않을까 두려웠지만 현금을 뒷주머니에 넣었다. 금요일이었다. 은행 벽시계는 11시 15분을 가리켰다. 랍비의 사무실은 은행이 있는 서부 57번가에 있었다.

허먼은 브로드웨이 쪽으로 향했다. 타마라에게 전화를 해야 할까? 마샤가 카페테리아에서 그에게 한 말로 미루어 보아 그녀가 이미 레브 아브라함 니센 야로슬레이버에게 전화를 걸었음은 의심할 바 없었다. 그녀는 지금쯤 타마라가 실제로 살아 있다는 것을 알고 있을 것이다.

"이번에는 나의 정체를 뼛속까지 공개할 것이다."

허먼은 그가 말한 것이 아버지가 종종 사용한 표현인 것을 깨달았다.

허먼은 전화를 걸려고 가게로 들어가 야로슬레이버의 번호를 돌렸다. 잠시 후 셰바 하다스의 목소리가 들렸다.

"누구세요?"

"타마라의 남편 허먼 브로더입니다."

그는 머뭇거리며 말했다.

"전화 바꿔 줄게요."

얼마를 기다렸는지 모른다. 1분? 2분? 5분? 타마라가 즉각 나타나지 않은 걸로 보아 마샤가 이미 전화를 했음이 틀림없었다. 드디어 타마라의 목소리가 들렸다. 그녀는 아주 큰 소리로 말했다.

"허먼, 당신이에요?"

"응, 나야. 여전히 나는 실제로 일어난 일이라고 믿겨지지 않아."

"아니에요. 실제예요. 나는 지금 창 밖을 바라보고 있어요. 유대인들로 꽉 찬 뉴욕 시가를 보고 있어요. 생선을 잘게 토막 내는 소리까지 들리는군요."

"당신은 유대인 동네에 있군."

"스톡홀름에도 유대인들이 있어요. 착한 유대인들이에요. 그렇지만 여긴 날렌체프와 비슷하군요."

"그래, 살아났다는 증거야. 누가 전화했어?"

타마라는 즉시 대답하지 않았다. 잠시 후 그녀가 말했다.

"누가 전화했어야 했나요? 나는 뉴욕에는 아는 사람이 아무도 없는데요. 동향인의 조직은 있죠. 큰아버지가 그들 중의 누군가에게 연락을 한다고 했지만요—."

"당신은 아직 방 빌리는 일에 대해 묻지 않는군?"

"누구에게 물어야 할까요? 월요일에 나는 그 협회에 가보려고 해요. 충고를 해주겠죠. 당신 어젯저녁에 전화한다고 약속했잖아요."

"내 약속은 한 푼어치의 가치도 없어."

"정말 이상해요. 러시아에서는 사람들이 함께 모여 있어요. 수용소에 있든 숲에 있든 간에 우리는 항상 죄수집단이었어요. 스톡홀름에서도 우리는 함께 있었어요. 여기서 처음으로 나 혼자 있네요. 창 밖을 내다보면 나는 이곳이 낯설게 느껴져요. 이쪽으로 오실 수 있어요? 큰아버지께서는 나가셨고 큰어머니께서는 장보러 가실 거예요. 우리 둘이서 이야기해요."

"좋아, 그리로 가지."

"와요. 어쨌든 우리는 함께 지낸 사이였으니까요."

타마라가 말했다. 그녀는 수화기를 올려놓았다.

허먼이 거리로 나오자마자 택시 한 대가 다가왔다. 빵을 사기에도 충분치 못한 돈을 벌었지만 하루 종일 야드비가를 내팽개치지 않기 위해서는 서둘러야 했다. 택시 속에 앉아있으니 마음속의 고민 때문에 웃음이 나올 정도였다. 그렇다. 타마라가 여기 있다. 결코 환상이 아니다.

택시가 멈추었다. 허먼은 요금을 내고 기사에게 팁을 주었다. 벨을 누르니 타마라가 문을 열었다. 그가 처음 발견한 것은 타마라가 손톱에 칠했던 빨간 매니큐어를 지워 버렸다는 점이었다. 그녀는 검은색 옷을 입고 있었으며 머리가 약간 헝클어져 있었다. 흰 머리카락이 몇 개 보였다. 타마라는, 그녀가 미국식 유행에 따라 인형처럼 꾸민 모습에서 다시 그녀의 옛 스타일로 되돌아간 모습을 보고 그가 언짢아하는 것을 알아챘다. 그녀는 이제 나이 들어 보였다. 눈가에 진 주름살이 눈에 띄었다.

"큰어머니께서는 방금 나가셨어요."

그녀가 말했다.

허먼은 그들이 처음 만났을 때 타마라에게 키스해 주지 않았다. 이번엔 그가 그렇게 하려는 몸짓을 했지만 그녀 쪽에서 피했다.

"차 마실래요?"

"차? 방금 점심 먹었어."

"당신을 초대해서 함께 차를 마실 수 있으리라고 생각했는데요."

그녀는 교태를 부리며 말했다.

그는 그녀를 따라 거실로 들어갔다. 부엌에서 주전자가 끓기 시작했다. 타마라가 차를 끓이려고 자리를 떴다. 곧 그녀가 쟁반에 찻잔과 레몬, 쿠키 접시를 가져왔다. 과자는 틀림없이 셰바 하다스가 구운 것이었다. 모양이 똑같지를 않고 치브케프의 집에서 만든 과자처럼 꼬불꼬불하고 꼬아져 있었다. 계피 냄새와 아몬드 냄새가 났다. 허먼은 과자 하나를 씹었다. 찻잔이 가득해서 아주 뜨거웠다. 은제 스푼을 찻잔에 담갔다.

타마라가 테이블에 앉았다. 허먼한테서 너무 떨어지지도 않고 너무 가깝지도 않은 위치였다. 남편이 아닌 친척과 함께 자리할 때 앉는 적절한 거리였다.

"내가 당신을 이렇게 바라보고는 있지만 당신은 정말 남편이라고는 믿기지 않아요. 나는 아무것도 믿을 수가 없어요. 이곳에 오고 나서부터는 모든 게 균형을 잃었어요."

그녀가 말했다.

"어떻게?"

"옛날에 어땠는지를 거의 잊었어요. 허먼, 당신은 나를 믿지 못할 거예요. 그렇지만 나는 밤에 잠을 못 이루고, 우리가 처음 만나 어떻게 해서 가까워졌는지 기억이 안 나요. 우리가 가끔 싸웠던 것은 알아요. 왜 싸웠는지를 모르겠어요. 내 생활은 양파 껍질처럼 벗겨진 것 같아요. 러시아에서 있었던 일을, 그리고 최근 스웨덴에서 있었던 일까지 잊기 시작하고 있어요. 우리는 이곳저곳 비켜 다녔어요. 하느님께서는 그 이유를 아실 거예요. 그들은 서류를 갖다 줬다가 찾아갔어요. 지난 몇 주일 동안 얼마나 여러 차례 내 이름을 서명했는지 몰라요. 왜 그렇게 많은 서명이 필요한가요? 모두가 결혼한 후의 이름 — 브로더였어요. 공무원들에겐 아직도 내가 당신의 부인 타마라 브로더였어요."

"우리는 결코 서로 낯선 사람일 수가 없어."

"말로만 그렇다는 뜻은 아니겠지요. 당신은 당신 어머니의 하녀와 놀아났죠. 그러나 내 자식들 — 당신 자식들 — 은 내게로 왔어요. 이제 그만 하죠. 그동안 어떻게 살았는지 말해 줘요. 그녀는 좋은 아내인가요? 당신은 나한테 불평을 굉장히 했었어요."

"내가 그녀한테서 무엇을 기대할 수 있겠어? 그녀는 하녀였을 때와 똑같은 일을 해."

"허면, 내게 다 이야기해도 괜찮아요. 처음에 우리는 서로 하나였어요. 다음으로, 전에도 말한 것처럼, 나는 더 이상 실제로 내가 이 세상에 살고 있다고 생각할 수 없어요. 내가 당신에게 도움이 될 수 있을지도 모르겠고요."

"어떻게? 한 남자가 여러 해 동안 다락방에 숨어 살면, 그는 이제 이 사회 속의 사람일 수 없어. 사실은 아직도 나는 미국에서 다락방에 숨어 살고 있어."

"자, 죽은 두 사람은 서로 비밀을 감출 필요가 없군요. 당신이 전에 했던 것을 그대로 한다면 왜 어엿한 직업을 못 갖겠어요? 랍비를 위한 글을 쓰는 것은 살아가는 방법이 못 돼요."

"그렇지 않으면 내가 뭘 할 수 있어? 다림질한 바지를 입으려면, 강해져야 하고 조합에 들어가야 돼. 여기서 노동자들의 조직이라 부르는 곳이야. 들어가기가 대단히 어려워. 그 외에 —.”

"당신 애들이 죽어 버렸어요. 왜 당신은 그녀에게서 아이를 낳지 않았죠?"

"당신은 아직 애를 가질 수 있을 거야."

"뭐 때문에 이교도들이 태워 죽일 애를 가져요? 그러나 이곳은 무시무시하게 공허해요. 나는 같은 수용소에 있던 부인을 만났어요. 그녀는 모든 것을 잃었어요. 그렇지만 새 남편이 생겼고, 아이들이 생겼어요. 많은 사람들이 모두 다시 시작했어요. 큰아버지께서는 밤늦도록 잔소리를 하면서 당신과 의논하여 결정을 지으라고 하셨어요. 그분들은 좋은 분들이세요. 하지만 약간 말이 많으시죠. 당신이 야드비가와 이혼해야 한다고 말씀하세요. 아니면 나하고 이혼을 하든가. 큰아버지께서는 내게 약간의 유산을 남겨 주겠다는 암시까지 주셨어요. 그분들은 모든 일의 해결책을 가지고 계세요. 그것은 하느님의 뜻이에요. 그리고 그분들은 이를 믿기 때문에 아무리 궂은 데를 가도 늘 건강하신 거예요."

"우리는 유대의 율법에 따라 결혼한 게 아니기 때문에 야드비가와 유대 법에 따라 이혼을 할 수는 없어."

허먼이 말했다.

"당신은 최소한 그녀를 믿고 있나요, 아니면 또 다른 사람이 있나요?"

타마라가 물었다.

허먼은 잠시 머뭇거렸다.

"당신은 내가 모든 걸 고백하길 원하는 건가?"

"나는 진실을 알고 싶을 뿐이에요."

"사실, 나에게는 애인이 있어."

타마라는 슬쩍 미소를 띠었다.

"나도 그렇게 생각했어요. 야드비가와 무슨 얘기를 할 수 있겠어요? 그녀는 왼발에 신고 있는 오른발 구두와 같은 신세예요. 당신의 애인은 누구죠?"

"유럽에서, 수용소에서 왔어."

"왜 당신은 그 촌색시 대신 그녀와 결혼하지 않았죠?"

"그녀에겐 남편이 있어. 그들은 같이 살고 있지는 않지만 남편이 이혼해 주질 않아."

"알았어요. 변한 게 아무것도 없군요. 아무튼 당신은 나한테 진실을 말하고 있는 거죠? 아니면 여전히 숨기고 있는 게 있어요?"

"나는 아무것도 숨기고 있질 않아."

"당신이 하나를 숨기든 둘, 아니 열두 개를 숨겨도 나에겐 상관없어요. 당신이 젊고 예쁜 나를 — 적어도 추하지는 않은 — 못 믿는다면 매력적이지도 않은 시골뜨기를 믿는 이유는 뭐죠? 자, 그리고 또 한 사람인 당신의 연인, 그 여자는 이런 관계를 그대로 받아들이고 있어요?"

"그녀는 달리 어쩔 수 없어. 남편이 이혼을 해주지 않는데다가 그녀는 나를 사랑하고 있거든."

"당신도 그녀를 사랑해요?"

"그녀 없이는 살 수 없어."

"맙소사, 당신한테서 그런 소릴 듣다니! 그녀가 예뻐요? 똑똑해요? 매혹적이에요?"

"셋 모두야."

"당신 어떻게 할 건가요? 하나하나 쫓아다닐 거예요?"

"할 수 있는 데까지 최선을 다해."

"당신은 모르고 있군요. 전혀 아무것도. 그들이 우리 아이들에게 어떻게 했는지는 모르겠지만 난 변함이 없어요. 모두가 나를 위로하려고 했어요. 시간이 약이라고요. 그러나 정반대였어요. 시간이 지날수록 상처는 더욱 쓰렸어요, 허면, 나는 방을 하나 얻어야 해요. 이제 그 누구하고도 같이 살 수 없어요. 동료 수감자들과 있는 편이 훨씬 편했어요. 내가 그들의 이야기를 듣기 싫으면, 단지 그들에게 가서 다른 사람이나 귀찮게 굴라고 말했으면 됐어요. 그렇지만 큰아버지께서는 그렇게 할 수 없어요. 그분은 나에게 아버지와 같은 분이세요. 이혼은 필요 없어요. 다시는 다른 사람과 결혼하지 않을 거예요. 물론 당신이 원한다면, 그 경우엔―."

"아니야, 타마라. 나는 이혼하고 싶지 않아. 당신에 대한 내 감정은 아무도 떨쳐 버릴 수 없어."

"어떤 감정이요? 당신은 다른 사람을 속이고 있어요. 틀림없어요. 그리고 자신을 속이고 있어요. 당신에게 설교하고 싶지는 않아요. 나는 당신을 보고 생각했어요. '이 눈빛은 사냥꾼에게 쫓긴 동물이 피할 수 없을 때 내는 눈빛이야' 라고요. 당신 정부는 어떤 여자예요?"

"약간 얼이 빠진, 그렇지만 아주 재미있는 여자야."

"그녀는 애가 없어요?"

"없어."

"애를 가질 수 있을 만큼 젊어요?"

"젊어, 그러나 애를 원치 않아."

"허면, 거짓말을 하고 있군요. 여자가 남자를 사랑하면 아기를 갖고 싶어 하는 거예요. 또한 아내가 되어 남자가 다른 여자에게 가지 못하도록 하고 싶은 거예요. 왜 그녀는 남편과 살지 않지요?"

"으응, 남편은 노름꾼에다 기식자고 부랑자야. 그는 스스로 박사라 칭하며 미망인인 늙은 애인한테서 돈을 얻어 써."

"미안하지만, 그 대가로 그 여자는 무엇을 얻죠? 마누라가 둘이고 가짜 유대교 랍비를 위해 설교문을 써주는 남자를 얻죠. 당신, 당신 정부한테 나에 관해서 말했어요?"

"아직 안 했어. 그런데 신문 광고를 보고 의심을 하더군. 그녀가 언제 여기로 전화를 할지 몰라. 아니면 벌써 전화를 했나?"

"아무도 나한테 전화하지 않았어요. 그녀가 전화를 하면 뭐라고 할까요? 내가 당신 누이 동생이라고? 사라가 아비멜렉에게 아브라함에 대해 말한 것처럼 말예요."(아브라함이 블레셋의 왕 아비멜렉을 두려워하여 사라를 자기 누이동생이라고 속여서 아비멜렉이 사라를 그의 후궁으로 삼으려 한 일)

"페이블 렘버거라는 내 사촌이 나타났다고 그녀에게 말했어."

"내가 페이블 렘버거라고 말할까요?"

타마라는 웃음을 터뜨렸다. 그녀의 안색이 완전히 변했다. 그녀는 허먼이 전에는 전혀 보지 못했던 명랑한 눈빛을 띠었다. 왼쪽 뺨에 보조개가 파였다. 잠시 동안, 그녀는 소녀 같은 장난기가 있어 보였다. 허먼이 의자에서 일어났다. 그녀도 일어섰다.

"곧 갈 거예요?"

"타마라, 이 세계가 박살나는 건 우리들의 실수가 아니야."

"나는 무엇을 기대해야 하죠? 망가진 당신 마차의 세 번째 바퀴가 되는 것? 과거를 더럽히지 말아요. 우리는 여러 해를 같이 살았어요. 당신은 어떨지 몰라도 나는 그때가 가장 행복했던 시절이었어요."

그들은 문가에 있는 휴게실에서 얘기를 계속했다. 타마라는 올드 드치코프 부인의 아들의 아내가 살아 있는데 재혼할 거라는 얘기를 들었다. 신앙심이 깊은 그녀는 수혼(과부가 죽은 남편의 형제와 재혼하는 관습-역자 주) 의무로부터 해방될 필요가 있을 것이다. 형제 중 한 명은 미국 어딘가에 사는 자유사상가(특히 종교에 관해서 전통적인 관습에 얽매이지 않는 사람-역자 주)였다.

"드디어 나는 이러한 성인들을 알 특권을 갖게 됐어요."
타마라가 말했다.
"아마 나의 이 고통스런 경험들은 하느님의 의도였던 것 같아요."
그녀는 갑자기 허먼에게 다가와 입에 키스를 했다. 갑자기 일어난 일이기 때문에 그는 답례 키스를 할 겨를조차 없었다. 그는 그녀를 포옹하려 했지만 그녀는 재빨리 빠져 나갔다. 그가 가기를 원한다는 듯이.

4

브루클린의 금요일은 치브케프의 금요일과 다를 바 없었다. 야드비가는 개종하지 않았지만 그녀는 전통적인 유다이즘을 지키려고 했다. 그녀는 허먼의 부모를 모셨을 때부터 유대인의 의식을 기억했다. 그녀는 할라(유대인들이 안식일 등에 먹는 영양가가 높은 흰 빵)를 사고 조그마한 안식일 과자를 구웠다. 이곳 미국에는 촐렌트를 만들 적당한 오븐이 없지만 이웃 사람들이 석면 다발로 가스버너를 덮도록 가르쳐 주었다. 그리하여 음식을 태우지 않고 토요일 내내 보온할 수 있었다.

머메이드 거리에서 야드비가는 기도할 때 쓸 포도주와 초를 샀다. 그녀는 놋쇠 촛대를 구했다. 감사 기도문을 올릴 줄은 모르지만, 허먼은 어머니가 하던 것을 본 기억대로 안식일에 초에 불을 붙인 후 손가락으로 두 눈을 가리고 무언가를 중얼거릴 것이다.

그러나 유대인 허먼은 안식일을 무시했다. 비록 금지되었지만 그는 불을 켰다 껐다. 생선, 쌀, 콩, 닭, 당근스튜를 안식일 요리로 먹은 후에 그는 글을 쓰기 시작했다. 이 역시 금지사항이었다. 야드비가는 그에게 왜 하느님의 율법을 어기고 있느냐고 물었고, 그가 대답했다.

"하느님은 없어. 당신 들어봤어? 설령 있다 해도 나는 그를 무시할 거야."

돈을 받았음에도 불구하고 허먼은 이번 주 금요일이 전보다 훨씬 걱정스럽게 생각되었다. 그는 어떤 사람이 전화하지 않았느냐고 야드비가에게 여러 번 물었다. 생선 요리와 수프 코스 사이에 그는 노트와 펜을 안주머니에서 꺼내 무언가를 대강 적어 두었다. 때때로 그는 금요일 저녁에 기분이 내키면 자기 아버지가 부르던 성가를 부를 뿐 아니라, 그가 야드비가를 위해 폴란드 말로 번역한 노래 〈솔롬 알레이켐('그대에게 평안을'이란 뜻)〉과 〈훌륭한 부인〉을 부르기도 했다. 전자는 유대인을 교회에서 안식처로 데려가는 천사들을 맞이할 때 부르는 노래고, 후자는 진주 목걸이보다 더 귀한 정숙한 부인을 찬양하는 노래였다. 언젠가 그는 그녀에게 사랑스런 신랑, 보석으로 치장한 신부를 맞을 때 부르는 찬송가를 번역해 주었었다. 야드비가의 말에 따르면 성가가 아닌 것은 모두 애무를 그린 것이었다. 허먼은 찬송가를 예언자 엘리야가 이름을 밝힌 홀리 라이온이라고 알려진 유대교 목자가 썼다고 설명했다.

그가 이런 노래를 부르니까 야드비가의 뺨이 홍조를 띠었다. 그리고 안식일의 기쁨이 충만하여 두 눈이 더욱 반짝였다. 그러나 오늘 밤 그는 말이 없고 애를 태우고 있었다. 야드비가는 그가 여행 중에 다른 여자와 놀아나지나 않을까 염려했다. 결국 그는 때때로 그 조그마한 글자를 읽을 줄 아는 여자를 원할지도 모른다. 남자는 자기에게 가장 좋은 것이 무엇인지를 정말 알 수 있을까? 남자들은 한 마디 말, 미소, 몸짓 등에 그만 쉽게 넘어가고 만다.

일주일 내내 야드비가는 저녁때가 되면 일찍 앵무새 새장에 덮개를 씌웠다. 그런데 안식일 저녁엔 늦게까지 그냥 두었다. 암놈 오이터스는 허먼을 따라 노래를 부를 것이다. 새는 일종의 황홀감에 빠져 지저귀면서 주위를 날아다닐 것이다. 오늘 밤에는 허먼이 노래를 부르지 않자, 오이터스는 새장 지붕에 올라 앉아 깃털을 다듬었다.

"무슨 일이 있었어요?"

야드비가가 물었다.

"아무 일도 없었어, 아무 일도."

그가 말했다.

야드비가는 방을 나가 침대를 정리하러 갔다. 허먼은 창 밖을 내다보았다. 대개 마샤는 금요일 밤에 그에게 전화했었다. 그녀는 자기 어머니 마음이 상하지 않게 하려고 안식일에 절대로 집에서 전화하지 않았다. 담배를 사러 나가 이웃 가게에서 전화를 했다. 그런데 오늘 밤엔 전화는 조용한 채로 있다.

마샤가 신문 광고를 읽었으므로 그는 언젠가는 일이 터질 것이라고 생각했다. 그가 꾸며댄 거짓말은 너무 명백했다. 타마라의 귀환에 대해 그가 농담을 하고 있었던 게 아니라는 사실을 마샤가 곧 알게 될 것은 분명했다. 그녀는 어제 질투하는 목소리로, 냉소적인 눈빛을 띠며 그의 가짜 사촌의 이름 페이블 렘버거란 이름을 몇 번이나 반복해서 말하곤 했다. 그녀는 분명히 일격을 늦추고 있었다. 아마 월요일부터 시작될 휴가를 망치지 않으려고 그럴 것이다.

허먼은 야드비가에 대해서는 마음을 놓았지만 마샤에 대해서는 완전히 불안했다. 마샤는 그가 다른 여자와 살고 있다는 사실을 인정한 적이 없었기 때문이다. 그녀는, 자기는 곧 레온 토트샤이너에게 돌아갈 거라고 말하면서 그에게 욕설을 퍼부었다. 허먼은 남자들이 그녀를 쫓아다닌다는 것을 알았다. 그는 카페테리아에서 남자들이 그녀의 주소와 전화번호를 묻고 자기들의 명함을 주며 그녀와 얘기하려고 애쓰는 걸 가끔 보았다. 지방 장관에서부터 푸에르토리코인인 접시닦이에 이르기까지 카페테리아에 드나드는 사람들은 탐욕스런 눈빛으로 그녀를 바라보았다. 여자들까지도 그녀의 우아한 몸짓, 긴 목, 가는 허리, 가느다란 팔, 하얀 피부를 경탄해 마지않았다. 그는 무슨 힘으로 그녀를 붙잡았는가? 그는 마샤가 자기와 헤어질 날에 대비해 여러 번 마음의 준비를 했다.

이제 허먼은 불빛 희미한 거리를 바라보며 서 있었다. 움직이지 않는 나뭇잎, 코니 아일랜드의 불빛을 반사하는 하늘, 나이 많은 남녀 어른들이 현관 앞에 의자를 갖다놓고 앉아서 아무 희망도 없는 긴 대화를 나누는 것 등을 허먼은 바라보았다.

야드비가가 그의 어깨에 손을 댔다.

"잠자리가 준비됐어요. 시트가 깨끗해요."

허먼은 나풀거리는 희미한 촛불을 그냥 두고 거실의 불을 껐다. 야드비가가 욕실로 들어갔다. 그녀는 고향에서부터 거른 적이 없는 그녀의 여성적인 의식을 행했다. 그녀는 잠자리에 들기 전에 이를 닦고 목욕을 하고 머리를 빗었다. 립스크에서조차도 그녀는 어김없이 씻었다. 이곳 미국에서는 폴란드 방송국에서 하는 모든 위생 상담을 들었다. 오이터스는 날이 어두워지자 마지막으로 울고 나서는 마리안나와 함께 새장으로 날아들었다. 그 새는 횃대 위에서 암놈 옆에 앉아 해가 뜰 때까지 움직이지 않는다. 인간과 동물의 구세주인 죽음과 더불어 다가오는 휴식을 맛보았다.

허먼은 천천히 옷을 벗었다. 그는 잠을 못 이루고 어둠 속에서 두 눈을 반짝이며 큰아버지 댁 소파에 누워 있을 타마라의 모습을 상상했다. 마샤는 담배를 피우면서 크로토나 공원이나 트레몬트 거리를 서성이고 있을 것이다. 사내 녀석들이 지나가면서 그녀에게 휘파람을 불 것이다. 아마 누군가가 차를 세우고 그녀를 데려가려 할지도 모른다. 그녀는 실제로 어떤 사람하고 드라이브를 하고 있을지도 모른다.

전화가 걸려 왔다. 허먼이 서둘러 받았다. 안식일 촛불 하나가 꺼졌다. 하나는 아직도 타고 있었다. 그는 수화기를 집어 들고 속삭였다.

"마샤!"

잠시 동안 침묵이 흘렀다. 마샤가 말했다.

"당신 지금 그 시골뜨기하고 침대에 누워 있어요?"

"아니야, 그녀와 같이 있지 않아."

"그러면 어디죠? 침대 밑?"

"당신 어디야?"

허먼이 물었다.

"내가 어디 있든 당신에게 무슨 상관있어요? 당신은 나와 함께 있어야 했어요. 그런데 당신은 립스크에서 온 천치와 밤을 보내고 있어요. 그리고 다른 여자가 또 있어요. 당신 사촌 페이블 렘버거는 분명히 매춘부예요. 당신 그녀하고도 같이 잤겠죠?"

"아직 아냐."

"그녀가 누구죠? 내게 진실을 말하는 게 좋을 거예요."

"말했잖아. 타마라가 살아서 여기에 있어."

"타마라는 죽어서 땅속에서 썩고 있어요. 페이블은 당신의 애인 중의 하나예요."

"애인이 아니라는 것을 결단코 맹세하겠어!"

잠시 긴장된 침묵이 흘렀다.

"그녀가 누군지 말해요."

마샤가 고집했다.

"친척이라니까. 아이들을 잃은 상처 입은 여자야. '협회'가 그녀를 미국으로 데려왔어."

"그런데 당신은 왜 페이블 렘버거라고 말했죠?"

마샤가 물었다.

"당신이 의심하니까 그랬어. 당신이 그녀가 한 말을 들었다면 그 즉시 —."

"그 여자 몇 살이오?"

"나보다도 나이가 많아. 레브 아브라함 니센 야로슬레이버가 내 애인을 위해 신문에 광고를 냈다고 한다면 당신은 믿겠어? 그들은 신앙심이 깊은 사람들이야. 그들에게 전화를 걸어 알아보라고 했잖아."

"이번엔 솔직한 것 같군요. 내가 지난 며칠 동안 얼마나 애태웠는지 당신은 결코 모를 거예요."

"이 바보야, 사랑해! 당신 지금 어디 있지?"

"어디 있냐고요? 트레몬트 거리에 있는 사탕가게예요. 담배를 피우며 길을 따라 걸었어요. 몇 분마다 건달들이 차를 세우고 나를 태워 가려 했어요. 내가 열여덟 살밖에 안 되어 보이는지 사내아이들이 휘파람을 불었어요. 그들이 내게서 무엇을 봤는지 모르겠어요. 우리 월요일에 어디로 갈까요?"

"찾아봐야지."

"어머니를 혼자 계시게 하는 게 걱정이 돼요. 발작을 일으키시면 어쩌죠? 돌아가실지도 모르고 까마귀도 울지 않을 거예요."

"이웃 사람한테 돌봐 달라고 부탁하지."

"이웃 사람은 싫어요. 갑자기 그들을 찾아가 부탁할 수 없어요. 게다가 어머니는 사람을 두려워하세요. 누가 문을 두들기면 나치라고 생각하시니까요."

"그렇다면 여기 뉴욕에 머무를 수도 있어."

"나는 파란 초원을 보고 싶고 신선한 공기를 마시고 싶어요. 수용소도 이곳처럼 공기가 혼탁하지는 않았어요. 어머니를 모시고 가고 싶어요. 어머니 눈엔 내가 창녀처럼 보일 거예요. 하느님은 어머니를 몹시 괴롭히시고, 어머니는 하느님을 위해 할 일을 다 하지 못할까 봐 두려워하고 계세요. 히틀러가 한 그 진상은 하느님이 원하시는 거였어요."

"그러면 왜 당신은 안식일 촛불을 밝히지? 왜 욤 키퍼(Yom Kippur, 속죄의 날로 유대력으로 1월 10일인데 종일 단식을 함)를 꼬박 지키는 거지?"

"하느님을 위해서가 아니에요. 사실 하느님은 우리를 싫어해요. 그렇지만 우리는 우리를 사랑하시고 그의 선택된 종족을 만드신 우상을 만들어 냈어요. 당신은 이렇게 말했죠. '이방인은 돌로 하느님을 만들고 우리는 이론으로 만든다' 고요. 일요일 날 몇 시에 올 거예요?"

"4시."

"당신 또한 하느님이고 살인자예요. 자, 좋은 안식일 보내요."

5

허먼과 마샤는 아디론닥스로 가는 버스를 탔다. 여섯 시간 만에 그들은 레이크 조지에 도착했다. 7달러에 방을 빌려 하룻밤 묵기로 했다. 그들은 아무 계획 없이 출발했다. 허먼은 공원 벤치에서 뉴욕주州 지도를 보았다. 그것이 그들의 안내자였다. 그들의 방 창문 너머로 호수와 언덕이 보였다. 미풍에 실려 솔잎 향기가 스며들었다. 멀리서 음악소리가 들려왔다. 마샤는 어머니와 같이 준비한 음식을 한 바구니 가져왔다. 팬케이크, 푸딩, 사과절임, 말린 자두, 건포도, 집에서 구운 과자 등등이었다.

마샤는 담배를 피우며 창 밖의 나룻배와 모터보트를 바라보며 말했다.

"나치는 어디 있죠? 나치가 없는 이 나라는 어떤 나라예요? 이 미국은 상당히 후진국이에요."

여행을 떠나기 전에 그녀는 휴가비로 코냑을 한 병 샀다. 그녀는 러시아에서 술을 배웠다. 허먼은 종이컵으로 한 잔만 마셨는데, 마샤는 계속 마시고 더욱더 명랑해지고 노래를 부르고 휘파람도 불었다.

어렸을 적부터 마샤는 바르샤바에서 춤을 배웠다. 그녀의 종아리 근육은 무희들의 근육과도 같았다. 그녀는 팔을 올리고 춤추기 시작했다. 입술에서는 담배가 달랑거리고 머리가 헝클어진 그녀를 보고 있으니 허먼은 치브케프에 가끔 온 서커스단의 소녀가 생각났다. 마샤는 이디시어, 히브리어, 러시아어, 폴란드어로 노래를 불렀다. 그녀는 술 취한 목소리로 허먼에게 같이 추자고 말했다.

"이리 와요. 한번 춰 보세요."

그들은 일찍 잠자리에 누웠다. 마샤는 한 시간을 자고 나서 일어났다. 그녀는 한꺼번에 모든 걸 하고 싶어했다. 사랑도 하고, 담배도 피고, 술도 마시고, 얘기도 하고 싶었다. 달이 물 위에 낮게 걸렸다. 물고기가 흙탕물을 일으켰다. 별들이 조그맣고 무수한 랜턴처럼 흔들렸다. 마샤는 질투심과 노여움을 일게 하는 얘기를 허먼에게 했다.

다음날 아침에 그들은 짐을 꾸려 다시 버스를 탔다. 스크룬 레이크 물가에 있는 방갈로에서 다음 날 밤을 보냈다. 날씨가 추워서 담요 위에 옷을 덮어야 했다. 다음 날, 아침을 먹고 보트를 빌렸다. 허먼이 노를 젓고 마샤는 다리를 쭉 뻗고 햇볕을 쬐었다. 허먼은 그녀의 이맛살과 감긴 눈꺼풀을 보고 그녀가 무슨 생각을 하는지 알 수 있을 것 같았다.

그는 나치와 소련비밀경찰과 정보원의 공포가 없는, 이 자유로운 나라인 미국에 살고 있다는 게 얼마나 꿈같은 일인지 감개무량했다. 그는 신분증을 가져오지 않았다. 미국에서는 아무도 신분증을 보자는 사람이 없었다. 그러나 그는 머메이드와 넵튠 가 사이에 있는 길에서 야드비가 그를 기다리고 있다는 것을 결코 잊을 수 없었다. 그리고 이스트 브로드웨이의 레브 아브라함 니센 야로슬레이버의 집에는 타마라가 있었다. 그녀는 그가 갖다 줄 빵을 기다리고 있었다. 그는 이 여자들이 자기한테 하는 불평을 완전히 무시할 수 없다. 랍비 램퍼트까지도 그에게 불평을 할 권리가 있다. 허먼은 랍비가 그와 나누고자 한 우정을 거절해 왔다.

　연한 푸른 하늘, 황록색의 물에 둘러싸인 그는 죄의식을 덜 느꼈다. 새들은 천지창조 후의 첫 아침인 양 지저귀었다. 따스한 바람이 불어오고, 호텔에서는 음식 준비하는 냄새가 났다. 허먼은 병아리거나 혹은 오리의 비명소리를 들은 것처럼 생각되었다. 이 사랑스런 여름날 아침에 어딘가에서 닭을 잡고 있나 보다. 강제수용소는 도처에 있다.

　마샤가 준비해 온 음식이 다 떨어졌지만 그녀는 레스토랑에선 식사하려 하지 않았다. 그녀는 빵, 토마토, 치즈, 사과를 사러 시장에 갔다. 그녀가 사 가지고 온 식료품은 한 가족이 먹어도 될 만한 양이었다.

　그녀는 쾌활하고 천박스럽긴 했지만 모성애를 지니고 있었다. 헤픈 여자들처럼 돈을 낭비하지 않았다. 방갈로에서 마샤는 조그마하나 휘발유 스토브에다 커피를 끓였다. 허먼은 휘발유의 연기 냄새를 맡으니 바르샤바에서 보낸 학창 시절이 생각났다.

　파리, 벌, 나비가 열린 창문으로 날아들었다. 파리와 벌이 설탕가루 떨어진 곳에 앉았다. 나비 한 마리가 빵 부스러기 위를 날았다. 앉지는 않고 냄새만 맡았다. 허먼에게는 이런 곤충들은 쫓아 버릴 해충은 아니었다. 그는 이들 곤충 중에서 살아서 체험하고 알고자 하는, 영원한 의지의 선언 같은 것을 느꼈다. 파리 한 마리가 음식을 향해 촉수를 쪽 뻗치며 뒷다리를 비볐다. 허먼은 나비의 날개를 보고 기도할 때 쓰는 손을 생각했다. 벌이 윙윙거리며 날아갔다. 조그마한 개미가 기어들었다. 이 추운 밤에도 살아남아서 테이블 위로 기어 다니고 있다. 어디로 가는 것일까? 빵 부스러기 있는 곳에서 잠시 멈추더니 앞뒤로 지그재그하며 계속 기어간다. 개미집에서 떠나 이제 제 집을 만들어야 했다.

허먼과 마샤는 쉬룬 레이크에서 레이크 플래시드로 갔다. 언덕 위에 있는 집의 방 한 칸을 빌렸다. 이 집에 있는 것은 모두 오래된 것이지만 흠은 없었다. 거실, 계단, 그림, 벽에 걸린 장식, 수를 놓은 수건 등은 제1차 세계대전 전부터 있었던 것들이었다. 넓은 침대에는 유럽의 여관에나 있는 두툼한 베개가 놓여 있었다. 창문 밖으로 산이 보였다. 벽에 자줏빛 정방형을 그리며 해가 졌다.

잠시 후 허먼은 전화를 걸러 아래층으로 내려갔다. 그는 야드비가에게 수신인 요금 부담의 전화 받는 방법을 가르쳐 줬었다. 야드비가는 그가 지금 어디 있느냐고 물었다. 그는 처음에 생각나는 곳의 이름을 가르쳐 주었다. 평소에 야드비가는 불평을 늘어놓지 않았는데 오늘 밤에는 신경을 곤두세우고 있었다. 밤이 무섭고 동네 사람들이 손가락질을 하며 웃는다는 것이었다. 왜 허먼은 그렇게 많은 돈이 필요할까? 자신이 밖에 나가 더 많이 벌어 올 테니 다른 남자들처럼 집에 있어 달라고 말했다. 허먼은 그녀를 진정시키고는 미안하다 말했고, 너무 오랫동안 머무르지 않겠다고 약속했다. 그녀가 그에게 전화로 키스를 보냈다. 그도 답례하는 키스 소리를 보냈다.

허먼이 이층으로 돌아왔지만 마샤는 그에게 말하려 하지 않았다.

"이제 진실을 알았어요."

그녀가 말했다.

"무슨 진실?"

"당신이 말하는 걸 들었어요. 당신은 그 여자를 보고 싶어 해요. 그 여자한테 돌아갈 때까지를 도저히 기다리지 못하는 거예요."

"그녀는 항상 외로워해. 의지할 데가 없어."

"그런데 나에 대해서는 어떻게 생각해요?"

그들은 조용히 저녁을 들었다. 마샤는 불을 켜지 않았다. 마샤가 삶은 계란을 줬다. 그는 갑자기 티샤 바브(유대인들이 솔로몬과 헤롯의 성전이 무너진 날을 기억하면서 금식하는 날) 전날 저녁의 마지막 식사가 생각났다. 삶은 계란 한쪽에 재가 뿌려져 있으면, 그날은 행운이 계란처럼 굴러 떨어져 재수 없다는 징조였다. 마샤는 식사 중에도 담배를 피웠다. 그는 그녀에게 말을 걸려 했지만 그녀가 대답하지 않았다. 밥을 먹고 나서 그녀는 옷을 입은 채 부리나케 침대로 갔다. 몸을 웅크리고 있어 잠이 들었는지 실쭉거리고 있는지 알 수가 없었다.

허먼은 밖으로 나갔다. 그는 이름 모르는 거리를 걷다가 걸음을 멈추고 기념품 가게 진열장 안을 들여다보았다. 인디언 인형, 나무 밑창에 금 레이스를 단 샌들, 호박색 구슬, 중국 귀걸이, 멕시코 팔찌가 진열되어 있었다. 그는 적갈색의 하늘이 비치고 있는 호수로 돌아왔다. 독일 피난민들이 산책하고 있었다. 등이 넓은 남자와 비대한 여자였다. 그들은 집, 가게, 증권시장에 대해 얘기하고 있었다.

"어째서 그들이 내 형제 자매인가? 그들의 유대인 기질은 무엇인가? 나의 유대인 기질은 무엇인가?"

허먼은 자문했다.

그들은 모두 똑같은 것을 소망했다. 가능한 한 빨리 동화되어 유대인 악센트를 떼어버리는 것이다. 허먼은 유대인도 아니고, 미국인, 폴란드인, 러시아계 유대인 그 어느 쪽도 아니다. 어제 아침 테이블 위에 기어다니는 개미처럼 그는 공동체에서 떠나 버렸다.

허먼은 호수 주위를 걸었다. 숲 사이를 지나 스위스 농가처럼 지은 호텔 옆을 지났다. 개똥벌레가 나타났다 사라지고, 귀뚜라미가 울고, 잠을 안 자는 새들이 나무 꼭대기에서 울고 있었다. 달이 떴다. 해골의 머리처럼 보였다. 달은 무엇인가? 누가 달을 만들었는가? 무슨 목적으로? 만유인력의 법칙이 누군가에 의해 발견될 것을 기다리고 있었는데, 뉴턴이 나무에서 사과가 떨어지는 걸 보고 그 법칙을 발견했듯이 대답은 간단하다. 아마 모든 진리가 단 한 문장에 담겨 있을지도 모른다. 아니면 여전히 언어에 의해서 규정되어지는 것일까?

그는 밤이 이슥해서야 셋방으로 돌아왔다. 수 마일을 걸었다. 방이 어두웠다. 마샤는 그가 떠날 때와 똑같은 자세를 하고 누워 있었다. 그는 마샤에게 다가가 얼굴을 만져 보았다. 마치 그녀가 살아 있는지 확인이라도 하려는 듯이.

"당신이 원하는 게 뭐예요?"

그녀는 깜짝 놀라서 말했다.

그는 옷을 벗고 그녀 옆에 누웠다. 잠이 들었다. 그가 눈을 뜨니 달빛이 비치고 있었다. 마샤는 코냑을 마시면서 방 가운데 서 있었다.

"마샤, 이것은 좋은 방법이 아냐."

"방법이 뭐죠?"

그녀는 잠옷을 벗어 던지고 그에게로 왔다. 그들은 조용히 키스를 하고 서로 사랑을 나눴다. 그후 그녀가 일어나서 담배에 불을 붙였다. 갑자기 그녀가 말했다.

"나는 5년 전 이 시간에 어디에 있었죠?"

그녀는 오랫동안 기억을 찾아 헤맸다. 그리고 말했다.

"죽어서까지도 여전히 이럴 거야."

6

허먼과 마샤는 여행을 계속했다. 하루는 캐나다 국경에서 그리 멀지 않은 호텔에 묵었다. 그들의 휴가는 얼마 남지 않았으며, 호텔은 비용이 많이 들었다.

호텔에 딸린 방갈로가 호수에까지 열 지어 있었다. 목욕 가운을 걸친 남녀가 야외에서 카드놀이를 하고 있었다. 테니스장에서는 스컬캡(테두리 없는 작은 모자, 성직자들이 많이 씀)을 쓰고 짧은 바지를 입은 랍비가 동방 정교회를 믿는 여자의 가발을 쓴 그의 부인과 테니스를 하고 있었다. 두 그루의 소나무 사이에 걸어 놓은 그물 침대에는 젊은 소년, 소녀가 누워서 킬킬거리고 있었다. 소년은 이마가 높았고 숱이 많은 머리는 헝클어져 있었으며 가슴은 좁았다. 소녀는 몸에 꼭 맞는 목욕 가운을 입고 있고 목에는 다비드의 별로 된 목걸이를 했다.

여주인이 허먼에게, 부엌은 '유대인 율법을 엄격히 지키며' 손님들은 모두 '행복한 한 가족'이라고 말했다. 그녀가 그와 마샤를 벽에 아무것도 칠하지 않고 천장에는 대들보가 그대로 드러나 보이는 방갈로로 안내했다. 점심시간에 간소하게 차려입은 어머니들이 아이들 입에 음식을 억지로 넣고 있었다. 180센티미터 이상 되는 미국인으로 키우기로 결심이라도 한 듯이. 아이들은 울며, 구역질을 하며, 억지로 넘겼던 야채들을 토해냈다. 허먼은 그들의 성난 두 눈이 말하고 있는 것을 상상했다.

"우리는 당신의 헛된 야심을 만족시키기 위해 고통받는 것을 거부한다."

테니스를 치고 있는 랍비가 네 번째 재담을 늘어놓았다. 웨이터들—대학생이거나 혹은 신학생 같았다—이 나이 든 부인과 농담을 하고 소녀들을 가지고 놀았다. 그들은 즉각 마샤에게 그녀가 어디서 왔는지 질문을 던졌고 알랑거리는 찬사를 퍼부었다. 허먼의 목구멍이 뻣뻣해졌다. 그는 잘게 다진 간과 양파, 크레플럭스(kreplach, 치즈나 고기가 가득 들어 있는 반죽주머니), 기름진 쇠고기뿐만 아니라 속을 채운 내장 요리마저 삼킬 수 없었다. 식탁에 앉은 부인들이 불평을 했다.

"그는 어떤 사람인가요? 먹지를 않아요."

그는 야드비가의 다락방과 강제수용소와 미국으로 건너오고 나서 고생을 몇 해 동안 한 이래 이러한 현대식 유대인과 접촉해 보지 못했다. 얼굴이 둥글고 곱슬머리인 이디시어 시인이 랍비와 토론을 벌이고 있었다. 스스로 무신론자라고 자칭하는 그 시인은 세속성, 문화, 비라 비잔 내의 유대인 영토, 반유대인 기질 등에 대해 얘기했다. 시인이 계속 지껄여대는 동안 유대교 랍비는 관습대로 식사 후에 손을 씻고 하느님께 감사를 드렸다. 순간 랍비의 눈이 빛을 발하며 큰 소리로 몇 마디를 읊조렸다. 뚱뚱한 부인은, 이디시어는 문법이 없는 여러 말이 뒤범벅이 된 혼합 방언이라고 주장했다. 턱수염을 기르고 금테 안경에 벨벳 스컬캡을 쓴 유대인이 일어서서 새로 건국된 이스라엘 국가에 대해 일장 연설을 하고는 헌금을 부탁했다.

마샤는 다른 여자들과 얘기하고 있었다. 그들은 그녀를 브로더 부인이라고 부르며 허먼과 그녀가 언제 결혼했는지, 아이들이 몇이나 되는지, 허먼의 직업이 무엇인지를 알고 싶어 했다. 허먼은 머리를 숙였다. 사람들과 접촉할 때마다 그는 두려움이 생겼다. 누군가가 브루클린 출신의 야드비가와 그를 알아볼 가능성은 어디서나 있었다.

갈리시아 출신의 나이 먹은 남자가 브로더라는 이름을 듣고 허먼에게 렘버그, 타르노우, 브로디, 드로호비치에 가족이 있지 않느냐고 꼬치꼬치 묻기 시작했다. 그에게도 그런 이름을 가진 친척이 있다는 것이었다. 랍비로 임명받은 사촌인데, 지금은 변호사가 되어 텔 아비브에서 동방

정교회의 중요 인물이 되었다는 것이다. 허먼이 대답을 하면 할수록 다른 사실이 밝혀졌다. 그는 자기와 허먼이 친척이라는 것을 입증하기로 결심이라도 한 것같이 보였다.

테이블에 앉은 부인들은 한결같이 마샤의 아름다움, 그녀의 가는 손가락과 옷에 대해 한마디씩 했다. 그들은 마샤가 지금 입고 있는 옷이 직접 만든 것이라는 것을 알고 자기들을 위해서도 만들어 줄 수 있겠느냐고 물었다. 그들은 모두 늘이고 줄이고 할 옷들이 몇 벌씩 있었다.

허먼은 별로 먹지 않았지만 위에 부담을 느꼈다. 그와 마샤는 산보를 나갔다. 그는 몇 해 동안 고독하게 지내면서 얼마나 성격이 조급해졌는지를 깨닫지 못했다. 그에게는 한 가지 소망이 있었다. 그것은 가능한 한 빨리 이곳을 떠나는 것이었다. 그가 빨리 걸었기 때문에 마샤가 뒤에 쳐졌다.

"왜 그렇게 달려요? 아무도 당신을 쫓지 않는데."

그들은 언덕 위로 걸어 올라갔다. 허먼은 뒤를 계속해서 돌아다보았다. 여기서는 나치를 피할 수 있을까? 마샤와 그를 다락방에 숨겨 줄 사람이 있을까? 그는 이제 방금 점심을 먹었는데 저녁 식사 때 또 그들을 만날까 봐 두려웠다. 그는 그들 속에 끼여 앉아서 아이들이 억지로 밥을 먹고 음식을 엉망진창으로 만들어 놓는 걸 보고 싶지 않았다. 그들의 공허한 말들도 듣고 싶지 않았다.

도시에서 있을 때 허먼은 언제나 호외인 자연을 그리워했었다. 그러나 실제로 여기에 오자 그는 이러한 정적에는 어울리지 않았다. 마샤는 개를 무서워했다. 개 짖는 소리가 들릴 때마다 그녀는 허먼의 팔을 잡았다. 그녀는 굽이 높은 구두를 신고 있어 더 이상 걸을 수 없다고 말했다. 농부들은 산책하는 그들을 보고 못마땅한 눈빛을 했다.

허먼은 호텔로 돌아오자, 갑자기 손님용 나룻배 한 척을 신청하기로 결정했다. 마샤는 그를 단념시키려고 했다.

"우리 모두 빠져 죽을 거예요."

그녀가 말했다. 그러나 결국 그녀는 보트에 앉아 담배에 불을 붙였다. 허먼은 노를 저을 줄은 알았다. 그러나 그와 마샤는 수영은 할 줄 몰랐다. 하늘은 맑고 푸르렀고 바람이 불고 있었다. 파도가 일어 배 양쪽에 부딪혔다. 때때로 허먼은 텀벙거리는 소리를 들었다. 마치 어떤 괴물이 물 속에 숨어 그들 뒤를 따라와 어느 한 순간 배를 뒤집어 엎으려는 것처럼 느껴졌다. 마샤는 걱정스런 얼굴을 하고 그를 바라보며 나무랐다. 그녀는 허먼의 힘을 거의 믿지 않았다. 아니면 그녀가 의심한 건 자신의 행운이었는지도 모른다.

"저 나비 좀 봐요!"

마샤가 손가락으로 가리켰다. 어떻게 이렇게 멀리까지 날아왔을까? 날아 돌아갈 수 있을까? 나비는 공중으로 훨훨 날았다. 어느 한 방향으로 나는 게 아니라 지그재그로 날다 갑자기 사라졌다. 물결이 호수의 표면을 무수한 빛과 그림자로 물들이고 거대한 부동 체스판으로 되어 버렸다.

"조심해요! 바위가 있어요!"

마샤는 똑바로 앉았다. 배가 흔들렸다. 허먼은 재빨리 뒤로 노를 저었다. 들쭉날쭉하고 날카롭고 이끼가 낀 바위가 물 위로 솟아 있었다. 땅에 이러한 분지를 파낸 빙하 시대의 잔존물일 것이다. 바위는 비눈, 서리, 더위 등을 이겨냈다. 바위는 아무것도 두렵지 않았다. 바위는 구원이 필요 없었다. 이미 구원을 받았다.

허먼은 배를 해안으로 저어 갔다. 마샤와 그는 배에서 내려 방갈로로 갔다. 침대에 누워 모포를 덮었다. 마샤의 감은 두 눈이 눈꺼풀 속에서 웃는 것 같았다. 입술이 움직였다. 허먼은 그녀를 응시했다. 그가 과연 그녀를 아는가? 그녀의 얼굴 모습까지도 낯설어 보였다. 실제로 그는 그녀의 코, 뺨, 이마를 상세히 생각해 본 적이 없었다. 그런데 그녀의 마음속에는 무슨 일이 벌어지고 있을 것이다.

마샤가 몸을 떨며 일어났다.

"방금 아버지를 보았어요."

그녀는 한동안 말이 없었다.

"며칠이죠?"

그녀가 물었다.

허먼은 날짜를 알려주었다.

"손님을 맞은 지, 7주일이 됐어요." 마샤가 말했다.

처음에 허먼은 그녀가 무슨 말을 하고 있는지 이해하지 못했다. 그가 만난 여자들은 다른 이름으로 생리 주기를 계산했다. 즉, 거룩한 날, 손님, 달들 등등 각각 다른 이름으로 불렀다. 그는 정신을 가다듬고 그녀를 알고 나서 어느 정도 시간이 지났는가를 계산했다.

"그래, 늦었어."

"늦지 않았어요. 다른 점에 있어서는 비정상적일지 몰라도 이 점에 있어서는 백 퍼센트 정상이에요."

"의사한테 가 봐."

"그들도 그렇게 금방 말하지 못해요. 한 주일 더 기다릴 거예요. 미국에선 낙태비가 5백 달러예요."

마샤가 목소리의 톤을 바꿨다.

"또한 너무 위험해요. 카페테리아에서 일하던 한 여자가 낙태를 했어요. 그 여자는 피를 토하고 죽었어요. 그렇게 처참하게 죽다니! 내게 무슨 일이 일어나면 우리 어머니는 어떻게 되겠어요? 당신은 분명 어머니를 굶겨 죽일 거예요."

"멜로드라마 같은 이야기는 하지 마. 당신은 아직 죽지 않았어."

"산다는 것과 죽는다는 것은 그렇게 다른가요? 나는 사람이 죽는 걸 많이 보았기 때문에 잘 알고 있지요."

7

테니스광인 랍비는 저녁식사를 위해서 새로운 객담을 분명히 준비했다. 그는 이 솜씨 좋은 이야기를 많이 알고 있는 것 같았다. 여자들이 킬킬거렸다. 학생 웨이터들은 시끄럽게 시중들었다. 졸린 아이들이 밥을 먹으려 하지 않으니까 어머니들이 등을 토닥거리며 잠을 재웠다. 최근 미국에 온 한 여자는 웨이터에게 식기를 건네며 '히틀러 덕분에 더 잘 먹었어요?' 하고 물었다.

그후, 그들은 헛간을 개조해서 만든 오락관에 모두 모였다. 유대인 시인이 강연을 하고 스탈린을 찬양하며 프롤레타리아 시를 낭송했다. 한 여배우가 명사들 흉내를 냈다. 그녀는 울고 웃고 소리 지르고 인상을 썼다. 뉴욕의 유대계의 대중극장에 출연했던 한 남자배우가 침대 밑에 코사크 병사를 숨겨 놓은 아내한테 배신당한 남편에 관한 음담패설을 했다. 그리고 부정한 부인한테 설교하러 왔다가 바지 앞단추를 열어 놓은 채 부인 집을 떠난 랍비의 얘기를 했다. 부인들과 아가씨들이 함께 웃었다.

"왜 나에게는 모든 것이 고통스러울까?"

허먼은 자문했다.

오락관의 이같이 저속한 행태는 어떤 것도 창조하지 못한다. 대량살육의 지옥을 헤어나갔지만. 손님 중의 일부는 나치의 테러를 피해 온 사람들이었다. 환한 불빛을 보고 나방이 날아들었다. 잠시 이리저리 날아다니다가 벽과 전등에 부딪혀 떨어져 죽었다. 허먼은 주의를 흘끗거리다가 마샤가 격자 무늬 셔츠와 털이 많은 넓적다리가 드러나는 초록빛 짧은 바지를 입은 덩치 큰 남자와 춤을 추고 있는 것을 보았다. 그는 마샤의 허리를 휘감았고 그녀는 그의 어깨에 간신히 손을 올려놓았다. 웨이터 중의 한 명은 트럼펫을 불고, 또 한 명은 드럼을 치고, 나머지 한 명은 구멍 난 항아리처럼 생긴 집에서 만든 악기를 불었다.

허먼은 마샤와 함께 뉴욕을 떠나온 후 혼자 있을 기회가 거의 없었다. 잠시 망설이다가 그는 마샤 몰래 걸어 나왔다. 달빛도 없고 으스스했다. 허먼은 농장을 지났다. 우리에 암소 한 마리가 있었다. 암소는 당황한 눈빛으로 밤의 어둠 속을 바라보았다. 암소의 큰 눈이 '나는 누구인가? 무엇을 위해 여기 있나?' 하고 묻는 것 같았다.

산에서 차가운 미풍이 불어 왔고 별똥별이 밤하늘에 줄무늬를 그으며 떨어졌다. 저 멀리 보이는 오락관이 점점 작아지다가 개똥벌레와 같이 사라져 버렸다. 염세적인 언동에도 불구하고 마샤의 본심은 평범한 행복을 바랐다. 남편과 아이와 가정을 원하는 가정주부가 되고 싶었다. 그녀는 음악과 극장을 사랑했고 배우들의 연기를 즐겼다. 그러나 허먼에게는 치유할 수 없는 슬픔이 남아 있었다. 그는 히틀러의 희생자가 아니었다. 그는 히틀러 시대의 훨씬 이전부터 당해 온 희생자였다.

그는 불에 타 뼈대만 남은 집에 이르러 걸음을 멈추었다. 자극성 있는 냄새가 났다. 창문이었던 구멍과 검게 탄 현관과 검은 굴뚝에 이끌려 안으로 들어섰다. 만일 악마가 존재한다면 이 같은 폐허에 있을 거라는 생각이 들었다. 악마는 인간과 함께 살 수 없고 망령만이 그의 친구가 될 수 있을 테니 말이다. 그의 여생을 이러한 요물들과 함께할 수 있을까? 그는 불에 타 숯이 되어 버린 벽 사이에서 냄새를 맡으며 서 있었다. 허먼은 밤의 숨결을 들을 수 있었다. 밤이 잠을 자며 코고는 소리도 상상했다. 침묵이 그의 귀를 울렸다. 그는 숯덩이와 재 위를 걸었다. 그는 결코 그러한 연기, 웃음, 춤, 노래와 어울릴 수 없었다. 전에는 창문이었던 구멍으로 깜깜한 하늘이 보였다. 하늘은 별이 철자화한 상형문자로 가득 찼다. 허먼의 시선이 히브리어 모음문자 '시걸'(segul)을 닮은 별 세 개에 고정되었다. 그는 각기 항성과 혹성이 딸린 해 3개의 태양을 쳐다보고 있었다. 머리통 속의 자그마한 안구가 저토록 멀리 있는 물체를 볼 수 있다는 게 참으로 신기했다. 머리에 가득 찬 두뇌가 끊임없이 이리저리 생각하고 고민해도 아무런 결론에 이를 수 없다는 게 얼마나 불가사의한 일인가? 하느님, 별, 죽음 등은 모두 조용했다. 말을 하는 창조물은 아무것도 설명하지 못했다.

이제는 등불도 꺼진 오락관 쪽으로 그는 발길을 돌렸다. 그토록 소란하던 건물이 조용하고 생명 없는 모든 사물의 자기 도취 속으로 빠져들었다. 허먼은 방갈로를 찾기 시작했으나 찾기가 어렵다는 것을 알았다. 그는 도시, 시골, 배, 호텔 어디로 가나 길을 곧잘 잃었다. 사무실이 위치한 호텔 입구에 등 하나가 켜져 있었다. 그러나 그곳엔 아무도 없었.

허먼의 마음속에 생각이 스쳤다. 아마 마샤는 초록색 짧은 바지를 입고 춤추던 남자와 같이 침대로 갔을 것이다. 그런 일은 믿기 어렵겠지만, 모든 신앙을 빼앗긴 현대인들에게는 무엇이든 가능하다. 살인과 간음이 없다면, 문명도 또한 있지 않다. 마샤는 허먼의 발자국 소리를 분명히 알아차렸을 것이다. 문이 열리고 마샤의 목소리가 들렸다.

8

　마샤는 수면제를 먹고 잠이 들었으나 허먼은 깨어 있었다. 언제나처럼 처음에 그는 나치와 통상적인 전쟁을 치렀다. 원자탄으로 폭격하고 미사일로 군대를 공격하고 바다에서 함대를 끌어 올려 베르히테스가덴에 있는 히틀러 별장 가까이 놓았다. 그는 아무리 해도 생각을 멈출 수 없었다. 그의 머리가 제동 풀린 기계처럼 돌아갔다. 그는 시간, 공간, '사물 본연의 모습'을 통찰할 수 있게 하는 약을 또다시 마시고 있었다. 그의 생각은 항상 똑같은 결론을 맺었다. 즉 하느님(아니면 하느님이 무엇이든 간에)은 분명히 현명하다. 그러나 그의 자비의 표시는 없다. 만일 하늘에 자비로운 하느님이 존재한다면 그는, 천국인 나치에 섞여 있는 유대인처럼 계급이 낮은 여신일 뿐이다. 인간이 이 세계와 작별할 용기를 갖지 않는 한, 단지 알콜이나 아편의 힘을 빌려 빠져나가려 하거나 립스크의 다락방이나 시프라 푸아네 집인 작은 방에 숨을 수 있을 뿐이다.
　그는 잠이 들자, 꿈속에서 일식의 출현과 장례 행렬을 보았다. 사람들은 검은 말들이 끄는, 거인이 탄 긴 영구차를 뒤따랐다. 그들은 죽은 자인 동시에 조객이었다.
　"어떻게 이럴 수 있지? 학살당한 민족이 자기들의 장례식을 치를 수 있는가?"
　그는 꿈속에서 자문했다.
　일행은 횃불을 들고 슬픈 찬미가를 불렀다. 상복자락이 땅에 끌리고 상투의 꼬리가 구름에 닿았다.
　허먼은 몸을 움찔했다. 녹슨 침대 스프링이 삐걱거렸다. 그는 오한이 나고 식은땀을 흘렸다. 위는 부풀어 오르고 방광은 팽팽했다. 머리 밑의 베개가 찢겨졌고 비틀어 짠 빨래처럼 틀어져 있었다. 얼마 동안 잤을까? 한 시간? 여섯 시간? 방갈로는 칠흑같이 어둡고 겨울 날씨처럼 추웠다. 침대에 누워 있는 마샤의 창백한 얼굴만이 어둠 속의 한 점 불빛 같았다.

"허먼, 난 수술이 무서워요!"

그녀는 목 메인 소리로 울었다. 시프라 푸아의 목소리와 똑같았다. 허먼이 그녀의 말을 이해하기까지는 약간 시간이 걸렸다.

"그래, 좋아."

"아마 레온은 나와 이혼해 줄 거예요. 그에게 솔직히 말하겠어요. 그가 이혼을 해주지 않으면 아이는 그의 이름을 따를 거예요."

"나는 야드비가와 이혼할 수 없어."

마샤가 화를 터뜨렸다.

"할 수 없다고! 영국 왕은 사랑하는 여자와 결혼하려고 왕관도 버렸다고 하는데, 당신은 얼간이 같은 시골뜨기를 떼어버리지 못한다고요? 당신이 반드시 그 여자와 살아야 한다는 법이 어디 있어요? 최악의 경우라면 당신이 위자료를 지불해야 하는 것이겠죠. 내가 위자료를 지불하겠어요. 시간 외의 일을 해서라도 지불하겠다고요!"

그녀가 소리를 질렀다.

"당신도 알다시피 이혼은 야드비가를 죽이는 일이야!"

"난 그런 거 몰라요. 말해요, 당신 그 갈보년 하고 랍비 앞에서 결혼했어요?"

"랍비 앞에서? 아니."

"그러면요?"

"신고 결혼(종교 의식의 절차를 밟지 않은 결혼)이야."

"그건 유대 율법에 따른 가치 있는 일이 아니에요. 유대 의식으로 나와 결혼해요. 그들 이교도의 서류는 필요 없어요."

"어떤 랍비도 허가 없이는 결혼식을 올려주지 않을 거야. 여긴 미국이야, 폴란드가 아니라구."

"그렇게 해줄 랍비를 찾겠어요."

"그렇게 하면 이중 결혼이 돼. 게다가 일부다처가 되어 버려."

"아무도 모를 거예요. 어머니와 나만 알아요. 우린 집을 이사하고 당신이 좋아하는 이름 아무거나 써도 좋아요. 당신이 그 시골뜨기 없이는 살 수 없다면, 일주일에 하루는 그 여자한테 가서 지내도록 해요. 내가 그것을 인정할게요."

"조만간 그들이 나를 체포해서 추방할 거야."

"결혼 증명서가 없는 이상, 우리가 부부라는 걸 아무도 입증할 수 없어요. 결혼식을 끝내고 곧 케투바(유대교의 결혼 문서)를 태워 버려도 돼요."

"아이를 입적시켜야 돼."

"우리는 잘 해 나갈 거예요. 난 당신을 그 얼간이와 공유할 수 있다는 것만으로도 충분해요. 내가 끝낼게요." 마샤는 어조를 바꾸었다. "난 여기 앉아서 한 시간 내내 생각했어요. 동의하기 싫으면 당장 떠나요 그리고 돌아오지 말아요. 나는 수술을 집도해 줄 의사를 찾아가겠어요. 다시는 내 앞에 얼굴을 보이지 마세요. 대답할 때까지 일분 주겠어요. 안 되겠거든 옷을 입고 나가요. 난 더 이상 당신이 여기 있는 걸 원하지 않으니까요."

마샤의 목소리가 바뀌었다.

"당신은 나보고 법을 어기라고 하고 있어. 거리의 경찰들이 무서워."

"당신은 어쨌든 무서워하며 지낼 거요. 대답해요!"

"그래, 결혼하지."

마샤는 오랫동안 말이 없었다.

"당신, 정말 그렇게 말했어요? 아니면 내일 모든 걸 다시 시작해야 할까요?"

그녀는 말했다.

"아냐, 결심했다구."

"당신에게 어떤 일도 결심하게 하는 데는 최후통첩을 낼 필요가 있어요. 우선 내일 아침 레온에게 전화해서 이혼한다고 말하겠어요. 그가 이혼해 주지 않으면 파멸시켜 버리겠다구요."

"무슨 짓을 하려고 그래요? 그를 쏠 거요?"

"능히 그렇게라도 할 수 있죠. 하지만 다른 방법을 취할 거요. 그는 법률적으로 율법을 어겼어요. 내가 경찰에 전화 한 통만 하면 다음 날로 그는 국외 추방이오."

"유대의 율법에 따르면 우리 아기는 서자가 될 거예요. 내가 이혼하기 전에 임신했으니까."

"내게 유대법이나 다른 모든 법률들은 모두 무의미해요. 나는 오로지 어머니를 위해 그러는 거요, 어머니를 위해."

마샤가 침대에서 일어나 어둠 속에서 돌아다녔다. 수탉 한 마리가 울었다. 다른 수탉이 그에 대답했다. 창문으로 푸르스름한 빛이 비쳤다. 여름밤의 날이 샜다. 새들이 동시에 울기 시작했다. 허먼은 더 이상 침대에 누워 있을 수 없었다. 일어나서 바지를 입고 신을 신고 문을 열었다.

문 밖은 새벽의 일들로 분주했다. 떠오르는 햇살이 밤하늘의 얼룩점과 오점을 일소했다. 이슬이 풀밭에 내리고 우웃빛 허연 안개가 호수에 자욱이 끼었다. 어린 새 세 마리가 방갈로 옆 나뭇가지에 앉아 부드러운 부리를 떡 벌리고 어미가 주는 나무의 열매와 벌레를 받아먹고 있었다. 어미 새는 자기의 의무만은 확실히 알고 있는 자와 같은 단순한 근면함을 가지고 날아가기도 하고 날아오기도 했다. 태양이 호수 뒤편에서 떠올랐다. 불꽃이 수면에 닿는 듯했다. 솔방울은 새로운 싹을 나오도록 하는데 충분할 정도로 성숙해서 땅 위에 떨어졌다.
　마샤는 나이트가운을 입고 맨 발로 담배를 입에 문 채 밖으로 나갔다.
　"당신을 만난 이후 당신 아이를 갖고 싶었어요."

제2부

- 제5장 파멸의 입김
- 제6장 음모
- 제7장 야드비가의 방
- 제8장 불꽃 그리고 천사
- 제9장 마샤의 적
- 제10장 이방인

5장 파멸의 입김

1

 허먼은 또다시 세일즈를 구실로 한 여행 준비를 하고 있었다. 대영백과사전을 팔러 나간다는 구실을 생각해 내고 중서부 지방으로 일주일 동안의 여행길에 오르겠다고 야드비가에게 말했었다. 그녀는 전혀 어떤 책도 구별하지 못하기 때문에 거짓말은 불필요했다. 그러나 허먼은 늘 새로운 거짓말을 계속하게 되었다. 그렇게 하지 않으면 거짓말은 차츰 설득력이 없어지기 때문에 언제나 보강해 둘 필요가 있었다. 게다가 최근에는 야드비가마저도 그에게 불평을 늘어놓기 시작했다. 로시 하샤나(Rosh Hashanah, 유대인의 신년 축제)의 처음 날과 이틀째 반나절 동안 그는 집을 비웠다. 그녀는 이웃 사람들이 가르쳐 준 대로 잉어 대가리, 사과와 벌꿀을 요리하고 새해의 할라 빵을 만들었다. 그러나 로시 하샤나의 축제일인데도 허먼은 서적 판매에 나서려고 하고 있었다.
 주변의 여자들은 이디시어와 폴란드어를 반반씩 섞어가며, 야드비가에게 그녀 남편이 틀림없이 어디엔가 정부를 두고 있을 거라고 말하고 있었다. 어떤 나이가 지긋한 부인은 변호사와 상의하여 이혼하고 위자료를 받아내도록 권하기도 했다. 또 다른 여인은 그녀를 유대 교회에 데리고 가서 양뿔 피리 소리를 들려주기도 했다. 여인들과 함께 있으면서 구슬픈 피리 소리를 들었을 때 야드비가는 눈물이 쏟아져 나올 것만 같았다. 그것은 그녀로 하여금 립스크를, 전쟁을, 그리고 아버지의 죽음을 생각나게 했기 때문이다.

2,3일 동안 그녀와 함께 지낸 다음 허먼은, 이번엔 마샤가 아니라 캐츠킬 산맥의 방갈로에 세를 낸 타마라와 함께 보내기 위해 또다시 집을 나서려고 하고 있었다. 이번엔 마샤에게도 거짓말을 해야만 했다. 그는 마샤에게 유대법 강연을 위해 랍비 램퍼트와 애틀랜틱 시티에 2,3일 동안 다녀와야겠다고 했다.

그것은 서투른 변명이었다. 신교의 랍비마저도 '근신의 날'(로시 하샤나로 시작해서 욤 키퍼로 끝나는 열흘의 기간)에는 강연 따위를 하지 않았다. 그러나 레온 토트샤이너로부터 이혼장을 받아내는 데 성공하고, 90일이 지나면 허먼과 결혼할 수 있다고 생각하고 있는 마샤는 질투로 시끄럽게 굴지는 않았다. 이혼과 임신은 그녀의 표정까지도 바꾸어 버렸다. 허먼에게 가정주부답게 행동하기 시작했을 뿐만 아니라 어머니에게도 친절하게 대했다. 마샤는 허가장 없이도 결혼식을 올려 주는 망명한 랍비를 찾아냈다.

욤 키퍼 전에 애틀랜틱 시티에서 돌아오겠다고 허먼이 말했을 때도 마샤는 더 캐묻지 않았다. 랍비가 두 사람에게 필요한 50달러를 청구할 것이라고만 그에게 덧붙여 말했다. 그들은 돈이 필요했다.

이것은 대단히 위험한 모험이었다. 마샤에게 전화를 하겠다고 약속했지만, 장거리 교환수가 발신국명을 일러줄 우려가 있었다. 또 마샤가 랍비 램퍼트의 사무실에 전화를 걸어 랍비가 뉴욕에 있다는 사실을 알게 될지도 모르는 일이었다. 그러나 마샤가 레브 아브라함 니센 야로슬레이버에게 전화를 하지 않았던 것을 보면, 랍비 램퍼트에게도 전화를 걸지 않을지도 모른다. 어차피 또 하나의 위험이 더해져도 대단한 차이는 없다. 허먼은 이미 두 명의 아내가 있고, 지금 또 세 번째와 결혼하려 하고 있지 않는가 말이다. 그 결과와 스캔들을 두려워했지만, 그의 마음 한구석에는 그 무서운 대단원에 직면하는 스릴을 즐기는 기분도 있었다. 그는 자신의 행동을 계획도 세워 보았고 즉흥적으로 느껴 보기도 했다. 폰 하르트만이 명명한 '무의식'無意識은 절대로 틀리지 않는다. 말이 저절로 입 밖으로 나오고, 그 뒤를 허먼이 술책과 변명으로 쫓아다니고 있는 느낌이다. 정열이 뒤범벅이 된, 이 혼돈의 뒤를 냉정한 도박꾼이 정리해 나간다.

　허먼은 타마라로부터는 쉽사리 풀려날 수 있었다. 그가 이혼하고 싶으면 승낙하겠다고 타마라는 여러 번 말했었다. 하지만 이혼한들 대단한 변화는 없다. 중혼과 일부다처는 법의 테두리 안에서는 그다지 차이가 없을 것이다. 게다가 이혼하려면 돈이 필요하므로 더욱더 많은 원고를 써야만 한다. 그러나 그 이상의 무엇이 있었다. 타마라의 출현은 신비의 상징처럼 여겨졌다. 그녀와 함께 있으면 언제라도 그리스도 부활의 기적을 피부로 느끼곤 했다. 타마라와 얘기를 주고받을 땐 그는 교령회交靈會에서 부름을 받은 사자死者의 영혼과 상대하고 있는 기분이 되곤 했다. 타마라가 실제로 살아 있는 게 아니라 그녀의 망령만이 되돌아온 것처럼 여겨졌다.

　전쟁 전부터 허먼은 신비주의 사상에 흥미를 가지고 있었다. 뉴욕에 와서부터도 시간만 있으면 42번가의 공립 도서관에서 독심술이라든가 천리안이라든가 심령술이라든가, 하여간 비심리학적인 분야의 서적이라면 모조리 읽었다. 종교는 무너지고 철학은 의미를 상실한 이상, 그래도 역시 진실을 탐구하는 사람에게는 오직 신비주의만이 남겨져 있는 테마였다. 그러나 영혼의 출현 방식에는 여러 가지 단계가 있다. 타마라는 마치 살아 있는 인간처럼 행동했다. 망명자 협회는 그녀에게 매월 원호금을 주고 있고, 또한 큰아버지인 레브 아브라함 니센 야로슬레이버도 그녀를 도와주었다.

그녀는 마운틴데일의 유대식 호텔의 방갈로에 세 들고 있었다. 그녀는 본관에 머물면서 식당에서 식사하는 것을 싫어했다. 때문에 폴란드 태생의 유대인인 집 주인은 하루에 두 차례 음식을 방갈로까지 가져다 주었다. 그녀의 2주일이 이제 끝나려고 하고 있는데도, 며칠 동안 함께 지내자고 하는 약속을 허먼은 아직도 실행하지 않았다. 그가 약속을 지키지 않는데 대해서 책망하는, 브루클린 주소로 그녀의 편지가 날아 들어왔다. 맨 끝에 '전 여전히 죽은 채로 있어요. 무덤으로 찾아오세요'라고 씌어 있었다.

허먼은 집을 나서기 전에 자질구레한 일용품을 정리해 두었다. 야드비가에게 돈을 주고, 브롱크스의 집세를 지불했다. 타마라에게 줄 선물도 샀다. 랍비 램퍼트에게 넘겨줄 원고 초안도 가방 속에 챙겼다.

허먼은 버스 터미널에 일찌감치 나가서 마운틴데일행行 버스를, 벤치에 앉아 여행용 가방을 발 옆에 놓고 기다렸다. 그 버스는 바로 타마라가 있는 곳으로 가지 않기 때문에 도중에서 갈아타야만 했다.

그는 이디시어 신문을 샀는데, 큰 제목만 읽을 뿐이었다. 기사는 언제나 비슷비슷했다. 독일은 부흥하고 있다. 나치의 죄는 유엔과 소련으로부터 용서를 받게 되었다. 허먼은 그러한 기사를 읽을 적마다 군대 전체를 무찌르고 공장 전체를 괴멸시켜 복수하는 자신을 마음속에 그렸다. 유대인 학살에 관계한 자들 모두를 재판대에 올려놓고 싶었다. 아주 사소한 자극으로 자신의 마음에 뭉게구름처럼 퍼지는 이와 같은 환상을 그는 부끄럽게 생각했지만, 그 집요함은 어찌할 도리가 없었다.

마운틴데일행의 안내방송이 들렸기 때문에 버스 승차구 쪽으로 서둘러 갔다. 여행용 가방을 그물 선반에 올려놓은 순간 마음이 한결 가벼워졌다. 다른 승객이 있는지 어떤지도 거의 알지 못했다. 그들은 이디시어로 서로 말하고 있었고 이디시어 신문지로 싼 보따리를 들고 있었다. 버스가 달리기 시작하자 풀 냄새, 나무 냄새, 가솔린 냄새 따위가 뒤섞인 바람이 군데군데 열려 있는 창문으로부터 불어 들어왔다.

마운틴데일까지는 5시간 정도의 거리인데도 꼬박 하루가 걸렸다. 갈아타는 것이 불편했기 때문이다. 바깥은 아직도 여름이지만 해는 벌써 짧아지고 있었다. 해가 저물자 초승달이 보였지만 이내 구름에 덮이고 말았다. 하늘에는 별이 많았다. 좁고 구불구불한 길을 분간하기 위해 두 번째 버스의 운전기사는 실내등을 껐다. 숲을 빠져 나오자 별안간 전등불로 휘황찬란한 호텔이 모습을 드러냈다. 베란다에서는 몇 쌍의 남녀가 트럼프놀이를 하고 있었다. 빠르게 스쳐가는 버스 창문으로부터는 그것은 실체가 없는 신기루와도 같이 보였다.

승객들은 조금씩 곳곳의 정류장에서 밤의 어둠 속으로 사라져 갔다. 그리고 허먼 혼자만이 버스 안에 남아 있었다. 창가에 이마를 맞대고, 마치 미국이 폴란드와 마찬가지로 붕괴해 나가는 운명에 놓여 있고, 이 나라의 온갖 세부細部를 마음속에 새기기라도 하듯이 길가의 낱낱의 수목이나 돌을 응시하고 있었다. 우주 전체가 조만간 붕괴해 버리는 것은 아닐까? 우주 전체가 확산해 나가고 있다는, 사실 여기저기 변형해 나가고 있다는 기사를 읽은 적이 있다. 야상곡 비슷한 우울함이 하늘에 드리워져 있었다. 별이, 우주적인 교회의 제전祭典 촛불처럼 반짝이고 있었다.

버스는 허먼이 내려야 할 팰리스 호텔 앞에 접근하자, 등을 계속 켰다. 그것은 마치 조금 앞서 지나온 호텔과 마찬가지였다. 같은 베란다, 같은 의자, 테이블, 쌍쌍이 짝을 지은 남녀들, 심지어 트럼프놀이에 이르기까지 동일했다.

'버스가 빙빙 돌고 있는 게 아닐까?' 하고 그는 의아스럽게 생각했다. 오랜 시간 걸터앉아 있었기 때문에 발이 굳어져 있는데도 그는 힘차게 호텔 계단을 뛰어올라갔다.

하얀 블라우스와 검정 스커트, 거기에 하얀 신발을 신은 타마라가 바로 나타났다. 햇볕에 그을려서 젊게 보였다. 머리는 여느 때와 다른 모양으로 묶여 있었다. 그녀는 허먼에게 다가와서 그의 여행가방을 빼앗듯이 받아들고는 카드놀이를 하고 있던 여인들에게 그를 소개했다. 수영복 차림에 윗옷을 걸치기만 한 한 여인은 자기 카드에 시선을 재빨리 던지면서 거친 목소리로 말했다.

"어떻게 이런 아름다운 부인을 오랫동안 내버려 둘 수 있을까? 사내들이 꿀에 득실거리는 파리 떼처럼 그녀에게 치근거릴 텐데 말이야."

"왜 이리 오래 걸렸어요?"

타마라의 귀에 익은 폴란드 사투리가 섞인 이디시어가 허먼의 환상을 뒤엎었다. 다른 세상에서 나타난 유령 따위는 결코 아니었다. 그녀의 존재는 충분한 의미를 지니고 있었다.

"배고프죠? 당신을 위해 저녁을 남겨 놓았어요."

타마라는 물었다. 그리고 그의 팔을 끼고 전등이 하나만 켜져 있는 식당으로 데리고 갔다. 테이블은 이미 아침식사가 준비되어 있었다. 아직도 누군가가 부엌에서 일하고 있고, 수도꼭지에서 쏟아지는 물소리가 들려왔다. 타마라는 부엌에 들어가서 허먼의 저녁밥을 담은 쟁반을 든 젊은이를 데리고 왔다. 멜론 반 개, 누들수프, 당근을 넣은 닭요리, 사탕절임한 과일, 벌꿀 케이크 한 조각 등이었다. 타마라는 젊은이에게 농담을 걸기도 하고 상대방도 상냥스럽게 대답했다. 그의 팔에는 푸른 빛깔로 숫자를 새긴 문신이 있었다는 것을 허먼은 알았다.

웨이터가 나가자 타마라는 묵묵히 말이 없었다. 그 젊음도, 막 도착했을 때 허먼이 보았던 햇볕에 그을린 얼굴 빛깔도 사라져 버린 것처럼 보였다. 양쪽 눈 밑에는 검은 기미와 부어오른 듯한 데가 나타나 있었다.

"그 아이를 보셨나요? 화장터 입구에 있었어요. 그는 조금만 더 있었으면 약간의 재로 될 뻔했죠."

그녀는 말했다.

2

타마라는 침대에 누워 있고, 허먼은 방갈로에 운반되어 온 간이침대에 누워 있었다. 그러나 둘 다 잠을 이루지 못했다. 허먼은 순간적으로 잠이 들 것 같았으나 깜짝 놀라 깨어났다. 간이침대가 몸 밑에서 삐걱거렸다.

"안 자요?"

타마라가 물었다.

"어, 곧 잠이 들 거야."

"수면제가 있는데요. 원하면 줄게요. 난 먹었는데도 잠이 오질 않는군요. 설사 잠이 든다 해도 그건 자는 게 아니라 허공에서 가라앉는 듯한 느낌이에요. 수면제를 드릴게요."

"아니, 됐어. 수면제 없이도 잠들 수 있어."

"그런데 왜 밤새 뒤척거리기만 하는 거예요?"

"당신 곁에 눕는다면 잠이 올 거요."

타마라는 한동안 말을 하지 않았다.

"그건 무슨 뜻일까? 당신은 아내가 있고요. 나는 죽은 시체고요, 허먼, 그리고 시체와 함께 잠자는 사람은 없는데요."

"그러면 나는 뭐지?"

"적어도 당신은 야드비가를 배신하지는 않으리라고 믿고 있어요."

"모두 당신에게 얘기하지 않았소."

"그래요, 이야기를 했죠. 사람들이 내게 무언가를 말할 때 나는, 그들이 이야기하는 것을 늘 정확히 알고 있어요. 들을 때는 확실히 들려요. 그러나 마음속에 들어가지는 않아요. 기름종이가 물을 튀기듯이 떨어져 버리거든요. 당신의 침대가 불편하면 이쪽으로 와요."

"그래."

어둠 속에서 허먼은 침대에서 몸을 일으켰다. 그는 타마라의 이불 밑으로 살며시 들어가서, 타마라의 체온과 오랜 별거생활 동안에 잊혀져 있던, 어머니답고 전혀 낯선 무언가를 느꼈다. 타마라는 꼼짝하지 않고 똑바로 누워 있었다. 허먼은 얼굴을 타마라 쪽으로 돌리고 몸을 옆으로 누웠다. 그는 그녀와 닿지는 않았지만 그녀 가슴의 풍만함은 느낄 수 있었다. 그는 결혼 첫날밤의 신방에 있는 것처럼 당황하며 계속 누워 있었다. 세월이 두 사람을 묵직한 칸막이와 같이 실제로 갈라놓고 있었다. 매트리스 위에 담요가 너무 팽팽하게 걸쳐 있어서 그것을 느슨하게 하는 것이 어떨까 하고 타마라에게 묻고 싶었으나, 허먼은 망설였다.

"우리가 함께 누워 본 지가 얼마나 됐을까요? 백 년이나 흘러간 것 같군요."

타마라 쪽에서 말을 꺼냈다.

"10년이 채 못 될 거야."

"정말요? 내겐 영원한 것처럼 느껴져요. 그렇게 짧은 세월 동안에도 하느님만은 이렇게 많은 것을 채워주실 수 있나 봐요."

"난 당신이 하느님을 믿지 않는 걸로 알았는데."

"아이들에게 일이 생기고 난 후부터 안 믿게 됐죠. 1940년 욤 키퍼 때는, 내가 어디에 있었더라? 러시아에 있었군요. 공장에서 노란 삼베 주머니를 꿰매면서 입에 풀칠을 하고 있었죠. 교외의 이교도 집에 살고 있었어요. 키퍼 날이 되었을 때도 먹는 것만 생각했죠. 그런 곳에서 단식한들 무슨 뜻이 있겠어요? 게다가 이웃 사람들에게 신자로 보이는 건 영리한 노릇이 아니었죠. 그러나 저녁이 되자 난 유대인이 어디선가 콜 니드레(욤 키퍼 날에 유대 사람들이 하는 속죄의 기도)를 노래하는 걸 듣고는 먹은 것이 목을 넘어가지 않았어요."

"어린 다비드와 요셉이 온다고 말했잖아."

허먼은 곧 그가 말한 걸 후회했다. 타마라가 몸을 움직이지도 않았는데 침대 그 자체가 충격을 받은 것처럼 신음 소리를 내기 시작했다. 타마라는 그 소리가 멎기를 기다렸다가 말을 했다.

"믿지 않는군요. 아무것도 말하지 않는 편이 좋아요."

"믿어. 무엇이든 의심하는 자가 또 무엇이든 믿으려고 하는 거야."

"말하고 싶었어도 당신에게 하지 않았어요. 내가 미쳤다고 할 뿐이니까요. 하지만 미치광이라 할지라도 원인은 있어요."

"언제 아이들이 오지? 꿈에서 말인가?"

"모르겠어요. 말했잖아요, 잠자는 게 아니라 지옥 속에 빠져 들어간다고요. 빠져도 바닥에는 절대 닿지 않아요. 그리고 공중에 매달려 있는 거예요. 이건 단지 한 가지 예일 뿐이에요. 이 밖에도 확실히 기억하고 있지도 못하고 말로 설명할 수도 없는 일이 너무 많이 있어요. 낮에는 그런대로 괜찮지만 밤에는 무서운 일로 가득 차 있어요. 정신분석을 받아 보면 좋겠지만, 의사인들 무얼 할 수 있단 말이에요? 그저 라틴어로

병명을 기록하는 게 고작일 거예요. 제가 의사에게 가는 건 다만 수면제를 처방해 달라고 할 때뿐이죠. 아이들은 곧 올 거예요. 때때로 아침까지 찾아오기도 해요."

"아이들이 뭐라고 말하지?"

"아, 밤새 이야기를 해요. 하지만 내가 깨어나면 아무것도 기억에 남아 있지 않아요. 몇 가지를 기억한다 해도 이내 잊어버려요. 그 아이들이 어디엔가 살고 있어서 절 만나고 싶어 하고 있으리라는 느낌만은 뚜렷이 남아 있어요. 이따금 아이들과 함께 걷거나, 그럴 리 없겠지만 하늘을 날기도 해요. 음악도 듣지만 소리는 나지 않아요. 함께 국경까지 가기도 하지만 난 거기를 넘지 못해요. 아이들은 눈물을 흘리며 내게서 멀어져 저쪽 편에서 떠돌아 다녀요. 그것이 언덕인지 장벽인지 기억나지 않아요. 때로는 계단이 보이고 누군가 — 성자聖者인지 유령인지 아이들을 만나로 와요. 그러나 내가 말하는 것을, 허먼, 아무리 설명한들 알 수 없을 거예요. 물론 내가 미쳤다면 그것은 모두 나의 광기의 현상이겠죠."

"당신은 미치지 않았어, 타마라."

"그래요, 듣기 좋군요. 누가 정말 광기에 대해 알고 있죠? 이왕 곁에 온 거 좀더 옆으로 오지 않겠어요? 좋아요. 몇 해 동안 나는 당신이 더 이상 살아 있지 않다고 여기며 지내 왔어요. 그리고 죽은 자에 대한 감정은 산 자에 대한 것과는 다른 건가 봐요. 당신이 살아 있다는 것을 들었을 때는 내 태도를 바꾸기에는 너무 늦었어요."

"아이들이 나에 대한 이야기는 하지 않아?"

"이야기는 하는 것 같지만, 확실하지는 않군요."

잠시 양쪽이 다 같이 말이 없었다. 귀뚜라미마저 우는 것을 멈췄다. 그리고 허먼은 냇물이 졸졸 흐르는 듯한 물소리를 들었는데, 아니면 배

수관일까? 배에서 꾸르륵 소리가 들렸는데 자신의 것인지 타마라의 것인지 구별할 수 없었다. 그는 간질거리는 것 같아서 긁고 싶은 충동을 느꼈으나 참았다. 정확한 생각을 할 수 없었다. 그럼에도 불구하고 어떤 한 생각이 그의 머릿속을 스치고 지나갔다. 갑자기 허먼은 말했다.

"타마라, 묻고 싶은 게 있어."

그는 말은 했지만 자신이 무엇을 말하려고 했는지 알지 못했다.

"무엇을요?"

"왜 아직도 혼자야?"

타마라는 대답하지 않았다. 그는 그녀가 졸고 있다고 생각했다. 그러나 그때 그녀는 눈을 뜨고 또렷한 목소리로 말했다.

"난 이미 당신에게 사랑은 스포츠가 아니라고 말했을 텐데요."

"무슨 뜻이지?"

"나는 사랑하지 않는 사람과는 관계할 수 없어요. 그런 단순한 뜻이죠."

"아직 날 사랑하고 있다는 뜻일까?"

"그런 뜻으로 말한 게 아니에요."

"그때부터 오랫동안 당신은 한 남자도 없었단 말이야?"

허먼의 목소리는 떨렸다. 자기가 한 말이 부끄럽고 또 자신이 일깨운 것에 흥분하여 물었다.

"누군가가 있었다면요? 침대에서 뛰어내려 뉴욕까지 걸어서 돌아갈 셈인가요?"

"아니, 타마라. 난 그것이 잘못이라고 말하는 게 아냐. 당신은 내게 정직했으면 해."

"그리고 나중에 날 비난하겠죠."

"아니. 당신은 오랫동안 내가 살아 있다는 줄 몰랐어. 내가 무엇을 요구할 수 있겠어? 가장 성실한 미망인들도 재혼을 해."

"네, 당신 말이 맞아요."

"그러면 당신의 대답은 뭐지?"

"왜 떨고 있어요? 당신은 조금도 달라지지 않았어요."

"대답해!"

"네, 누군가 있었어요."

타마라는 거의 화가 나서 말했다. 그녀가 옆쪽으로 돌아누워 그녀의 얼굴이 그를 향하게 되었고, 허먼에게로 좀더 붙게 되었다. 어둠 속에서 그녀의 눈동자가 빛나는 것을 그는 보았다. 타마라의 몸이 허먼의 무릎에 닿았다.

"언제지?"

"러시아에서요. 거기서 별의별 일이 다 일어났죠."

"누구였지?"

"남자예요. 여자는 아니죠."

타마라의 대답에도 분노가 뒤섞인 억제할 수 없는 웃음이 담겨 있었다. 허먼은 목구멍이 콱 막히는 것만 같았다.

"한 사람뿐이었는가? 아니면 여러 사람이었나?"

타마라는 참을 수 없다는 듯이 한숨을 내쉬었다.

"당신이 모든 걸 다 알아야 할 필요는 없어요."

"여기까지 얘기한 이상 모든 걸 털어놓는 것이 좋겠지."

"좋아요, 여러 명이었어요."

"몇 사람이나 되지?"

"정말이지, 허먼, 이것은 필요한 게 아니에요."

"몇 명이었는지 말해!"

조용했다. 타마라는 숫자를 세고 있는 것 같았다. 허먼은 육체의 변덕에 놀라 비탄과 욕정으로 가득 찼다. 그의 몸의 한 부분이 돌이킬 수 없는 잃어버린 그 무언가를 한탄했다. 세상의 부정에 비교하면 아무것도 아닌 이러한 배신은 영원한 오점을 남겼다. 또 다른 부분은 그 자신도 이런 불신 행위에 뛰어들어 그녀의 타락 속으로 빠져보라고 했다. 그는 타마라가 '셋이에요'라고 말하는 소리를 들었다.

"세 사람이라구?"

"난 당신이 살아 있는 줄 몰랐어요. 당신은 내게 잔인했어요. 당신은 그 세월 동안 내게 고통을 겪게 했어요. 당신이 살았어도 마찬가지였을 거라고 생각해요. 실제로 당신은 당신 어머니의 하녀와 결혼했잖아요."

"왜 그랬는지 알 텐데."

"내 경우에도 '이유들'은 있어요."

"그래, 넌 매춘부야!"

타마라는 웃는 것처럼 소리를 냈다.

"그렇게 말하지 않았던가요."

그녀는 자기의 팔을 그의 몸에 걸쳤다.

3

허먼은 깊은 잠에 빠져 있었는데, 누군가가 그를 깨우고 있었다. 그는 어둠 속에서 눈을 떴으나 자기가 어디에 있는지 분간할 수 없었다. 야드비가? 마샤? '다른 여인과 함께 있는 것일까? 떠난 것인가?'라고 그는 이상하게 여겼다. 그러나 그 혼란은 그다지 오래 계속되지 않았다. 물론 그것은 타마라였다.

"어떻게 된 거야?"

그가 물었다.

"사실을 알려주고 싶어요."

타마라는 눈물을 간신히 참으며 떨리는 목소리로 말했다.

"무슨 사실이야?"

"사실 내게 아무도 없었어요. 세 사람은커녕 단 한 사람도 없었어요. 아니, 남자라곤 그림자도 없었어요. 내게 손가락 하나 까딱한 남자는 하나도 없었어요. 그것은 하느님께서도 알고 계세요."

타마라는 앉아 있었고, 어둠 속에서 그는 그녀의 하소연이 아플 정도로 느껴졌다. 그가 그녀의 이야기를 다 들을 때까지 그를 잠들지 못하게 할 정도로 그것은 격렬했다.

"당신은 거짓말을 하고 있군."

그는 말했다.

"거짓말이 아니에요. 맨 처음 당신이 물었을 때 진실을 이야기했어요. 그런데 당신은 실망한 듯 보이더군요. 뭐가 잘못된 거죠 — 당신은 고집이 세군요?"

"난 고집 세지 않아."

"미안해요, 허먼. 난 당신과 결혼했던 날과 같이 순결해요. 내가 미안하다고 말하는 건 당신이 그렇게 속았다고 느끼는 걸 알았더라면 당신한테 그런 말을 하지 않았을 거라는 뜻에서예요. 저를 원하는 남자들이 많이 있었던 건 사실이에요."

"자기가 한 말을 그리도 쉽게 뒤집다니 다시는 당신이 하는 말을 절대 믿을 수 없어."

"그렇다면 믿지 말아요. 우리가 큰아버지 댁에서 만났을 때 말했던 것이 사실이에요. 아마도 당신을 만족시키기 위해 가공의 연인 얘기를 하고 싶었던 거죠. 불행히도 내게는 공상의 방식이 서툴렀어요. 허먼, 우리 아이들의 추억이 내게 얼마나 신성한지 당신은 알 거예요. 그 추억들을 더럽힐 정도라면 내가 나의 혀를 잘라 버리겠어요. 요셉과 다비드의 명예를 걸고서라도 누구 한 사람 제게 손을 대지 않았음을 맹세해요. 쉽사리 그런 짓을 할 수 있다고 생각지 마세요. 우리들은 헛간이나 땅바닥에서 자곤 했어요. 여자들은 알지도 못하는 새에 남자들에게 자신을 내줬죠. 그러나 누군가 내게 다가오면 나는 그를 멀리 걷어찼어요. 애들 얼굴이 언제나 눈앞에 어른거렸기 때문이었어요. 하느님을 걸고, 아이들을 걸고, 내 부모님의 신성한 영혼을 걸고 그 세월 내내 누구 한 사람도 내게 키스한 적 없음을 맹세해요. 지금도 내가 말하는 것을 믿을 수 없다면 나를 남겨 두고 제발 돌아가요. 하느님 자신께서도 이 이상의 맹세는 나에게서 강요하시지 않을 거예요."

"당신 말을 믿지."

"말했었죠, 그건 있을 수 있는 일이겠지만 무언가 그것을 허락하지 않았다고요. 그게 무엇인지 모르겠어요. 당신의 뼈라도 남아 있는 흔적조차 없을 것이라고 말해도, 어디선가 당신이 살아 있을 거라고 믿었어요. 어떻게 해야 이해할 수 있을까요?"

"설명 같은 건 안 해도 좋아."

"허면, 이 밖에도 당신한테 말하고 싶은 게 있어요."

"뭔데?"

"제발 내 말을 막지 말아요. 여기 오기 전에 영사관의 미국 의사에게 진찰받았는데, 아무 이상 없이 매우 건강하다고 말하더군요. 난 모든 걸 — 굶주림이나 질병도 이겨냈어요. 러시아의 강제 노동에도 견뎌냈고요. 통나무를 톱으로 자르고, 개천을 파고, 돌을 산더미처럼 쌓아올린 수레를 끌었죠. 밤에는 잠을 자는 대신 종종 판자마루 위에서 환자 간호를 도맡아야 했고요. 그런 기력이 제게 있었는지 그때까지 알지 못했죠. 여기 와서 곧바로 일자리를 얻었지만 거기서 해 오던 일과 비교해 보면 훨씬 별일 아니에요. '협회'로부터 계속 원호금을 받고 싶지도 않고, 큰아버지께서 고집부리며 주신 돈도 돌려드릴 작정이에요. 내가 이런 얘기를 늘어놓는 것은 당신의 도움을 절대로 받지 않을 거라는 걸 알려주고 싶어서예요. 당신이 생계로 자신의 이름도 나오지 않는 랍비의 원고를 쓰고 있다는 소문을 들었을 때 당신 사정을 알게 됐어요. 그건 살기 위한 길이 아니에요. 허먼, 당신은 스스로를 망치고 있는 거예요!"

"난 내 자신을 망치고 있지 않아, 타마라. 오래 전부터 이미 난 폐물이었어."

"나는 어떻게 되는 거지요? 이렇게 말해서는 안 되지만, 난 그 누구하고도 함께 살아 본 적이 없어요. 지금 당신 앞에 있는 바로 저는 이런 모습으로 늘 살아 왔어요."

허먼은 대답하지 않았다. 다시 한 번 잠을 청하고 싶다는 듯이 눈을 감았다.

"허먼, 나는 더 이상 살아야 할 이유가 없어요. 2주 동안이나 먹고, 산책하고, 목욕하고, 여러 사람들과 수다를 떨며 낭비했어요. '내가 왜 이러고 있지?'라고 노상 생각하면서 말이에요. 책을 읽으려 해도 책 속 내용이 머리에 들어오지 않아요. 여자들이 내가 어떻게 해야 한다 라고 주의를 할 때마다 농담으로 대꾸하며 화제를 바꿔 버리곤 했어요. 허먼, 나에겐 다른 방법이 없어요. 죽는 것밖에는요."

허먼은 일어나 앉았다.

"어떻게 하고 싶다는 말이지? 목이라도 매겠다는 건가?"

"만일 밧줄 하나로 해결이 된다면 로프 제조업자에게 하느님의 축복을 빌겠어요. 그곳에 있을 땐 아직 희망이 남아 있었어요. 실제로 이스라엘에 정착해 볼까도 생각했어요. 하지만 당신이 살아 있다는 걸 알았을 때 모든 것이 바뀌었어요. 이젠 전혀 희망이 없어요. 절망에 빠진 인간은 암으로 죽는 것보다 더 확실해요. 많은 경우를 보아 왔어요. 그 반대의 경우도 봤고요. 잼불에서 어떤 여인이 병으로 죽어가고 있었죠. 그리고 그녀는 외국에서 온 편지와 식료품을 받게 되었어요. 그녀는 일어났고 즉시로 건강해졌어요. 의사는 이 사실을 보고서에 기록하여 모스크바로 보냈어요."

"그러면 그 여인은 지금도 살아 있나?"

"1년 후에 이질로 죽었어요."

"타마라, 나 역시 희망이 없어. 나의 유일한 기대는 금고형을 받아 국외로 추방되는 거야."

"왜 금고형이죠? 도둑질을 한 것도 아닐 텐데."

"두 명의 아내가 있고 곧 세 번째의 아내도 생길 테니까."

"세 번째는 누구예요?"

"마샤라고 전에 말했던 그 여자야."

"당신은 그녀가 남편이 있다고 말했는데요."

"이혼했어. 그리고 임신 중이야."

허먼은 왜 이런 일을 타마라에게 털어놓고 있는 건지 알 수 없었다. 아마 자신이 처해 있는 상황을 털어놓음으로써 그녀에게 충격을 주고 싶었던 건지도 모른다.

"아, 축하해요. 당신은 또 아버지가 되겠군요."

"나는 머리가 돌겠지. 사실은 끔찍해."

"그래요, 뭐, 제 정신으로 그런 짓을 할 수 없겠죠. 왜 그렇게 되었는지 알아듣게 이야기해 봐요."

"그녀는 낙태를 두려워하고 있어. 일이 이렇게 되고 보면, 누구도 강요할 수는 없지. 그녀는 사생아를 낳고 싶어 하지 않아. 어머니는 독실한 분이니까."

"흠, 더 이상 무엇을 들어도 놀라지 않겠어요. 당신과 이혼하겠어요. 우리 내일 랍비한테로 가요. 이러한 상황에서라면 당신은 나를 만나지 않았다면 좋았을 텐데요. 하지만 당신과 이야기하면 장님과 색깔을 가지고 논쟁하는 기분이에요. 당신 전부터 그랬었나요? 아니면 전쟁이 그렇게 만든 건가요? 당신이 어떤 사람이었는지 확실한 기억을 할 수 없어요. 전에도 말했지만, 내 인생 가운데서 몽땅 잊어버리고 있는 부분이 있어요. 그런데 한 가지 묻고 싶지만요? 당신은 단지 경박할 뿐이죠, 아니면 그 고통을 즐기고 있는 건가요?"

"나쁜 버릇에서 헤어 나오지 못하는 거야."

"당신은 곧 나로부터 자유로워질 거예요. 야드비가로부터도 빠져나올 수 있고요. 돈을 주어 폴란드 친정으로 돌려보내면 돼요. 지금쯤 아파트에 홀로 앉아 있겠군요. 시골여자는 아침 일찍부터 들에 나가 일하고, 아기를 꼬박꼬박 낳아야 하고, 새장에 갇힌 새 꼴이 돼서는 안 돼요. 그녀는 미쳐버릴 수도 있어요. 만일 당신이 체포된다면 그녀는 어떻게 되는 건가요?"

"타마라, 그녀는 내 생명의 은인이야."

"그래서 그녀를 파괴시키고 싶군요?"

허먼은 대답하지 않았다. 날이 밝아 오기 시작했다. 그는 타마라의 얼굴을 알아볼 수 있었다. 어둠 속에서 그녀의 윤곽이 이쪽에서 한 군데, 저쪽에서 한 군데, 초상화가 완성되어 가듯이 그려졌다. 크게 뜬 그녀의 눈은 그를 응시하고 있었다. 창문의 반대쪽 벽에는 햇살이 갑자기 들어와 쥐 모양의 붉은 빛을 던졌다. 허먼은 별안간 실내가 추워지는 걸 느꼈다.

"누워 있어. 추위로 얼어 죽겠군."

그는 타마라에게 말했다.

"악마가 그렇게 빨리 날 데려갈 리 없어요."

그렇게 말하면서도 그녀는 다시 누웠고, 허먼은 담요로 두 사람의 몸을 덮었다. 그는 타마라를 껴안았고 그녀는 반항하지 않았다. 육체가 요구하는 힘에 농락되고 압도되면서 그들은 소리도 내지 못하고 함께 누워 있었다.

벽에 있던 붉은 쥐 모양은 희미해져서 꼬리를 잃고 사라졌다. 순간, 밤이 되돌아 왔다.

4

허먼은 욤 키퍼의 전날 낮과 밤을 마샤의 집에서 보냈다. 시프라 푸아는 제물로 바칠 암탉 두 마리를 샀다. 하나는 자신을 위해서였고, 또 하나는 마샤를 위해서였다. 허먼을 위해서는 수탉을 사려 했지만 그가 거절했다. 허먼은 채식주의자가 되려고 얼마동안 생각하고 있었다. 나치가 유대인에게 저지른 일을, 인간이 동물에게 하고 있는 일과 같다고 생각했기 때문이다. 어째서 닭이 인간의 죄를 속죄하기 위해서 사용되어야 하는가? 왜 인자하신 하느님께서 그러한 제물을 받아들이시는 걸까? 이번엔 마샤도 허먼에게 동의했다. 시프라 푸아는 마샤가 그 의식을 행하지 않는다면 집을 나가버리겠다고 선언했다. 마샤는 마지못해 응하여 닭을 머리 위에서 빙빙 돌리면서 기도문을 중얼거리면서, 의식을 위해 닭을 죽이는 것은 거절했다.

흰색과 갈색의 두 마리의 암탉은, 발이 묶인 채로 마루 위에 쓰러진 채 금빛 눈으로 허공을 쳐다보고 있었다. 시프라 푸아는 닭을 자기 손으로 죽여야만 했다. 마샤는 어머니가 집을 나서자마자 울기 시작했다. 그녀의 얼굴은 고통으로 일그러져 있고 눈물로 젖어 있었다. 그녀는 허먼의 팔에 안겨 침통하게 외쳤다.

"이런 일, 더 이상 참을 수 없어요! 안 돼요, 안 돼!"

허먼은 그녀가 코를 풀도록 손수건을 건넸다. 마샤는 욕실로 들어갔고, 그는 욕실에서 마샤가 목메어 우는 소리를 들었다. 얼마 후 그녀는 손에 위스키 병을 들고 돌아왔다. 벌써 어느 정도 들이킨 다음이었다. 그녀는 버릇없는 아이가 장난치는 것처럼 반은 울고 반은 웃고 있었다. 허먼은 그녀의 배가 점점 부풀어 오름에 따라 그녀가 어울리지 않게 앳되어 보인다고 느껴졌다. 그녀는 소녀 특유의 버릇이 넘쳤고, 깔깔 웃었으며, 놀기 좋아하는 어린아이 같았다. 그는 여자는 절대 어른이 될 수 없다고 한 쇼펜하우어의 말을 상기했다. 아이를 가지게 되면 그 엄마도 어린애가 된다고 생각했다.

"이러한 세상에서는 단 하나의 구원이 남아 있죠. 바로 위스키예요. 자, 마셔요!"

마샤는 그의 입에 병을 들이대면서 그렇게 말했다.

"아니, 나는 마시지 않겠어."

그날 밤 마샤는 그의 곁으로 오지 않았다. 저녁 식사 직후에 수면제를 먹고 이내 잠에 떨어져 버렸다. 옷도 다 입은 채, 술로 뻗어 침대 위에 누워 있었다. 허먼은 자기 방의 불을 껐다. 시프라 푸아와 마샤의 말다툼의 원인이 되었던 닭은 이미 씻겨져 흠뻑 젖은 채로 아이스박스에 들어 있었다. 초이튿날 밤의 달이 창문을 통해 비쳐 들었다. 엷은 빛을 하늘에 던지고 있었다. 허먼은 깊은 잠에 들어 전혀 관계도 없는 꿈을 꾸었다. 얼어붙은 언덕을 스케이트와 썰매와 스키를 합쳐 만든 기묘한 것을 타고 미끄러져 내려가고 있었다.

다음 날 아침 식사 전에 허먼은 시프라 푸아와 마샤에게 작별인사를 하고 브루클린으로 돌아갔다. 도중에 타마라에게 전화를 걸었다. 셰바 하다스는 타마라가 한밤중의 기도회에 참석할 수 있도록 유대인 교회의 부인용 방에 자리를 마련해 주었다. 타마라는 허먼이 독실한 아내를 맞이하도록 빌고 나서 '무슨 일이 있어도 당신 이상으로 내게 가까운 사람은 있을 수 없어요' 라고 덧붙였다.

야드비가는 닭을 돌리는 의식은 하지 않았지만, 욤 키퍼의 전날에는 할라(유대교도가 안식일에 바치는 흰 빵)와 벌꿀과 생선과 크레플럭스와 닭요리를 준비했다. 부엌은 시프라 푸아의 부엌과 아주 같은 냄새를 풍겼다. 야드비가는 욤 키퍼 날을 축복했다. 그녀는 생활비를 절약하여 유대인 교회에 10달러짜리 좌석권을 사 놓았다. 그녀는, 허먼이 주변의 다른 여자들과 돌아다닌다고 그에게 불평을 퍼부었다. 그는 변명을 하려 했으나 성가신 내색을 감출 수 없었다. 마침내 그는 그녀를 때리고 발로 걷어찼다. 그런데 폴란드의 그녀의 고향에서는 남편이 부인을 때리는 것이 애정의 표시라는 것을 그는 알고 있었다. 그러나 야드비가는 통곡하기 시작했다. 그녀가 목숨을 살려 준 상대로부터 일년에 한 번밖에 없는 성스러운 날의 전야에 호되게 얻어맞았기 때문이다.

낮이 지나고 밤이 왔다. 허먼과 야드비가는 단식 전의 마지막 식사를 들었다. 그녀는 단식 기간 동안의 목의 갈증에 대비해서 이웃 사람의 충고를 받아들여 물을 열한 번이나 나누어 마셨다.

허먼도 단식을 했지만 교회에는 가지 않았다. 그는 대제일大祭日(유대교의 신년제 혹은 속죄일)에 오로지 기도만 하는 뭇 유대인처럼 행동할 수 없었다. 그는 때때로 하느님에 대해 화가 나지 않을 때는 기도를 올리기도 했지만, 성서를 손에 들고 교회에 나타나서 의식에 따라 하느님을 찬송하는 일은 할 수 없었다. 이교도인 아내가 기도를 올리러 간 동안, 유대인인 남편은 집에 틀어박혀 있음을 이웃 사람들은 알고 있었다. 허먼은 그들이 자신을 지명해서 침을 뱉는 광경을 상상할 수 있었다. 그들 나름대로의 방식으로 그를 따돌렸다.

야드비가는 재고 정리 판매에서 염가로 싸게 산 새 예복을 입고 있었다. 머리는 스카프로 둘러싸고 목에는 가짜 진주 목걸이를 걸었다. 허먼은 야드비가와 함께 결혼식장의 천개 밑에서 나란히 서지는 않았지만 허먼이 해준 결혼반지는 그녀의 손가락에서 반짝였다. 그녀는 성서를 들고 교회에 와 있었다. 페이지 양면에는 각각 히브리어와 영어로 씌어 있는 성서였다. 그러나 야드비가에게는 둘 다 읽을 수 없는 언어였다.

집을 나서기 전 그녀는 허먼에게 키스를 하고 어머니처럼 말했다.

"하느님께 행운의 해를 기원하세요."

그러고 나서 그녀는 선량한 유대계 여인처럼 눈물을 흘렸다.

그녀를 그들의 패에 끼어들게 하고, 할머니로부터 어머니에게로, 어머니에게로부터 자신들에게로, 전해내려 오고 있는 동안에 미국생활 속에서 희박해지고 변질되어 버린 유대 정신을 야드비가에게 가르쳐 주려고, 이웃 사람들은 아래층에서 그녀를 기다리고 있었다.

허먼은 이리저리 왔다 갔다 했다. 평소 그가 브루클린에서 혼자 있을 때는 즉시 마샤에게 전화를 걸곤 했다. 그러나 마샤는 욤 키퍼 축제날은 전화를 받지도 않고 담배도 피우지 않았다. 그럼에도 불구하고, 아직도 샛별(오리온 성좌의 세 개의 별)이 하늘에 나타나지 않았기에 그는 전화를 걸어보았지만 응답이 없었다.

아파트에 홀로 있는데도 허먼은 세 여인 모두 — 마샤, 타마라, 야드비가 — 와 함께 있는 것 같은 기분이었다. 관상쟁이처럼 그녀들의 속마음을 읽을 수 있었다. 그는 알고 있었다. 아니 적어도 알고 있다고 스스로 생각했다. 그녀들 각각의 마음의 움직임을 말이다. 그녀들의 하느님에 대한 원한은 그에 대한 원한과 뒤섞여 있었다. 그녀들은 그의 건강을 기도하고 있었으나, 그와 동시에 전능하신 하느님께 그의 행동을 바꾸도록 기원하기도 했다. 오늘같이 하느님께서 이렇게도 많은 경의를 받는 날, 허먼은 자신의 마음을 하느님께 드러내고 싶은 기분이 들지 않았다. 그는 창가로 다가섰다. 거리는 인기척이 없었다. 나뭇잎은 빛깔이 바래고 바람이 불 때마다 휘날려 떨어졌다. 보드워크 거리는 조용하기만 했다. 머메이드 가의 모든 상점들은 문이 닫혀 있었다. 코니 아일랜드는 욤 키퍼 날이고 조용했다. 너무 조용해서 아파트에 있는데도 파도치는 소리를 들을 수 있었다. 아마 바다는 항상 욤 키퍼 축제날일 테고 바다도 또한 하느님께 기도를 올리고 있을 것이다. 그러나 하느님께서는 그 바다처럼 영원히 넘치고, 한없이 영리하고, 어디까지나 냉담하고, 그 거대한 힘은 경외심으로 충만하고, 바꿀 수 없는 법칙에 얽매어 있다.

허먼은 그곳에 선 채로 야드비가와 마샤, 그리고 타마라에게 텔레파시로 자기의 메시지를 보내 보려고 했다. 그녀들 모두를 위로하고, 좋은 한 해를 기원하며, 모두에게 자기의 사랑과 헌신을 약속했다.

허먼은 침실에 들어가서 옷을 입은 채 몸을 내던지고 드러누웠다. 자신이 받아들이고 싶지 않지만 가장 큰 두려움은 자신이 아버지가 되어 가고 있다는 사실이었다. 아들도 싫고, 딸은 더욱 싫었다. 그가 부정했던 인간 긍정에 강한 확신을 가지고, 자유롭게 되는 따위는 조금도 생각하지 않고 남자를 구속하고 자신은 맹인이라는 것을 인정하지 않는 맹목적인 것이 여자이기 때문이다.

잠이 든 허먼을 야드비가가 깨웠다. 교회에서는 성가대가 콜 니드레를 부르고, 랍비가 설교를 해서 곤란을 겪고 있는 홀리 랜드(팔레스타인)의 예시바와 기타 유대인들을 위해 기금을 모았다고 그녀는 말했다. 야드비가는 5달러를 헌금했다. 그녀는 난처한 표정으로 오늘 밤에는 자기에게 가까이 오지 말아 달라고 허먼에게 말했다. 그것은 금지된 일이었기 때문이었다. 그녀는 그에게 몸을 구부렸다. 그는 그녀의 눈에서 대제일 동안 어머니의 얼굴에 나타나곤 하던 것과 같은 표정을 보았다. 야드비가의 입술은 무엇인가 말하고 싶은 듯이 떨렸지만 아무 말도 나오지 않았다. 얼마 후, 그녀가 속삭였다.

"전, 유대인이 되어 가고 있군요. 유대인 아이를 가지고 싶어요."

6장 음모

1

허먼은 수코트(하느님이 유대인들을 이집트에서 구원해 초막에 머물게 한 역사를 기리기 위해 '수카'라는 초막 혹은 천막을 짓는 날)의 처음 이틀은 마샤와 지내고, 콜 하모에드(수코트의 기간 중 일을 할 수 있는 날. 첫날과 둘째 날은 일을 해서는 안 됨)에 브루클린의 아파트로 되돌아왔다.

그는 아침을 먹은 다음 거실의 테이블에 앉아서 《슐칸 아르크와 레스폰사가 반영된 유대인의 생활》이란 책의 한 부분을 쓰고 있었다. 이 책은 벌써 미국과 영국에서 출판하겠다는 교섭이 돼 있는데 랍비 램퍼트는 프랑스에서의 출판 계약에 서명하려 하고 있었다. 허먼은 인세의 일부를 받기로 했다. 책은 약 천오백 페이지 정도이고 몇 권으로 나누어 만들기로 되어 있었다. 그러나 랍비 램퍼트는 우선 각권을 전공 논문 형식으로 출판을 하고, 후에 약간 손질을 하면 하나의 전집류로 묶을 수 있도록 계획하고 있었다.

허먼은 몇 행인가 쓰고서 쉬었다. 그가 앉아서 일을 시작하면 그의

'신경'이 작업을 방해하기 시작한다. 졸려서 눈이 저절로 감겼다. 물을 마시고 싶다, 오줌이 마렵다, 이빨 사이에 낀 빵 찌꺼기에 신경이 쓰이게 되어 그것을 처음에는 혀끝으로 꺼내려 해도 나오지 않아서 노트의 철사를 뽑아내어 사용한다.

야드비가는 세탁 기계에 넣을 25센트 은화를 허먼에게서 받아가지고 지하실로 세탁물을 안고 내려갔다. 부엌에서는 오이터스가 근처의 횃대에 앉아 있는 마리안나에게 날아가는 방법을 가르치고 있었다. 마리안나는 죄를 지은 듯이 고개를 숙이고 있는데, 마치 나쁜 짓을 저질러 징계를 받고 있는 것처럼 보였다.

전화벨이 울렸다.

"도대체 무슨 용건일까?"

허먼은 의아스러웠다. 그는 30분 전에 마샤와 통화를 했었다. 그녀는 남은 성일聖日인 쉬미니 아체레트(수코트의 7일의 기간이 지난 다음 날)와 심샤 토라(쉬미니 아체레트의 다음 날)를 위한 물건을 사러 트레몬트 거리에 나가는 길이라고 말했었다.

그는 수화기를 들고 '그래, 마셸(마샤의 애칭)'이라고 말했다.

허먼의 귀에 남자의 낮은 목소리가 들렸다. 무엇인가 말하려다가 말문이 막혀 당황하고 있는 인물의 모습이 보이는 것 같았다. 허먼이 '잘못 거셨네요'라고 말하려고 할 때 저쪽에서 '허먼 브로더 씨입니까?' 하고 묻는 목소리가 들렸다. 수화기를 내려놓으려고 하다가 허먼은 망설였다. 형사일까? 그의 중혼이 걸린 것일까?

"누구시죠?"

마침내 허먼이 물었다.

상대방은 기침을 했다. 마이크를 시험해 보는 것처럼 목청을 가다듬고 또다시 기침을 했다.

"실례합니다. 제 이름은 레온 토트샤이너입니다. 마샤의 전 남편입니다."

그는 이디시어로 말했다. 허먼은 입이 말랐다. 토트샤이너와 직접 대화를 한 것은 이번이 처음이었다. 그 남자의 목소리는 굵고 낮았고 그의 이디시어는 허먼이나 마샤의 것과는 달랐다. 그는 폴란드의 한 작은 지방 — 라돔과 러블린 중간쯤에 위치한 — 의 액센트가 섞인 목소리로 말했다. 말을 끝맺을 때마다 피아노 저음부를 두들겼을 때의 나오는 소리처럼 가볍게 떨렸다.

"네, 알고 있습니다. 어떻게 전화번호를 아셨습니까?"

허먼은 말했다.

"아무려면 어떻습니까? 나는 전화번호를 가지고 있어서 전화를 하고 있습니다. 꼭 아셔야겠다면 마샤의 주소록을 봤다고 말씀드리겠습니다. 나는 숫자에 관한한 기억력이 좋거든요. 누구 전화번호인지는 몰랐습니다만 결국 알게 되었습니다."

"그렇군요."

"주무시는 데 방해한 건 아닌지 모르겠습니다."

"아뇨, 아닙니다."

토트샤이너는 잠시 말을 멈췄고, 허먼은 그 침묵으로 인해 토트샤이너가 신중하고 침착한, 사려 깊은 사람이 아닌가 생각했다.

"한번 뵐 수 있을까요?"

"무슨 용건입니까?"

"개인적인 일입니다."

'그다지 영리한 녀석은 아니구나' 하는 생각이 허먼의 머리를 스쳐갔다. 레온은 바보라고 마샤가 자주 말하지 않았던가.

"별로 마음에 내키지 않는 일이군요. 난 당신을 만나야 할 이유가 없습니다. 당신은 벌써 이혼을 하셨고, 그리고, 그리고……."
허먼은 더듬거리며 말을 이었다.
"브로더 씨! 우리 두 사람 모두에게 필요한 일이 아니었다면 전화하지 않았을 겁니다."
그는 적을 자기의 꾀로 속아 넘긴 사람의 특이한, 득의양양한 즐거움과 기분이 좋아 약을 올리는 듯한 목소리로 웃으면서 기침을 했다. 허먼은 귓불이 뜨거워지는 것을 느꼈다.
"전화로 말씀하시면 어떨까요?"
"직접 만나 뵐 필요가 있어서 그렇습니다. 어디 사시는지 말씀해 주시면 제가 그리로 가겠습니다. 아니면 어디 카페테리아에서 만나 뵈어도 좋고요. 제가 대접하겠습니다."
"최소한 무슨 일인지만이라도 알려 주시죠."
허먼은 고집을 부렸다.
토트샤이너가 혀를 차면서 어물어물 얼버무리느라 고심하고 있는 듯한 소리가 들렸다.
마침내 그 소리는 말이 되어 들려왔다.
"마샤에 관한 일 외에 또 뭐가 있겠습니까? 말하자면, 그녀는 우리 두 사람 사이의 '고리'니까요. 마샤와 내가 이혼한 것은 사실이지만, 우리가 부부였다는 것도 아무도 부정할 수 없습니다. 그녀가 내게 말하기도 전에 나는 당신을 알고 있었습니다. 어떻게 알았는지는 묻지 마십쇼. 내겐 소위 정보망이 있고 그들이 말해 줬습니다."
"지금 어디 계십니까?"
"플랫부시에 있습니다. 당신이 코니 아일랜드에 사신다는 건 알고 있습니다. 그리고 이쪽으로 오시는 게 불편하시다면 제가 그리로 가겠습니다. '만일 마호메트가 산에 오지 않으면, 산이 마호메트에게로 갈 것이다'라는 속담이 있지 않습니까?"

"서프 거리에 카페테리아가 있습니다. 거기서 뵙도록 하죠."

허먼이 말했다.

허먼은 토트샤이너에게 정확한 카페테리아 위치를 일러 주고 어느 지하철을 타면 좋다는 것까지 설명했다. 토트샤이너는 몇 번이고 허먼에게 되물었다. 그는 마치 대화가 그에게 기쁨을 안겨다 준 듯이 모든 것을 상세히 말했고, 설명을 반복했다. 실상 허먼은 상대가 자신을 자극한 것은 그다지 싫지 않았지만 이러한 당황스런 상황에 부닥치게 되자 짜증이 밀려들었다. 또한 의심스럽기도 했다. 누가 알랴? 그런 비열한 인간은 칼이나 권총을 몸에 지니고 있을지도 모른다. 허먼은 서둘러 목욕을 하고 면도를 했다. 그는 좋은 옷을 입고 나가기로 했다. 이 남자 앞에서는 초라해 보이고 싶지 않았기 때문이다.

"모두의 마음에 들게 해야지. 정부의 전 남편일지라도."

허먼은 얄궂은 생각을 했다.

그는 지하실로 내려가 세탁기 구멍으로부터 자기의 속옷가지가 빙빙 돌고 있는 것을 보았다. 물은 거품을 내뿜고 철벅거리고 있었다. 허먼에게는 이들 생명이 없는 것들 — 물이나 비누, 탈색제 따위 — 이 인간과 인간이 그들을 제어하는 인간의 힘에 대해 화를 내고 있는 것처럼 여겨졌다. 야드비가는 허먼을 보고 놀랐다. 그가 지하실에 내려온 적은 한 번도 없었기 때문이다.

"서프 거리의 카페테리아에서 누구를 좀 만나러 가야겠어."

허먼은 야드비가에게 말했다.

그리고 그는 야드비가가 그에게 아무것도 묻지 않았는데도, 만일 자신이 토트샤이너에게 위험한 꼴을 당할 때를 생각해서, 자신이 어디에 있을 것인지 야드비가가 알아야 하고, 또 필요하다면 증인으로서 법정에 나와 달라고 하기 위해서 카페테리아가 어디에 위치하고 있는지 자세히 설명해 주었다. 레온 토트샤이너의 이름도 여러 번 되풀이해서 귀에 익히도록 했다. 야드비가는 이미 오래 전에 도시인들과 그들의 양식에 대해 이해하는 것을 포기해 버린 시골 여인의 온순함을 가지고 멍하니 그를 바라보았다. 그럼에도 그녀의 눈은 의심하는 기색이 없었다. 그녀 곁에 있어야 될 날조차도 허먼은 나가려고 생각하면 얼마든지 그녀를 설득시킬 수 있었다.

카페테리아에 너무 일찍 도착하지 않도록 허먼은 손목시계를 보고 도착시간을 조정했다. 레온 토트샤이너와 같은 인물은 적어도 반시간 정도는 늦을 것으로 생각하고, 산보길을 잠시 걷기로 했다.

날은 햇빛이 빛나고 온화했으나 오락시설들은 모두 문을 닫은 채였다. 문짝에는 빗장이 걸리고 색이 바랜 포스터가 떨어져 나갔다. 뱀을 목에 두른 소녀, 쇠사슬을 끊는 차력사, 손발 없이 헤엄치는 사나이, 죽은 사람의 혼을 불러내는 여인 등의 출연자들은 모두 보이지 않았다. 민주당 클럽에서 최고 성일의 상연물이 상연된다고 씌어 있는 포스터가 이미 낡아빠졌고 비와 얼룩으로 더럽혀져 있었다. 바다 위에는 갈매기 떼가 날아다니면서 울고 있었다.

바닷가에는 파도가 밀어닥쳐 '솨' 하고 소리를 내고 거품을 일으켰다가는 다시 물러가곤 했다. 마치 이빨로 무는 힘을 가지지 못하고 짖어대기만 하는 개의 무리와도 같았다. 멀리서는 회색 돛을 올린 배가 닻을 내리고 있었다. 바다 그 자체와 마찬가지로 그것은 움직이기도 하고 멈추기도 했다. 수의에 싸인 시체처럼 물 위를 떠돌고 있었다.

"모든 일은 이미 일어나 버렸어. 천지창조, 대홍수, 소돔, 토라의 출현, 히틀러의 홀로코스트(유대인 대학살) 등등."

허먼은 생각했다.

파라오 꿈속의 여윈 암소처럼 현재는 흔적도 없이 영원永遠을 집어 삼켰다.

2

허먼은 카페테리아에 들어서면서 벽 옆의 테이블에 앉아 있는 레온 토트샤이너를 보았다. 상당히 나이가 들어 보이기는 하지만, 전에 마샤의 앨범에서 그의 얼굴을 본 적이 있어서 곧 알아볼 수 있었다. 오십 살 정도의 뼈대가 굵고 모난 얼굴에, 얼핏 보기에 머리는 까맣게 염색을 한 모양이었다. 돌출된 턱과 높은 광대뼈를 가진 얼굴은 널따랗고 콧구멍이 크고 콧대는 굵었다. 짙은 눈썹과 갈색 눈동자는 타타르 사람처럼 사팔뜨기였다. 이마에는 오래된 칼자국으로 보이는 흉터가 있었다. 어딘지 모르게 천하고도 음란해 보이는 표정은 폴란드계 유대인 특유의 사교성으로 부드러워졌다. '날 죽이지야 않겠지' 하고 허먼은 생각했다. 이 무례한 사나이가 전에 마샤의 남편이었다고는 아무래도 믿어지지 않았다. 우스꽝스럽기도 했다. 어쨌든 그것은 사실이었다. 이런 남자가 있다는 것은 상식 밖이고 이성을 쫓아내고 확신을 송두리째 파괴시키는 것이다.

토트샤이너 앞에는 커피 한 잔이 놓여 있었다. 재떨이에는 3센티미터나 재가 붙어 있는 잎담배가 놓여 있었다. 왼쪽에는 먹다 만 계란 케이크 접시가 있었다. 허먼이 온 것을 알아채고 그는 의자에서 일어서려고 했지만 도로 다시 자리에 앉았다.

"허먼 브로더 씨입니까?"

그가 물었다. 그리고 살이 두툼한 커다란 손을 내밀었다.

"처음 뵙겠습니다."

"앉으세요, 앉으세요. 커피를 주문해 드리죠."

토트샤이너가 말했다.

"아뇨, 괜찮습니다."

"그럼, 홍차?"

"아뇨, 괜찮습니다."

"커피로 하시죠! 제가 초대했으니 당신은 제 손님입니다. 전 체중이 많이 나가서 계란 케이크만 먹습니다만, 당신은 치즈케이크를 드실 수 있겠군요."

레온 토트샤이너는 확정적으로 말했다.

"정말 아무것도 먹고 싶지 않습니다."

토트샤이너는 일어섰다. 허먼은 그가 쟁반을 들고 카운터에 늘어 서 있는 사람들 줄에 끼어드는 것을 보았다. 지나치게 커다란 손발과 넓은 어깨를 가진, 딱 바라진 체격으로서는 키가 너무 작았다. 그것은 폴란드 태생의 독특한 체격이라고도 볼 수 있었다. 젊게 보이려고 해서인지 다갈색 줄무늬의 셔츠를 입고 있었다. 토트샤이너는 커피와 치즈케이크를 쟁반에 얹어 가지고 돌아왔다. 그리고 다 꺼져가는 잎담배를 들어 난폭하게 빨아대고 연기구름을 토해 냈다.

"당신에 관해 전혀 잘못 생각하고 있었습니다. 마샤가 돈 후안(호색한)처럼 얘기하고 있었기 때문입니다."

그가 말했다.

그는 분명히 경멸적인 묘사를 하려고 했었던 것은 아니었다.

허먼은 고개를 숙였다.

"여자의 말인 걸요."

"오랫동안 당신에게 전화를 할 것인지 말 것인지 망설였습니다. 당신도 알다시피 이런 일은 쉬운 게 아니니까요. 어떻게 보더라도 난 당신의 원수 같은 입장이지만, 오늘은 당신을 도와드리고 싶어서 온 겁니다. 이런 말을 믿어 주실지 모르겠습니다만."

"네, 알겠습니다."

"아니, 당신은 알지 못합니다. 어떻게 아신단 말씀입니까? 마샤가 말하기를 당신은 작가인지 뭔지 라고 하더군요. 하지만 나는 과학자입니다. 어떤 것을 이해하기 전에 모든 정보를 담고 있는 사실이 반드시 나타납니다. 원리로부터 우리는 아무것도 알 수 없습니다. 단지 하나 더하기 하나는 둘이라는 것만 알 뿐."

"사실이 뭐죠?"

"사실은 보통의 정직한 여자라면 지불할 수 없는 돈으로, 마샤가 이혼을 내게서 매수했다는 겁니다. 자기의 인생이 걸려 있는 이혼을 말입니다."

토트샤이너는 천천히, 화를 내는 기색도 없이 자기 특유의 굵직한 목소리로 그렇게 말했다.

"만일 여자가 그만한 지불 능력이 있다면, 그 이면에는 무언가가 있을 것이라는 정도는 당신도 눈치챌 수 있다고 생각합니다. 나와 알기 전부터 그리고 나와 함께 살 때도 그녀는 애인이 있었습니다. 이것은 명백한 사실입니다. 그러한 이유로 우리는 헤어졌죠. 난 솔직하게 말하는 겁니다. 보통 때라면 이러한 것을 당신한테 말할 이유가 없었을 겁니다. 하지만 난 당신을 잘 알고 있는 모 인물과 사귀게 되었던 겁니다. 그는 우리의 관계를 알지 못합니다. 만약 '관계'라는 말을 써도 좋다면 말입니다만. 그리고 그는 우연한 기회에 당신에 대해 이야기했습니다. 비밀은 지켜주십시오. 그 사람의 이름은 랍비 램퍼트입니다. 그는 당신이 전쟁 중에 어떠한 고통을 겪었는지, 몇 년 동안을 다락방의 건초 속에서 숨어 있었는지 등등을 이야기했습니다. 당신이 랍비의 일을 하고 있는 건 알고 있죠. 랍비는 '조사'라고 말하고 있지만, 당신은 내게 어떠한 도면을 그려 주지 않아도 됩니다. 당신은 탈무드 학자이고 난 전문 세균 학자니까요."

"당신도 알고 있듯이, 랍비 램퍼트는 온갖 지식이 토라(성서)로부터 파생되었음을 증명하는 책을 쓰고 있고, 내게 과학적인 면에서의 도움을 청해 왔습니다. 난 그에게 현대의 지식은 토라와는 관계가 없으며, 토라를 다시 고찰해 볼 필요가 없다고 확실히 말했습니다. 모세는 전기나 비타민에 관해서는 아무것도 모릅니다. 더욱이 난 푼돈을 위해 내 에너지를 낭비하고 싶지도 않아요. 차라리 일을 줄일까 하고 있죠. 랍비는 확실하게 당신 이름을 언급하지는 않았습니다만, 그가 건초다락방 속에 숨어 살던 인물에 관해 이야기했을 때 난 양쪽이 꼭 일치하는 걸 알았습니다. 그는 당신을 무척 칭찬하고 있습니다. 하지만 내가 아는 건 모르고 있죠. 그는 독특한 사람입니다. 그는 즉시 나를 레온이라고 친근하게 불렀지만 그건 내 스타일이 아닙니다. 사물은 자연적 순서대로 움직입니다. 개인 관계에 있어서도 '진화進化'라는 게 있죠. 상대방이 계속 통화중이기 때문에 그와 이야기하는 것은 불가능합니다. 그가 한꺼번에 수천 가지 일을 하고 있다는 걸 확신합니다. 뭣 때문에 그는 그렇게도 돈이 필요할까요? 이것이 문제입니다."

"당신은 마샤가 상대를 가리지 않는 여자라는 것을 알고 있어야 합니다. 단순하고 명백한 사실입니다. 이런 떠돌이 여자와 결혼하시고 싶다면 그것은 당신의 마음입니다만, 난 당신이 그녀의 거미줄에 사로잡히기 전에 경고해 주고 싶다고 생각했습니다. 물론, 우리들의 만남은 비밀로 해야 합니다. 내가 당신한테 전화한 것은 그러한 전제 하에서였습니다."

레온 토트샤이너는 담배를 들어올려 빨아댔으나 불은 이미 꺼져 있었다.

토트샤이너가 얘기하는 동안 허먼은 테이블 위로 고개를 숙이고 듣고 있었다. 열이 올라 셔츠의 깃을 풀고 싶은 느낌이었다. 귓등에 열기 같은 것이 느껴졌다. 등뼈를 따라 한 줄기 식은땀이 흘러내렸다. 토트샤이너가 또다시 잎담배에 불을 붙이려 부산을 떨 때, 허먼은 잠긴 목소리로 물어 보았다.

"얼마입니까?"

토트샤이너는 귀에 손을 갔다댔다.

"들리지 않아요. 좀더 크게 말씀해주세요."

"값이 얼마냐고 물었습니다."

"아실 텐데요. 당신이 그리 순진하지는 않을 테니까요. 아마 당신은 날 그녀보다 나은 인간으로 생각하지 않으실 것이고 나는 그것을 이해할 수 있습니다. 무엇보다 당신은 그녀에게 빠져 있으며 마샤는 남자를 사랑에 빠지게 할 만한 여자죠. 그녀는 남자를 미치게 합니다. 나 역시 그랬습니다. 그녀는 단순하지만 프로이트, 아들러, 융을 함께 뭉친 정도의, 아니 그 이상의 통찰력을 가지고 있죠. 그녀는 또한 뛰어난 배우이기도 합니다. 웃고 싶을 땐 웃고, 울고 싶을 땐 웁니다. 쓸데없는 일에 재능을 낭비하지 않는다면 제2의 사라 베르나르(프랑스의 여배우)가 될 만하다고 그녀에게 난 말한 적이 있었죠. 그러니, 당신도 아시다시피, 당신이 그녀에게 정신을 잃었다 해도 이상한 일이 아니죠. 부정하지 않겠습니다. 난 여전히 그녀를 사랑하니까요. 심리학과의 일학년생이라도 인간은 사랑하는 동시에 증오도 한다는 것쯤은 배우고 있겠죠. 당신은 아마 내가 왜 이런 이야기들을 늘어놓는지 의심하게 될 겁니다. 나에게 무슨 의무가 있다구요? 알기 위해서는 참고 끝까지 내 이야기를 들어주십시오."

"듣고 있습니다."

"커피가 식어 가는군요. 치즈케이크를 좀 드세요. 여기요. 그리고 기분 나빠하지 마세요. 결국 전 세계가 혁명을 경험하고 있습니다. 정신적인 혁명이죠. 히틀러의 가스실은 물론 죄악이지만, 인간이 모든 가치를 잃는 건 고문보다도 더 나쁜 죄악입니다. 당신은 의심할 것 없이 신앙심 깊은 가정에서 자랐겠지요. 그렇지 않으면 어디서 게마라(유대 전래의 법률집인 '미슈나'의 해설서)를 배울 수 있겠습니까? 내 부모님은 열광적인 신자는 아니셨지만 유대교를 믿으셨습니다. 아버지는 하나의 하느님과 한 명의 아내를, 어머니는 하나의 하느님과 한 명의 남편을 가지고 계셨죠."

"마샤는 아마 내가 바르샤바대학에서 공부했다고 말했을 겁니다. 난 생물학을 전공하여 볼코우키 교수의 조수로 일하면서 그가 중대한 발견을 하는 데 도움을 주었습니다. 실제로 발견한 건 나였는데, 명예는 그에게로 돌아갔죠. 하지만 그도 역시 보수조차 받지 못했습니다. 사람들은 도둑들이란 바르샤바의 크로크말나 스트리트나 뉴욕의 보워리에만 있다고 생각합니다. 그러나 도둑들은 교수들, 예술가, 그 밖의 온갖 분야의 대가大家들 가운데 있습니다. 보통의 도둑들은 일반적으로 서로 훔치지 않습니다. 그러나 과학자의 대다수는 말 그대로 절도행각으로 살고 있습니다. 아인슈타인이 그를 도와주고 있던 수학자로부터 그의 이론을 훔쳐내어 그 수학자의 이름에 알려지지 않은 사실을 알고 계십니까? 프로이트도 그랬고, 스피노자 역시 마찬가지였습니다. 얘기가 옆 길로 빗나갔습니다만, 나도 그러한 도둑질로 인한 희생자의 한 사람입니다."

"나치가 바르샤바를 점령했을 때, 난 독일의 대과학자의 추천이 있었기 때문에 그들을 위해 일했었죠. 그리고 그들은 내가 유대인이라는 사실을 묵과해 주고 있었습니다. 그러나 난 그러한 특권을 원치 않았기 때문에 게헨나(고난의 땅, 성서의 지옥)를 몽땅 내주었습니다. 후에 러시아로 피신하고 말았습니다만, 그곳에서 우리 지식인들은 등을 돌리고 다른 사람을 밀고까지 하기 시작하더군요. 볼셰비키가 노리는 함정에 제대로 빠져 들어간 셈이죠. 모두 수용소로 끌려 들어갔습니다. 나도 한 때는 공산주의에 공감을 느낀 적도 있었습니다만, 막상 공산주의 나라에 들어가 본즉, 이내 그들의 수법에 싫증이 나서 솔직하게 말해 주었습니다. 그들이 나를 어떻게 취급했는지 상상하실 수 있을 겁니다."

"어쨌든 나는 전쟁, 수용소, 굶주림, 이*, 그 밖의 곤욕을 겪으며 연명하다가 1945년에 러블린에서 해방되었던 거죠. 거기서 마샤를 만났습니다. 그녀는 폴란드에서 밀수업을 하고 암거래를 하였던 적군赤軍(옛 소련의 군대) 탈영병의 정부나 아내였습니다. 그녀는 밀수업자로터 충분한 식량을 받는 것 같았습니다. 그들 사이에 무슨 일이 있었는지는 정확히 모릅니다. 남자가 그녀를 정숙하지 못하다고 비난했고, 그 밖의 것은 하느님만 아시겠죠. 그녀가 얼마나 매력적인 여자인지는 새삼 말할 필요도 없겠죠. 몇 년 전만 하더라도 그녀는 굉장한 미인이었습니다. 나는 가족을 모두 잃은 상태였죠. 내가 과학자라는 이야길 듣고 그녀는 나에게 흥미를 가지게 되었어요. 내가 생각하기에 그 밀수업자는 또 다른 여자들이 몇몇 있었던 것 같습니다. 세상엔 밀보다는 왕겨가 더 많다는 걸 마음에 새겨두셔야 할 겁니다."

"마샤는 어머니를 찾게 되었고, 우리 모두는 독일로 갔습니다. 우리는 아무런 신분증이 없고 생계를 위해서는 밀수를 할 수밖에 없었습니다. 어디를 가더라도 위험이 가득 차 있었습니다. 만일 살고자 원한다면 법률을 어길 수밖에 없습니다. 왜냐하면 모든 법률은 인간이 죽도록 돼 있기 때문이죠. 당신 자신도 희생자였으니 각자의 경험은 다르다 하더라도 그것이 어떤 것이었는지는 아실 수 있을 겁니다. 망명자에게 자세히 설명하는 것은 불가능합니다. 아무리 설명해도, 그건 그렇지 않고 이런 것이라고 누군가 말할 것이 분명하기 때문입니다."

"다시 마샤 이야기로 돌아가죠. 우리는 독일로 돌아갔고, '정중하게' 수용소로 억류되었습니다. 대개, 부부들은 결혼식도 하지 않고 함께 살았습니다. 그런 상황 아래서 결혼식 같은 걸 누가 하겠습니까? 그러나 마샤의 어머니는 우리들이 모세와 이스라엘의 법률에 따라 결혼식을 올려야 한다고 주장했습니다. 아마 그 밀수업자는 그녀와 이혼을 해주었거나, 아니면 처음부터 그들은 결혼을 한 것이 아니었을지 모릅니다. 난 별로 상관없었습니다. 나는 가능한 빨리 내 일터로 돌아가 과학적인 연구를 하고 싶었고, 난 종교인이 아니었거든요. 마샤가 식을 올리고 싶다기에 나는 동의했습니다. 수용소에 있던 다른 사람들은 즉시 밀수에 착수하기 시작했습니다. 미군美軍은 온갖 물자를 독일로 반입하여 잘 처리했죠. 유대인은 어디서나 장사를 하죠. 심지어는 아우슈비츠에서도 말입니다. 지옥이 정말로 있다면, 거기서도 그렇게 할 것입니다. 이것은 비꼬아 하는 말이 아닙니다. 그 외에 무엇을 할 수 있을까요? 구제기관은 살아가는 데 충분한 식량을 제공해 주지 못했습니다. 이러한 기아 시대에 허덕이는 사람들은 잘 먹고 또한 잘 입고 싶어 했습니다."

"하지만 장삿속을 모르는 내가 도대체 무얼 할 수 있겠습니까? 집에 있으면서 협회에서 배급해 주는 걸로 생활하고 있었죠. 독일인은 내가 대학이나 연구소에 나가는 걸 허락해주지 않았습니다. 내 주위엔 나 같은 사람이 몇몇 있었고, 우리들은 책을 읽거나 체스 놀이를 하면서 보냈습니다. 마샤는 이를 달가워하지 않았죠. 밀수업자와 살면서 그녀는 사치가 몸에 배었던 겁니다. 나를 만났을 때 내가 과학자란 것에 흥미를 가지기는 했지만, 그건 그다지 오래가지 않았죠. 그녀는 나를 쓰레기처럼 다루기 시작했어요. 그녀는 끔찍하게 굴었죠. 확실하게 말하지만, 그녀의 어머니는 성녀聖女입니다. 그녀는 온갖 지옥을 뚫고 나왔고 여전히 순수했죠. 전 그녀의 어머니를 정말 사랑합니다. 사람은 일생에서 성인을 몇 사람 정도 만나게 될까요? 헤브라이주의자로서 글도 쓰는 마샤의 아버지도 참 좋은 분이셨습니다. 그녀가 아버지를 닮았는지는 나도 모르겠습니다. 그녀는 화려한 일이라면 무엇이든 덤벼듭니다. 밀수업자들은 항상 파티를 열고 춤을 추었습니다. 러시아에 있을 때는 보드카를 마시며 의기양양하게 굴었죠."

"러블린에서 그녀를 만났을 때, 나는 마샤가 밀수업자에게 반해 있음을 알았습니다. 그러나 이내 마샤가 온갖 불순한 짓을 하고 있다는 걸 알게 되었습니다. 연약한 유대인은 살해되었고 남은 건 강철과 같은 유대인뿐이었습니다. 그러나 그 무리들도 결국은 이상이 생겼습니다. 지금 그 이상이 표면에 드러나고 있습니다. 백 년이 지나면 게토는 이상화되어 오직 성인들만이 살고 있다는 인상을 주게 될 겁니다. 이보다 더한 거짓말은 없을 겁니다. 첫째, 한 세대에 성자가 많이 나타납니까? 둘째, 진정으로 경건한 유대인은 거의 살해되었습니다. 그리고 살아남은 무리 가운데는 상당히 지독한 짓을 한 인간도 있죠. 어떤 게토에서는 카바레마저 차려 놓고 있습니다. 카바레라니, 말이 됩니까! 죽은 자들이 손님인 셈이죠."

"인류는 더 선해지기는커녕 자꾸 나빠져 간다는 것이 나의 지론입니다. 말하자면 진화론을 반대로 한 거죠. 이 지구상에 살아남을 최후의 인간은 범죄자이며 게다가 미치광이일 겁니다."

"마샤가 나에 대해 아주 나쁘게 말했을 테죠. 사실은, 우리의 결혼을 파괴한 것은 마샤입니다. 그녀가 떠돌아다닐 때, 나는 바보 같이, 그녀의 어머니 곁에 붙어 있다시피 했습니다. 마샤의 어머니는 시력이 좋지 않아서 내가 펜터튜크(Pentateuch, 모세 오서五書(모세 오경)로 〈구약성서〉의 처음 5권)와 아메리칸 이디시어 신문을 소리 내어 읽어주곤 했었죠. 그러나 몇 년이고 그런 일을 계속할 수는 없는 노릇이 아니겠습니까? 나는 지금도 아직 늙었다고 할 수는 없겠지만, 그 당시는 한창때였습니다. 나 또한 밖에 나가서 사람들을 만나고 과학의 세계와 접촉을 했습니다. 미국에서 여성 교수들 — 실제 미국에는 교육받은 여성들이 많으니까요—이 많이 왔고, 그들이 내게 관심을 가졌습니다. 내 장모님, 즉 시프라 푸아는 마샤가 하루 종일과 밤중까지 돌아다니기만 하니 그녀에게 조금도 마음 쓰지 말라고 종종 말씀했습니다. 시프라 푸아는 지금도 나를 좋아하십니다. 언젠가 거리에서 그녀를 만났을 때 나를 껴안고 키스해 주었죠. 그녀는 여전히 나를 '내 아들' 이라고 부르십니다."

"내 미국행 비자가 나왔을 때, 마샤는 갑자기 내게 화해했습니다. 내가 얻은 비자는 보통 비자가 아니고 과학자를 위한 비자였죠. 내게 해당되는 비자였지 그녀의 비자가 아니었습니다. 그녀는 팔레스타인으로 가기로 되어 있었습니다. 미국의 유명한 두 대학이 나를 두고 경쟁하고 있었습니다. 후에 그 중 한 곳에서는 쫓겨나고 다른 한 곳에서도 모함 때문에 그만두고 말았습니다. 하지만 이젠 거기에는 내 전공이 없으므로 되돌아갈 생각은 없어요. 난 가설을 세우고 발전을 했습니다만, 큰 회사들은 채택해 주지 않았습니다. 어느 대학교의 총장은 직설적으로 제게 말했습니다. '제2의 월 스트리트의 위기를 돈을 내고까지 사들일 생각은 없다' 라고요. 내가 발견한 것은 새로운 에너지원으로서, 그 이상의 것도 이하의 것도 아니었죠. 원자력요? 원자력 따위가 아닙니다. 생물학적 에너지입니다. 만일 록펠러가 나서지 않았다면 원폭도 그보다 몇 년 앞서 완성되었을 겁니다."

"미국의 억만장자들은 당신의 눈앞에 있는 남자로부터 도둑질하기 위해서 도둑들을 고용했습니다. 녀석들은 내가 몇 년이나 걸려서 만들어 낸 장치의 뒤를 악착스럽게 따라다녔죠. 만일 이 장치가 실용화되었더라면—사실 그 막바지까지 이르렀습니다만—미국의 석유회사는 파산했을지도 모르는 일이었으니까요. 그러나 그 장치는 내가 없다면 도둑들에게는 아무런 가치가 없습니다. 회사들은 나를 매수하려고 했죠. 나는 시민권을 얻기가 꽤 어려웠는데, 그것은 배후에서 그 녀석들이 조종했기 때문이라고 확신합니다. 하루에 열 번이나 엉클 샘(미국인을 의미하는 속어)의 얼굴에 침을 뱉어도 그는 픽 웃고 참을 뿐이죠. 그러나 그에게 투자를 해보면, 그는 맹호로 돌변하더군요."

"그때 내가 어디 있었냐구요? 그야 물론 미국이죠. 마샤는 팔레스타인에서 어떻게 지내고 있었을까요? 그녀는 독일에 있던 수용소와 별반 다를 게 없는 망명자 수용소에 있었습니다. 그녀의 어머니는 병을 앓고 있었고, 그곳에 있었더라면 목숨을 잃을 뻔했었죠. 그리고 나는 물론 성인이 아닙니다. 우리가 이곳에 온 지 얼마 되지 않아서 나는 다른 여자가 생겼습니다. 그녀는 내게 마샤와 이혼하라고 했죠. 그녀는 미국 여성으로, 백만장자의 미망인인데 나를 어느 연구소에 들어가게 해 주었으므로 나는 대학에 의존하지 않아도 되었어요. 그러나 당장 이혼할 수는 없는 노릇이었죠. 무엇이든지 무르익어야만 되는 법이죠. 심지어 암조차도요. 정말 저는 더 이상 마샤를 믿을 수 없었습니다. 사실은 이곳에 오자마자 즉시 그녀는 나쁜 짓들을 하기 시작했어요. 하지만 신뢰가 없이도 사랑하는 것은 가능한 법이죠. 한 번은 옛날 동창생을 만났는데, 그 녀석이 그의 아내가 다른 남자와 동거하고 있다고 털어놓더군요. 내 그런 일을 어떻게 참고 있느냐고 물었더니, 간단하게 대답하더군요. '질투심은 극복할 수 있다' 라구요. 죽음 외에는 무엇이든 인간은 모두 극복할 수 있는 것 같습니다."

"커피 한 잔 더 어떻습니까? 싫으십니까? 네, 뭐 인간은 어떤 것이든 극복할 수 있어요. 나는 마샤가 당신을 어떻게 만났는지 확실히 모르고, 또 별로 알고 싶지도 않습니다. 안다고 해서 뭐가 달라집니까? 당신을 책망하고 싶지 않습니다. 당신은 자신이 훌륭한 사람이라고 내게 맹세하지 않았고, 한편 이 세상에서는 인간은 좋아하는 걸 빼앗기도 합니다. 나는 당신에게서 빼앗아 오고, 당신은 내게서 빼앗아 갑니다. 당신을 만나기 전에도, 이곳 미국에서도 그녀에게는 누군가가 있었습니다. 나는 실제로 그 녀석을 만났었고, 그도 숨김없이 털어놓더군요. 그녀가 내게 이혼 이야기를 꺼낸 건 당신을 만나고 나서부터입니다. 그러나 그녀가 나의 인생을 엉망진창으로 만들어 버렸기 때문에 나는 아무런 부담감을 느끼지 않습니다. 그녀는 우리가 상당히 오랜 기간 별거하고 있기 때문에 법률적으로 이혼은 간단히 될 것이라고 했어요. 그러나 유대식 이혼을 하는 것은, 위대한 랍비라 할지라도, 그 누구도 내게 강요할 수 없습니다. 내가 이렇게 형편없이 되어 버린 것도 그 계집 탓입니다. 결혼생활이 무너지고 난 이후로 나는 원래 일로 돌아가 경력을 쌓으려고 애를 썼죠. 하지만 이미 치명상을 입었기 때문에 중요한 일에 집중할 수 없었습니다. 나는 그녀를 증오하기 시작했어요. 그러나 나는 본래 사람을 증오할 줄 모르는 성품이죠. 지금도 나는 친구로서 당신 앞에 마주 앉아서 당신을 좋게만 생각하고 있습니다. 나의 생각은 간단합니다. 당신이 아니었더라도 누군가 이러한 일을 만들었을 거라고요. 만일 내가, 마샤가 말하는 것처럼 죄 많은 남자라면, 그녀의 어머니가 로쉬 하샤나에서 연하장을, 그것도 애정 어린 글귀로 써 보내 줄 리가 있겠습니까?"

"자, 본론으로 들어갑시다. 2,3주 전에 마샤가 전화를 걸어 만나자고 하더군요. '무슨 일이야?' 하고 나는 물었습니다. 그녀는 어물어물 말을 질질 끌어서 결국 내가 이쪽으로 오라는 말을 하게끔 만들었습니다. 그녀는 정장에다가 뇌사 직전의 모습으로 곧 찾아왔습니다. 그녀가 마침 어제 있었던 일처럼 당신에 대한 이야기를 전부 들려주더군요. 아주 상세하게 말입니다. 그녀는 당신과 사랑에 빠졌고 애를 가졌다는 말도 했습니다. 그녀는 아이를 가지고 싶어했지요. 어머니 때문에라도 랍비 앞에서 정식으로 결혼식을 올리고 싶다고도 말하더군요. '언제부터 그렇게 어머니를 생각하게 되었지?' 하고 나는 물었죠. 기분이 좋지 않았습니다. 그녀는 사진 촬영을 하는 여배우처럼 다리를 대담하게 꼰 자세로 앉아 있었습니다. '넌 나와 살 때 매춘부처럼 굴었어. 이제 너는 그 값을 지불할 차례군' 하고 나는 쏘아붙였습니다. 그녀는 별로 부인하지도 않았습니다. 그녀는 '우린 아직 부부예요. 당신도 좋아했잖아요'라고 말하더군요. 이날 내가 왜 그랬는지 나도 모르겠습니다. 아마 허영심 때문이었겠죠. 그후 나는 랍비 램퍼트를 만났고, 그에게서 당신에 관해, 당신의 학식이라든지 다락방에 숨어 지낸 생활이라든지 하는 걸 들었죠. 그리고 모든 걸 알게 되었습니다. 고통스럽게도 명백하게요. 그녀는 내게도 그랬던 것처럼 당신을 그녀의 거미줄로 낚아챘다는 걸 알았죠. 그 계집은 형편없이 엉망인데도 왜 학식 있는 사람들이 그 계집에게 넘어가는지 모르겠군요."

"간단하게 말하면, 지금과 같은 얘기입니다. 당신에게 말해야 할지 오랫동안 고민했습니다. 그러나 경고해 두어야겠다는 결론에 도달했어요. 아무쪼록 그 아이가 당신의 아이이기를 바랍니다. 지금은 당신에게 반해 있는 것 같지만 그런 여자의 마음속은 누구도 알 수 없을 테니까요."

"그녀와 결혼하지 않을 겁니다."

허먼은 말했다. 너무 낮은 목소리였기 때문에 레온 토트샤이너가 귀를 기울일 정도였다.

"뭐라고요? 그러나 한 가지만 약속해 주십시오. 나와 만났다는 말씀은 하지 마세요. 더 빨리 만나서 얘기했어야만 했는데, 당신도 보시다시피 난 실천력이 없는 사람이라서요. 무슨 일을 하면 반드시 문제를 일으키곤 하거든요. 이런 얘기를 당신에게 했다는 사실을 그녀가 안다면 전 목숨을 빼앗기게 될지도 몰라요."

"말하지 않겠습니다."

"당신이 굳이 그녀와 결혼할 의무는 없습니다. 그 계집은 건달하고 잘 어울릴 테니까요. 당신이 불쌍하군요. 그런데 부인은 돌아가셨습니까?"

"예, 죽고 없습니다."

"아이들도요?"

"네, 그렇습니다."

"랍비는 당신이 친구 집에서 살고 있기 때문에 전화를 가지고 있지 않다고 말했습니다만, 난 마샤의 주소록으로 전화번호를 찾아냈죠. 그녀는 중요한 전화번호는 동그라미나 작은 꽃이나 동물을 그려 표를 달아 놓곤 하거든요. 당신 번호 둘레에는 나무를 심은 정원이나 뱀을 그려 놓았더군요."

"맨해턴에 살고 계신다는데, 오늘 어떻게 브루클린에 오게 됐습니까?"

"이곳에 친구가 있습니다."

토트샤이너는 분명히 거짓말을 했다.

"그럼, 전 가보겠습니다. 여러 모로 고맙습니다."

허먼은 말했다.

"왜 그렇게 서두르십니까? 천천히 나갑시다. 난 다만 당신을 위해 도움이 되도록 힘쓰고 있는 겁니다. 유럽에서는 사람들이 비밀을 가지고 살아가는 데 익숙해져 있죠. 그곳에서도 그 나름대로의 의미가 있겠지만, 여기는 자유의 나라(國)이니까 당신이 숨어 살 필요는 없어요. 여기서는 공산주의자, 무정부주의자, 무엇이든 마음에 드는 걸로 택할 수 있죠. 어떠한 종파는 성서의 시편詩篇에 나와 있다고 해서 기도하는 데 독사를 안고 가기도 한답니다. 벌거벗고서 거리를 마구 뛰는 녀석도 있죠. 마샤 역시 비밀에 가득 찬 여자입니다. 문제는 비밀을 가진 인간은 자기 스스로가 그걸 내뱉고 있다는 사실이죠. 인간은 스스로를 배신합니다. 나는 마샤에게, 그녀가 내게 말해 주지 않는 일은 내가 절대 알아 낼 수 없을 거라고 말을 했었죠."

"그녀가 뭐라고 말하던가요?"

"내게 했던 말은 모두 당신에게도 말했겠죠. 단지 시간의 문제입니다. 인간은 무엇이든 자랑하고 싶어 하죠. 헤르니아(탈장)까지도 말입니다. 마샤가 밤중에도 잠을 자지 않는다는 건 새삼스럽게 말할 필요도 없겠죠. 그녀는 담배를 피면서 이야기하죠. 나더러 잠을 재워 달라고 노상 부탁하곤 했어요. 그러나 그 계집 속에 있는 악마가 그녀를 쉬게 해주지 않아요. 만일 그녀가 중세에 살고 있었더라면 틀림없이 마녀가 되어 토요일 밤은 빗자루를 타고 날아다니면서 악마와 데이트를 하고 있었겠죠. 그러나 브롱크스는 악마가 권태로 죽기에 알맞은 곳이죠. 그녀의 어머니도 그 나름대로의 마녀임이 틀림없습니다만 이건 좋은 편의 마녀죠. 반은 선생님, 반은 점쟁이랍니다. 자신의 둥지에 도사리고 있는 여인은 모두 거미와도 같죠. 만일 파리라도 뛰어드는 날이면 즉각 사로잡습니다. 만일 당신이 도망치지 않는다면 살아 있는 피의 최후의 한 방울까지 빨아 먹히고 말 겁니다."

"도망치도록 하겠소. 그럼 이만 가보겠습니다."

"우리 사이좋게 지냅시다. 랍비는 무례하긴 하지만 인간을 사랑하고 있습니다. 많은 인간 관계를 맺고 있으며, 당신에게 도움도 줄 겁니다. 랍비는 창세기의 제1장에 나와 있는 전자電子나 텔레비전을 내가 알려고 하지 않는다고 화를 냅답니다. 그러나 누군가 그렇게 생각하는 걸 발견하게 되겠지요. 폴란드에서 태어나기는 했지만, 근본적으로 그는 양키죠. 그의 본명은 밀턴이 아니라 멜렉입니다. 그는 뭣이든 수표를 끊습니다. 저 세상으로 갈 때도 수표장을 가지고 가겠죠. 그러나 나의 할머니 레이츠는 입버릇처럼 '수의壽衣에는 호주머니가 없다'고 하셨죠."

3

전화 소리가 났지만 허먼은 받지 않았다. 그는 전화 소리를 세다가 율법서 '게마라'로 눈을 돌렸다. 그는 치브케프의 서재에서 공부하고 기도문을 읽곤 하던 때처럼 격식을 차린 식탁보를 씌운 테이블가에 앉아 있었다.

미슈나 : "그리고 아내는 남편을 위해서 다음과 같은 일들을 해야 할 의무가 있다. 가루를 빻고, 빵을 굽고, 빨래를 하고, 요리를 하고, 아이를 돌보고, 잠자리를 준비하고, 털실을 잣는 일이다. 한 명의 종을 데리고 출가한 여인은 가루를 빻지 않거나, 빵을 굽지 않거나, 빨래를 하지 않는다. 만일 두 명의 하인을 데리고 갈 때는 요리를 하지 않거나 아이를 돌보지 않아도 된다. 세 명의 경우는 잠자리를 준비하지 않거나 털실을 짜지 않아도 된다. 네 사람의 경우는 오로지 응접실에 앉아 있을 뿐이다. 랍비 엘리제가 말하기를, "설사 부인이 집 안 가득히 종을 데리고 왔더라도 남편은 아내에게 강제적으로 털실을 잣게 한다. 까닭은 태만은 광기를 가져다 주기 때문이니까."

게마라 : "아내가 가루를 빻다니? 물레방아가 하지 않는가? 그러나 그

의도는 아내가 곡물을 가루로 만든다는 뜻이다. 아니면 맷돌을 의미하는지도 모른다. 이 점에서 미슈나와 랍비 치야의 의견이 다르다. 랍비 치야는 다음과 같이 말했다 — 아내는 오로지 아름다움과 아이들을 위해서 존재한다. 그리고 다음과 같이 계속 말했다 — 딸을 미인으로 만들려고 생각하는 자는 성인이 될 때까지 새끼 병아리와 우유로 길러야만 한다 —."

또다시 전화 소리가 울리기 시작했지만, 허먼은 이제 벨이 울리는 횟수 따위는 헤아리지 않았다. 마샤와의 사이는 끝났다. 그는 모든 세속적인 야심을 포기하고, 하느님과 토라와 유대주의로부터 멀어져 절망에 빠졌던 방탕한 생활을 버릴 것을 다짐하고 있었다. 그 전날 밤, 그는 현대 유대인과 자신의 생활방식을 분석해 보려고 시도했었다. 그리고 다시금 같은 결론에 도달했다. 만일 유대인이 슐칸 아르크(유대인들이 생활의 길잡이로 인식하고 항상 휴대하다시피한 방대한 서적)에서 한 걸음 떨어져 나간다면, 자기 자신은 정신적으로 파시즘이나 볼셰비즘, 살인, 간통, 폭주 따위를 긍정하는 세계에서 살고 있는 것이다. 무엇이 마샤의 그러한 삶을 억제할 수 있을까? 무엇이 레온 토트샤이너를 변하게 할 수 있을까? 누가 그리고 무엇이 게페우(옛 소련의 비밀경찰)의, 마피아 조장의, 도둑의, 투기자의, 밀고자 등의 사람들에게 협력하고 있는 유대인을 제어할 수 있는가? 무엇이 깊은 수렁에서 허우적거리고 있는 허먼을 구원할 것인가? 철학도, 버클리도, 흄도, 스피노자도, 라이프니츠도, 헤겔도, 쇼펜하우어도, 니체도, 후설(독일의 철학자)도 아니다. 그들은 모두 일종의 도덕주의를 역설했지만 저항하기 힘든 유혹에서 구원해주는 힘은 없다. 사람들은 스피노자주의자이면서 나치가 될 수 있다. 헤겔의 현상학現象學에 통달하고 있으면서도 스탈린주의자가 될 수 있다. 모나드설說을 믿고, 시대정신을 믿고, 맹목의 의지를 믿고, 유럽의 문화를 믿으면서도 잔학한 행위를 할 수 있다.

 밤이면 그는 자신을 돌이켜 보았다. 그는 마샤를 속이고, 마샤는 그를 속이고 있었다. 두 사람 다 목적은 마찬가지다. 암흑에서 답례도 없고 형벌도 없으며 의지도 없는 사후死後에 이르기까지의 얼마 남지 않은 세월의 생활에서 최대한의 쾌락을 끌어내는 것이다. 이러한 찰나주의의 배후에는 사기행각이 만연해 있고, '힘이 곧 정의다'라는 원리가 도사리고 있다. 인간은 오로지 하느님에 의지함으로써 이를 피할 수 있다. 그러나 그는 어떤 신앙을 회복할 수 있는가? 하느님의 이름을 걸고 이단 심문의, 십자군의, 피비린내 나는 전쟁의 신앙이어서는 안 된다. 단지 하나의 구제가 그에게 있을 뿐이었다. 성서로, 게마라로, 유대 교전敎典으로 되돌아가는 일이었다. 그의 의심은 어떨까? 인간은 산소의 존재를 의심할망정 역시 호흡을 계속할 것이다. 중력의 존재를 부정할망정 역시 땅 위를 걸어야만 할 것이다. 하느님이나 성서가 없이는 질식할지라도 역시 하느님을 섬기고 성서를 공부해야 한다. 그는 소리내 읽으면서 몸을 앞뒤로 흔들었다. '그리고 그녀는 아이를 돌본다. 그래서 나는 미슈나가 샤마이 학파와 의견을 달리 한다'고 주장한다. 샤마이 학파는 말한다. '만일 그녀가 자신의 아이를 보살피지 않겠다고 결심한다면 아이 입에서 젖가슴을 떼어 낼 것이다'라고. 그리고 힐렐 학파는 다음과 같이 말한다. '남편은 그녀에게 아이를 돌보도록 강제해야만 한다'라고."

 다시 전화가 울렸다. 야드비가가 한쪽 손에는 다리미, 다른 한쪽 손에는 물을 담은 냄비를 들고 부엌에서 나왔다.

 "왜 전화를 받지 않아요?"

 "앞으로 성일聖日일에는 절대 전화를 받지 않을 거야. 당신도 혹 유대인이 되고 싶으면 쉬미니 아체레스 날에는 다리미질을 하지 말라고."

 "성일에 원고를 쓰는 건 당신이지, 내가 아니에요."

"앞으로는 안식일에 일을 하지 않을 거야. 나치처럼 되고 싶지 않다면 유대인이 될 수밖에 없지."

"오늘 나와 함께 쿠포스에 갈래요?"

"하카포스야. 쿠포스가 아니라구! 좋아, 가지. 당신, 유대 여인이 되고 싶다면 세례식을 해야 해."

"언제 내가 유대 여인이 되나요?"

"내가 랍비한테 이야기하지. 기도 문구를 가르쳐 주겠어."

"아기를 갖고 싶지요?"

"하느님께서 허락하신다면 하나 낳도록 하지."

야드비가의 얼굴이 붉어졌다. 기쁨에 넘친 모양이었다.

"다림질은 어떻게 할까요?"

"성일이 끝나면 하도록 해."

야드비가는 잠시 거기서 있다가 이내 부엌으로 돌아갔다. 허먼은 턱을 만졌다. 면도를 하지 않았더니 수염이 자랐다. 랍비를 위해 하던 가식적인 일은 더 이상 하지 않기로 마음먹었다. 교사 자리나 그 밖의 일자리를 찾아 볼 것이다. 타마라와는 이혼할 것이다. 이제까지 몇 백 세대가 흐르는 동안 유대인이 해 왔던 것과 같은 일을 할 것이다. 후회? 마샤는 결코 후회는 하지 않을 것이다. 그녀는 철두철미한 현대 여성이었다. 현대 여성의 야심과 망상의 전형이다.

지금 허먼에게 가장 현명한 방법은 뉴욕을 떠나 다른 멀리 떨어진 주州로 이주해 가는 것이다. 그렇게 하지 않으면 그는 항상 마샤를 만나고 싶은 유혹에 시달리게 될 것이다. 그녀의 이름을 생각하는 것만으로도 가슴이 설레고 계속해서 울리는 전화 소리에서 그녀의 고뇌, 다정함, 그에 대한 애착 등의 소리를 느낄 수 있었다. 탈무드의 라쉬의 주석을 읽는 동안 마샤의 신랄한 말투 — 그녀의 조롱하는 듯한 말투, 토끼 뒤를 쫓는 사냥개처럼 그녀를 쫓아다니는 사나이들에 대한 경멸의 말투 — 가 머릿속을 떠나지 않았다. 물론 그녀는 자신의 행위에 대한 변명을 할 수 있을 것이다. 가짜로 경건함을 내보이면서 그럴싸한 구실을 꾸며댈 수 있을 것이다.

그는 눈앞에 게마라를 펴 놓고 그 문자와 단어들을 응시했다. 이들 단어는 가족처럼 그를 편안하게 했다. 이 페이지 속에는 부모님이, 조부모님이, 그리고 모든 조상들이 살고 있었다. 게마라는 완벽하게 번역할 수 없고 다만 설명만 되어 있을 뿐이다. '여자는 단지 아름다움 때문에 존재한다' 라는 문맥에 있어서도 깊은 종교적인 의미가 담겨 있는 것이다. 그것은 그에게 서재, 유대 교회의 부인들을 위한 방, 참회의 기도, 순교자에 대한 동정심, 거룩한 이름으로 바치는 일 등을 상기시켰다. 화장化粧 따위의 하찮은 일은 없었다.

이러한 것들을 이방인에게 설명할 수 있을까? 유대인은 시장에서, 작업장에서, 침실에서 하는 말들을 모아서 신성화시켰다. 게마라 속에 들어 있는 도둑이나 강도의 말들도 폴란드나 영국의 그것과는 달리 다른 뜻을 지니고 있다. 유대인이 무언가를 배우기 위해서, 라쉬가 명언을 드러내기 위해서, 토사포스가 라쉬에게 명해석을 붙일 수 있게 하기 위해서, 레브 새뮤얼을 이들리쉬나 러블린의 레브 메이어, 레브 쉴모로 루리아 같은 학자들이 더 명확한 해답을 주고 새로운 미묘한 견해를 붙일 수 있게 하기 위해서 게마라의 죄인들은 도둑질도 하고 속이기도 했다. 성서에 대한 논문이 우상숭배의 위험성을 선동하도록 우상숭배자들은 하느님을 받든다.

전화 소리가 다시 울리기 시작했고, 허먼에게는 그 전화 소리가 마샤의 목소리처럼 들렸다.

"어쨌든 내 얘기도 좀 들어줘요!"

편파적이지 않으려면 양쪽 모두의 말을 들어줘야 한다. 허먼은 모처럼 다짐한 맹세를 어긴다는 것을 알면서도 일어서서 수화기를 들지 않을 수 없었다.

"여보세요."

전화선 저편에서 침묵이 흘렀다. 분명히 마샤는 말을 못 하고 있는 모양이다.

"누구십니까?"

허먼이 물었다.

대답이 없었다.

"음탕한 년!"

허먼은 놀라서 헐떡거리는 듯한 소리를 들었다.

"아직 살아 있군요?"

마샤가 겨우 말했다.

"그럼, 살아 있지."

또다시 오랜 침묵이 흘렀다.

"어찌된 일이죠?"

"어찌된 일이냐구? 당신은 비겁자라는 걸 알게 됐을 뿐이야!"

허먼은 소리쳤다. 그는 자신을 억제할 수 없었기 때문이다.

"당신 머리가 어떻게 됐군요!"

마샤가 대답했다.

"너를 만나게 된 것을 저주해! 이 매춘부야!"

"세상에! 내가 뭘 했다는 거야?"

"매춘으로 이혼 비용이나 지불하도록 해!"

허먼은 자신이 외치는 목소리가 자신의 목소리 같지 않았다. 그것은 그의 아버지가 믿음이 없는 유대인을 질책할 때의 외치는 말투였다. 악마! 벌러지! 배교자! 그것은 계율을 어긴 자에 대한 옛날의 유대식 규탄이었다. 마샤는 숨이 막힌 듯이 콜록거리기 시작했다.

"누가 그랬어요? 레온인가요?"

허먼은 레온 토트샤이너에게 그의 이름을 밝히지 않겠다고 약속했다. 그와 동시에 지금 이 순간 거짓말을 할 수도 없었다. 그는 대답할 수 없었다.

"그는 심술궂은 악마예요, 그리고 ―."

"심술궂을지는 몰라도 진실을 이야기하더군."

"진실은 그 남자가 내게 이혼하지 말라고 애원하면서 온 걸 냉담하게 거절했다는 것 뿐이에요. 내가 거짓말을 하고 있다면, 당신을 이런 아침 일찍부터 전화로 깨우지도 않아요. 죽어서도 편안한 안식을 얻지 못할 거예요. 어쨌든, 만나요. 그 남자가 감히 그러한 끔찍스런 거짓말을 했다면, 그를 죽이고 나도 죽겠어요. 아, 세상에, 이럴 수가!"

마샤는 외치고 있었고, 그녀의 목소리 또한 자신의 목소리 같지 않았다. 죄도 없는데 질책당하는 옛날 유대 여인의 목소리 같았다. 허먼은 마치 몇 세대 전의 여자의 절규를 듣고 있는 것처럼 여겨졌다.

"그 남자는 유대인이 아니라, 나치당원이에요!"

허먼이 자기도 모르게 수화기를 귀에서 멀리 할 만큼 그녀의 말소리는 높았다. 그는 그녀의 흐느껴 우는 소리를 들으며 서 있었다. 그 울음소리는 조용해지기는커녕 더욱더 높아져 갔다. 허먼의 분노가 다시 되살아났다.

"넌 여기 미국에서도 정부를 가지고 있었어!"

"그게 사실이라면 나는 암 병에 걸려도 좋아요. 하느님께서 내게 천벌을 내리실 거예요. 만일 레온이 꾸며낸 말이라면 그 인간에게 천벌이 내려질 거예요. 아, 하늘에 계신 아버지시여, 나를 굽어 살피소서! 그가 말한 게 진실이라면 뱃속에 있는 아이가 죽어도 좋아요!"
 "그만 둬! 입이 건 여자처럼 악담하네!"
 "더 이상 살고 싶지 않아요!"
 마샤는 몸부림치면서 흐느꼈다.

7장 야드비가의 방

1

밤새도록 소금과 같이 거칠고 건조한 눈이 내렸다. 허먼이 살고 있는 거리에서는 눈 속에 파묻혀 있는 몇 대 안 되는 자동차들의 윤곽을 겨우 알아볼 수 있었다. 허먼은 베수비우스 화산 폭발 후 재로 덮인 폼페이 전차들이 이렇게 보였을 거라고 상상했다. 밤하늘은 마치 천체의 어떤 기적이나 변화에 의해 지구가 미지의 성좌로 들어간 것처럼 보랏빛으로 변했다. 허먼은 어린 시절을 생각했다.

하누카 축제(8일 동안 계속되는 유대인의 성대한 연례 축제), 다가오는 유월절에 하느님에게 바치는 살찐 닭, 그리고 드레이들 놀이(하누카 때 유대 아이들이 가지고 노는 놀이도구로 주사위 모양), 얼어붙은 도랑에서의 스케이트를 타던 일, '그리고 야곱이 아버지의 땅에 살았다' 라고 시작되는 주일마다의 성서를 낭독하던 일 등이었다. '과거는 존재하고 있다!' 라고 허먼은 중얼거렸다. 스피노자가 주장한 것처럼 시간은 사고의 산물이고 또 칸트가 생각했듯이 지각의 한 형태라고 인정하더라도, 겨울철 치브케프에서 난로가 장작불로 뜨거워졌다는 사실, 그의 어머니가 펄 카샤, 콩, 감자와 말린 버섯으로 보리 스튜를 만드는 동안 그의 아버지가 게마라와 그 주석을 공부하고 있었다는 사실 등은 도저히 부정할 수 없다. 허먼은 보릿가루의 냄새를 맡을 수 있었고, 아버지가 책을 읽으면서 중얼거리던 것과 어머니가 부엌에서 야드비가에게 말씀하시던 것과 농부가 숲에서 가져오는 장작을 실은 썰매의 딸랑거리는 방울 소리 등을 들을 수 있었다.

허먼은 실내복에 슬리퍼를 신고 그의 아파트에 앉아 있었다. 겨울이지만 조금 열어 놓은 창문으로 눈 속에서 무수한 귀뚜라미들이 우는 것 같은 소리가 들려왔다. 집 안은 너무 더웠다. 관리인은 밤새껏 불을 땠다. 난방기의 증기는 단조로운 소리를 계속 냈다. 관을 통과하는 증기 소리는 통곡하는 소리 같다고 상상했다. 즉 '안 됐어, 안 됐어, 안 됐어, 슬퍼, 슬퍼, 슬퍼, 아파, 아파, 아파' 등의 소리 같았다. 불은 꺼졌지만 하늘을 가득 채운 눈에 반사된 빛으로 방 안은 제법 밝았다. 허먼은 이것이 책에서 읽은 적이 있는 북극광과 비슷한 빛이라고 생각했다. 그는 잠시 책꽂이와 보지 않고 내버려 두어서 먼지에 덮여 있는 게마라 몇 권을 뚫어지게 보았다. 야드비가는 이 성스러운 책들을 감히 건드려보지도 않았다.

허먼은 잠을 잘 수 없었다. 그는 어느 랍비 앞에서 마샤와 결혼했으며, 확신할 수는 없지만, 그의 계산에 의하면 그녀는 임신 6개월째였다. 야드비가도 생리가 멈췄다.

허먼은 '열 명의 적도 그 스스로가 자신을 해치는 것만큼 해칠 수 없다' 라는 이디시어 속담을 생각했다. 그러나 그는 자기 혼자가 자신을 해치고 있지 않다는 것을 알았다. 언제나 그의 숨은 적이 있었다. 악마 같은 상대자가 있었다. 그의 적은 그를 단숨에 파괴시키는 대신 새롭고 어려운 고통을 그에게 계속 안겨 주었다.

허먼은 바다와 눈발로부터 불어오는 차가운 공기를 들이마셨다. 밖을 내다보며 그는 기도를 하고 싶은 마음이 들었다. 그러나 누구에게? 이제 그가 어떻게 감히 위대한 하느님에게 말을 할 수 있겠는가? 또 무엇을 위해 기도할 것인가? 잠시 후 그는 침대로 돌아와 야드비가의 옆에 누웠다. 그들이 함께 보내는 마지막 밤이었다. 아침이면 그는 여행을 떠날 것이고, 그것은 마샤와 지내러 가는 것을 뜻했다.

그가 마샤의 둘째 손가락에 반지를 끼워 준 결혼식 날부터 그녀는 아파트를 고치고 그의 방을 다시 페인트칠하느라 바빴다. 그녀는 더 이상 어머니 때문에 밤에 몰래 그에게 오지 않아도 되었다. 그녀는 야드비가에 대해 그와 다투지 않겠다고 약속했었지만 그 약속을 어겼다. 그녀는 일이 있을 때마다 야드비가를 욕했고, 심지어 죽이고 싶다는 말을 불쑥 내뱉기도 했다. 결혼하면 어머니의 비난이 잠잠해질 거라는 마샤의 희망은 어긋났다. 시프라 푸아는 결혼에 대한 허먼의 생각은 무책임한 짓이라고 불평했다. 그래서 그녀는 허먼이 자기를 '장모님'이라고 부르지 못하게 했다. 그리고 두 사람 사이에는 가장 필요한 말만이 오갔다. 시프라 푸아는 이전보다도 더 기도에 열중하고, 책 페이지를 뒤치기도 하며, 이디시어 신문과 히틀러의 희생자들에 관한 회고록을 읽기도 했다. 그녀는 많은 시간을 그녀의 어두운 침실에서 보냈는데, 생각을 하는지 낮잠을 자는지 아무도 알지 못했다.

야드비가의 임신은 새로운 재앙이었다. 욤 키퍼 날에 야드비가가 참석한 교회의 랍비는 그녀로부터 10달러를 받고, 어느 여인이 야드비가를 세례식으로 이끌어 야드비가는 이제 유대교로 개종했다. 그녀는 재계법齋戒法과 카시러스(유대교의 식사 규율)를 지켰다. 그녀는 허먼에게 계속해서 물어보았다. 냉장고에 우유병이 들어 있을 때 고기를 넣어도 되는가? 과일을 먹은 후 유제품을 먹어도 좋은가? 유대교 법에 따르면 이제 인연이 끊긴 고향의 친정어머니에게 편지를 써도 되는가? 그녀의 이웃 여자들은 종종 동유럽의 작은 유대인 마을의 미신에서 비롯한 여러 가지의 미신을 불어넣어 그녀를 혼란하게 했다. 이민 온 연로한 한 유대인 행상인은 그녀에게 이디시어 알파벳을 가르치려고 했다. 야드비가는 이제 폴란드어의 라디오 프로그램을 듣지 않았으며, 이디시어로 하는 방송만 들었다. 이런 방송국에서는 언제나 울거나 한숨쉬는 것만 들렸다. 심지어 노래까지도 흐느끼는 것 같았다. 그녀는 거의 알아듣지 못하면서도 허먼에게 자기한테 이야기할 때는 이디시어로 하라고 했다. 그녀는 그가 다른 유대인들처럼 행동하지 않는다고 점점 더 그를 책망했다. 그는 교회도 가지 않았고, 기도용의 숄이나 부적도 가지고 있지 않았다.

그는 그녀에게 자기 할 일이나 하라고 말했다. 혹은 '당신이 게헨나의 못이 박힌 내 침대에 누울 일은 없을 거야'라거나 '제발 부탁인데, 유대인을 그냥 내버려 둬. 당신이 아니라도 충분히 문제가 많다'라고 말하기도 했다.

"마리안나가 내게 준 메달을 달아도 될까요? 그 위에 십자가가 붙어 있어요."

"메달을 달아, 달아. 귀찮게 굴지 마."

야드비가는 이제 이웃 사람들과 빨리 가까워졌다. 그들은 그녀를 방문하고, 비밀을 알려주고, 잡담도 했다. 별달리 할 일도 없는 그 여자들은 야드비가에게 유대주의를 가르쳐 주고, 물건 싸게 사는 법을 알려 주고, 남편에게 이용당하지 말라고 주의도 주었다. 미국 주부라면 진공청소기, 전기믹서기, 전기 증기다리미, 그리고 가능하다면 식기세척기도 있어야 한다고 했다. 아파트는 화재와 도난에 대비한 보험에 들어야 한다, 허먼은 생명보험에 들어야 한다, 그녀는 더 좋은 옷을 입어야 하며 농사꾼들이 입는 누더기 옷을 걸치고 돌아다녀서는 안 된다고 했다.

야드비가에게 어떤 종류의 이디시어를 가르칠 것인지 이웃들 사이에 논란이 있었다. 폴란드에서 온 부인네들은 폴란드계 이디시어를 가르치려고 했고, 리투아니아에서 온 여자들은 리투아니아 이디시어를 가르치려 했다. 계속해서 그들은 야드비가에게 그녀의 남편이 밖에서 너무 많은 시간을 보낸다는 것과 조심하지 않으면 다른 여자와 도망갈지도 모른다는 것을 지적해 주었다. 야드비가의 생각에는 보험과 식기세척기는 모두 유대인 식의 생활에서 필요한 것들이었다.

허먼은 잠들었다가 깼고, 또 졸다가 다시 깨었다. 그의 꿈은 낮 동안의 생활처럼 복잡했다. 그는 야드비가가 낙태할 수 있는지 의논했지만, 그녀는 듣지 않았다. 그녀는 최소한 아이 하나쯤은 있어도 되지 않는가? 자신이 죽었을 때를 대비해 카디시(죽은 사람을 위해 드리는 기도)를 가지지도 못한단 말인가?(그녀는 '카디시'란 낱말을 이웃 사람에게서 배웠다) 그리고 그는 왜 그러는가? 왜 계속 고목枯木처럼 그러는 건지? 그녀는 좋은 아내가 되겠다고 노력하는 것은 아닌가? 임신 9개월이 될 때까지 기꺼이 일하겠다는 것이다. 이웃 사람의 옷도 빨고 마루도 닦아 출산 비용을 마련하겠다는 건 아닌지? 이제 막 자기 아들이 슈퍼마켓을 차린 이웃 사람이 허먼에게 일자리를 준다고 했으니, 허먼은 책을 팔러 지방을 돌아다닐 필요가 없을 것이라고 말했다.

허먼은 타마라가 이사해 간, 가구가 딸린 셋집에 전화하기로 되어 있었지만, 여러 날이 지났어도 전화하지 않았다. 그는 평상시처럼 랍비의 일을 돕는데 지각했다. 그는 매일 납부하지 않은 세금에 대해 무거운 벌금을 물린 국세청의 편지를 받을까 봐 두려워했다. 어느 때, 중혼重婚이 발각될지도 몰랐다. 레온 토트샤이너가 그의 전화번호를 알고 있는 이상 이 아파트에 계속 머물러서는 안 되었다. 허먼은 토트샤이너가 자기를 몰락하게 할 음모를 꾸미고 있을지도 모른다고 생각했다.

허먼은 야드비가의 엉덩이에 손을 얹었다. 그녀의 몸은 큰 동물처럼 따스했다. 그것에 비해 자기의 엉덩이는 차가웠다. 야드비가는 잠결에 허먼이 자기에게서 욕정을 원한다는 것을 느끼는 것처럼 보였고 전혀 깨지도 않은 채 중얼거렸다. '잠이라는 것은 없다. 자는 체 할 뿐이다' 하고 허먼은 생각했다.

허먼은 다시 깜빡 졸았고 눈을 떴을 때는 대낮이었다. 눈은 햇빛 속에서 눈부시게 빛났다. 야드비가는 부엌에 있었다. 그는 커피 냄새를 맡을 수 있었다. 오이터스는 지저귀며 노래를 불렀다. 그는 분명 마리안나에게 세레나데를 불러 주고 있지만, 마리안나는 전혀 노래를 하지 않고 날개 밑의 솜털을 뽑아내며 종일 몸치장을 했다.

수 백 번 허먼은 지출을 계산했다. 이곳과 브롱크스의 집세가 밀렸다. 야드비가 프락츠와 시프라 푸아 블로흐의 이름으로 전화 요금을 내야 했다. 양쪽 아파트 다 관리비를 내지 않아서 가스나 전기 공급이 중단될지도 몰랐다. 청구서는 어딘가로 가버렸다. 신분증명서와 기타의 서류도 어딘가로 없어졌다. 아마 돈도 없어졌을 것이다.

'아, 무슨 일도 손을 쓰기에는 너무 늦었군.'

그는 생각했다.

잠시 후, 그는 면도를 하러 욕실에 갔다. 거울에서 비누거품을 칠한 자기 얼굴을 바라보았다. 뺨의 흰 비누거품이 흰 수염 같았다. 창백한 코와 피로하지만 젊은이답게 초롱초롱한 엷은 빛깔의 두 눈이 비누거품 사이로 내다보는 것이 보였다.

전화가 왔다. 그가 전화기로 가서 수화기를 드니 늙은 여자의 목소리가 들렸다. 노파는 더듬더듬거리며 말하는데 애를 먹었다. 그가 전화를 끊으려 하자 '나, 시프라 푸아네' 라고 말하는 소리가 들렸다.

"시프라 푸아? 무슨 일입니까?"

"마샤가 — 아파 —."

노인은 흐느끼기 시작했다.

'자살인가' 하고 허먼은 순간 생각했다.

"무슨 일이 일어났는지 말해 보세요!"

"빨리 와 주게 — 제발!"

"무슨 일입니까?"

"제발 와 주게나!"

시프라 푸아는 되풀이 말하고는 전화를 끊었다.

허먼은 다시 전화를 걸어 더 자세히 알고 싶었지만, 시프라 푸아가 전화로 말하는 것이 어려우며 귀가 어둡다는 것을 알고 있었다. 그는 욕실로 돌아왔다. 뺨의 비누거품은 말라붙어 얇은 조각이 되어 떨어졌다. 무슨 일이 일어났든, 그는 면도와 샤워를 해야 했다.

"살아 있는 한 더러운 냄새를 풍겨서는 안 되지."

그는 생각했다. 그리고 얼굴에 새 비누거품을 바르기 시작했다.

야드비가가 욕실로 들어왔다. 보통 때는 문을 천천히 열며 들어와도 좋으냐고 묻곤 했었는데 이번에는 예의를 차리지 않았다.

"누가 방금 전화했어요? 애인이에요?"

"귀찮게 굴지 마!"

"커피가 식어요."

"아침 못 먹어. 곧 가야 되니까."

"어디로요? 애인한테요?"

"그래, 애인한테."

"날 임신시켜 놓고 당신은 매춘부들이나 따라다니는군요. 당신은 책을 팔고 있지도 않지요. 거짓말쟁이!"

허먼은 기가 막혔다. 그녀는 지금까지 그런 악의에 찬 어조로 말한 적이 없었다. 화가 치밀었다.

"부엌으로 돌아가. 안 그러면 여기서 내던져 버리겠어!"

"여자가 있군요. 당신은 그녀와 잠을 잤어요. 당신은 개예요!"

야드비가가 그를 때렸기 때문에 허먼은 그녀를 문 쪽 밖으로 밀어냈다. 그는 그녀가 방언으로 '슈체엘바 콜레라 라류닥 좌취'(Szczerwa, cholera, lajdak, parch)라고 자기를 욕하는 소리를 들었다.

그는 서둘러 샤워를 했으나 차가운 물만 뿜어져 나왔다. 그는 두서없이 최대한으로 빨리 옷을 입었다. 야드비가는 아파트를 나가 버렸다. 아마 이웃 사람들에게 그가 자기를 때렸다고 얘기하러 나갔을 것이다. 허먼은 부엌 식탁 위에 있는 커피를 한 모금 마시고 바삐 나갔다. 그는 곧 되돌아왔다. 스웨터와 고무 덧신을 잊었던 것이다. 밖은 눈 때문에 앞이 보이지 않았다. 누군가 눈 사이로 길을 터놓았다. 그는 머메이드 가를 따라 걸어갔다. 거기서는 상점 주인들이 눈을 삽으로 떠내며 치우고 있었다. 그가 아무리 옷을 껴입었어도 차가운 바람을 막을 수 없었다. 그는 잠을 충분히 자지 못했고 배가 고파서 현기증이 났다.

그는 승강구의 계단을 올라가서 전차를 기다렸다. 루나 파크와 스티플체이스(경마장)가 있는 코니 아일랜드는 겨울눈과 서리 속에서 황량했다. 전차가 승강구 쪽으로 미끄러지듯 들어왔고 허먼은 거기에 올라탔다. 그는 곧 창문으로 바다를 내다 볼 수 있었다. 파도는 성이 난 듯 뛰어오르고 거품을 일으켰다. 한 남자가 해변을 따라 걷고 있었는데 물에 빠져 죽으려는 것이 아니라면 그 추위 속에서 무엇을 하고 있는지 짐작할 수 없었다.

허먼은 히터 위의 좌석에 앉았다. 그는 나무좌석 아래로 따뜻한 한 줄기 바람이 지나가는 것을 느꼈다. 열차는 반쯤 비어 있었다. 한 취객이 바닥 위에 길게 누워 있었다. 그 사람은 여름옷을 입고 모자도 쓰지 않았다. 가끔 그는 신음소리를 토했다. 허먼은 바닥에서 흙 묻은 신문지를 집어 들고 아내와 여섯 명의 자식들을 살해한 한 미친 사람에 관한 기사를 읽었다. 전차는 평소보다 느렸다. 누군가가 선로가 눈에 덮였다고 말했다. 전차는 지하로 들어가자 속도를 냈고 드디어 타임스 스퀘어에 도착했다. 거기서 허먼은 브롱크스행行 급행으로 갈아탔다. 여행은 거의 두 시간이 걸렸고, 그 동안 허먼은 흙 묻은 신문지를 샅샅이 읽었다. 칼럼, 광고, 그리고 경마란과 부고란까지도 다 읽었다.

2

허먼이 마샤의 아파트에 들어갔을 때, 시프라 푸아, 의사인 작달막한 젊은이, 이웃 사람 같은 얼굴색이 검은 여인 등을 보았다. 곱슬곱슬한 머리카락이 뒤덮고 있는 그녀의 머리는 자그마한 몸에 비해 너무 컸다.
"난 자네가 안 오는 줄 알았네."
시프라 푸아가 말했다.
"지하철로는 오래 걸려요."
시프라 푸아는 머리에 검은 머릿수건을 두르고 있었다. 얼굴은 누렇게 보였고 예전보다 더 쭈글거렸다.
"마샤는 어디 있습니까?"
허먼이 물었다. 그는 자신이 산 사람에 대해 묻는 것인지 죽은 사람에 대해 묻는 것인지 알 수 없었다.
"자고 있네. 들어가지 말게나."

둥근 얼굴에 촉촉한 눈빛을 지닌 곱슬거리는 머리카락의 의사는 허먼을 손으로 제지하면서 비아냥거리는 어조로 물었다.

"남편이신가요?"

"네."

시프라 푸아가 말했다.

"브로더 씨, 부인께서는 임신이 아니었습니다. 부인이 임신했다고 누가 얘기해 주었습니까?"

"아내가 그랬습니다."

"부인께서는 출혈을 하셨는데 임신은 아니었습니다. 의사가 전에 부인을 진찰했었나요?"

"모르겠습니다. 아내가 의사에게 갔었는지조차 확실히 모릅니다."

"도대체 여기를 어디로 알고 있습니까? — 달인가요? 아직도 폴란드의 작은 다락방에 살고 계시군요."

의사는 반은 영어로 반은 이디시어로 얘기했다.

"여기서는 여자가 임신을 하면, 정기적으로 의사에게 진료를 받습니다. 부인의 임신은 전부 여기에 있습니다."

의사는 둘째 손가락으로 이마를 가리키며 말했다.

시프라 푸아는 이미 의사의 진단을 들었지만, 마치 처음 듣는 것처럼 두 손을 꼭 쥐었다.

"알 수 없군요, 전혀 알 수 없어요. 확실히 배가 불렀거든요. 태동胎動도 했었는데."

"모두 신경성이죠."

"그런 것도 신경성이라니! 그러한 과민성으로부터 우리를 지키고 보호하소서. 하느님, 그 애는 비명을 지르고 진통하기 시작했었다고요. 아, 불쌍한 내 신세."

시프라 푸아는 울부짖었다. 이웃 여자가 말했다.

"블로흐 부인, 저도 그런 경우를 들어본 적이 있습니다. 우리 피난민들에게는 무슨 일이든 일어나죠. 우린 히틀러 밑에서 매우 고통스러웠고, 반쯤 미쳐 있었죠. 내가 얘기를 들은 부인은 배가 무지무지하게 불렀죠. 모두들 그녀가 쌍둥이를 뱄다고 했어요. 그러나 병원에서 그게 단지 가스였다는 것이 밝혀졌대요."

"가스라고? 그렇지만 그 애는 계속해서 월경이 없었어. 그래, 악령이 우리들을 희롱하고 있어. 우리는 지옥에서 빠져 나왔지만 히틀러가 우리를 따라 미국으로 왔단 말이야."

시프라 푸아가 마치 귀가 먹은 듯 손을 귀에다 갖다대며 물었다.

"이만 가보겠습니다. 따님은 오늘 밤 늦게까지 — 어쩌면 내일 아침까지 잠을 잘 겁니다. 깨면 약을 주세요. 음식을 주셔도 좋지만 촐렌트는 안 됩니다."

의사가 말했다.

"누가 주중에 촐렌트를 먹나요? 우리는 안식일에도 촐렌트를 안 먹는걸요. 가스 오븐으로 만드는 촐렌트는 맛이 없으니까요."

시프라 푸아가 물었다.

"농담이었습니다."

"또 오시겠습니까, 의사 선생님?"

"내일 아침 병원에 나가는 길에 잠시 들르지요. 일년 후에는 할머니가 되실 수 있을 거예요. 따님은 아주 정상이요."

"그렇게 오래까지 살지 못할 거요. 요 몇 시간 동안 얼마나 기력을 잃고 십년감수했는지 하늘에 계신 하느님만이 아실 거예요. 난 그 애가 6개월, 많아도 7개월째라고 생각하고 있었다우. 그런데 갑자기 경련을 일으키고 하혈을 하면서 비명을 지르기 시작하지 않겠소? 이렇게 내가 지금까지도 살아서 두 발로 서 있다는 것은 바로 하느님이 주신 기적이지."

시프라 푸아가 말했다.

"네, 그게 모두 여기에서 일어납니다."

의사는 또 한 번 이마를 가리켰다. 그는 밖으로 나갔으나 문간에서 멈추고 이웃 여자에게 손짓해서 불렀다. 여자는 따라 나갔다. 시프라 푸아는 말없이 이웃집 여자가 문 앞에서 듣고 있는 이야기가 무엇일까 생각하면서 기다렸다. 그래서 그녀는 말했다.

"손자 보기를 그렇게 바랐다네. 적어도 살해된 유대인의 이름을 따라 지어줄 애를. 사내아이라면, 메이어라고 불렀으면 했지. 그렇지만 우린 운이 나빠서 되는 일이 없어. 아, 나치로부터 도망치지 말았어야 했어. 거기서 죽어 가는 유대인들과 함께 머물면서 미국으로 도망치지 말았어야 했다고. 그러나 살고 싶었어. 그러나 산다는 게 무슨 소용이 있지? 죽은 사람들이 부러워. 항상 그들을 부러워하고 있네. 난 내 장례식의 비용도 감당 못해. 난 내 뼈를 성지에 묻고 싶지만 미국 묘지에 묻힐 팔자야."

허먼은 대답하지 않았다. 시프라 푸아는 탁자로 가서 거기 있던 기도서를 집어 들었다. 그러고 나서 다시 내려놓았다.

"뭘 좀 먹겠나?"

"아뇨, 괜찮습니다."

"왜 그렇게 오래 걸렸나? 자, 난 기도 하겠네."

그녀는 안경을 쓰고 의자에 앉아 창백한 입술로 중얼거리기 시작했다.

허먼은 침실 문을 조용히 열었다. 마샤는 시프라 푸아가 평소 잠자던 침대에 잠들어 있었다. 그녀는 창백하고 평온해 보였다. 그는 오랫동안 그녀를 바라보았다. 그는 자신에 대한 수치심만큼이나 그 여자에 대한 사랑으로 가득 찼다.

'내가 무슨 일을 할 수 있을까? 내가 이 사람에게 겪게 한 이 모든 고통을 어떻게 보상할 수 있을 것인가?'

그는 문을 닫고 자기 방으로 돌아갔다. 부분적으로 성에가 낀 창문을 통해 얼마 전까지 푸른 잎으로 덮였었던 마당의 나무가 보였다. 나무는 눈과 고드름이 가득했다. 흩어져 있는 강철 조각과 쇠창살 위로 푸른 기가 도는 흰 눈이 두텁게 덮여 있었다. 눈은 인간이 버린 쓰레기의 무덤을 덮었다.

허먼은 침대에 누워 잠이 들었다. 눈을 떴을 때는 저녁이었고 시프라 푸아가 그를 깨우기 위해 그 옆에 서 있었다.

"여보게, 허먼. 마샤가 깨어났네. 가서 보게나."

그는 자신이 어디에 있으며 무슨 일이 일어났던가를 깨닫는 데 잠시 시간이 걸렸다.

침실에는 전등이 하나 켜 있었다. 마샤는 여전히 전과 같은 자세로 누워 있었는데, 눈을 뜨고 있었다. 그녀는 허먼을 쳐다보고 아무 말도 하지 않았다.

"기분이 어때?"

그가 물었다.

"아무 느낌 없어요."

3

다시 눈이 내리고 있었다. 야드비가는 치브케프에서 만들던 방식대로 귀리, 리마콩, 말린 버섯과 감자를 한데 넣고, 고추와 파슬리를 첨가하여 스튜를 만들고 있었다. 라디오에서 야드비가가 성가라고 생각하는 이디시어 오페레타가 흘러나왔다. 작은 앵무새들은 제 나름대로 노래 소리에 반응을 보였다. 끽끽거리고, 지저귀고, 짹짹거리며 방 안을 날아다녔다. 야드비가는 새들이 떨어져 빠지지 않도록 냄비 뚜껑을 덮었다.

허먼은 원고를 쓰면서 심한 피로감을 느꼈다. 그는 펜을 놓고 안락의자에 머리를 뒤로 기대고서 잠시 눈을 붙이려고 했다. 브롱크스에서 마샤는 아직 일을 하지 못했다. 그녀는 회복하지 못했기 때문이다. 그녀는 일종의 무감각 상태에 빠져있었다. 그가 그녀에게 말을 걸면 짧게 할 말만 했기 때문에 그들은 아무런 할 얘기도 남지 않게 되었다. 시프라 푸아는 마치 마샤가 아직도 중태인 것처럼 하루 종일 기도했다. 허먼은, 마샤의 수입이 없으면 그들이 생활을 영위해 가는 데 지장이 생길 거라는 것을 알았지만, 그도 역시 돈이 없었다. 마샤는 그가 높은 이자로 백 달러를 빌릴 수 있는 대출 회사의 이름을 넌지시 비췄지만, 그런 대출이 얼마나 오래 갈 수 있단 말인가? 또 보증인이 필요할지도 모를 일이었다.

야드비가가 부엌에서 들어왔다.

"허먼, 스튜가 다 됐어요."

"나도 그래. 금전적으로나 육체적으로나 정신적으로나 다 됐어."

"내가 알아듣게끔 얘기해요."

"난 당신이 이디시어로 얘기하라는 것인 줄 알았지."

"당신 어머니께서 하시던 방식으로 얘기해요."

"난 어머니가 하시던 것처럼 말할 수 없어. 어머니는 신자셨지만, 난 무신론자조차도 아냐."

"무슨 말을 하는 건지 모르겠군요. 어서 와서 들어요. 내가 치브케프 식 보리 스튜를 만들었어요."

허먼이 막 일어나려고 했을 때, 초인종 소리가 났다.

"부인들 중 한 분이 당신을 가르치러 온 모양이구려."

허먼이 말했다.

야드비가가 가서 문을 열었다. 허먼은 써 놓았던 마지막 반 페이지 원고를 지워 버리고 중얼거렸다.

"자, 랍비 램퍼트, 이 세상은 좀더 짧은 설교가 맞을 것입니다."

그는 갑자기 숨죽인 듯한 비명 소리를 들었다. 야드비가가 방으로 뛰어 들어와 문을 쾅 닫았다. 얼굴은 백지장 같았고 눈은 위로 치켜 뜬 것처럼 보였다. 그녀는 떨면서 마치 누가 밀고 들어오기라도 하는 것처럼 손잡이를 잡고 거기 서 있었다.

'유대인 대학살?'

허먼은 퍼뜩 생각했다.

"누구야?"

그는 물었다.

"가지 말아요! 가지 말아요! 아, 하느님!"

그녀는 침을 튀기며 허먼의 길을 막으려 했다. 그녀의 얼굴은 굳어졌다. 허먼은 창문을 흘끗 보았다. 이 방에는 비상구가 없었다. 그는 야드비가 쪽으로 한 발 내디뎠고 그녀는 허먼의 손목을 잡았다. 그 순간 문이 열리고 허먼은 낡은 털외투를 입고 모자를 쓰고 부츠를 신은 타마라를 보았다. 그는 순간적으로 깨달았다.

"떨지 마라, 이 바보야! 그녀는 살아 있어!"

그는 야드비가에게 외쳤다.

"아, 하느님!"

야드비가의 머리는 경련하듯이 꿈틀했다. 그녀는 힘을 다해서 허먼을 떠밀어 거의 넘어뜨릴 뻔했다.

"나를 알아볼 거라고는 생각지 않았어요."

타마라가 말했다.

"그녀는 살아 있어! 살아 있다구! 죽지 않았단 말야!"

허먼은 외쳤다. 그는 야드비가와 씨름하면서 그녀를 달래는 한편 떠밀려고 했다. 그녀는 그에게 달라붙어 울부짖었다. 마치 동물이 울부짖는 것 같았다.

"그녀는 살아 있어! 살았다구! 진정해, 이 바보 같은 촌뜨기야!"

그는 다시 한 번 외쳤다.

"아, 성모 마리아여! 이런 일이!"

야드비가는 십자가를 그었다. 그리고 그녀는 곧 유대인 여자는 십자가를 긋지 않는다는 것을 깨닫고 그녀의 두 손을 움켜쥐었다. 눈은 튀어나오고, 입은 내뱉지 못하는 외침으로 뒤틀렸다.

타마라는 뒤로 한 발 물러섰다.

"그녀가 날 알아보리라고는 전혀 생각지 않았어요. 내 어머니도 날 못 알아봤거든요. 진정해요, 야드비가. 나는 죽은 게 아니고, 당신을 괴롭히기 위해서 온 것도 아니에요."

그녀는 폴란드 말로 말했다.

"아, 맙소사!"

그러고서 야드비가는 두 주먹으로 자기의 머리를 때렸다. 허먼은 타마라에게 말했다.

"왜 이런 짓을 해? 그녀는 놀라서 죽으려고 하잖아."

"미안해요, 미안해요. 난 내가 아주 변했다고 생각했어요. 예전과 닮지 않았다고요. 당신이 어디서 어떻게 살고 있는지 보고 싶었어요."

"적어도 전화는 할 수 있었잖아요."

"아, 하느님, 아, 하느님! 어떻게 하면 좋아요? 그리고 난 임신했는데."

야드비가가 외쳤다.

야드비가는 손을 배에다 놓았다.

타마라는 놀란 듯했지만 또한 웃음을 터뜨리려는 것 같았다. 허먼은 그녀를 노려보았다.

"당신 미쳤어? 아니면 술에 취한 거야?"

그는 물었다.

그 말을 하자마자, 그는 술 냄새를 맡을 수 있었다. 일주일 전에 타마라는 그에게 그녀의 엉덩이에 있는 총알을 제거하기 위해 병원으로 갈 예정이라고 말했었다.

"독한 술을 마셨소?"

그는 말했다.

타마라의 말투가 변했다.

"사람은 인생의 위안거리가 없으면 독한 것에 의존하게 되는 거예요. 당신 여기서 아주 편안히 자리 잡았군요. 당신이 나와 같이 지낼 때는 언제나 엉망이었지요. 당신 서류며 책이 어디에나 있었지요. 그런데 여기는 산뜻하군요."

"그녀가 집 안을 깨끗이 치우고 있을 때, 당신은 연설하러 폴라이 지온에 가지 않았나."

"십자가는 어디 있어요? 왜 여기는 십자가가 달려 있지 않아요? 메주자(유대인이 문간에 달아둔 구약성서 문구가 적힌 양피지)가 없는 이상, 십자가가 있어야 하는데."

타마라가 폴란드 말로 물었다.

"메주자는 있어요."

야드비가가 대답했다.

"십자가도 있어야 해요. 내가 여기에 당신들 행복을 방해하려고 왔다고 생각지 말아요. 난 러시아에서 술 마시는 법을 배웠고, 한 잔 걸치니

궁금해졌어요. 내 눈으로 당신들이 사는 모습을 보고 싶었죠. 어쨌든 우린 여전히 공통점이 있죠. 당신들 둘 다 살았을 때의 나를 기억하고 있어요."

타마라가 말했다.

"아, 성모님!"

"난 죽지 않았어요, 안 죽었다고요. 난 산 것도 아니지만 죽지도 않았어요. 사실은 난 저 사람을 차지할 권리가 없어요. 야드비가, 저 사람은 내가 어디에선가 살아나려고 애쓴다는 것을 몰랐고, 아마 늘 당신을 사랑했을 거예요. 분명히 그는 나와 자기 전에 당신과 잤을 거야."

타마라는 허먼을 가리키며 말했다.

"아니요, 아니요! 나는 순결한 처녀였어. 그에게 올 때 처녀였다고요."

야드비가가 말했다.

"그래? 축하해요. 남자들은 처녀들을 좋아하지요. 만약 남자들이 그들 맘대로 한다면, 모든 여자들이 창녀로 누웠다가 처녀로 일어날 거예요. 자, 내가 불청객인 줄 알았으니 이제 가겠어요."

"파니 타마라, 앉아요. 당신이 나를 놀라게 해서 그렇게 소리를 지른 거예요. 커피를 가져올게요. 하느님께 맹세하지만, 만일 내가 당신이 살아 있다는 걸 알았다면 난 그를 피했을 거예요."

"난 당신에게 원한을 품고 있지 않아요, 야드지아. 우리가 사는 이 세상은 탐욕스런 곳이에요. 당신은 저 사람에게서 얻은 것이 없겠지만—."

타마라는 허먼을 가리키며 말했다.

"그래도 혼자 있는 것보다는 나을 거예요. 이 아파트 또한 근사하고요. 우린 이런 아파트를 가져 본 적이 없어요."

"커피를 가져올게요. 파니 타마라, 뭐 좀 들겠어요?"

타마라는 대답하지 않았다. 야드비가는 실내용 슬리퍼를 바닥에 철썩

거리며 부엌으로 들어갔다. 문은 열어 놓았다. 허먼은 타마라의 머리카락이 엉망인 것을 보았다. 눈 아래는 누렇게 살이 쳐져 있었다.

"당신이 술을 마시는 줄은 몰랐는데."

그가 말했다.

"당신이 모르는 게 많아요. 당신은 사람이 지옥을 지날 때 상처 하나 없이 나오리라고 생각하지요. 그럴 수는 없어요! 러시아에는 모든 병을 치료하는 한 가지 약이 있죠. 바로 보드카예요. 실컷 마시고 짚이나 맨땅 위에 누워서 근심 걱정하지 않는 거예요. 하느님과 스탈린도 하고 싶은 대로 하게 내버려 두죠. 어제 난 여긴 브루클린에 술집을 갖고 있는 어떤 이를 찾아갔어요— 다른 지역에도 그의 술집이 있죠. 내게 위스키로 가득 찬 쇼핑백을 하나 주더군요."

"난 당신이 병원에 갈 것이라고 생각했어."

타마라는 손을 엉덩이에 대면서 다음과 같이 말했다.

"내일 병원에 가기로 생각했지만, 지금은 가고 싶은 것인지 확실히 모르겠어요. 이 총알은 나의 가장 멋진 기념품이에요. 이건 내게 나도 한때 가족과 부모님, 아이들이 있었다는 것을 상기시켜 줘요. 이걸 내게서 빼내면 내겐 남은 것이 하나도 없을 거예요. 이건 독일 총알이었지만 매우 오랜 기간 동안 유대인 몸 속에서 있다 보니 유대인 것이 되었어요. 이 총알이 어느 날엔가 폭발할지도 모르지만, 그 동안은 여기 조용히 있을 것이고 우리는 잘 지낼 거예요. 자, 맘이 내키면 만져 보세요. 당신 또한 이것의 동반자예요. 똑같은 권총이 당신 아이들을 죽였을지도 모르니까요—"

"타마라, 제발—."

타마라는 심술궂은 얼굴을 하더니 그에게 혀를 내밀었다.

"타마라, 제발이라고요! 걱정 말아요. 저 여자는 이혼하지 않을 거예요. 이혼해 준다면 당신은 다른 여자에게 언제든지 갈 수 있고요. 그 여자 이름은 무엇일까요? 그리고 그녀 또한 당신을 내던진다면 당신은 내게로 올 수도 있어요. 저기 야드비가가 커피를 가져오는군요!"

그녀는 그의 흉내를 냈다.

야드비가는 쟁반에 두 잔의 커피와 크림, 설탕, 그리고 집에서 만든 과자 한 접시를 들고 들어왔다. 그녀는 앞치마를 둘렀고 예전에 그러했듯이 하녀처럼 보였다. 이렇게 그녀는 전쟁 전 허먼과 타마라가 바르샤바에서 놀러왔을 때 그들을 시중들었었다. 조금 전 창백하던 야드비가의 얼굴은 이제 붉고 촉촉했다. 땀방울이 앞이마에 솟아 있었다. 타마라는 그런 야드비가를 놀라면서도 웃으면서 쳐다보았다.

"내려놓지. 당신 것도 가져와."

허먼이 말했다.

"난 부엌에서 마시겠어요."

다시 야드비가의 슬리퍼는 철썩이며 부엌으로 돌아갔다. 이번에는 문이 탁하고 닫혔다.

4

"나는 횡포를 부리는 무뢰한처럼 잘못한 것 같군요. 하나가 잘못되면 다른 것까지 잘하기가 어려워요. 술을 마신 것은 사실이지만 그렇게 취한 것은 아니에요. 그녀를 불러 와요. 설명해 줘야겠어요."

타마라가 말했다.

"내가 설명해 주도록 하지."

"아녜요, 불러 와요. 그녀는 아마 내가 자기 남편을 데려가기 위해 왔다고 생각할 거예요."

허먼은 부엌으로 가고 나서 문을 닫았다. 야드비가는 방 쪽을 등지고 창가에 서 있었다. 그의 발소리에 그녀는 놀라 급히 돌아섰다. 그녀의 머리는 헝클어지고 눈에는 눈물이 그렁그렁했으며 얼굴은 붉고 부어 있었다. 나이 들어 보였다. 허먼이 무어라고 말하기도 전에 그녀는 주먹을 머리 위로 올리고 통곡했다.

"난 이제 어디로 가죠?"

"야드지아, 모든 것이 예전 그대로야."

야드비가의 목에서 거위의 째지는 듯한 외침이 터져 나왔다.

"왜 그녀가 죽었다고 했어요? 당신은 책을 팔고 있던 것이 아니라 그녀와 함께 있었어요!"

"야드지아, 그렇지 않다는 걸 결단코 맹세할게. 저 여자는 최근에 미국에 왔어. 난 그녀가 살아 있는 줄 몰랐다고."

"난 이제 어떻게 해요? 그녀가 당신 부인이잖아요."

"당신이 내 아내야."

"그녀가 먼저였어요. 난 가겠어요. 폴란드로 돌아갈래요. 당신 아이만 갖지 않았더라도."

야드비가는 몸을 이리저리 흔들면서 시골 사람들이 죽은 사람을 위해 곡을 하듯이 몸짓으로 흔들며 말을 했다.

"어이고 — 어이고 — 어이고."

타마라가 문을 열었다.

"야드비가, 그렇게 울지 말아요. 난 당신 남편을 빼앗으려고 온 게 아니에요. 나는 그저 당신들이 어떻게 사나 보고 싶었을 뿐이에요."

야드비가는 타마라의 발아래 넘어질 것처럼 앞으로 비틀거리며 나왔다.

"파니 타마라. 당신이 저 남자의 아내이고 앞으로도 그래야 해요. 하느님이 당신을 살리셨다면 그것은 하느님의 은혜예요. 나는 물러나겠어요. 여기는 당신 집이에요. 난 고향으로 가겠어요. 어머니가 나를 외면하시지는 않을 거니까요."

"안 돼, 야드지아, 그렇게 할 필요 없어요. 당신은 저 남자의 아기를 배고 있고 나는 이미 소위 말하는 열매 맺을 수 없는 나무예요. 하느님은 내 아이들을 손수 데려가셨어."

"아, 파니 타마라!"

야드비가는 눈물을 터트렸고 양 손바닥으로 자기 뺨을 감쌌다. 그녀는 앞뒤로 흔들리면서 넘어질 자리를 찾는 것처럼 몸을 숙였다. 허먼은 이웃 사람들이 들을까 봐 문 쪽을 바라보았다.

"야드지아, 진정해야 해요. 나는 살아 있지만 죽은 거나 마찬가지예요. 사람들은 가끔 죽은 자가 돌아와 방문한다고들 하죠. 나는 그런 손님이에요. 나는 일이 어떻게 되어 가나 보러 왔을 뿐이에요. 걱정하지 말아요. 다시 오지 않을 테니까요."

타마라가 힘주어 말했다.

야드비가는 얼굴에서 손을 떼었는데, 그 얼굴은 새빨개졌다.

"아니요, 파니 타마라, 당신이 여기 있도록 해요! 나는 배운 것도 없는 무식한 시골뜨기이지만 양심은 있어요. 당신 남편이고, 당신 집이에요. 당신은 고생할 만큼 했어요."

"아무 말도 말아요! 나는 그이가 필요 없어요. 폴란드로 돌아가고 싶으면 그렇게 해요. 하지만 나 때문에 그러지는 말아요. 난 당신이 떠난다 해도 저이와 살지는 않을 테니까요."

야드비가는 조용해졌다. 그녀는 의심스럽고 수상쩍은 듯 타마라를 곁눈질했다.

"어디로 간다는 말인가요? 여기 당신 집과 가족이 있어요. 내가 밥 짓고 청소하겠어요. 다시 하녀가 될게요. 그게 하느님이 원하시는 거예요."

"아냐, 야드지아, 당신 마음씨는 고맙지만 그런 희생은 받아들일 수 없어요. 찢어진 목은 봉합해도 좋지 않아요."

타마라는 갈 차비를 하면서 모자를 고쳐 쓰고 흐트러진 머리카락을 매만졌다. 허먼은 그녀 쪽으로 다가섰다.

"가지 마. 야드비가가 알게 되었으니 우리 모두 사이좋게 지낼 수 있을 거야. 이로써 얼버무리는 일도 줄어들 거야."

바로 그때 그들은 초인종 소리를 들었다. 길고 시끄러운 벨소리였다. 사람들 얘기를 들으며 새장 지붕 위에 앉아 있던 두 마리의 앵무새가 놀라서 날아다니기 시작했다. 야드비가는 부엌에서 거실로 뛰어갔다.

"누구십니까?"

허먼이 물었다.

그는 우물거리는 말소리를 들었으나 그 목소리가 남자인지 여자인지 분간할 수 없었다. 그는 문을 열었다. 현관 앞에는 키 작은 남녀가 서 있었다. 여자는 갈색의 주름진 얼굴과 누렇게 흐려진 눈 그리고 홍당무 빛 머리카락을 하고 있었다. 앞이마와 뺨의 주름살은 마치 점토에 조각된 선 같았다. 그런데도 그녀는 나이 들어 보이지 않았고 사십이 넘지 않은 듯했다. 그녀는 실내복과 슬리퍼를 신고 있었다. 뭔가 뜨개질 거리를 갖고 있었으며 문에서 기다리면서 바늘을 놀렸다. 그녀 옆에는 남자가 깃털 달린 펠트 모자, 차가운 겨울철에는 너무 얇은 듯한 체크무늬 재킷, 분홍빛 셔츠, 줄무늬 바지, 황갈색 구두, 그리고 노랑, 빨강, 초록이 섞인 넥타이를 매고 있었다. 그는 마치 방금 더운 지방에서 와 옷을 바꿔 입을 시간이 없었던 것처럼 우스꽝스런 외국인으로 보였다. 그의 머리는 길고 좁았으며, 매부리코에 뺨은 움푹 들어가고 턱은 뾰족했다. 검은 눈은 지금 하고 있는 방문이 장난에 지나지 않는다는 듯 웃음기를 띠고 있었다.

그 여자는 폴란드 악센트를 가진 이디시어로 말했다.

"브로더 씨, 당신은 저를 모르지만, 저는 당신을 알아요. 우린 아래층에 살아요, 부인께선 집에 계신가요?"

"거실에 있습니다."

"사랑스런 부인입니다. 전 부인이 개종할 때 함께 있었어요. 바로 제가 부인을 세례식에 데리고 가서 무엇을 해야 하는지 말해 줬지요. 유대인으로 태어난 여자들은 부인이 하는 것처럼 유대적인 것을 사랑해야 해요. 부인은 지금 바쁘신가요?"

"네, 약간."

"이분은 제 친구 페셀레스 씨예요. 여기에 살고 있진 않죠. 집은 시게이트에 있어요. 액운이 이분에게 닥쳐오지 않기를 바라는데, 이분은 뉴욕과 필라델피아 양 쪽에 집이 있어요. 우리를 찾아 오셨길래 당신 얘기를, 즉 책을 팔고 쓰고 하신다고 했더니 당신과 어떤 사업에 대해 이야기를 나누고 싶다고 하시더군요."

"사업이 아닙니다! 전혀 사업이 아니에요! 제 사업은 책이 아니라 부동산인데다 이제는 아무 일도 하지 않습니다. 도대체 사람은 얼마만큼의 일을 필요로 합니까? 록펠러도 하루에 세 끼 이상은 먹을 수 없어요. 단지 저는 손에 잡히는 것은 무엇이든지, 신문이건 잡지건 책이건 읽기를 좋아한다는 것뿐입니다. 잠깐 시간이 괜찮으시다면 함께 이야기를 나누고 싶군요."

페셀레스 씨가 말을 가로막았다.

허먼은 망설이면서 말했다.

"대단히 죄송합니다. 제가 지금 매우 바빠서요."

"오래 걸리지 않아요. 10분이나 15분 정도면 돼요. 페셀레스 씨는 6개월에 한 번쯤 저를 찾아오시고, 어떤 때는 그렇게 자주 오지 못 하시거든요. 이분은 부자시고, 이분에게 액운이 미치지 않기를, 댁이 아파트를 구하고 계신다면 댁한테 호의를 베풀지도 몰라요."

부인이 우겼다.

"어떤 호의 말입니까? 저는 아무런 호의도 베풀지 않아요. 제 자신도 집세를 내야 해요. 여기는 미국이요. 그렇지만 댁이 아파트를 원하신다면, 댁을 추천해 줄 수 있고, 그게 전혀 해가 되지는 않을 겁니다."

"그럼, 들어오십시오. 부엌으로 모셔서 죄송합니다. 아내가 몸이 불편해서요."

"아무려면 어때요? 이분은 여기 존경받으러 오신 게 아니에요. 액운이 이분에게 미치지 않기를 기원하는데, 이분은 많이 존경받고 있어요. 뉴욕에서 제일 큰 양로원의 회장으로 뽑혔어요. 미국 각지에서 나단 페셀레스라면 다 알아요. 그리고 예루살렘에 두 개의 예시바를, 한 개도 아니고 두 개를 세우셨는데, 거기서는 수백 명의 소년들이 이분의 돈으로 토라를 공부할 수 있을 거예요."

"제발, 쉬레이어 부인, 저는 선전받는 것을 원하지 않습니다. 만일 선전원이 필요하다면 한 사람 채용하겠어요. 그 사람도 그런 모든 것을 알 필요는 없죠. 제가 그러는 것은 칭찬을 위해서가 아닙니다."

페셀레스 씨는 빨리 말했다. 그는 말을 마치 마른 콩이 튀어나오는 것처럼 내뱉었다. 그의 입은 아랫입술이 거의 없을 만큼 움푹 들어갔다. 그는 안다는 듯이 미소 짓고, 가난한 사람을 방문하는 부자답게 느긋했다. 두 사람은 계속 문에 서 있었으나 곧 부엌 안으로 들어섰다. 허먼이 타마라를 소개하기도 전에, 그녀는 '이제 가는 게 좋겠어요'라고 말했다.

"도망가지 마세요. 저 때문에 가실 필요는 없습니다. 부인은 아름다우십니다. 그러나 저는 곰이 아니라서 사람을 잡아먹지는 않습니다."

페셀레스 씨가 말했다.

"앉아요, 앉아."

허먼이 말했다. 그리고 '가지 말아요, 타마라' 하고 덧붙였다.

"의자가 모자라는군요. 하지만 곧 다른 방으로 옮길 테니까요. 잠깐 기다리세요."

그는 거실로 들어갔다. 야드비가는 이제 울고 있지 않았다. 그녀는 거기 서서 시골 사람이 낯선 이를 두려워하듯이 걱정스럽게 문을 노려보았다.

"누구예요?"

"쉬레이어 부인이야. 어떤 남자를 데리고 왔어."

"왜 왔대요? 난 지금 아무도 만날 수 없어요. 아, 전 제 정신이 아니에요!"

허먼은 의자 하나를 들고 부엌으로 돌아왔다. 쉬레이어 부인은 이미 부엌 식탁 옆에 앉아 있었다. 오이터스는 타마라의 어깨에 앉아 귀걸이를 잡아당기고 있었다. 허먼은 페셀레스 씨가 타마라에게 하는 말을 들었다.

"2~3주밖에 안 되었다고요? 하지만 당신은 전혀 갓 들어온 풋내기같이 보이지 않아요. 옛날에는 이주민은 일마일 떨어져도 곧 가려낼 수 있었죠. 당신은 미국인같이 보여요. 확실히요."

5

"야드비가는 기분이 좋지 않아서 나오지 않을 거요. 죄송합니다. 여기는 별로 편안한 곳이 아니라서요."

허먼이 말했다.

"편안이라고요? 히틀러는 우리에게 안락함 없이도 살 수 있는 방법을 가르쳐 주었지요."

쉬레이어 부인이 말을 막았다.

"당신도 역시 거기서 오셨습니까?"

허먼이 물었다.

"네, 거기서 왔죠."

"강제수용소에서요?"

"러시아에서 왔습니다."

"러시아 어디에 계셨나요?"

타마라가 물었다.

"잼불에서."

"수용소에 계셨나요?"

"수용소에서도 있었어요. 전 나브로즈나야 스트리트에서 살았어요."

"세상에, 저도 나브로즈나야에서 살았어요. 드치코프에서 온 랍비 부인과 그녀의 아들과 같이요."

타마라가 소리쳤다.

"세상 참 좁아요, 좁은 세상이군요. 러시아는 넓은 나라지만, 두 명의 피난민이 만나자마자, 그들은 서로 관련이 있거나 같은 수용소에서 같이 있던 사람이군요. 무슨 말인지 아시겠어요? 자, 모두 당신 집으로 내려가십시다."

페셀레스가 함께 손뼉을 치며 말했다. 그는 뾰족한 손가락과 잘 손질된 손톱을 하고 있었다. 그는 쉬레이어 부인에게 다음과 같이 말했다.

"나는 베이글 빵, 훈제 연어, 코냑까지도 내놓겠어요. 둘 다 잼불에서 왔으니 할 얘기가 많을 거예요. 내려가시죠, 에 — 에 — 브로더 씨. 저는 사람은 잘 기억하지만 이름은 잘 잊어버립니다. 어떤 때는 아내 이름까지도 잊어버렸지요."

"그건 모든 남자들이 잊어버리는 거예요."

쉬레이어 부인이 윙크하며 말했다.

"불행하게도 그럴 수 없습니다."

허먼이 말했다.

"왜 안 되죠? 부인을 데리고 내려갑시다. 요즘 유대교로 개종하는 이방인은 별 문제가 못 됩니다. 저는 부인이 선생을 몇 년 동안 다락방에 숨겨줬다는 얘기를 들었습니다. 무슨 종류의 책을 판매하십니까? 저는 고서에 취미가 있어요. 언젠가는 링컨의 사인이 들어 있는 책을 사기로 했지요. 선생께선 글도 쓰신다는 말을 들었습니다. 어떤 것을 쓰시나요?"

허먼이 막 대답하려고 하는데 전화가 울렸다. 타마라가 올려다보았고, 오이터스는 다시 날아 돌아다니기 시작했다. 전화는 부엌 가까운 침실로 통하는 작은 휴게실에 있었다. 허먼은 마샤에게 화가 나기 시작했다. 왜 그녀가 전화는 하는 걸까? 그녀는 그가 올 것이라는 것을 알고 있었다. 전화를 받지 말아야 하나? 그는 수화기를 집어 들고 '여보세요'라고 말했다.

레온 토트샤이너일지도 모른다는 생각이 떠올랐다. 허먼은 카페테리아에서 그를 만난 후부터 그가 전화할 것이라고 생각하고 있었다. 허먼은 남자 목소리를 들었으나 레온 토트샤이너의 목소리는 아니었다. 그 목소리는 굵은 목소리에 영어로 '허먼 브로더 씨이십니까?'라고 물었다.

"그렇습니다."

"나 랍비 램퍼트요."

조용했다. 부엌에 있는 사람들은 얘기를 중단했다.

"예, 랍비님."

"자네 전화가 있지 않은가? 그리고 자네는 브롱크스에 있지 않고 브루클린에 있군. 에스플러네이 2가街는 코니 아일랜드의 어디쯤이군."

"제 친구가 이사했어요."

허먼은 이 거짓말이 일을 더 복잡하게 할 뿐이라는 것을 알면서도 중얼거렸다.

랍비는 목청을 가다듬고 말했다.

"친구가 이사하고 전화를 놓았나? 좋아, 좋아. 나는 지독한 바보지만 자네가 생각하는 만큼 바보는 아니야. 자네가 꾸민 희극은 모두 쓸데없는 거야. 나는 다 알아, 모조리 안다구. 자네는 결혼하면서 축하인사를 건넬 내겐 알리지도 않았어. 누가 알아? 내가 자네한테 멋진 결혼 선물을 주었을지도 모르지. 그러나 자네가 이런 식으로 하고 싶다면 그건 자네의 권리야. 내가 전화하는 용건은 자네가 헤브라이 신비철학에 대한 자네의 원고에서 우리 두 사람의 명예를 떨어뜨리는 중대한 실수를 했기 때문이네."

랍비의 목소리가 높아졌다.

"어떤 실수입니까?"

"전화로 말하기에는 곤란해. 랍비 모스코비츠가 산달폰 천사인지 메타트론인지에 관해서 내게 전화를 했다네. 기사는 조판이 되었지. 그가 그 오류를 발견했을 때는 인쇄하려는 중이었다네. 그들은 그 페이지만을 없애고 잡지 전체를 다시 배열해야 할 거야. 자네가 내게 해준 일이 이것이네."

"매우 죄송합니다. 제가 사표를 내면 제가 한 일에 대한 보수는 주실 필요 없습니다."

"그게 무슨 도움이 되겠어? 난 자네를 믿네. 왜 체크하지 않았나? 그 때문에 나는 자네를 고용한 거야. 내가 세상 사람들 눈에 바보로 보이지 않도록 학술조사를 하게끔 말이야. 자네는 내가 바쁘다는 것을 알고 그리고 —."

"전 제가 한 실수를 모릅니다만, 실수가 있다면, 전 이 일을 해서는 안 됩니다."

"내가 지금 어디서 다른 사람을 구한단 말인가? 자네는 내게 비밀을 갖고 있네, 왜 그러나? 자네가 여자를 사랑한다면 그건 아무 죄도 아니야. 난 자네를 친구처럼 대하고 내 마음을 자네한테 터놓았었네. 헌데 자네는 고향에서 온 히틀러 희생자, 내륙 사람 얘기를 꾸며대었네. 내가 왜 자네한테 부인이 있다는 것을 알아선 안 되나? 난 적어도 자네한테 행복을 빌어 줄 권리가 있네."

"물론입니다. 감사합니다."

"왜 그렇게 조용히 얘기하나? 목이라도 아픈 건가?"

"아닙니다, 아닙니다."

"난 자네한테 주소도 전화번호도 알려 주지 않는 사람과는 일할 수 없다고 내내 말했었지. 지금 당장 자네를 만나야겠으니 사는 곳을 말하게. 우리가 교정을 보면 그들도 내일까지는 인쇄를 미뤄줄 걸세."

"저는 이곳이 아닌 브롱크스에 삽니다."

허먼은 전화기에 대고 실제로 속삭이고 있었다.

"또 브롱크스야? 브롱크스 어디? 솔직히 난 자네를 알 수 없네."

"모두 말씀드리겠습니다. 저는 잠시 이곳에 있는 겁니다."

"잠시라구? 무슨 일이 있는가? 아니면 마누라가 둘인가?"

"그럴지도 모르죠."

"하여간 브롱크스에는 언제 있을 참인가?"

"오늘 밤입니다."
"주소를 말하게. 이번이 마지막이야! 이 수수께끼를 끝장내게!"
마지못해 허먼은 마샤의 주소를 댔다. 그는 부엌에까지 들리지 않도록 한 손으로 입을 막았다.
"몇 시에 거기 있을 건가?"
허먼은 시간을 말했다.
"이거 확실한가? 아니면 또 둘러대는 건가?"
"아닙니다. 거기에 있겠습니다."
"그럼 내가 가겠네. 그리 신경 쓸 것은 없네. 내가 자네 마누라를 훔쳐가진 않을 테니까."
허먼은 부엌으로 돌아와서 야드비가를 보았다. 그녀는 거실에서 나와 있었다. 얼굴과 눈은 아직도 빨갰고 그가 서 있던 곳을 바라다보며 엉덩이에 주먹을 얹고 서 있었다. 그녀는 분명히 그의 대화를 듣고 있었다. 허먼은 쉬레이어 부인이 타마라에게 '그들은 어떻게 당신을 군대와 함께 러시아로 보냈나요?' 하고 묻는 소리를 들었다.
"아뇨. 우리는 밀입국을 했습니다."
타마라가 대답했다.
"우리는 가축용 화차를 타고 갔어요. 3주 동안 탔는데, 마치 콩나물시루 같았어요. 배설할 때는 — 죄송합니다 — 작은 창문으로 해야 했지요. 생각해 보세요. 남자나 여자나 같이 있는 걸. 우리가 어떻게 살아남았는지 전혀 알 수 없어요. 몇몇은 살아남지 못했죠. 그들은 서서 죽었어요. 사람들은 그저 시체를 기차 밖으로 내던졌어요. 우리는 굉장한 추위 속에서 숲에 도달했고, 우선 막사를 지을 나무를 베어야 했어요. 우린 언 땅에 구덩이를 파고 거기서 잤어요 —."
쉬레이어 부인이 말했다.

"제가 그건 너무 잘 알지요."
타마라가 말했다.
"여기에 친척이 있나요?"
페셀레스가 타마라에게 물었다.
"큰아버지와 큰어머니가 계세요. 이스트 브로드웨이에 사시지요."
"이스트 브로드웨이? 그러면 저분은 당신하고 어떻게 되십니까?"
페셀레스 씨가 허먼을 가리키며 물었다.
"아, 우린 친구예요."
"자, 쉬레이어 부인 댁에 내려가서 모두 친구가 됩시다. 굶주린 얘기를 했더니 배가 고프군요. 우리 먹고, 마시고, 얘기합시다. 자, 오세요. 에 — 에 — 브로더 씨, 이렇게 추운 날에는 술로 심장을 녹이는 것이 좋아요."
"죄송하지만 전 지금 나가봐야 합니다."
허먼이 말했다.
"저도 가야 해요."
타마라가 이어 말했다.
야드비가는 갑자기 잠이 깬 것 같았다.
"파니 타마라, 어디 가는 거예요? 여기 있어요. 저녁밥을 지을게요."
"아냐, 야드지아, 다음에."
"여러분들은 제 초대를 받아들이지 않으시려는 것 같군요. 자, 쉬레이어 부인, 우리가 이번에는 성공하지 못했군요. 선생이 고서를 갖고 계시다면 다음 기회에 우리 일을 보도록 합시다. 말씀드린 대로 저는, 이를테면 수집가지요. 그게 아니라도 —."
페셀레스가 말했다.
"우리 나중에 얘기해요. 아마 페셀레스 씨는 앞으로 그렇게 어쩌다

오시는 손님이 아닐 거예요. 이분이 제게 해준 일은 하느님만이 아세요. 다른 이들은 유대인의 운명을 슬퍼하는 데만 그쳤는데 이분은 비자를 보내 줬어요. 전 전혀 모르는 사람이지만 이분한테 편지를 썼어요. 이분 아버님이 제 아버지와 동업자였다는 이유만으로 그랬는데, 두 분은 농산물을 취급하셨지요. 그리고 4주일 후 진술서가 도착했어요. 우린 영사관에 갔었는데 그들은 이미 페셀레스 씨를 알고 있었어요. 모두 알고 있었어요."

쉬레이어 부인이 야드비가에게 말했다.

"자, 됐습니다. 절 칭찬하지 마세요, 칭찬하지 말라니까요. 진술서가 뭔데요? 종이 조각에 불과하니까요."

"그러한 종이 조각으로 수천 명의 목숨을 구할 수 있었어요."

페셀레스가 일어섰다.

"성함이 어떻게 되십니까?"

그가 타마라에게 물었다. 그녀는 질문하는 듯 그와 허먼과 야드비가를 바라보았다.

"타마라입니다."

"미혼인가요? 기혼인가요?"

"좋을 대로 생각하세요."

"타마라 뭐죠? 분명히 성이 있으시겠죠."

"타마라 브로더입니다."

"당신도 브로더라구요? 누이동생입니까?"

"사촌입니다."

허먼이 타마라 대신 대답했다.

"참 좁은 세상이군요. 이상한 시대예요. 한 번은 신문에서 새 아내와 함께 저녁을 먹고 있던 피난민 얘기를 읽었지요. 갑자기 문이 열리고 게토에서 죽은 줄만 알았던 예전 부인이 들어왔대요. 그게 히틀러와 스탈린, 그리고 그들 일당이 만들어낸 난리지요."

쉬레이어 부인의 얼굴에 미소가 떠올랐다. 그 여자의 누런 눈이 웃음으로 반짝였다. 얼굴의 주름살이 더욱 깊어져서 원시 종족의 얼굴에 가끔 보이는 문신 줄같이 되었다.

"페셸레스 씨, 그 얘기의 요점은 무엇입니까?"

"아, 별거 아니요. 살다 보면 안 일어나는 일이 없지요. 특히 요즘같이 모든 게 뒤죽박죽이 된 때는 말예요."

페셸레스는 오른쪽 눈의 눈꺼풀을 내리고 휘파람을 불려는 것처럼 입술을 내밀었다. 그는 손을 가슴에 있는 주머니에 넣었다가 타마라에게 두 장의 명함을 주었다.

"당신이 누구시든, 알고 지냅시다."

6

손님들이 나가자마자 야드비가는 울음을 터뜨렸다. 곧 그녀의 얼굴은 다시 한 번 일그러졌다.

"어디 가는 거예요? 왜 나를 두고 떠나는 거예요? 파니 타마라! 저 사람은 책을 팔지 않아요. 거짓말이에요. 애인이 있어서 그 여자한테 가는 거예요. 누구나 다 알아요. 이웃 사람들은 나를 비웃어요. 난 그의 생명을 구해 주었어요! 난 내 입에 들어갈 마지막 음식까지 건초의 다락방 있는 그에게로 가져다주었어요. 오줌, 똥도 받아냈고요."

"제발, 야드비가, 그만둬!"

허먼이 말했다.

"허먼, 나는 가야 해요! 야드지아, 한 가지만 얘기하고 싶어요. 저이는 내가 살아 있다는 것을 몰랐어요. 나는 러시아에서 여기 온 지 얼마 안 돼요."

"저 사람의 애인은 매일 전화질이에요. 저인 내가 모르는 줄 알지만 난 알아요. 저 사람은 그녀와 지내고 나서 지치고 돈 한 푼 없이 집으로 와요. 늙은 집주인 아주머니는 매일 집세를 받으러 오고, 한겨울에 우리를 내쫓겠다고 위협해요. 내가 아이만 갖지 않았더라도 공장에서 일할 수 있었을 거예요. 여기서는 병원과 의사를 예약해야 해요. 여기선 아무도 아이를 집에서 낳지 않아요. 당신을 보내지 않겠어요, 파니 타마라."

야드비가는 문으로 달려가 팔을 벌려 문을 막았다.

"야드지아, 난 가야 돼."

타마라가 말했다.

"저이가 만일 당신에게로 돌아간다면, 난 아이를 다른 곳에 보내겠어요. 여기선 아이들을 다른 곳으로 보낼 수 있어요. 돈을 주기까지 하니까요."

"말도 안 되는 소리 하지 말아요, 야드비가. 난 저 사람한테 돌아가지도 않을 거고, 당신은 아이를 보낼 필요도 없어요. 내가 의사와 병원을 알아 봐 주겠어요."

"오, 파니 타마라!"

"야드지아, 나 나가야 해!"

허먼이 말했다. 그는 외투를 입었다.

"갈 수 없어요!"

"야드비가, 어떤 랍비가 날 기다리고 있어. 난 그의 일을 하고 있다구. 지금 그를 만나지 않으면 우린 빵 부스러기 하나 없이 남게 될 거야."

"거짓말이에요! 랍비가 아니라 갈보가 당신을 기다리고 있지요."

"무슨 일인지 알겠어요. 난 정말 이제 떠나야 해요. 내가 마음을 바꿔서 병원에 가기로 한다면 빨래를 하고 준비를 해야 해요. 내보내 줘요, 야드비가!"

타마라가 반은 스스로에게 반은 야드비가와 허먼에게 말했다.

"결국 가기로 결정한 거요? 가려는 게 어느 병원이지? 이름이 뭐요?"

허먼이 물었다.

"무슨 상관이에요? 내가 살아나면 나올 것이고, 그렇지 못하면 사람들이 어떻게든 나를 묻어 주겠지요. 날 찾아올 필요 없어요. 그들은 당신이 내 남편이라는 걸 알면 돈을 내라곤 할 거예요. 난 그들에게 아는 사람이 아무도 없다고 했고, 그렇게 남아 있어야 해요."

타마라가 야드비가에게 가서 키스했다. 잠시 야드비가는 타마라의 어깨에 머리를 얹었다. 그녀는 엉엉 울면서 타마라의 앞이마, 뺨, 양손에 키스했다. 그녀는 거의 무릎을 꿇으면서 시골 사람 사투리로 중얼거렸는데 무슨 말을 하고 있는지 알 수 없었다.

타마라가 떠나자 곧 야드비가는 다시 문 앞에 섰다.

"오늘은 갈 수 없어요!"

"곧 올 거야."

허먼은 타마라의 발자국 소리가 들리지 않을 때까지 기다렸다. 그리고 야드비가의 손목을 움켜쥐고 아무 말 없이 그녀를 밀쳤다. 그가 밀어붙이자 그 여자는 털썩 바닥에 쓰러졌다. 그는 문을 열고 뛰어나갔다. 그는 고르지 못한 계단을 두 개씩 내려가면서 울음소리와 신음 소리를 들었다. 그는 언젠가 배운 얘기를 기억했다. 십계명 중 하나라도 어기면, 십계명 전부를 어긴 것이 된다.

"난 살인자로 끝날 거야."

그는 혼잣말을 했다.

그는 땅거미가 진 것을 알지 못했다. 계단은 이미 어두웠다. 아파트의 문들이 열렸지만 그는 돌아보지 않았다. 그는 밖으로 나왔다. 타마라가 그를 기다리며 눈 더미 사이에 서 있었다.

"장화는 어디 있어요? 그렇게 갈 수는 없어요!"

그녀는 외쳤다.

"가야 해."

"죽으려고 그래요? 가서 장화를 가져 와요. 폐렴에 걸리고 싶지 않다면."

"내가 무슨 병에 걸리든 당신이 참견할 바가 아냐, 제기랄 모두 뒈져라."

"여전하네요. 기다려요, 내가 올라가서 장화를 가져다 줄 테니까."

"안 돼, 가지 마!"

"그러면 이것으로 세상의 바보가 하나 없어지겠군요."

타마라는 눈 더미 사이를 걷기 시작했다. 눈 더미는 푸르고 수정처럼 보였다. 가로등이 켜져 있지만 아직 황혼이었다. 하늘에는 누렇고 녹슨 붉은 빛의 구름이 퍼져 있고, 폭풍이 불 것처럼 사나웠다. 찬바람이 만(灣)에서 불어 왔다. 갑자기 위층의 창문이 열리고 장화 한 짝이, 그러고 나서 또 한 짝이 떨어졌다. 야드비가가 허먼에게 그의 장화를 던지고 있었다. 그는 창문을 올려다봤으나, 그녀는 곧 창문을 닫고 커튼을 쳤다. 타마라는 그에게 돌아서서 웃었다. 타마라는 윙크를 하며 그에게 주먹을 흔들었다. 그는 장화를 신으려고 애썼지만 구두에 눈이 가득 묻었다. 타마라는 그가 자기를 따라 올 때까지 기다렸다.

"제일 나쁜 개가 제일 좋은 뼈다귀를 얻는군요. 왜 그렇죠?"

그녀는 그의 팔을 잡았고, 그들은 마치 늙은 부부처럼 조심스럽게 천천히 눈 사이로 나아갔다. 지붕에서 눈 더미와 얼음이 떨어졌다. 머메이드 가는 높은 눈 더미들로 덮여 있었다. 죽은 비둘기 한 마리가 눈 속에 죽어서 붉은 발목을 내밀고 있었다.

'성스런 새여, 벌써 생명이 다했구나. 넌 행운아야'라고 허먼은 생각 속에서 새에게 말을 걸었다. 그는 슬픔에 사로잡혔다. '이렇게 죽게 하시려면 왜 이 새를 만드셨습니까? 인간을 괴롭히는 전능하신 하느님이여, 얼마나 오랫동안 침묵하실 것입니까?' 라고 말했다.

허먼과 타마라는 역으로 걸어가서 전차를 탔다. 타마라는 14번가까지 가고 허먼은 타임스 스퀘어까지 갈 예정이었다. 구석의 작은 좌석만 빼놓고 자리가 모두 차서, 그들은 거기로 끼여들었다.

"그러면 당신은 수술을 받기로 결심한 모양이군."

허먼이 말했다.

"잃을 게 뭐 있겠어요? 내 모진 목숨밖에는."

허먼은 고개를 숙였다. 그들이 유니언 스퀘어에 가까워 오자 타마라가 내리려고 했다. 그는 일어섰고 그들은 키스했다.

"가끔 내 생각 좀 해줘요."

그녀가 말했다.

"용서해 줘!"

타마라는 급히 열차에서 내렸다. 허먼은 다시 불빛이 희미한 구석에 앉았다. 그는 마치 이렇게 말씀하시는 아버지의 목소리를 듣는 것 같았다.

"좀 물어보자, 네가 이루어 놓은 것이 무엇이냐? 넌 너 자신만을 위하느라 다른 모든 사람들을 망쳐 놓았어. 하늘에 있는 우리는 네가 부끄럽다."

허먼은 타임스 스퀘어에서 내려 아이알티 지하철(IRT: 뉴욕의 지하철 노선 중의 하나)로 갈아탔다. 그는 역에서 시프라 푸아가 살고 있는 거리까지 걸어갔다. 랍비의 캐딜락이 눈 덮인 거리를 거의 다 차지하고 있었다. 집 안의 모든 불들이 켜져 있었고, 차는 어둠 속에서 빛나는 것 같았다. 허먼은 창백한 얼굴과 얼어붙은 붉은 코, 허름한 옷을 입고 환하게 불이 켜진 집 안으로 들어가는 게 창피했다. 어두운 입구에서 그는 눈을 털고 화색을 돌게 하려고 뺨을 문질렀다. 그는 넥타이를 매만지고 손수건으로 앞이마의 물기를 닦아 냈다. 허먼은 랍비가 기사에서 아무런 잘못도 찾지 못한 것은 아닌지 하는 생각이 떠올랐다. 랍비가 찾아온 것은 단지 허먼의 일을 방해하려는 구실인지도 몰랐다.

허먼이 문에 들어섰을 때 맨 먼저 본 것은 화장대 위 화병에 있는 커다란 장미꽃 다발이었다. 천을 씌운 탁자 위에는 과자와 오렌지, 큰 샴페인 병이 놓여 있었다. 랍비와 마샤는 함께 유리잔을 부딪치는 중이었다. 그들은 허먼이 들어오는 소리를 듣지 못한 것이 분명했다. 마샤는 벌써 술이 취해 있었다. 그녀는 큰 목소리로 떠들고 웃었다. 그녀는 파티용 드레스를 입고 있었다. 랍비의 목소리가 쩌렁쩌렁 울렸다. 시프라 푸아는 부엌에서 팬케이크를 굽고 있었다. 허먼은 지글거리는 기름 소리를 듣고 갈색으로 구워지는 감자 냄새를 맡았다.

랍비는 엷은 빛 양복을 입고 있었는데, 천장이 낮은 복잡한 아파트 방 안에서 이상하게 키가 크고 몸집이 커 보였다.

랍비는 일어나서 한 걸음에 허먼에게 다가섰다. 손뼉을 치면서 그는 크게 웃었다.

"축하합니다, 신랑!"

마샤는 잔을 내려놓았다.

"드디어 그이가 왔군요!"

그리고 나서 그를 향해 웃으면서 몸을 흔들었다. 그리고 그녀는 일어나 허먼에게로 갔다.

"그렇게 문에 서 있지 마세요. 여긴 당신 집이에요. 저는 당신 아내고요. 여기 있는 모든 게 당신 거예요!"
 그녀는 그의 팔 안에 몸을 던지고 그에게 키스했다.

8장 천사와 불꽃

1

다음날도 계속 눈이 내리고 있었다. 시프라 푸아의 아파트에는 난방기가 작동되지 않았다. 지하실에 살고 있는 관리인은 얼근하게 술을 마시고 자기 방에 누워 있었다. 난방기는 고장 나 있었고, 그것을 고쳐 줄 사람은 아무도 없었다.

시프라 푸아는, 묵직한 부츠에다 독일에서 가지고 온 낡은 털 코트를 급히 걸쳐 입고 털로 짠 숄로 머리를 싸맨 채 집 안을 서성거렸다. 추위와 걱정으로 인해 얼굴은 창백했다. 안경을 쓰고 이리저리 거닐면서 기도서를 읽었다. 그녀는 가난한 입주자들에게 겨울에는 곧 얼어 파괴되는 낡은 난방기만 시설해 준 비정한 집주인들에게 욕지거리를 퍼붓기도 하고, 기도를 드리기도 했다. 그녀의 입술은 추위에 새파랗게 변했다. 그녀는 시편을 큰 소리로 읽고 나서 이렇게 말했다.

"마치 우리가 이곳에 오기 전에 아무 고생도 안 한 것처럼 굴지 말라. 이제 우리는 미국도 고생한 명단에 추가할 수 있다. 이곳은 강제수용소나 다를 것이 없다. 여기에 나치가 쳐들어와 우리를 괴롭히면 그렇다는 것이다."

랍비 램퍼트의 파티에 갈 준비를 하느라고 그날 일을 쉰 마샤는 자기 어머니를 책망했다.

"엄마, 창피하신 줄 좀 아세요! 스타트호프에선 지금 있는 것처럼만 가졌어도 엄마는 기뻐서 정신이 나가셨을 거예요."

"사람에게는 어느 정도의 힘이 있다고 생각해. 거기서 우리는 적어도 희망은 있었다. 지금 내 몸뚱이치고 얼지 않은 데가 없단다. 화구를 살 필요가 있다. 내 피가 얼어붙고 있다고."

"미국에서는 어디 가야 화구를 살 수 있죠? 우리는 여기서 이사 가야만 해요. 봄까지만 기다려 주세요."

"난 그때까지 견딜 수 없다."

"별 말씀을요, 우리보다 더 오래 사실 거예요!"

마샤는 참을 수 없다는 듯이 째지는 듯한 소리로 말했다.

랍비가 마샤와 허먼을 초대한 파티는 마샤를 격분시켰다. 처음에 마샤는 레온 토트샤이너가 아마 그 초대의 배후에 도사리고 있어 어떤 음모를 꾸미고 있는 것이 틀림없다며 초대를 거절했었다. 랍비가 자기 집을 방문한 것도, 샴페인을 가져와 마시게 한 것도, 그 모든 것이 자신과 허먼을 갈라 놓기 위한 레온 토트샤이너의 음모라고 마샤는 의심했다. 마샤는 랍비를 경멸했고, 심지어는 그를 두고 줏대가 없는 인간이니 허풍선이니 위선자니 하면서 떠들어댔다. 그리고 랍비에 대한 욕을 끝내자, 레온 토트샤이너를 미치광이, 사기꾼, 선동자라고 욕을 했다.

그 가짜로 임신한 이후 마샤는 수면제까지 복용했지만 잠을 이룰 수 없었다. 그러다 겨우 잠이 들면, 그때는 악몽이 그녀를 깨웠다. 그녀의 아버지는 수의壽衣를 걸치고 그녀에게 나타나 그녀의 귀에 대고 큰 소리로 성경의 시편을 낭송했다. 둘둘 말린 뿔과 뾰족한 주둥이의 괴상한 짐승들도 나타났다. 그 짐승들은 주머니와 젖꼭지가 달렸고 피부는 상처투성이었다. 그들은 그녀에게 짖기도 하고 으르렁거리기도 하고 침을 흘리기도 했다. 그녀는 2주일마다 고통스럽게 생리를 했고 응혈凝血을 흘리기도 했다. 시프라 푸아는 마샤에게 의사에게 가 보라고 성화였다. 그러나 마샤는 의사들을 믿지 않는다고 말했고 그들은 오히려 환자들을 해친다고 주장했다.

그런데 갑자기 마샤는 마음을 돌려 파티에 가기로 결심했다. 그녀는 왜 레온 토트샤이너를 두려워하는가? 그녀는 법적으로나 종교적으로나 단호하게 이혼을 하지 않았는가? 만일 그와 만난다면 그녀는 외면하면 된다. 그가 어떤 음모를 꾸미려고 한다면 그의 얼굴에다 침을 뱉으면 된다.

허면은 다시 한 번 마샤가 얼마나 극단적인 행동을 하는 성격인가를 보게 되었다. 그녀는 점점 열을 올려 파티에 갈 준비를 하기 시작했다. 드레스를 고쳐 입을 것을 결심하고 옷장과 옷장 서랍을 활짝 열어 놓고 옷가지들과 블라우스와 신발들을 끄집어냈다. 대부분 독일에서 가져온 것들이었다. 그녀는 바느질을 하기도 하고 시침질 한 것을 뜯어내기도 했다. 연달아 담배를 피워 물면서 양말 뭉치들과 속옷들을 끄집어냈다. 그녀는 내내 수다를 떨었는데, 전쟁 전에, 전쟁 중에, 전쟁 후에, 수용소에서, 협회의 사무실에서 남자들이 자기를 어떻게 따라다닌 이야기들을 늘어놓았다 ― 그리고 시프라 푸아에게 증언을 구했다. 그녀는 잠시 동안 바느질을 멈추고 옛날 편지들과 사진들을 증거물로 끄집어냈다.

허면은 마샤가 파티석상에서 다른 여자들보다 더 우아하고 용모가 돋보이게 성공하고 싶어하는 것을 알아챘다. 그리고 그는 마샤가 처음엔 반대했지만 결국 파티에 갈 것이라는 것을 처음부터 알고 있었다. 마샤에게는 모든 것이 드라마처럼 꾸며져야 했다.

 난방기가 갑자기 쉿 하는 소리를 내기 시작했다. 고쳐진 모양이었다. 아파트 안은 증기가 자욱해졌고, 시프라 푸아는 술 먹은 관리인이 틀림없이 아파트를 불 질러 버리려는 수작이라고 투덜거렸다. 그렇게 되면 그들은 아파트를 버리고 찬 서리 내리는 밖으로 도망쳐야 할 것이다. 연기와 석탄연기 냄새가 났다. 마샤는 욕탕에 더운 물을 채웠다. 그녀는 모든 일을 한꺼번에 해치웠다. 목욕도 했고, 히브리어, 이디시어, 폴란드어, 독일어로 된 노래들을 부르기도 했다. 놀라울 정도로 빨리 그녀는 낡은 드레스를 새것으로 갈아입고, 굽이 높은 멋진 구두와 독일에 있을 때 누군가가 선물로 준 모피 목도리를 찾아냈다.

 저녁 무렵에 눈은 그쳤으나 공기는 몹시 차가웠다. 동부 브롱크스의 거리는 모스크바나 코이비셰프의 겨울 거리와도 같았다.

 파티에 참석하지 않기로 한 시프라 푸아는, 그 홀로코스트 이후에 생존한 유대인은 그런 즐거움을 가질 자격이 없다고 투덜거리면서도 마샤의 용모를 살펴보고 좀더 고쳐 입도록 제안해 주었다. 마샤는 일에 몰두한 나머지 먹는 것도 까맣게 잊어버리고 있었다. 그래서 그녀의 어머니는 딸과 허먼을 위해 밥과 우유를 마련해 주었다. 랍비의 아내는 마샤에게 전화를 걸어 자기들이 살고 있는 웨스트 엔드 70번지까지 오는 방법을 가르쳐 주었다. 시프라 푸아는 마샤에게 스웨터나 따뜻한 속바지를 입으라고 권했지만 마샤는 귀담아 듣지 않았다. 2~3분마다 그녀는 코냑을 마구 들이켰다.

 허먼과 마샤가 집을 나설 때 밤은 벌써 성큼 다가오고 있었다. 쌀쌀한 바람이 허먼의 어깨를 꽉 붙잡는 듯했고 머리에서 모자를 벗겨냈다. 그는 날아가는 모자를 잡았다. 마샤의 파티 드레스는 바람에 펄럭거렸고 고무풍선처럼 부풀었다. 그녀는 조심스럽게 걸었는데도 부츠 한 쪽이 깊이 쌓인 눈 속에 파묻혔다. 스타킹을 신은 발이 축축하게 젖었다. 그녀가 세심하게 세팅한 그녀의 머리는 모자를 쓴 부분을 제외하고는 마치 그녀가 순식간에 나이 먹은 것처럼 눈이 덮여서 허옇게 되었다. 그녀는 한 손으로 모자를 잡고 또 한 손으로는 드레스 자락을 쥐고 있었다. 그녀는 허먼에게 뭐라고 외쳤지만, 바람소리에 흘려 잘 들리지 않았다.

고가철도역까지 걸어가는 일은 평상시 같으면 2~3분밖에 걸리지 않았지만 지금은 바람 때문에 여간 힘든 일이 아니었다. 그들이 마침내 역에 다다랐을 때는 전차가 막 역을 떠난 뒤였다. 쇠난로를 피워 따뜻한 부스 안에 앉아 있던 매표원이 눈이 쌓인 철로 위에 전차들이 갇혀 있어서 다음 열차가 언제 올지 알 수 없다고 말했다. 마샤는 후들후들 떨면서 발을 녹이기 위해 깡충깡충 뛰었다. 그녀의 얼굴은 병자같이 창백했다.

15분이 지나도 전차는 도착하지 않았다. 전차를 기다리는 승객들이 많이 모였다. 장화나 오버슈즈를 신은 남자, 도시락 통을 들고 있는 남자, 머리에 머플러를 두르고 두툼한 재킷을 입은 여자들이었다. 모인 사람들 각각의 얼굴에는 그들 나름대로 지루함이나 초조함이나 불안감을 드러냈다. 이마가 좁은 사람들, 괴로운 표정으로 응시하는 사람들, 펑퍼짐한 코에 큰 콧구멍이 난 사람들, 턱이 네모진 사람들, 가슴이 풍만하고 엉덩이가 큰 사람들 — 이들은 유토피아 따위는 있을 수 없다는 것을 강력히 반박했다. 끓어오르는 불만투성이로 바야흐로 폭발 일보 직전에 있었다. 한 번만 소리를 질러도 여기서는 폭동을 일으킬 수 있었다. 단지 한 번의 정당한 선전으로 이 사람들을 선동해서 대량학살로 몰아넣을 수 있었다.

기적을 울리며 전차가 들어왔다. 객차마다 자리가 반은 비어 있었다. 창문들은 성에가 끼어서 뿌옇다. 객차 안은 춥고 바닥은 먹다 남은 찌꺼기들과 더러워진 신문지들과 껌 등이 너절하게 흩어져 있었다.

허먼은 다음과 같이 생각했다.

"세상에 이보다 더러운 열차가 있을까? 이 안의 것들은 마치 그런 목적으로 만들어진 것처럼 음침하기 짝이 없구나."

어떤 취객이 히틀러와 유대인에 관해서 더듬거리는 말투로 일장 연설을 늘어놓았다. 마샤는 손가방에서 조그마한 거울을 꺼내어 희미한 거울 속에 비친 자신의 모습을 바라보았다. 한 발짝 밖으로 나오면 바람으로 머리가 곧 흐트러질 텐데도, 마샤는 손가락을 적시어 머리를 부드럽게 매만졌다.

전차가 지상을 달리는 동안, 허먼은 성에가 낀 차창의 일부분을 닦아내고 그 틈으로 밖을 내다보았다. 신문지들이 바람에 이리저리 나부꼈다. 식료품 장수가 자기의 가게 옆에 있는 보도 위에 소금을 뿌리고 있었다. 도랑에 빠진 자동차가 빠져나오려고 안간힘을 쓰고 있지만, 바퀴는 절망적으로 헛돌고 있을 뿐이었다. 허먼은 불현듯 자신은 훌륭한 유대인이 되어 슐칸 아루크와 게마라로 돌아가겠다고 한 결심이 갑자기 떠올랐다. 그는 그런 결심을 얼마나 많이 했던가! 그는 여러 번 세속적인 일에 침을 뱉으려고 했는데, 그럴 때마다 어긋났다. 그러나 그는 지금 파티에 가는 길이었다. 유대인 중의 절반은 고문과 살해를 당했고, 나머지 반은 파티를 열고 있다. 그는 마샤에 대한 동정심으로 가득 찼다. 마샤는 몸무게가 줄었고 창백하고 병자처럼 보였다.

허먼과 마샤가 전차에서 내려 거리로 접어든 때는 늦은 시각이었다. 세찬 바람이 얼어붙은 허드슨 강에서 불어오고 있었다. 마샤는 허먼을 꼭 붙잡았다. 그는 바람에 날아가지 않기 위해 있는 힘을 다해서 상체를 구부리고 걸어야만 했다. 눈은 눈까풀 위에도 쌓였다. 마샤는 헐떡거리면서 그에게 뭐라고 소리를 질렀다. 그의 모자는 찢어져 날아갈 것 같은 기세였다. 윗옷 자락과 바지는 다리 언저리에 아프게 감겨들었다. 그들이 랍비의 집에 도착할 수 있었던 것은 기적이었다. 허먼과 마샤는 헐떡이며 로비로 뛰어 들어갔다. 그곳은 조용하고 따뜻했다. 금빛 테두리를 한 사진 액자들이 벽마다 걸려 있고 바닥엔 양탄자가 깔려 있었다. 샹들리에 불빛들이 부드럽게 비쳤다. 소파와 안락의자들이 손님들을 기다리고 있었다.

마샤는 거울 있는 곳으로 가서 드레스와 치장이 좀 잘못된 것을 손질했다.

"만일 내가 이런 고생을 겪고도 살아날 수 있다면 난 결코 죽지 않을 거예요."

마샤가 말했다.

2

그녀는 마지막으로 머리 손질을 마치고 나서 엘리베이터 있는 곳으로 갔다. 허먼은 넥타이를 바로 잡았다. 칼라는 목 주위가 헐거웠다. 몸 전체를 비칠 수 있는 거울에는 그의 모습과 복장의 잘못된 곳들이 다 비쳐졌다. 등은 굽었고 여윈 모습이었다. 그는 체중이 줄었다. 외투와 옷이 그에게 너무 커보였다. 엘리베이터 운전원은 엘리베이터 문을 열기 전에 잠깐 머뭇거렸다. 랍비의 집 층에 멈췄을 때, 그는 허먼이 초인종을 누르자 의심스럽다는 듯이 바라보았다.

아무도 나타나지 않았다. 허먼은 사람들이 이야기하는 시끄러운 소리와 아파트 안에서 들려오는 랍비의 큰 목소리를 들을 수 있었다. 잠시 후, 흰 앞치마와 흰 모자를 쓴 흑인 가정부가 나타나 문을 열었다. 그 가정부 뒤로 랍비의 아내가 서 있었다. 그녀는 키가 크고 위엄 있는 여자인데, 남편보다도 커보였다. 그녀는 물결처럼 웨이브로 된 금발에 들창코였고, 황금빛 드레스를 입었고 보석류로 장식을 했다. 이 부인의 주위에서 풍기는 모든 것이 앙상하고 날카롭고 길고 이방인처럼 보였다. 그녀는 허먼과 마샤를 내려다보았고, 그녀의 눈에는 빛이 번뜩였다.

갑자기 램퍼트가 나타났다.

"여기들 와 있군요!"

그는 큰 소리로 외쳤다. 그리고 그는 양손을 뻗어 허먼과 마샤에게 각각 한 손씩 내미는 동시에 마샤에게는 키스를 했다.

랍비가 외쳤다.

"마샤는 정말 미인이야. 허먼은 미국에서 제일 예쁜 미녀를 붙들었단 말이오. 아일린, 마샤를 좀 보구려!"

"자, 코트를 주세요. 정말 춥죠? 무사히 오지 못할까 봐 걱정했어요. 남편이 당신들 이야기를 참 많이 했어요. 와 줘서 정말 기쁘군요."

랍비는 마샤와 허먼을 팔로 끌어안고 거실로 안내했다. 그는 사람들을 헤치고 가면서 그들을 소개했다. 희미한 연기 사이로 허먼은 숱이 많은 머리 꼭대기에 스컬캡을 아슬아슬하게 쓰고 있는 깨끗이 면도한 남자들과, 동시에 스컬캡을 쓰지 않은 남자들, 염소수염을 길렀거나 턱수염을 텁수룩하게 기른 남자들을 보았다. 여자들의 머리색은 그녀들의 드레스의 색조만큼이나 다양했다. 그는 영어, 히브리어, 독일어, 그리고 불어까지도 들었다. 향수, 술, 그리고 잘게 썬 간요리 등의 냄새가 풍겼다.

하인의 우두머리가 새로 도착한 손님들에게 와서 어떤 음료를 원하는지 물었다. 랍비는 마샤를 바 있는 곳으로 데려가는 바람에 허먼은 뒤에 남게 되었다. 그는 마샤의 허리에 손을 얹고 마치 춤을 추는 것처럼 데리고 갔다. 허먼은 아무 데라도 앉았으면 했다. 그러나 빈 의자를 찾을 수 없었다. 가정부가 그에게 별난 생선 요리, 얇게 저며 익힌 냉육, 찐 달걀 그리고 크래커 등을 갖다 주었다. 그는 이쑤시개로 반 조각의 달걀을 찍어 먹으려고 했지만 미끄러져 나갔다. 사람들이 큰 소리로 떠드는 바람에 그는 귀가 멍멍거렸다. 한 부인이 깔깔 웃었다.

허먼은 여태껏 미국식 파티에 참석해 본 적이 없었다. 그는 손님들이 자리에 앉고 음식이 나올 것이라고 예상했었다. 그러나 앉을 방도 없거니와 음식도 나오지 않았다. 어떤 사람이 그에게 영어로 말을 걸었지만, 귀가 멍멍할 정도의 소음 때문에 그 말을 알아들을 수 없었다. 마샤는 도대체 어디로 갔을까? 그녀는 사람들 사이로 사라진 것 같았다. 그는 그림 앞에 서서 특별한 이유도 없이 멀거니 그것을 쳐다보고 있었다.

그는 안락의자와 소파 몇 개가 있는 방으로 들어갔다. 벽마다 방바닥에서 천장에 이르기까지 책들이 쌓여 있었다. 몇몇 남녀가 술잔을 손에 들고 빙 둘러 앉아 있었다. 구석에 빈 의자가 하나 있길래 허먼은 거기로 가서 털썩 앉았다. 그들은 책을 저술하기 위해 5천 달러의 보조금을 받은 한 교수와 대화를 토론하고 있었다. 그들은 그와 그의 저작을 비웃는 것 같았다. 허먼은 대학, 재단, 장학기금제도, 보조금 그리고 유대 문헌들, 사회주의와 역사와 심리학에 관한 출판물 서적들에 관한 이름들을 이야기하는 소리를 들었다. '이 여자들은 어떤 여자들일까? 어떻게 이렇게 해박한 지식을 가지고 있지?' 하고 허먼은 생각했다. 그는 자기의 남루한 옷에 대해서 자신을 의식하고 그들이 자기를 그들의 대화에 참여시키면 어쩌나 하고 걱정을 했다. '나는 저기에 끼고 싶지 않아. 나는 탈무드 편집자로 남는 것이 좋을 듯하군' 하고 그는 생각했다. 그는 자기가 앉아 있던 의자를 들어 그 모임으로부터 멀리 떨어져 있도록 옮겼다.

책을 읽기 위해서 그는 플라톤의 《대화편》을 서가에서 꺼냈다. 그 책을 되는 대로 펼치다 보니 〈파이돈〉에 이르렀다. 거기에는 이렇게 씌어 있었다.

　　진실로 철학에 관계하고 있는 사람들은 어떻게 죽고 또 어떻게 죽느냐 하는 문제를 실제로 연구하고 있는 것 같지는 않다.

그는 두서너 페이지를 다시 넘겨 〈소크라테스의 변명〉에 이르렀다. 그의 시선은 다음과 같은 말에 쏠렸다.

　　보다 훌륭한 사람이 보다 못난 사람에게 해를 입는다는 것은 자연에 위배되는 일이라 나는 믿기 때문이다.

이 말은 정말 그런 것인가? 나치가 수백만의 유대인을 살해한 것은 자연에 위배된 것이란 말인가?

하인이 문간으로 와서 허먼이 알아들을 수 없는 말을 했다. 방 안의 모든 사람들이 일어나 방을 나갔다. 허먼은 혼자 남게 되었다. 그는 나치당원들이 뉴욕에 있다고 상상했다. 그러나 어떤 사람이 — 아마 이 랍비까지도 — 이 서재에 들어앉게 했다. 벽에 난 창구를 통해 그에게 음식이 제공될 것이다.

낯이 익어 보이는 한 사람이 출입구에 나타났다. 그는 약식 야회복을 입은 작은 남자였다. 그의 눈웃음에는 여유와 장난기가 어려 있었다.

"내가 누구를 보고 있지? 사람들의 말대로 정말이지 좁은 세상이구나."

그는 이디시어로 말했다.

허먼은 일어섰다.

"날 알아보시지 못하겠습니까?"

"여기는 너무 혼란스러워서 —."

"페셸레스! 나단 페셸레스! 몇 주 전에 당신의 아파트에 갔었죠."

"예, 기억납니다."

"왜 혼자 앉아 계십니까? 책을 읽으시려고 이리 오신 겁니까? 저는 당신이 랍비 램퍼트를 알고 있는 줄은 미처 몰랐군요. 하지만 그를 모르는 사람이 있나요? 왜 음식을 들지 않으십니까? 다른 방에서 카페테리아식 음식을 접대하고 있어요. 뷔페식으로 음식을 드실 수 있을 겁니다. 부인은 어디 계십니까?"

"어딘가 있을 겁니다. 그녀를 놓쳐 버렸어요."

허먼은 이 말을 하는 순간, 페셸레스가 마샤에 관해서가 아니라 야드비가에 관해서 이야기하고 있다는 것을 깨달았다. 허먼이 두려워했던 파국이 내려진 것이다. 페셸레스는 그의 팔을 붙잡았다.

"자, 같이 찾아봅시다. 내 아내는 오늘 밤 오지 못할 거요. 그녀는 감기에 걸렸거든요. 어딘가 가기만 하면 병이 생기는 여자들이 있지요."

페셸레스는 허먼을 거실로 데리고 갔다. 사람들은 손에 그릇을 들고 서서 먹고 잡담하고 있었다. 몇몇 사람들은 자리가 나는 곳이라면 어디라도 상관없이 창턱이나 난방기 위에 앉았다. 페셸레스는 허먼을 식당 있는 쪽으로 데리고 갔다. 많은 사람들은 음식이 차려져 있는 긴 식탁 주위에 떼 지어 있었다. 허먼은 마샤를 발견했다. 그녀는 키가 작은 남자와 같이 있었다. 그는 그녀의 팔을 잡고 있었다. 그는 마샤에게 무척 재미있는 말을 하고 있었음이 틀림없다. 왜냐하면 마샤는 큰 소리로 웃고 손뼉까지도 치고 있었기 때문이다. 마샤는 허먼을 보고 그가 붙잡은 팔에서 빠져나와 허먼 쪽으로 왔다. 그녀의 동반자도 따라왔다. 마샤는 얼굴을 붉혔고 그녀의 눈은 생기 있게 빛났다.

"여기 오랫동안 행방불명이 된 내 남편이 있군요!"

그녀는 외쳤다. 그리고 마치 허먼이 여행에서 막 돌아온 것처럼 그의 목을 팔로 끌어안고 키스를 했다. 그녀의 숨결에서 술 냄새가 풍겼다.

"이쪽이 내 남편이에요. 이쪽은 야샤 코티크라고 해요."

마샤는 자기가 여태까지 말을 하고 있던 남자를 가리키면서 말했다. 그는 낡은 접은 옷깃을 단 유럽식 턱시도를 입고 있었다. 바지 양쪽은 넓은 공단 줄무늬 천으로 장식되어 있었다. 검은 머리는 가르마를 탔고 머릿기름을 발라서 반들반들했으며, 코는 구부러져 있고 턱은 길게 갈라져 있었다. 그의 젊은 티가 나는 모습은 주름살이 있는 이마와 선을 그은 듯한 입과 이상할 정도로 대조적이었다. 입은 웃을 때마다 의치를 한 것이 드러났다. 그의 응시하는 시선이나 미소나 몸짓은 무언가 조롱하는 듯했고 짓궂은 장난기가 보였다. 그는 팔을 구부리고 서 있었다. 마치 마샤를 또다시 에스코트해주기 위해 기다리는 것처럼. 그가 입술을 오므리자 얼굴에 많은 주름살이 생겼다.

"그래, 이분이 당신의 남편이라구요?"

그는 예의 없게 한쪽 눈썹을 치켜뜨면서 물었다.

"허먼, 야샤 코티크는 내가 말했던 배우예요. 수용소에서 우리들은 같이 있었어요. 난 이 사람이 뉴욕에 있으리라고는 생각도 못했어요."

"누군가 그녀는 팔레스타인으로 갔다고 말했어요. 나는 그녀가 웰링월(예루살렘의 통곡의 벽)이나 레이첼 무덤 근처 어딘가에 있을 거라고 생각했지요. 내가 둘러보니 그녀는 랍비 램퍼트의 거실에 서서 술을 먹고 있었어요. 이것이 미국입니다. 미치광이 콜럼버스, 하!"

야샤 코티크가 허먼에게 말했다.

그는 엄지손가락과 집게손가락으로 권총을 만지는 척하면서 금방 총을 쏠 것 같은 자세를 취했다. 그의 몸 전체는 곡예사처럼 기민하게 움직였다. 그는 얼굴을 찌푸리기도 하고 흉내내기도 하며 조롱하기도 하면서 끊임없이 표정을 지어 보였다. 그는 일부러 한쪽 눈은 놀란 듯 치켜떴고 또 다른 한쪽 눈은 우는 것처럼 떨구었다. 콧구멍은 벌름거렸다. 허먼은 그에 대해서 마샤로부터 많은 이야기를 들어 왔었다. 들은 바에 의하면, 그는 자신의 무덤을 파면서도 농담을 했기 때문에 나치당원들이 그걸 보고 재미가 있어서 그를 놓아 주었다고 했다. 동시에 그의 익살 때문에 볼셰비키로부터도 특별대우를 받았다는 것이었다. 그는 그의 교수형과 관련된 농담과 익살스런 몸짓으로 수많은 위험을 극복할 수 있었다. 마샤는 야샤가 자신을 사랑했지만 자신은 그를 낙담시켰다고 뽐내기도 했다.

"당신이 남편이고 그녀가 아내라구요? 어떻게 그녀를 붙들었습니까? 나는 그녀를 찾기 위해 세상 곳곳을 헤매었는데 당신은 쉽사리 그녀와 결혼을 했군요. 누가 당신에게 그런 권리를 주었습니까? 그건 지나친 제국주의군요. 내게 사과하셔야겠습니다."

코티크가 허먼에게 말했다.

"당신은 여전히 익살스럽군요. 난 당신이 아르헨티나에 있다는 이야기를 들은 것 같은데요."

마샤가 말했다.

"아르헨티나에 있었죠. 내가 있지 않은 장소가 어디 있나요? 비행기 덕분이었어요. 앉아서 술잔을 비우고 클레오파트라를 꿈꾸며 코를 골기 전에 남미에 있는 거죠. 여기선 셰부트(칠칠절 또는 오순절. 유대인의 3대 절기 중 하나)에 사람들은 코니 아일랜드에서 수영을 해요. 그러나 거기서는 셰부트에 불기가 없는 아파트에서 덜덜 떨고들 있죠. 날이 추울 때 맛보는 셰부트의 유제품은 얼마나 맛있다고요! 하누카에는 더위에 지치고, 모두들 마르 델 플라타로 열을 식히러 가요. 그렇지만 카지노에 몰두해서 돈이라도 잃어버리면, 또다시 후끈 더워지지요. 당신은 그에게

서 어떤 점을 보고 그와의 결혼을 결심하게 되었나요? 예를 들면, 그는 내게 없는 것이라도 있었나요? 알고 싶어요."

야샤 코티크는 어깨를 으쓱 치켜 올리며 자신의 질문을 강조해 마샤에게 말했다.

"그 사람은 진지한 사람이에요. 당신은 귀찮게 하는 사람이고요."

마샤는 대답했다.

"당신이 이곳에서 가진 게 무엇인지 알고 있습니까? 그녀는 단순히 여자가 아닙니다. 그녀는 내가 천국에서 왔는지 지옥에서 왔는지 아직도 분간 못 하게 하는 선동자지요. 그녀의 기지는 우리 모두를 생동감 있게 만들었죠. 가령 스탈린이 수용소를 방문했더라면, 그녀는 분명히 그 사람도 납득시켰을 거요. 모셰 페이퍼에게는 무슨 일이라도 생겼나요?"

야샤 코티크는 마샤를 가리키며 허먼에게 말을 걸었다.

야샤는 마샤를 돌아보며 물었다.

"나는 당신이 그와 가 버렸는 줄 알았어요 —."

"그 사람하고요? 당신 뭐라고 하는 거예요? 술에 취했어요? 아니면 나와 남편 사이에 단지 싸움을 붙이고 싶어서 그러는 거예요? 저는 모셰 페이퍼에 관해서는 아무것도 모르고 또 알고 싶지도 않아요. 당신이 말하는 투로 보면 사람들이 그와 내가 연인이었던 걸로 생각할 것 같군요. 그는 부인이 있고, 누구나 다 그걸 알고 있었어요. 만일 그 두 사람 모두 살아 있다면 틀림없이 함께 지낼 거예요."

"어, 나는 한 마디도 하지 않았는데요. 당신이 질투할 건 없어요. 저기, 참 성함이 어떻게 되지요? 브로더? 브로더 씨라 부르죠. 전쟁 중에 우리들은 모두 다 비인간적이었어요. 나치당원들은 유대인의 지방으로 비누 — 깨끗한 비누를 만들었으니까요. 그리고 볼셰비키 당원들에게는 우리들이 혁명을 수행하는 데 밑거름이 된 셈이지요. 당신은 밑거름으로부터 무엇을 기대할 수 있습니까? 만일 그것이 내 임무였다면 나는 달력에서 그 세월들을 지워 버리겠어요."

"이 사람, 꽤 많이 취했군."

마샤는 중얼거렸다.

3

페셀레스는 사람들이 이야기를 하는 동안 한 발짝 뒤로 물러나 있었다. 그는 놀란 나머지 눈썹을 치켜떴고, 최후에 내놓을 으뜸 패를 지니고 놀이하는 사람처럼 참을성 있게 기다리고 있었다. 그의 입술도 없는 듯한 입에는 미소가 굳어졌다. 허먼은 너무 당황한 나머지 그에 관해서는 까맣게 잊어버리고 있었다. 이제 허먼은 그에게로 돌아섰다.

"마샤, 이분은 페셀레스 씨야."

"페셀레스요? 페셀레스라는 분을 만난 적이 있는 것 같아요. 러시아나 폴란드에서. 지금은 어디에선지 기억나지 않는군요."

마샤가 말했다.

"저의 가족은 적습니다. 아마 페셰라고 하든가 아니면 페셀레라고 불리는 할머니가 있었을 거요. 저는 브루클린에 있는 코니 아일랜드에서 브로더 씨를 만났습니다만 — 잘 모르겠습니다."

페셀레스는 킥킥 웃으면서 불쑥 마지막 말을 내뱉었다. 야샤 코티크는 연분홍색 손톱으로 머리를 짓궂게 긁적였다.

"코니 아일랜드라고요? 제가 전에 거기서 연극에 나온 적이 있습니다. 아니, 그러려고 했지요. 뭐라고 했지? 아, 맞아, 브라이튼이었어. 극장이 온통 노파들로 메워졌었지. 미국 어디에서 그렇게들 몰려들었을까? 그들은 귀가 멀었을 뿐만 아니라 이디시어를 잊고 있더군요. 제가 하는 말을 듣지도, 이해도 못 하는 관중들 앞에서 어떻게 희극 연기를 할 수 있겠어요? 자칭 지배인이라는 사람이 계속해서 제게 성공에 대해서 귀를 기울이게 했어요. 양로원에라도 가서 성공해 보라는 것이었습니다! 보시다시피, 저는 40년 동안 이디시어 연예 사업에 종사해 왔습니다. 내가 열한 살 때 시작했죠. 바르샤바에서 공연을 못하게 했을 때, 저는 로츠, 빌나, 이시쇼크로 갔어요. 저는 빈민지구에서도 공연을 했습니다. 귀머거리 같은 청중보다는 굶주린 청중들이 더 좋았죠. 뉴욕에 왔을 때는 배우 협회에서 오디션을 받았습니다. 간부들이 카드놀이를 하면서 저를 쳐다보고, 제게 커니 렘블을 연기하라고 했어요. 저는 해내지 못했어요. 용어선택이 문제였으니까요. 간단히 말하면 전 지하실에서 루마니아 식당을 경영하는 남자를 만났어요. 그는 '나이트 스포트 카바레'라고 불렸죠. 유대계의 전 트럭 운전수들이 이교도의 여자들을 데리고 오는 곳입니다. 모두 칠십이 넘은 남자들이에요. 그들에겐 부인과 교수가 된 손자들이 있죠. 부인네들은 값비싼 밍크코트를 입고 있고, 이 야샤 코티크는 그들에게 여흥을 베풀어 줘야 합니다. 저의 장기는 영어가 서툰 대신 이디시어를 자유자재로 구사하는 것이죠. 그 덕분에 가스실에도 들어가지 않고 카자흐스탄에서 스탈린 동지를 위해 누워 죽는 것을 거절해서 얻게 된 것입니다. 이젠 글렀어요! 미국에 와서 관절염에 걸리고 심장 기능이 나빠지기 시작했거든요. 페셀레스 씨, 무슨 일을 하십니까? 사업가십니까?"

"어느 것이든 상관있습니까? 저는 당신한테서 아무것도 빼앗고 싶지 않습니다."

"그냥 가져가세요!"

"페셀레스 씨는 부동산 거래를 한답니다."

허먼이 말했다.

"제게 집 한 칸 정도 마련해 주실 수 있겠군요? 저는 벽돌 한 장 손해 보지 않도록 보증서를 써 드리겠습니다."

야샤 코티크는 말했다.

"우리가 무엇 때문에 여기 서 있는 거죠? 가서 뭣 좀 드세요. 솔직히 말해서, 야셸레, 당신은 조금도 변함이 없군요. 여전히 부적임자예요."

마샤가 말을 가로막았다.

"당신은 아주 예뻐졌어요."

"결혼한 지 얼마나 되셨나요?"

페셸레스는 마샤에게 물었다.

마샤는 눈살을 찌푸렸다.

"이혼을 생각해 볼 정도로 오래되었어요."

"어디서 사시나요? 역시 코니 아일랜드에서?"

"무엇 때문에 코니 아일랜드에 관한 말씀을 계속 하시는 거죠? 코니 아일랜드에 무슨 일이라도 생겼나요?"

마샤는 의심스러운 듯이 물었다.

"자, 마침내 왔군"

허먼은 중얼거렸다. 예상했던 파국이 실제보다 더 나쁘다는 것을 안 그는 놀랐다. 그러나 그는 아직도 서 있었다. 기운이 빠진 것은 아니었다. 야샤 코티크는 한 눈을 감고 코를 움직였다. 페셸레스는 한 발짝 더 다가섰다.

"거짓말은 아닙니다, 부인 — 내가 당신을 뭐라고 부르면 좋을까요? 저는 코니 아일랜드의 브로더 씨 댁에 있었습니다. 거기가 몇 가(街)였지? 머메이드와 넵튠 사이였던가? 저는 개종한 여자가 그의 아내라고 생각했습니다. 그가 그곳에 작고 예쁜 아내를 두고 있었단 말입니다. 말씀드리지만, 전 이러한 풋내기 새 이민자들이 어떻게 살아야 하는지 알고 있습니다. 미국에서는 결혼을 하게 되면 좋든 나쁘든 그 상태로 살게 됩니다. 그렇지 않으면 이혼을 하고 위자료를 지불하게 되지요. 만일 지불하지 않으면 형무소에 가게 되고요. 또 다른 예쁘고 작은 부인이, 타마라? 타마라 브로더? 그녀는 어떻게 된 겁니까? 나는 그녀의 이름을 공책에다 적어 놓기까지 했지요."

"타마라가 누구예요? 죽은 당신의 아내가 타마라 아니었나요?"

마샤가 물었다.

"죽은 내 아내가 미국에 있소."

허먼이 대답했다. 말할 때 무릎이 떨렸고 위가 아팠다. 그는 결국 쓰러지게 될 것인지, 어떤지를 자신에게 물었다.

마샤의 얼굴은 화가 난 표정이었다.

"죽은 당신의 아내가 소생했나요?"

"그런 것 같아."

"이스트 브로드웨이에 살고 있는 그녀의 백부 댁에서 만났던 사람이 그녀였나요?"

"그래, 맞아."

"당신은 그녀가 늙고 추하다고 말했어요."

"남자들은 누구나 아내를 두고 다 그렇게 말하는 거요."

야샤 코티크는 웃으면서 말했다. 그는 혀끝을 내밀고 한눈을 굴렸다. 페셀레스는 자기의 턱을 쓰다듬었다.

"난 누가 거짓말을 했는지 현재로선 알 수 없군요. 나인지, 아니면 그 밖의 다른 사람인지. 내가 코니 아일랜드에 있는 쉬레이어 부인을 찾아갔을 때 그 부인은 위층에 있는 부인의 이야기를 들려주었소. 그녀는 유대교로 개종했고 당신이 그녀의 남편이라는 이야기였지요. 그녀는 당신을 저술가, 랍비 등등의 인물처럼 묘사하고, 당신이 책을 판다고 말했습니다. 나는 문학에 관한 것이라면 이디시어이건 히브리어이건 터키어이건 가리지 않고 다 좋아하지요. 그녀는 이런저런 이야기를 하면서 당신을 한껏 칭찬했어요. 나는 서재가 있고 고서와 희귀본을 수집하기 때문에 당신으로부터 얼마간의 책을 살 수 있을 것이라 생각했습니다. 자, 타마라가 누구입니까?"

그는 허먼에게 몸을 돌려 말했다.

"페셀레스 씨, 난 당신이 원하는 게 무엇이며 다른 사람들의 일에 간섭하는 이유를 모르겠군요. 부정한 일이 있다고 생각된다면 왜 경찰에 신고하지 않습니까?"

허먼이 말했다.

말하는 그의 눈앞에서 불꽃이 번쩍거리는 듯했다. 그 불꽃들은 천천히 그의 눈앞에서 선을 그리며 왔다 갔다 했다. 그것은 그가 어렸을 때부터 경험해서 기억하고 있는 현상이었다. 그 작은 불똥들은 그의 눈 안에 숨어 있다가 비상시에 언제든지 나타날 수 있는 것만 같았다. 불똥 하나가 옆쪽으로 이동하지만 사라지지 않고 뒤쪽 허공에 떠 있었다. '사람이 현기증을 느끼면서 버티고 서 있을 수 있을까?' 라고 허먼은 생각했다.

"어떤 경찰이요? 무슨 이야기를 하고 계시는 겁니까? 저는 사람들이 말하는 하느님의 코사크 기병(코사크 사람, 카자흐 기병)이 아닙니다. 제가 말할 수 있는 것은, 당신은 하렘 전체를 가질 수 있을 만한 사람이라는 겁니다. 당신은 저와 같은 세계에는 살지 않습니다. 제가 당신을 도와드릴 수 있을 거라고 생각합니다. 어쨌거나 당신이 망명자나 개종한 폴란드 여자라고 하는 것은 아무렇지도 않으니까요. 그들은 당신이 이곳저곳 다니며 백과사전을 판다고 말하더군요. 당신을 만나고 난 2~3일

후에 저는 어느 병원에서 부인병으로 수술을 받은 한 여자를 만나게 되었습니다. 그녀는 제 옛 친구의 딸이죠. 저는 병실에 들어가서 당신의 타마라를 보았습니다. 같은 방을 쓰고 있더군요. 타마라는 엉덩이에 박혀 있던 총알을 뺐습니다. 뉴욕은 전 세계에서도 매우 거대한 도시지만, 또한 작은 마을이기도 하지요. 그녀는 당신의 아내라고 하더군요 — 아마 혼수상태에서 이야기한 걸 거예요.

허먼이 대답하기 위해 입을 떼었을 때 랍비가 들어왔다. 랍비의 얼굴은 술이 취해서 불그스레했다.

"당신들이 어디 있는지 찾아 헤맸는데 여기들 계셨군요! 당신들 모두 서로 알고 있습니까? 내 친구 나단 페셀레스는 여러분을 알고 있고, 여러분들도 그를 알죠. 마샤, 파티에 참여한 여자들 중에서 당신이 제일 아름다워요! 난 유럽에 이렇게 사랑스런 여자를 남겨두고 왔는지 전혀 몰랐소. 야샤 코티크도 여기 있었군요!"

랍비가 외쳤다.

"당신이 알기 전부터 저는 마샤를 알고 있었습니다."

야샤 코티크가 말했다.

"그러면 내 친구인 허먼은 그녀를 내게 숨겨 왔군."

"더 많은 여자를 숨겨 두었을걸."

페셀레스가 익살스럽게 덧붙였다.

"그렇게 생각하나? 당신 잘 알고 있군. 내가 보기에는 그 친군 순진한 양 같아. 거세된 남자라고 생각했어."

"나도 그렇게 되었으면 좋겠네."

페셀레스는 말을 가로막았다.

"당신은 페셀레스 앞에서는 속일 수 없을 거야. 저 친군 여러 곳에 스파이들을 가지고 있으니까. 도대체 무엇을 알고 있는지? 내게도 가르쳐 주게."

랍비는 웃으며 말했다.

"나는 남의 비밀을 폭로하는 사람이 아닐세."

"자, 뭣 좀 먹도록 하죠. 식당으로 갑시다. 모두 이제 줄을 서도록 하자구요."

"잠깐 실례하겠습니다. 랍비, 금방 돌아올게요."

허먼은 갑자기 불쑥 말했다.

"어딜 그리 급히 가나?"

"곧 돌아오겠습니다."

허먼은 급하게 걸어 나가자, 마샤가 그의 뒤를 재빨리 따라왔다. 그들은 사람들이 많은 틈을 밀치며 나갔다.

"따라오지 마. 곧 돌아올 테니까."

허먼은 말했다.

"이 페셀레스는 누구예요? 타마라는 누구죠?"

마샤가 그의 소매를 잡으면서 물었다.

"미안해, 이것 좀 놔 줘!"

"솔직하게 대답해요!"

"토할 것 같아."

그는 마샤를 뿌리치고 화장실을 찾아 나섰다. 그는 사람들과 부딪쳤고, 사람들도 허먼을 밀쳤다. 허먼은 가다가 어떤 여자의 티눈을 밟았기 때문에, 그녀는 큰 소리를 질렀다. 복도로 나오니 담배연기가 자욱한 사이로 여러 개의 문들이 보였다. 그러나 어느 것이 화장실로 들어가는 문인지 알 수 없었다. 그는 머리가 빙빙 도는 것 같았다. 바닥은 배처럼 흔들렸다. 문이 하나 열리고 어떤 사람이 화장실 밖으로 나왔다. 허먼은 급히 들어가다 밖으로 나오고 있는 또 다른 사람과 부딪쳤다. 그는 화가 나서 허먼에게 호통을 쳤다.

　허먼은 화장실 변기에다 토했다. 그의 귀는 윙윙거렸고 관자놀이는 망치로 때리는 것처럼 울렸다. 자꾸만 토하다 보니 뱃속에서 쓴물과 온갖 잡것들이 다 나왔다. 토할 때마다 그의 위가 비워지는 것처럼 느껴졌다. 그는 종이타월로 입을 닦았다. 위가 쓰려왔다. 그는 끙끙거렸고 구역질났다. 몸이 점점 아래로 숙여졌다. 그는 마지막으로 한 번 토하려고 일어섰다. 진이 쭉 빠졌다. 누군가 문을 두드렸고 안으로 들어오려고 했다. 그는 토사물로 얼룩진 벽이랑 마루를 닦아야 했다. 그는 거울에 비친 자신의 창백한 얼굴을 보았다. 그는 걸려 있던 핸드 타월을 집어 들고 재킷의 깃을 닦았다. 그는 창문을 열어 나쁜 냄새를 빼려고 했으나 그럴 힘이 없었다. 애를 쓴 끝에 창문을 열었다. 창틀에는 눈이 얼어붙어 있고 고드름이 매달려 있었다. 허먼은 숨을 크게 들이쉬었고, 맑은 공기는 그에게 힘이 생기게 했다. 다시 한 번 허먼은 문이 덜컹거릴 정도의 문 두드리는 소리를 들었다. 그는 문을 열었고 마샤가 서 있는 것을 보았다.

　"문이 부서지라구 그러는 거야?"

　"의사를 부를까요?"

　"필요 없어. 여기서 나가자구."

　"당신 꼬락서니 좀 봐요."

　마샤는 핸드백에서 손수건을 꺼냈다. 그를 닦아 주며 그녀는 물었다.

　"당신은 부인이 몇이나 돼요? 셋?"

　"열."

　"당신이 나를 부끄러워하는 것처럼 하느님께서는 당신을 부끄러워하시겠군요."

　"나는 집으로 가지."

허먼이 말했다.

"어서 가요, 그 시골뜨기한테로요. 나한테는 말고요. 우리 사이는 모두 끝났어요."

마샤가 대꾸했다.

"끝난 건 끝난 거구."

마샤는 거실로 돌아갔다. 그리고 허먼은 그의 코트와 모자, 덧신을 찾으러 갔으나 어디에 있는지 찾을 수 없었다. 그에게서 그것들을 받아든 랍비의 부인도 보이지 않았다. 가정부도 어디 있는지 보이지 않았다. 허먼은 사람들이 가득 모인 홀로 들어가 서성거렸다. 그는 한 남자에게 코트가 어디 있는지 물어보았으나 그는 단지 그의 어깨를 으쓱해 보였다. 허먼은 서재로 들어가서 안락의자에 앉았다. 테이블에는 누군가가 먹다 남긴 위스키 반 잔과 샌드위치가 놓여 있었다. 허먼은 빵과 냄새나는 치즈, 남은 위스키를 다 먹어 치웠다. 방이 회전목마를 탄 것처럼 빙글빙글 돌기 시작했다. 점과 선들이 그의 눈앞에서 깜빡거렸고, 때때로 그가 손가락으로 눈꺼풀을 누르고 있을 때는 강렬한 색깔들이 보였다. 모든 것이 희미했고, 흔들거렸으며, 다르게 보였다. 사람들은 출입구에서 얼굴을 내밀며 들여다보았지만 그는 제대로 볼 수 없었다. 사람들의 얼굴도 흔들렸다. 누군가가 허먼에게 말을 걸었지만 허먼은 귀에 물이 차 있는 것처럼 느껴졌다. 그는 폭풍이 이는 바다에서 파도에 흔들렸다. 이 혼돈 속에서 어떤 질서가 있다는 것은 희한했다. 그의 눈에 비친 형태는 모두가 비뚤어졌지만 기하학적으로 보였다. 색채들은 빨리빨리 변했다. 마샤가 서재에 들어왔을 때 그는 그녀를 알아보았다. 마샤는 손에 술잔을 들고 그에게로 와서 말했다.

"아직 안 갔어요?"

허먼은 마샤의 말소리가 멀리에서 들려오는 것 같았다. 그의 청각의 변화와 감정의 허약함에 놀랐다. 마샤는 의자를 끌어 당겨 거의 그의 무릎에 닿을 정도로 가까이 앉았다.

"이 타마라가 누구죠?"

"아내가 살아 있어. 미국에 살고 있지."

"우린 끝났지만요. 그래도 난 당신이 이번만큼은 내게 솔직하게 말해야 한다고 생각해요."

"그게 사실이야."

"페셀레스는 누구예요?"

"몰라."

"랍비 램퍼트가 내게 일자리를 마련해 주었어요 — 회복기 환자의 요양소의 관리인이요. 월급은 주당 75달러고요."

"당신 어머니는 어떻게 하구?"

"어머니를 위해 거기에 방을 하나 얻었어요."

허먼은 이 말의 뜻을 모두 이해했다. 그러나 더 이상 신경 쓰지 않았다. 그는, 자의식이 없는 상태를 만들어내는 '지체의 붕괴' 라는 하시디즘(18세기 초기 폴란드계 유대인이나 우크라이나 유대인들 사이에 널리 퍼졌던 종교운동)적인 묘사의 구절을 경험하는 것처럼 여겨졌다. '항상 이런 식일 수 있을까!' 라는 생각도 했다.

마샤는 잠시 기다렸다. 그리고 말했다.

"당신은 이렇게 되길 원했죠. 계획적이었어요. 난 앞으로 노인들과 환자들하고 함께 집에 틀어박혀 살겠어요. 왜냐하면 유대인 여자들을 위한 수녀원은 없고, 어머니가 돌아가시기 전까지 난 수녀가 될 수 없으니까요. 어머니가 돌아가시면 이 희극은 완전히 끝이 날 거예요. 무엇을 해줄까요? 협잡꾼으로 태어난 건 당신의 잘못이 아니에요."

마샤는 자리를 떴다. 허먼은 머리를 위자 등에 기댔다. 그는 어딘가에

눕고 싶었다. 사람들이 얘기하는 소리, 웃음소리, 발자국 소리, 그리고 접시와 유리그릇의 달가닥거리는 소리가 들렸다. 점점 정신이 들기 시작했다. 방이 돌아가는 느낌이 없어졌다. 의자도 제대로 서 있었다. 그는 마음도 안정을 찾기 시작했다. 그러나 그의 무릎은 여전히 힘이 없었고 입 안의 씁쓸한 쓴맛도 그대로였다. 약간 배고픔도 느끼기까지 했다.

허먼은 페셀레스와 야샤 코티크를 생각했다. 그가 이러한 고난에서 벗어난다고 해도 다시는 랍비 램퍼트의 일을 할 수 없을 것이라는 것은 분명한 사실이었다. 이런 혼란 속에서도 인간의 행동을 지배하는 힘에 의한 질서가 존재했다. 랍비는 마샤를 그로부터 빼앗으려고 했다. 그는, 그런 직업에 경험이나 훈련도 받지 않은 여자에게 주급 75달러의 일자리를 만들어 줄 리가 없다. 게다가 그녀의 모친에게도 매주 75달러씩이나 들여가면서 그녀를 돌보아 주겠다고 할 리도 없을 것이다.

허먼은 갑자기 야샤 코티크가 모세 페이퍼에 대해 한 이야기가 떠올랐다. 파티는 그가 집착하고 있던 마샤에 대한 환상들을 무참히 무너뜨렸다. 그는 오래 기다렸으나 마샤는 돌아오지 않았다. '누가 알겠어? 그녀가 경찰을 부르러 가버렸는지?' 라고 그는 상상했다. 자기가 체포되어 엘리스 아일랜드(뉴욕 항의 작은 섬으로 그 당시 이민 검역소가 있었음)로 보내지고, 거기서 또 폴란드로 추방되는 장면도, 그는 공상했다.

페셀레스가 그의 앞에 섰다. 그는 허먼을 쳐다보며 그의 고개를 한쪽으로 기울이고 조롱하듯 말했다.

"아, 여기 계셨군요! 사람들이 찾고 있어요!"

"누가요?"

"랍비와 그의 부인이요. 당신의 마샤는 아름다운 여자더군요. 멋져요. 당신은 그 여자들을 어디서 찾으셨습니까? 악의로 말하는 것은 아니지만, 내게는 당신이 아무것도 아닌 것 같은데요."

허먼은 대답하지 않았다.

"어떻게 하실 거요? 그 방법을 정말 알고 싶군요."

"페셀레스 씨, 나를 부러워할 필요는 없습니다."

"왜 없어요? 브루클린에서는 이교도인 여자가 당신을 위해 개종을 했습니다. 당신은 여기서도 그림처럼 아름다운 여자가 있어요. 그리고 타마라는 이러한 상황에 대해 아무렇지 않게 보이고요. 당신에게 해를 끼치려는 의도는 아니지만, 저는 랍비 램퍼트에게 당신 때문에 개종한 그 이교도인 여자에 대해 이야기를 했습니다. 그리고 지금 그는 아주 어리둥절해하고 있죠. 그가 말하길 당신이 그를 위해 책을 쓰고 있다고 하더군요. 그 야샤 코티크라는 남자는 누굽니까? 전 그를 전혀 몰라요."

"저 역시 그에 대해서는 모릅니다."

"당신의 아내와는 친분이 많이 있는 것처럼 보이더군요. 아주 광기를 띤 세상이지요? 더 오래 산다면 더 많은 것을 보게 되겠죠. 그래도 역시 미국에서는 좀더 조심해야 됩니다. 몇 년 동안 아무 일도 없다가 불의에 일이 터졌지요. 한 때는 사기꾼이 고위층 사람들과 친해졌었죠. 지사와 상원의원들과요. 당신도 아시겠지요. 그런데 갑자기 누군가가 일을 복잡하게 만들었기 때문에 이제야 그는 감옥에서 머리를 식히고 있습니다. 곧 그의 고향인 이탈리아로 추방되겠지요. 어떤 것도 당신과 비교하고 싶지 않습니다만 세간의 사람에게는 법률은 법률입니다. 내가 충고 드리는 것은, 최소한 부인들을 이대로 두어서는 안 된다는 겁니다. 타마라는 고생을 많이 한 여자더군요. 전 타마라에게 좋은 결혼상대를 소개해주었습니다. 그랬더니 당신과 결혼했다고 이야기하더군요. 어차피 이것은 비밀 이야기니까 다른 사람에게 이야기하지는 않겠습니다."

"타마라가 살아 있다는 걸 몰랐습니다."

"그런데 타마라는 나한테 말하기를, 유럽에서 '협회'나 하이아즈로 이곳의 신문에 광고를 냈다고 했습니다. 당신은 신문도 보지 않으십니까?"

"혹 내 코트가 어디에 있는지 알고 계십니까? 가려고 하는데 코트가 어디 있는지 모르겠군요."

허먼이 말했다.

"그래요? 여자들은 잘 찾아내면서 코트는 찾지 못하겠다구요? 전 당신이 훌륭한 배우라고 생각합니다. 걱정하지 마세요. 누구라도 당신 코트를 훔쳐가지는 않을 테니까요. 외투는 침실에 있을 것 같군요. 뉴욕의 가정집은 파티를 열 때 많은 옷을 한꺼번에 보관할 곳이 없답니다. 그런데 왜 그리 서두르십니까? 부인을 두고 떠나시지는 않겠죠? 전 랍비가 당신의 부인에게 좋은 일자리를 소개해 줬다고 들었는데요. 담배 피우십니까?"

"가끔요."

"자, 여기 담배 있습니다. 신경이 안정될 겁니다."

페셀레스는 금으로 된 담배 케이스와 역시 금으로 된 라이터를 허먼에게 내밀었다. 담배 케이스 안에 있는 수입담배는 미국 담배보다 작은 사이즈였다.

"진정하세요. 왜 앞날에 대한 걱정을 하십니까? 내일은 어떤 일이 일어날지 아무도 모릅니다. 오늘 할 수 있는 것을 놓치는 사람은 아무것도 가질 수 없습니다. 유럽의 문명은 어찌 되었습니까? 다 잿더미가 되었죠."

페셀레스가 말했다.

페셀레스는 담배를 피우다가 둥그런 연기를 만들었다. 갑자기 그의 얼굴은 늙은 것처럼 보였고 우울한 표정이 나타났다. 마치 편안해질 수 없는 마음속의 슬픔을 반영하는 것처럼 보였다.

"저쪽에 가서 무슨 일이 진행되고 있는지 보는 것이 낫겠군요."
페셀레스는 문 쪽을 가리키며 말했다.

4

허먼은 혼자 남아 머리를 숙이고 있었다. 그는 의자 근처에 있는 선반 위에 성경책이 있어서 그것을 집어 들었다. 그는 책 페이지를 뒤적거리다가 시편을 찾았다.

아, 하느님이여, 고통에 잠긴 저를 위로해 주옵소서. 곤혹감으로 저의 눈은 멀었고, 제 몸과 영혼도 마찬가지입니다. 제 일생은 슬픔에 빠져 있고 수년 동안 비탄으로 지새웠습니다. 저의 죄악은 저를 무능력하게 하고 뼛속까지 쇠약하게 만들었으니. 저의 적들 때문에 이웃들은 저를 심하게 비난하고 제 친구들마저도 두려워하나이다.

허먼은 단어 하나하나를 읽었다. 이러한 문장들이 모든 상황, 모든 연령, 모든 기분에 잘 들어맞을 것이다. 반면, 현대의 문학은 아무리 잘 써진 작품이라 할지라도 시간이 지나면 적절성을 잃는다.
마샤가 분명히 술에 취해 비틀거리며 들어왔다. 그녀는 접시와 위스키 잔을 들고 있었다. 그녀의 얼굴은 창백했고 눈은 비웃음으로 가득했다. 그녀는 비틀거리면서 접시를, 허먼의 의자 팔걸이 위에 걸쳐 놓았다.
"뭘 하고 있어요? 성경을 읽고 있어요? 더러운 위선자!"
마샤가 물었다.
"마샤, 앉아."

"내가 앉고 싶다는 걸 어떻게 알았어요? 아마 내가 정말 원하는 것은 눕는 거겠죠. 다시 생각해 보니 당신 무릎 위에 앉고 싶군요."

"안 돼, 마샤. 여기선 안 돼."

"왜 안 돼요? 나는 그가 랍비란 걸 알고 있지만, 여긴 그의 아파트지 성전聖殿이 아니에요. 전쟁 중엔 교회라 할지라도 아무도 막지 못해요. 그들은 유대인 여자들을 교회에 데리고 와서는 —."

"나치가 그렇게 했지."

"그러면 누가 나치였어요? 역시 남자들이에요. 그들은 당신과 같은 것을 원했어요. 야샤 코티크도, 심지어 랍비까지도 같은 것을 원했어요. 당신도 아마 그들과 같은 행동을 했겠죠. 그들은 독일에서 많은 나치 여자들과 잠을 잤어요. 미국 담배 한 갑과 하나의 초콜릿 때문에 자신을 팔았어요. 당신은 지배자의 딸들이 게토의 남자들과 침실에 들어가는 것을 보았을 테고, 그들이 어떻게 안고 키스하는지 알 거예요. 그 중 몇몇은 결혼을 했죠. 근데 왜 내가 '나치'란 말을 중요시하는 걸까요? 우리 모두 나치죠. 모든 인간이 말이요! 당신은 나치일 뿐만 아니라 스스로의 그림자를 두려워하는 당신도 나치고 자기 그림자를 두려워하는 비겁한 사람이에요."

마샤는 웃으려고 했으나 곧 심각하게 변했다.

"술을 너무 많이 마셨어요. 위스키 한 병을 연달아 마셨거든요. 배고픔으로 죽고 싶지 않다면 가서 좀 먹어요."

마샤는 의자 위로 쓰러졌다. 그녀는 핸드백에서 담배를 꺼냈다. 그러나 성냥이 없었다.

"왜 그렇게 쳐다봐요? 난 랍비랑 자고 싶지 않아요."

"당신과 야샤 코티크 사이에는 무슨 일이 있었지?"

"나의 벼룩들이 그의 벼룩과 잤어요. 타마라는 누구예요? 분명히 말해요."

"내 아내가 살아 있다는 것. 이게 내가 말할 수 있는 전부야."

"사실이에요, 아니면 날 유도하고 있는 거예요?"

"사실이야."

"나치가 그녀를 죽였다고 했잖아요."

"살아 있었어."

"아이들도요?"

"아니, 아이들은 죽었어."

"좋아요. 마샤가 감당하기에는 벅찬 지옥이 있군요. 당신의 식세는 그녀에 대해서 알고 있어요?"

"타마라는 우리를 찾아왔어."

"나도 아주 똑같아요. 내가 미국에 도착했을 때 나는 쓰레기더미에서 빠져나왔다고 믿었어요. 그런데 나는 가장 더러운 진흙탕 속으로 빠져버린 느낌이오. 이렇게 당신에게 말하는 게 마지막일 거예요. 당신은 내가 일생 동안 알아온 사람 중에 가장 나쁜 사기꾼이에요. 확신할 수 있어요. 난 많은 사기꾼들을 봐 왔으니까. 당신의 부활한 아내는 어디에 있죠? 그녀를 만나고 싶어요. 최소한 보기라도 했으면 좋겠어요."

"가구가 딸린 셋집에서 살고 있어."

"그녀의 주소와 전화번호를 알려 줘요."

"무엇 때문에? 좋아, 가르쳐 주겠어. 그러나 지금은 주소록이 없군."

"내가 죽었단 얘길 듣더라도 내 장례식에는 오지 말아요."

5

허먼이 밖으로 나오자 굉장한 추위가 엄습했다. 그때 그에게는 뭔가가 웃음이 나왔다 — 그 웃음은 때때로 비극을 몰고 왔다. 허드슨 강의 세찬 바람은 휘파람 소리와 흐느끼는 소리를 냈다. 추위는 금세 허먼의 몸을 파고들었다. 시각은 새벽 한시였다. 그는 코니 아일랜드까지 돌아갈 힘이 없었다. 그는 움직이기가 두려워서 문에 기대어 있었다. 호텔에 갈 만한 돈이 있으면 좋을 텐데. 그러나 주머니에는 3달러밖에 없고, 아마 바우어리를 제외하고는 3달러에 방을 빌려줄 곳은 어디에도 없을 것이다. 랍비에게 돌아가서 돈을 좀 빌릴까? 위층의 차를 가지고 있는 손님들은 틀림없이 마샤를 집에 데려다 줄 것이다.

"아냐, 차라리 죽는 게 낫지!"

허먼은 중얼거리고는 브로드웨이 쪽으로 걸어가기 시작했다. 그쪽은 바람이 한층 잦아들었다. 서리도 에는 듯하지 않았으며 웨스트 엔드 거리만큼 차갑지 않았고 가로등도 이쪽이 많았다. 눈은 그쳤으나 간간히 하늘이나 지붕에서 얇은 조각들이 흩날렸다. 허먼은 카페테리아를 발견했다. 그는 서둘러 길을 건너서 택시가 거의 그를 칠 뻔했다. 택시 기사는 허먼에게 소리를 질렀다. 허먼은 미안하단 표시로 머리와 손을 흔들었다.

허먼은 추위로 인해 숨이 차고 경직돼 있어서 비틀거리며 카페테리아 안으로 들어갔다. 안쪽은 밝고 따뜻했으며, 아침이 벌써 제공되고 있었다. 접시가 달그락거리는 소리가 들려왔다. 사람들은 조간신문을 보고 시럽을 얹은 프렌치 토스트, 크림이 들어간 오트밀, 우유가 든 밀 시리얼, 소시지가 든 와플 등을 먹고 있었다. 음식 냄새를 맡으니 허먼은 시장기가 돌았다. 그는 벽 옆에 있는 테이블을 발견하고 그의 모자와 코트를 옷걸이에 걸었다. 그는 식권을 사는 것을 잊었기 때문에 계산원에게로 갔다.

"네, 저는 손님께서 들어오시는 걸 보았는데요. 온몸이 언 것처럼 보이셨어요."

계산원이 말했다.

허먼은 오트밀, 계란, 롤빵 그리고 커피를 주문했다. 음식값은 55센트였다. 테이블까지 음식 쟁반을 들고 오는데 다리가 후들후들 떨렸고 몸을 지탱하기가 힘들었다. 그러나 음식이 들어가자 기운이 다시 솟았다. 커피의 향도 매우 좋았다. 그는 카페테리아가 밤새도록 문을 열었으면 했다.

한 푸에르토리코인이 와서 접시를 치우고 테이블을 닦았다. 허먼은 카페테리아가 언제 문을 닫는지 물었고, 그 남자는 '2시입니다'라고 대답했다.

한 시간도 안 되어 그는 다시 눈 내리는 추운 밖으로 나가야 한다. 그 동안 계획을 세우고 결정을 내려야 한다. 반대편에 전화 부스가 있었다. 어쩌면 타마라는 아직 잠들지 않았을지 모른다. 그녀만이 지금 그와 싸우지 않은 유일한 사람이었다.

허먼은 전화 부스로 가서, 동전을 넣고 타마라의 전화번호를 돌렸다. 어떤 여자가 전화를 받았고 타마라를 부르는 소리가 들렸다. 시간이 좀 흐른 후에 그는 타마라의 목소리를 들었다.

"잠을 자는 데 깨운 건 아닌지 모르겠군. 나, 허먼이오."

"예, 허먼."

"자고 있었소?"

"아뇨, 신문을 읽고 있었어요."

"타마라, 난 브로드웨이의 어느 카페테리아에 있다오. 2시에 문을 닫는다는군. 그런데 난 갈 곳이 없어."

타마라는 잠깐 머뭇거렸다.

"당신의 아내들은 어디 있어요?"

"둘 다 나하구 말하지 않았어."

"이 시간에 브로드웨이에서 뭘 하고 있었어요?"

"랍비가 집에서 여는 파티에 갔었소."

"아, 알겠어요. 이쪽으로 올래요? 굉장히 춥군요. 지금 스웨터 소매에 다리를 집어넣고 앉아 있어요. 마치 창의 유리가 없는 것처럼 바람이 휘파람 소리를 내며 집 안으로 들어오고 있어요. 부인들은 왜 당신하고 싸웠죠? 왜 당장 이리로 오지 않았어요? 내일 당신에게 전화하려고 했어요. 당신과 얘기할 게 좀 있거든요. 밖의 문이 잠겨 있다는 게 문제네요. 당신이 아무리 벨을 울려도 수위가 문을 열어 주지는 않을 거예요. 언제쯤 이리로 오겠어요? 내가 직접 문을 열어 줄게요."

"타마라, 이렇게 당신을 귀찮게 해서 미안하군. 나는 잠잘 곳도 없고 호텔에 갈 돈도 없어."

"그녀가 임신하면서 싸움을 하기 시작했나요?"

"사방에서 그녀를 부추기는 모양이더군. 당신을 책망하고 싶지 않지만, 왜 당신은 페셀레스에게 우리 이야기를 한 거지?"

타마라는 한숨을 내쉬었다.

"그가 병원에 와서 내게 이것저것 물어보더군요. 난 아직도 그가 어떻게 거기에 왔는지 알 수 없어요. 그는 내 침대 곁에 앉아서 마치 검사처럼 심문했어요. 그리고 내게 어떤 사람을 소개시켜 준다고 하더군요. 수술이 끝난 후의 일이에요. 이러한 종류의 사람들을 본 적 있어요?"

"난 여러 가지 곤경에 빠져 있고, 그 모든 것은 절망적이야. 그냥 코니 아일랜드로 돌아가는 것이 좋을 듯하군."

허먼이 대답했다.

"이 시간에요? 밤새도록 가야 할 거예요. 자, 허먼 이쪽으로 와요. 잠을 잘 수가 없어요. 난 잠이 안 와서 밤을 꼬박 샐 것이니까요."

타마라는 몇 가지 더 말하려 했으나, 교환수가 중간에 나와 통화를 계속하고 싶으면 동전을 더 넣으라고 했다. 그러나 허먼은 돈이 없었다. 허먼은 타마라에게 그리로 곧 가겠다고 말했고, 전화는 끊어졌다. 그는 카페테리아를 나와서 79번가에 있는 지하철역으로 걸어갔다. 그의 앞에는 인기척 없는 브로드웨이가 펼쳐져 있었다. 가로등은 어딘가 환상적인 겨울의 축제의 분위기를 만들면서 밝게 빛났다. 허먼은 개찰구까지 계단을 내려가서 교외행의 전철을 기다렸다. 승강구의 또 한 사람은 흑인이었다. 그 흑인은 추운 날씨인데도 불구하고 코트를 입고 있지 않았다. 허먼은 15분이나 기다렸지만 여전히 전차나 다른 사람들도 보이지 않았다. 단지 전등만이 반짝였다. 밀가루같이 고운 눈이 역 천장의 쇠 살대를 통해 내리기 시작했다.

그는 타마라에게 전화했던 것을 후회했다. 코니 아일랜드로 돌아가는 편이 더 현명할 것 같았다. 그곳이라면 최소한 몇 시간은 포근히 잠을 잘 수 있을 것이라고 생각했다 ― 야드비가가 그를 괴롭히지만 않는다면. 그러나 그는, 타마라가 문의 벨소리를 듣기 위해서 나이트가운만 입고 계단 아래로 내려와, 추운 아파트의 입구에서 기다리고 있을 것이라 생각했다.

궤도가 진동하기 시작했고 전차가 들어오고 있었다. 객차 안에는 몇몇의 사람밖에 없었다 ― 어떤 술 취한 사람이 중얼거리며 얼굴을 찌푸리고 있고, 트럭기사들이 사용하는 신호등과 빗자루를 든 남자, 알루미늄 도시락통과 나무로 된 구두 골을 든 노동자가 앉아 있었다. 진흙이 그들 구두에 여기저기 묻어 있고, 코들은 추위로 인해 벌개졌으며, 손톱들은 때가 끼어 지저분했다. 이리하여 낮과 밤을 착각하는 이 사람들의 표정에서 일종의 독특한 불안감을 알아차렸다. 허먼은, 차량의 벽, 등화, 창유리, 광고 등이 추위와 소음과 차디찬 불빛으로 피곤해 보인다고 생각했다. 기차의 기적이 울리고 경고 사이렌이 울렸다. 마치 기관사가 통제력을 잃어버렸거나 빨간 신호 불빛을 보고 자신의 실수를 깨달은 것처럼. 허먼은 타임스 스퀘어에서 그랜드 센트럴역행行의 단거리 열차까지 한참 동안 걸어갔다.

허먼은 다시 오랫동안 18번가로 가는 완행전차를 기다렸다. 전차를 기다리는 사람들도 자신과 비슷한 상황이라고 생각되었다. 가족으로부터 거부당한 사람들, 사회에 동화될 수도 없고 사회를 거부할 수도 없는 표류자들이었다. 그들의 얼굴에는 실패감, 후회, 죄의식이 드러나 보였다. 허먼은 그들을 유심히 쳐다보았으나 그들은 허먼과 서로 서로를 무시했다. 허먼은 18번가에서 전차에서 내려, 타마라의 아파트가 있는 골목으로 걸어갔다. 여러 회사 건물들이, 사람도 없이 어둠 속에 서 있었다. 몇 시간 전까지 사람들이 그 안에서 일하고 있었다는 사실이 믿겨지지 않았다. 옥상 위로 펼쳐진 하늘은 어둠침침했고 별도 없었다. 그는 미끄러운 계단을 올라 타마라의 집 유리문 앞으로 갔다. 그는 타마라가 켜놓은 전등의 희미한 불빛을 보았다. 타마라는 코트를 입고 허먼을 기다리고 있었는데, 그 안으로 나이트가운의 옷깃이 보였다. 잠을 못 잔 그녀의 얼굴은 창백해 보였고, 머리카락은 헝클어져 있었다. 그녀는 가만히 문을 열었고, 엘리베이터가 움직이지 않아 그들은 발소리를 죽이고 계단을 올라갔다.

"오래 기다렸지?"

허먼이 물었다.

"그게 어때요? 나는 기다리는 데는 습관이 되었는 걸요."

이것이 25년 전쯤 〈팔레스타인은 유대인 문제를 해결할 수 있는가?〉라는 주제로 토론회에서 처음 만났던 바로 그 똑같은 타마라라고는 믿기 어려웠다. 3층에서 타마라가 멈추면서 말했다.

"아, 다리가!"

그 역시 무릎이 이상하게 느껴졌다.

타마라가 소리를 줄이고 말했다.

"그녀는 병원에 갈 준비는 했어요?"

"야드비가? 이웃사람들이 모두 돌봐 주는걸."

"그런데 결국 당신 아이잖아요."

허먼은 '그래서 어떻다는 거야?'라고 반문하고 싶었지만 그냥 잠자코 있었다.

6

허먼은 한 시간 가량 자다가 눈을 떴다. 그는 옷을 벗지 않았다. 재킷, 바지, 셔츠, 양말 등을 다 입은 채로 침대에 누워 있었다. 타마라는 다시 그녀의 다리를 스웨터 소매에 넣고 있었다. 그녀는 털이 빠진 그녀의 코트와 허먼의 외투를 담요 위에 덮었다.

타마라가 말했다.

"아아, 내 고통의 시간은 끝나지 않았어요. 나는 아직도 그 한가운데 머물러 있어요. 우리가 잼불에서 겪었던 고통과 별반 다르지 않죠. 당신은 아마 나를 믿을 수 없겠죠. 그러나 허먼, 그 안에서 편안함을 발견했어요. 우리가 겪어 온 것을 난 잊을 수 없어요. 따뜻한 방 안에 있을 때 나는 유럽에 있는 모든 유대인들을 배반했다는 생각이 들어요. 큰아버지는 유대인들이 끊임없는 시바(유대교에서 부모와 배우자가 죽었을 때 이장 후 지키는 7일 동안의 복상服喪 기간)를 지낼 것이라고 생각하시지요. 모든 사람들이 낮은 나무 의자에 쪼그리고 앉아 욥기를 읽고 있겠죠.

"믿음이 없으면 슬퍼할 수도 없어."

"그 자체가 충분히 슬퍼할 만한 이유가 되죠."

"당신 나와 전화할 적에 할 말이 있다고 했는데, 뭐야?"

타마라는 말을 우물거렸다.

"어떻게 말해야 할지 모르겠군요. 허먼, 당신이 하는 것처럼 전 거짓말을 할 수 없으니까요. 큰아버지와 큰어머니께서 우리 관계에 대해 저를 책망하셨어요. 페셀레스 같은 모르는 사람에게도 이미 진실을 다 이야기했는데, 어떻게 그러한 사실들을 이 세상에 살아 있는 나의 유일한 친척들에게 감출 수 있겠어요? 당신에게 불만을 터트리는 것은 아니예요, 허먼. 그것 역시 나의 수치니까요. 그러나 나는 그분들께 말씀드려야 한다고 생각했어요. 나는 당신이 교도 여자와 결혼했다는 말에 그분들이 쇼크를 받으실 줄 알았어요. 그런데 큰아버지는 단지 한숨을 내쉬시며 '아마 수술을 한다면, 후통後痛이 대단할 게다'라고 말씀하시더군요. 누가 나보다 더 잘 알죠? 수술을 하고 나면 아침부터 고통이 시작돼요. 당연히 큰아버지는 우리가 이혼하길 바라셨어요. 큰아버지는 내게 학식 있고 멋진 유대인 남자를 소개시켜 주려고 하셨어요. 모두 유럽에서 그들의 부인을 잃고 망명 온 사람들이었죠. 뭐라 말해야 할까요? 나는 결혼하려고 맘을 먹었어요. 그러나 큰아버지와 큰어머니께서는 당신이 먼저 야드비가와 이혼을 하고 내게 돌아오거나 내가 당신과 이혼을 해야 한다고 하시더군요. 그분들 관점에서 본다면 그게 옳아요. 좋은 기억력을 지니고 있던 내 어머니께서 언젠가 죽은 사람들은 그들의 죽음을 알지 못한다고 내게 이야기를 하신 적이 있어요. 그들은 먹고 마시고 결혼까지 한다고요. 그래요, 우리는 같이 살기도 했고, 아이들도 생겼으니까, 지금은 망상의 세계에서 고생은 되지만요. 이혼을 해야 할 필요가 있을까요?"

"타마라, 그들은 시체까지도 감옥에 가둘 수 있어."

"누구도 당신을 감옥에 가둘 수 없을 거예요. 그런데 왜 감옥을 두려워하죠? 지금 처지보다 나을 텐데요."

"난 추방당하고 싶지 않아. 폴란드에 매장되기는 싫다구."

허먼이 말했다.

"누가 당신을 고발할까요? 당신의 정부?"

"아마 페셀레스겠지."

"페셀레스가 왜 당신을 신고하죠? 게다가 그가 입증할 수 있는 게 뭔가요? 당신은 미국에서는 아무하고도 결혼하지 않았잖아요."

"나는 마샤한테 유대인 결혼서약서를 줬어."

"그녀가 그걸 가지고 무얼 할까요? 야드비가에게 돌아가 그녀와 화해하도록 해요. 내 말 들어요."

"나한테 하고 싶단 말이 이거였어? 나는 더 이상 랍비의 일을 할 수 없어. 지금은 아무 문제가 없지. 그러나 집세가 밀렸어. 내일을 지낼 돈이 없어."

"허먼, 내가 뭐라고 하든 화내지 말아요."

"그게 뭔데?"

"허먼, 당신 같은 사람들은 자기 자신을 위한 결심 같은 건 불가능해요. 나 역시 그런 것이 사실이지만, 때때로 다른 사람들의 문제를 그들 자신보다 더 잘 해결할 때도 있죠. 여기 미국에서는 '매니저'라 불리는 사람들을 데리고 있는 사람들이 있더군요. 내가 당신의 매니저가 될 게요. 당신을 전적으로 내 손 안에 맡겨요. 당신이 강제 수용소에 갇혀 있는 걸로 생각하고 내가 말하는 대로 하도록 해요. 당신한테 일자리도 구해 주겠어요. 당신 상태는 스스로 밥벌이를 할 처지도 못 돼요."

"당신 왜 이러는 거야? 어째서 그러지?"

"그건 당신이 알 바 아녜요. 난 뭔가를 하려 해요. 내일이라도 당장 시작하려면, 난 당신의 모든 필요한 것들을 살펴야 하고, 당신은 내가 어떤 요구를 하든지 실행할 준비가 되어 있어야 해요. 만일 내가 당신 보고 나가서 도랑을 파라고 하면, 당신은 그렇게 해야만 해요."

"내가 감옥에 갇힌다면 어떻게 할 거지?"

"그러면 내가 감옥에 있는 당신에게 물건을 넣어줄게요."

"타마라, 정말이지, 당신의 돈을 손해 보는 것뿐이야."

"아니, 허먼. 당신은 내게서 모든 것을 빼앗아 가는 것은 아닐 거예요. 내일부터 당신과 관련된 모든 것은 내 책임이에요. 난 내가 풋내기인 것을 알고 있지만, 난 낯선 곳에서 살아 본 적이 있어요. 난 당신이 버거운 상황에 처해 있고, 그 무거운 짐에 눌려 있다는 것을 알고 있어요."

허먼은 잠자코 있었다. 그리고 잠시 후에 말했다.

"당신은 천사야?"

"아마도요. 천사가 뭔지 그 누가 알겠어요?"

"밤도 너무 늦었는데 당신한테 전화를 한다는 건 미친 짓이 아닌가 싶었지. 그러나 무언가 내게 그렇게 하도록 만든 것 같군. 그래, 나를 당신에게 맡기도록 하지. 더 이상 남아 있는 기운도 없어 —."

"옷을 벗어요. 슈트가 구겨졌어요."

허먼은 침대에서 일어나 속옷과 양말을 빼고는 재킷과 바지, 타이를 벗어 버렸다. 어둠 속에서 벗은 옷을 의자 위에 올려놓았다. 옷을 벗을 적에 라디에이터에서 스팀 나오는 소리가 났다.

그는 다시 침대 안으로 들어갔고, 타마라가 그에게 가까이 와 그의 늑

골에 손을 올렸다. 허먼은 선잠을 잤고 가끔 눈이 떠졌다. 천천히 어둠이 사라졌다. 복도에서 시끄러운 소리, 발자국 소리, 문이 여닫히는 소리들이 들려왔다. 그곳 입주자들은 일을 하기 위해서 일찍 일어나야만 했다. 이런 하찮은 방에 살기 위해서라도 돈을 벌어야 하는 것이다. 잠시 후 허먼은 잠에 빠져들었다. 그가 눈을 떴을 때 타마라는 이미 외출할 옷차림을 하고 있었다. 홀의 욕실에서 그녀는 이미 목욕을 했다고 말했다. 그녀는 활동적인 옷차림에다 표정도 활발해졌다.

"우리가 약속한 거 생각나요? 일어나서 씻어요. 여기 수건 있어요."

허먼은 그의 코트를 어깨에 걸치고 복도로 나갔다. 오전엔 내내 사람들이 욕실 안에 있어서 기다려야 했지만 지금은 모든 문이 열려 있었다. 허먼은 누군가가 놓고 간 비누 조각을 보았고, 세면대에서 얼굴을 씻었다. 물이 미지근했다.

"무엇이 그녀를 선량하게 하는가?"

그는 의아하게 여겼다. 그가 기억하는 타마라는 고집이 세고 질투심이 강했다. 그러나 지금은 그가 그녀의 상황을 변하게 했음에도 불구하고, 그녀 혼자만이 그를 도우려고 하는 것이다. 이건 무엇을 뜻하는 걸까?

허먼은 방으로 돌아와 옷을 입었다. 타마라는 아래층으로 걸어 내려가 엘리베이터의 벨을 울려 달라고 말했다. 그녀는 간밤에 남자와 함께 있었다는 것을 그 집에 살고 있는 사람들이 알게 하고 싶지 않았다. 밖에 빛나는 아침 햇살이 순간 눈을 부시게 했다. 19번가는 소포, 상자, 크레이트(병이나 과일을 나르는 나무틀 상자)를 싫은 트럭으로 붐비고 있었다. 40번가에서는 제설기로 눈을 치우고 있었다. 인도는 통행자들로 붐볐다. 밤새 살아남은 비둘기들은 눈 속에서 먹을 것을 찾고 있었다. 참새들이 그 뒤를 종종거리며 쫓았다. 타마라는 허먼을 23번가의 카페테리아로 데리고 갔다. 그곳에서 나는 냄새는 어젯저녁 브로드웨이의 카페테리아에서 나던 냄새와 비슷했다. 그러나 마루를 닦는 소독제 냄새는 나지 않았다. 타마라는 허먼에게 무엇이 먹고 싶은지 질문조차 하지 않았다. 그녀는 허먼을 테이블에 앉히고 그에게 오렌지 주스, 롤빵, 오믈렛 그리고 커피 한 잔을 가져다주었다. 그녀는 잠시 그가 먹는 것을 보고 있다가 그녀의 아침을 가지러 갔다. 허먼은 커피 잔을 두 손으로 감싸 쥐고 있을 뿐 마시지 않았다. 그러나 그 온기로 인해 그의 몸이 따뜻해졌다. 그의 머리가 점점 수그러졌다. 여자들이 그를 망하게도 했고 동정도 해주었다.

"난 마샤가 없어도 살 수 있도록 노력하자. 타마라의 말이 옳아. 우리는 더 이상 진짜로 살아 있는 게 아냐."

그는 스스로를 위로하듯 말했다.

9장 마샤의 적

1

　겨울이 지나갔다. 야드비가는 불룩한 배를 하고 돌아다녔다. 타마라는 야드비가의 해산에 대비해 병실을 예약하고 매일 전화를 걸어 폴란드어로 그녀와 이야기를 주고받았다. 이웃 사람들은 야드비가에게 왔다. 오이터스는 아침부터 밤늦게까지 지저귀었다. 마리안나는 조그마한 알을 낳았다. 야드비가는 너무 심한 육체노동은 하지 말라는 주의를 받았지만, 청소를 하고 허드렛일을 하는 것을 그만두지 않았다. 마룻바닥은 빛났다. 그녀는 페인트를 사서, 유럽에서 도장공塗裝工이었던 한 이웃 사람의 도움을 받아 벽을 다시 칠했다. 뉴저지에서는, 마샤와 시프라 푸아가 랍비의 회복기 환자 요양소에서 노인들과 병자들과 함께 유월절 밤 축제를 보냈다. 타마라는 야드비가가 축제일을 준비하는 것을 도왔다.
　이웃 사람들은 타마라가 허먼의 사촌이라고 알고 있었다. 그들에게는 이러쿵저러쿵 입을 놀릴 수 있는 기회가 생긴 것이지만, 한 남자가 스스로 추방당한 사람이기를 바라고, 또 그가 자기의 생활 태도를 묵인해 주는 여인을 데리고 있는 곁에서 이러니저러니 해보았자 소용없는 일이었다. 나이 많은 아파트 거주자들은 강제 수용소라든지, 소련과 볼셰비키에 대해서 타마라와 이야기하고 싶어 했다. 그들은 대부분 반공주의자였다. 그러나 예전에 행상을 하던 한 사람은 러시아에 대한 신문 기사는 모두 거짓말이라고 했다. 그는 타마라가 거짓말을 한다고 트집을 잡았다. 강제노동수용소, 굶주림, 암시장, 추방 — 이 모든 것들은 타마라가 만들어낸 거짓말이라는 것이었다. 그는 타마라가 어느 정도 설명해도 '스탈린은 역시 올바르다!' 하고 대꾸했다.

"그러면 왜 러시아로 가지 않죠?"

"그럴 필요 없어요. 그들이 여기로 올 거예요."

그는 유대교의 요리법을 철저하게 따르고 있는 자기 아내가 금요일 저녁마다 포도주 앞에서 식전 기도를 할 것을 강요하고, 교회에 나가야 한다고 우기고 있는 것에 불평을 늘어놓았다. 유월절 전부터 온통 아파트 안의 여자들이 손수 만든 무교병과 보르시치, 포도주와 서양고추냉이, 그리고 그들이 옛 고국으로부터 전수받은 여러 음식물의 냄새로 가득 찼다. 그리고 지금은 바다와 만에서 불어오는 냄새와 뒤섞여 있었다.

허먼 자신도 거의 믿을 수 없었지만 타마라가 그에게 일자리를 구해준 것이다. 레브 아브라함 니센 야로슬레이버와 그의 아내 셰바 하다스는 오랜 기간 이스라엘에 머물 것을 결심했다. 레브 아브라함 니센은 그곳에 영구히 정착하게 될지도 모른다는 뜻도 비쳤다. 그는 이미 수천 달러를 저축했고 사회보험도 매달 받고 있었다. 그는 뉴욕의 공동묘지의 치장 없는 유대인들 사이가 아니라 감람산(올리브산)에 있는 예루살렘에 묻히고 싶어 했다. 그는 자신이 운영하는 고서점을 처분하려고 몇 번이나 시도해 왔다. 그러나 애써 고생해서 모은 귀중한 고서를 값싸게 파는 것은 책을 소홀히 한다는 가책을 느꼈다. 게다가, 이스라엘에 가 봐도 그곳에 머물고 싶지 않을 수도 있었다. 타마라는 큰아버지에게 그 서점을 자기가 맡겠다고 말했다. 허먼에게 서점 일을 거들게 하면 좋을 것이다. 허먼이 어떤 사람이든, 그는 돈 문제에 있어서는 결백했다. 타마라는 큰아버지의 아파트에 살면서 집세를 내기로 했다.

레브 아브라함 니센은 허먼을 불러서 서점에 있는 책들 — 모두 고서들이었다 — 을 보여 주었다. 레브 아브라함 니센은 그 서적들을 제대로 정리할 줄 몰랐다. 책들은 먼지가 내려앉아 바닥에 여기저기 쌓여 있고, 많은 책들이 장정이 뜯겨지고 표지가 벗겨져 있었다. 책의 목록이 어디엔가 있지만, 찾을 수 없었다. 레브 아브라함 니센은 손님에게 투매하지는 않았다. 손님이 어떤 값을 제시하든, 그는 그대로 받아들였다. 그와 셰바 하다스 등 노부부에게 뭐가 필요하겠는가? 그들이 사는 이스트 브로드웨이의 낡은 아파트의 집세는 오르지 않았다.

레브 아브라함은 허먼의 행실을 알고 있는 터라 줄곧 타마라에게 허먼과 이혼할 것을 권해 왔지만, 그럼에도 이 늙은 노인은 내심 허먼을 용서할 수 있는 구실을 찾아냈다. 노인 자신도 회의를 가득 품고 있는데, 어째서 이러한 젊은이들이 신앙을 가지기를 바랄 수 있겠는가? 파멸을 경험하며 그 속에서 살아 온 이런 사람들이 어떻게 하느님의 전지전능과 그 자비를 믿을 수 있을 것인가? 마음속으로 깊이 레브 아브라함 니센은 유럽에서 홀로코스트가 일어나지 않았다고 주장하는 정통파 유대교도들에게 공감할 수 없었다.

레브 아브라함 니센은 이스라엘로 떠나기 전 허먼과 함께 오랜 시간 이야기를 주고받으면서 자기의 생각들을 밝혔다. 그는, 메시아가 재림해서 부활하는 곳인 성스러운 땅에 죽은 자들이 도달하려면 반드시 고된 지하 여행을 해야 하는데, 이를 피하기 위해 성스러운 땅에 정착하고 싶어했다. 노인은 허먼과 어떤 계약서도 교환하지 않았다. 그들은 허먼이 장사를 하면서 필요한 만큼의 생활비를 빼가도록 구두로 약속했다.

마샤가 회복기 환자 요양소에 일자리를 얻어 가버린 이상, 허먼은 그가 모든 것을 주관하고 있다는 느낌을 더 이상 가질 수 없었고, 또 그러고 싶은 생각도 없다고 했다. 그는 이론적으로 만큼이나 현실적으로도 숙명론자가 되어버렸다. 그는 절대적 힘이 이끄는 대로 자신을 내버려 두었다. 그 힘이 기회라든지, 하느님의 섭리라든지, 타마라라든지 아무래도 좋았다. 그의 유일한 문제는 환각幻覺 증상이었다. 지하철 안에서 그는 반대편 전차에 타고 있는 마샤를 보았다. 서점의 전화벨이 울리면 그는 마샤의 목소리를 들었다. 그것이 마샤의 목소리가 아니라는 걸 깨닫는 데는 잠시 시간이 걸렸다. 가장 많이 걸려오는 전화는 돌아가신 아버지가 남기고 가신 책들을 팔거나 처분할 수 있는가를 묻는 젊은 미국인들의 문의 전화였다. 그들이 어떻게 이 레브 아브라함 니센의 서점에 대해서 알았는지 허먼은 전혀 알 수 없었다. 왜냐하면 노인은 지금까지 어디에도 광고를 내 본 적이 없었기 때문이다.

모든 것이 허먼에게는 큰 수수께끼였다. 레브 아브라함 니센이 그를 신용한 일, 타마라가 그를 돕고 야드비가에게 극진히 해주는 일 등이었다. 캐츠킬 산에서의 그날 밤 이후로 타마라는 허먼과 어떤 육체적 관계도 맺으려 하지 않았다. 그들의 관계는 순전히 플라토닉했다.

타마라에게 숨겨져 있던 사업의 수완이 발휘되었다. 허먼의 도움을 받아 그녀는 도서 목록을 만들고, 정가를 매기고, 찢어진 책들은 수리하러 제본소에 보냈다. 유월절이 오기 전에 타마라는 하가다(유월절 축제일에 사용되는 전례서典禮書)와 축제에 쓰일 쟁반, 무교병을 씌우는 보자기, 색색의 스캘컵, 그리고 초와 무교병 접시들까지도 비치해 두었다. 그녀는 그 뒤에 기도용 숄, 성구함聖句函, 그리고 유대교 계율을 공부하는 어린 소년들이 쓸 만한 영어와 히브리어 두 가지 언어로 편집된 기도서를 준비했다.
 허먼이 야드비가에게 너무 자주 되풀이한, 책을 팔고 있다는 거짓말이 이제는 사실이 되었다. 어느 날 아침 그는 야드비가를 시내로 데려와 그 서점을 보여 주었다. 후에 타마라가 야드비가를 집까지 데려다 주었다. 해산달이 가까운 야드비가가 혼자서 지하철을 타고 가는 것을 두려워했기 때문이다.
 유월절 밤 축제일에 타마라가 야드비가와 함께 테이블에 둘러앉아 하가다를 낭송하는 것은 대단히 이상한 기분이 들었다. 두 여인은, 그가 스캘컵을 쓰고 와인을 축복하고, 상징으로서의 파슬리의 제퇴선과 나무열매와 땅콩과 계피를 곁들이고 잘게 썬 사과와 계란과 소금물 등을 사용한다는 의식의 전부를 완전히 행사하도록 그에게 부탁했다. 타마라는 그에게 네 가지 의식에 관한 질문(유월절 제1, 2야에 가정에서 행하는 행사의 의의에 관한 4가지 질문. 식탁에서 최연소의 남자가 질문하고 최연장자 남성이 유월제 식문을 읽고 대답하는 관습)을 했다. 그에게도, 그에게나 그리고 아마 타마라에게나 마찬가지겠지만, 그것은 모두 하나의 게임이요, 향수鄕愁에 바탕이 된 것이었다. 그러나 도대체 게임이 아닌 것이 무엇이 있는가? 그는 이 세상 어디에서도 소위 '순수 과학'에서도 '리얼한' 것을 찾을 수 없었다.
 허먼의 개인적 철학에 의하면 생존 그 자체가 책략에 바탕을 두고 있었다. 미생물에서 인간에 이르기까지, 생명은 세대에서 세대로 그것을 묵살하려는 질투심이 강한 힘을 극복하면서 살아남은 것이다. 마치 제1차 세계대전 때 장화나 블라우스에 담배를 숨기고 몸에 갖가지 밀수품을 감춘 치브케프의 밀수꾼들이 법을 어기고 관리에게 뇌물을 바쳐 국경을 넘은 것처럼 말이다 — 가지각색의 종류의 원형질, 또는 원형질의 집성체集成體는 시대에서 시대로 살아남게 되었다. 먼 옛날 최초의 세균

이 어느 대양 끝의 끈적끈적한 곳에 나타났을 때도 그랬고, 또 먼 앞날 태양이 재가 되고 지상의 마지막 생물이 얼어 죽을 때도 그렇게 해서 생명을 유지해 보려고 할 것이다. 동물들은 생존의 불안정성과 도망칠 필요와 남의 눈을 속이는 행동의 필요성을 솔직히 받아들였다. 단지 인간만이 확실성을 추구하다가, 그것을 얻는 대신, 자신의 멸망을 얻었을 뿐이다. 유대인은 항상 범죄와 광기를 통해 자신들의 술수를 은밀하게 유지해 왔다. 유대인은 가나안과 이집트에 밀입국해 들어갔다. 아브라함은 사라를 자기 누이라고 거짓말을 했다(《창세기》12장 11~13절). 알렉산드리아, 바빌론, 로마에서 시작되어 바르샤바, 로츠, 그리고 빌나의 게토에서 끝나는, 2천년의 추방생활은 곧 밀수꾼의 생활의 연속이었다. 성경도, 탈무드도, 그리고 그 주석서들도 유대인에게 단지 한 가지 전략을 가르쳐 준 것뿐이었다 — 사악에서 도망가라, 위험할 경우는 숨어라, 대결을 피하라, 세계의 광폭한 힘으로부터는 될 수 있는 대로 멀리 떨어져 있어라. 유대인은 바깥의 길가에서 충돌한 군대들을 보고 지하실이나 다락방으로 숨어 버린 도망자를 흘겨보지 않는다.

현대의 유대인인 허먼은 이 원칙을 한 단계 더 확대시켰다. 그는 더 이상 토라에 의존하고 싶은 마음도 없어졌다. 그는 아비멜렉(《창세기》20장)뿐만 아니라 사라나 하갈마저도 속이고 있었다. 그는 하느님과 유대인과의 계약에 날인하지 않았고 따라서 하느님을 위해 어떤 쓸모도 없었다. 그는 바다의 모래알처럼 자기 자손을 번성케 할 생각도 없었다. 그의 모든 생활은 은밀한 게임이었다. 랍비 램퍼트를 위해서 설교를 써 준 것, 랍비와 예시바 학생들에게 책을 팔아 온 것, 야드비가가 유대교로 개종한 것을 받아들인 것과 타마라의 호의를 받아들인 일 모두 — 그의 생활의 전부가 남의 눈을 피하는 게임의 연속이었다.

허먼은 하가다를 읽고 나서 하품을 했다. 그는 포도주잔을 들고 파라오가 겪은 열 가지 재앙(이스라엘 민족의 해방을 약속한 파라오가 이를 어기자 파라오와 이집트에 열 가지 재앙이 내림)을 상징하기 위해서 열 방울의 술을 떨어뜨렸다. 타마라는 야드비가가 만든 경단이 맛이 있다고 칭찬했다. 허드슨 강 아니면 다른 어느 호수에서 잡힌 생선은 이집트로부터의 탈출의 기적을 허먼, 타마라, 야드비가 등 세 사람이 상기하도록 그 생명을 희생한 것이다. 닭 한 마리가 유월절의 희생이 되어 그 목숨을 바쳤다.

독일이나 미국에서조차도 신新나치의 조직이 결성되고 있었다. 레닌과 스탈린의 이름으로 공산주의자들은 연로한 학자들을 고문하고, 중국과 북한에서는 '문화 대혁명'이라는 이름으로 마을 자체를 완전히 없애 버렸다. 뮌헨의 술집에서는, 예전에 어린이의 두개골을 가지고 놀던 살인자들이 큰 저그(손잡이가 달린 큰 맥주잔)를 들고 맥주를 마시고, 교회에서 찬송가를 불렀다. 모스크바에서는 모든 유대인 작가들을 숙청했다. 그러나 뉴욕, 파리, 부에노스아이레스에 있는 유대인 공산주의자들은 그 살인자들을 찬양하고 여태까지의 지도자들을 비난했다. 진리? 이 정글, 즉 뜨거운 용암 위에 떠 있는 이 지구라는 접시에는 진리란 없다. 하느님? 누구의 하느님이지? 유대인의 하느님인가? 파라오의 하느님인가?

허먼과 야드비가는 타마라에게 자고 가라고 했지만 타마라는 집으로 돌아가야겠다고 고집을 부렸다. 대신 유월절 축제의 두 번째 날에 대한 준비를 도와주러 아침 일찍 오겠다고 약속을 했다. 타마라와 야드비가는 설거지를 했다. 타마라는 야드비가와 허먼에게 즐거운 휴일을 보내라고 말하고 집으로 돌아갔다.

허먼은 자기 침실로 들어가 침대에 누웠다. 그는 마샤를 생각하고 싶지 않았지만, 그의 생각은 줄곧 마샤에게로 달려갔다. 그녀는 무엇을 하고 있을까? 자기를 생각했을까?

전화가 왔다. 허먼은 마샤이기를 바라면서, 또 전화 건 사람이 마샤라면 마음을 바꾸어 전화를 끊어 버리지 않을까 하는 조바심에 달려가서 수화기를 들었다. 그는 거의 넘어질 뻔하다가 숨을 헐떡이면서 '여보세요' 하고 말했다.

전화에서는 아무 대답도 없었다.

"여보세요, 여보세요!"

전화를 건 다음 한 마디 말도 하지 않는 것이 마샤의 버릇이었다. 아마 그녀는 단지 그의 목소리를 들어보고 싶었을 뿐인지도 모른다.

"바보같이 굴지 말고 뭐라고 좀 말을 해."

그는 말했다.

여전히 아무 대답이 없었다.

"당신이 나를 버린 거지, 나는 아냐."

그는 자신도 모르게 말했다.

아무 대답이 없었다. 그는 잠시 기다렸다가 말했다.

"당신, 나를 이보다 더 이상 비참하게 만들 수는 없을 거야."

2

몇 주가 지나갔다. 허먼은 잠 속에서 마샤의 꿈을 꾸었다. 전화소리가 나자, 덮고 있던 담요를 젖히고 침대 밖으로 튀어 나왔다. 야드비가는 계속 코를 골고 있었다. 어둠 속에서 거실로 달려가다가 무릎에 타박상을 입었다. 수화기를 들고 전화를 받았으나, 아무 말도 없었다.

"아무 말도 하지 않으려면 전화를 끊겠어."

그는 말했다.

"기다려요!"

마샤의 목소리였다. 헐떡거리면서 그녀는 말을 우물쭈물했다. 잠시 후 그녀의 말이 분명하게 들렸다.

"나 지금 코니 아일랜드에 있어요."

"코니 아일랜드에서 뭘 하고 있지? 거기가 어디야?"

"맨해턴 비치 호텔이에요. 저녁 내내 전화를 했었어요. 어디 갔던 거예요? 다시 한 번 전화를 하려다가 그냥 잠이 들어 버렸군요."

"맨해턴 비치 호텔에서 뭘 하고 있어? 혼자야?"

"혼자예요. 당신에게로 돌아왔어요."

"당신 어머니는 어디 계시는데?"

"뉴저지의 그 요양소요."

"무슨 영문인지 모르겠군."

"어머니는 거기 계시기로 합의를 봤어요. 랍비가 어머니께 얼마간의 봉급을 줄 거예요. 난 랍비에게 모든 것을 말했어요. 당신 없이는 살 수 없다는 것과 어머니가 유일한 장애물이라는 것을. 그 사람은 내게 설교를 하려 했지만, 그런 건 아무 도움도 안 돼요."

"야드비가가 곧 해산을 하게 될 텐데."

"랍비가 그녀도 돌봐 줄 거예요. 좀 정신이 나갔긴 했지만 좋은 사람이거든요. 그는 참 인정이 많은 사람이에요. 당신 몸 전체에 들은 것보단 그 사람의 손톱에 든 게 더 많을 걸요. 내가 그를 사랑할 수 있었다면! 그러나 그럴 수 없었어요. 그 사람 손이 내 몸에 닿기만 해도 싫증이나 몸서리를 쳤죠. 그가 직접 당신한테 말하겠지만, 그는 당신이 그를 위해 시작했던 일을 당신이 끝내 주길 바라고 있어요. 그 사람은 나를 사랑한대요. 그래서 내가 결혼에 응한다면 부인하고는 이혼하겠대요. 그러나 나의 당신에 대한 기분을 헤아려 주고 있어요. 그 양반에게 그런 따뜻한 마음이 있는 줄은 몰랐어요."

허먼은 잠시 기다렸다가 입을 열었다.

"뉴저지에서 오기 전에 이야기해 줬으면 좋을 뻔했군."

그는 떨리는 음성으로 말했다.

"나를 원하지 않는다면 강요하고 싶지 않아요. 이후에도 당신이 나를 떠나보낸다면 다시는 당신 얼굴을 보지 않겠어요. 모든 것이 막판에 접어들었어요. 딱 잘라서 말해 줘요. '예스'예요, '노'예요?"

"일은 그만두었나?"

"모두 그만두었어요. 나는 짐을 챙겨 당신에게로 돌아온 거라고요."

"당신의 아파트는 어떻게 됐지? 아파트도 내놓은 거야?"

"우린 모든 걸 청산했어요. 난 뉴욕에 머물고 싶지는 않아요. 랍비 램퍼트가 훌륭한 추천서를 써 주었으니까 어디서든 일자리는 구할 수 있을 거예요. 그 요양소 사람들은 나를 아주 좋아했어요. 나는 문자 그대로 어떤 환자들도 소생시킨 셈이지요. 랍비가 플로리다에도 회복기 환자 요양소를 차리고 있어요. 내가 그곳에서 일하고 싶다면 주급 백 달러를 받으며 당장이라도 일할 수 있어요. 당신이 플로리다를 좋아하지 않는다면, 그는 캘리포니아에도 요양소가 있으니까 그리로 가요. 당신도 거기서 일할 수 있을 거예요. 그는 정말 하늘의 천사처럼 좋은 사람이에요."

"난 지금 그녀 곁을 떠날 수 없어. 야드비가가 곧 출산을 하게 될 테니까."

"그리고 그녀가 아이를 낳으면 당신은 또 다른 핑계를 될 테죠. 난 결심했어요. 내일 캘리포니아로 가겠어요. 다시는 내 소식 들을 생각 말아요. 절대로 맹세해요."

"잠깐 좀 기다려!"

"뭘요? 새로운 핑계거리를 말인가요? 당신이 짐 꾸리고 여기 오는 데 한 시간 여유를 주겠어요. 랍비 램퍼트가 당신의 촌뜨기 마누라의 입원비와 그 밖의 비용을 해결해 줄 거예요. 그는 어느 산부인과의 원장이거든요. 어느 산부인과인지 이름을 잊어 버렸네요. 나는 그 사람한테 아무것도 숨기지 않았어요. 그는 꽤 충격을 받은 모양이지만 이해해 주더군요. 그 양반 좀 천하다 할 수 있을지 몰라도 그래도 성자다운 면이 있는 분이에요. 그런데 왜 그렇게 주저해요? 새 애인이라도 생겼나요?"

"새 애인 같은 건 없어. 그러나 서점 일을 보고 있지."

"뭐라고요? 가게를 갖고 있다고요?"

허먼은 사정을 간단히 설명했다.

"그러면 당신은 타마라한테로 돌아갔군요?"

"아니, 절대로 아니야. 하지만 그녀 또한 천사지."

"그녀를 랍비에게 소개하면 좋겠군요. 두 천사가 결합해 새 하느님을 낳을 수 있을 테니까요. 우리는 둘 다 악마예요. 그리고 서로에게 고통만 줄 뿐이죠."

"지금 한밤중에 짐을 꾸릴 수도 없잖아?"

"짐을 꾸릴 필요 없어요. 당신이 가진 게 뭐 있겠어요? 랍비가 저에게 돈을 빌려 줬어요. 아니 선불을 해주었죠. 성경 속의 노예처럼 다 두고 오세요."

"무슨 노예? 이건 야드비가를 죽이는 일이야."

"그녀는 억센 시골뜨기예요. 앞으로 누군가를 만나 행복하게 살 거예요. 아이는 양자로 보낼 수도 있어요. 랍비는 그런 입양기관과도 관계를 맺고 있어요. 발이 아주 넓거든요. 당신이 좋다면 우리도 아기를 가질 수 있을 거예요. 하지만 이제 더 이상 이야기할 시간이 없어요. 아브라함이 이삭을 희생할 수 있었다면 당신도 에소(아이작의 아들)를 희생할 수 있지 않겠어요? 아마 나중에 우리가 그 애를 데려다 기를 수도 있을 거예요. 어떻게 할래요?"

"정말 나한테 원하는 게 뭐야?"

"옷을 입고 여기로 와요. 이러한 일은 매일같이 했었잖아요, 뭘."

"하느님이 두렵군."

"그렇다면 그녀와 살아요. 이것이 마지막 인사예요!"

"기다려, 마샤. 기다려!"

"'예스'예요, '노'예요?"

"좋아, 예스야."

"내 호텔 방 번호를 말해 줄게요."

허먼은 수화기를 놓았다. 그는 조심스럽게 귀를 기울였다. 야드비가는 여전히 코를 골고 있었다. 그는 한참 동안 전화 곁에서 떠나지 않았다. 그는 이제야 마샤를 얼마나 그리워했는지 알 것 같았다. 그는 자신의 의지를 포기한 사람처럼 말없이 어둠 속에 서 있었다. 그는 한참 후에야 움직였다. 서랍 어딘가에 손전등이 있다는 게 떠올랐다. 그는 손전등을 찾은 다음 전화를 걸기 위해 전화기에 불을 비췄다. 타마라에게 말을 해야 한다. 그는 레비 아브라함 니센 야로슬레이버의 전화번호를 돌렸다. 몇 분 동안 신호가 가다가 드디어 타마라의 졸린 듯한 음성이 수화기에서 들려왔다.

"타마라. 미안해, 나 허먼이야."

그는 말했다.

"네, 허먼, 무슨 일이에요?"

"나 야드비가를 버리고 떠나. 마샤와 함께 도망갈 거야."

타마라는 한참 동안 아무 말이 없었다.

"당신, 지금 자신이 뭘 하고 있는지 알아요?"

그녀가 물었다.

"알아. 그렇게 할 거야."

"그런 희생을 요구하는 여자는 그것을 받을 자격이 없는 여자예요. 당신이 그렇게 자제심을 잃으리라고는 생각지 않았는데요."

"어쩔 수 없어."

"서점은 어떻게 하죠?"

"그건 당신 맘대로 해. 내가 일을 해주던 랍비가 야드비가에게 뭔가 좋은 일을 해주려 하고 있어. 그 양반의 주소와 전화번호를 가르쳐 줄게. 그에게 연락 좀 해줘."

"기다려요. 연필과 종이를 가져올게요."

그가 수화기를 들고 기다리고 있는 동안 방 안은 몹시 조용했다. 야드비가의 코고는 소리가 멈췄다.

'몇 시쯤 됐을까?'

허먼은 생각했다. 대개 그의 시간 감각은 정확했다. 그는 때때로 분 단위까지 시간을 맞출 수 있었다. 그런데 지금은 그 솜씨가 자취를 감추었다. 그는, 그가 지금 죄를 짓고 있는 바로 그 하느님에게 제발 야드비가를 깨우지 말아 달라고 빌고 있었다. 타마라의 목소리가 들려왔다.

"몇 번이요?"

허먼은 그녀에게 랍비 램퍼트의 이름과 전화번호를 댔다.

"적어도 아기를 낳을 때까지만이라도 기다릴 수 없겠어요?"

"기다릴 수 없어."

"허먼, 당신이 서점 열쇠를 가지고 있으니까, 내일 아침 10시에 문 좀 열어 주겠어요? 내가 10시에 그리로 갈게요."

"그렇게 하지."

"자, 당신이 저지른 일이니까 그 대가도 당신이 받아야 할 거예요."

타마라는 이렇게 말하고서 전화를 끊었다.

그는 어둠 속에 서서, 자기 내부의 소리에 귀를 기울이고 있었다. 그러다가 시계를 보기 위해 부엌으로 갔다. 그는 2시 15분밖에 안 된 것을 보고 놀랐다. 밤새도록 잔 것 같았지만 실상 그는 한 시간밖에 자지 않았다. 그는 셔츠와 내의를 넣을 가방을 찾았다. 그리고 조용히 서랍을 열고 몇 벌의 셔츠와 내의, 그리고 파자마를 꺼냈다. 그는 야드비가가 깨어났으면서도 자는 척하고 있는 것을 알아챘다. 누가 알겠는가? 그녀는 그가 떠나 버리기를 바라고 있는지도 모른다. 아마 그녀는 이 모든 일들이 지긋지긋해졌는지도 모른다. 아니면 마지막 순간에 가서 한바탕 소동을 벌리려고 기다리고 있을지도 모른다. 옷을 가방 속에 넣었을 때 그는 랍비의 원고 생각이 났다. 그건 어디 있더라? 야드비가가 일어나는 소리가 들렸다.

"무슨 일이에요?"

그녀가 물었다.

"좀 가야 할 데가 있어."

"어딜요? 뭐, 아무래도 상관없어요."

야드비가는 다시 누웠다. 침대에서 삐꺽거리는 소리가 났다.

그는 어둠 속에서 옷을 입었다. 몸이 으스스했지만 그는 땀을 흘리고 있었다. 바지 주머니에서 잔돈이 떨어졌다. 그는 줄곧 가구에 부딪쳤다.

전화벨이 울렸고 그는 서둘러 받았다. 마샤였다.

"당신, 올 거예요, 안 올 거예요?"

"갈 거야. 당신이 하라는 대로 하는 수밖에."

3

허먼은 야드비가가 당장이라도 마음을 바꾸어 그를 떠나지 못하게 할까 봐 두려웠다. 그러나 그녀는 조용히 누워 있었다. 그가 떠날 차비를 하는 내내 그녀는 깨어나 있었다. 왜 야드비가는 아무 말도 하지 않을까? 그녀를 알고 난 후 처음으로, 그녀는 예측할 수 없는 행동을 하고 있었다. 마치 그녀가 그를 해치려는 음모의 일부가 되어, 그가 모르는 무엇인가를 알고 있는 것 같았다. 아니면 그녀가 정말 체념하고 있는 것일까? 그것은 그를 불안하게 만드는 수수께끼였다. 마지막 순간에 가서 그녀가 그에게 칼을 들고 달려들지도 모른다. 그는 떠나기 전 그는 침실에 들어가서 말했다.

"야드비가, 나 갈 게."

그녀는 아무런 대답도 하지 않았다.

그는 조용히 문을 닫으려고 했지만 꽤 큰 소리가 났다. 그는 이웃 사람을 깨우지 않으려고 조용히 계단을 내려갔다. 그는 머메이드 가를 건너서 서프 가로 걸어갔다. 동트기 전의 코니 아일랜드는 어찌나 조용하고 어두운지! 위락가慰樂街는 모두 문이 닫히고 불이 꺼져 있었다. 시골길처럼 인적이 없는 거리가 그의 앞에 뻗어 있었다. 보드워크 너머로 출렁이는 파도소리가 들려왔다. 생선과 다른 해물 냄새가 풍겨왔다. 하늘에서는 몇 개의 별이 빛나고 있었다. 그는 한 대의 택시가 오는 것을 보고 불러 세웠다. 10달러짜리가 수중에 있는 전부였다. 그는 택시 안의 담배 연기를 빼기 위해서 창문을 열었다. 미풍이 불고 있었다. 그러나 그의 이마는 여전히 땀에 젖어 있었다. 그는 깊이 숨을 들이마셨다. 밤에는 싸늘했지만 낮이 되면 따뜻해질 것 같았다. 살인자가 누군가를 죽이려고 할 때 이런 기분일 것이라고 그는 생각했다.

"그녀는 나의 적이다! 나의 적敵이고 말구!"

그는 마샤를 머릿속에 그리면서 이렇게 중얼거렸다. 예전에도 이와 같은 일을 이미 경험한 것 같은 이상한 느낌이 들었다. 그러나 그게 언제였을까? 꿈에서 본 일일까? 그는 심한 갈증을 느꼈다. 아니면 이것은 마샤에 대한 그리움의 갈증일까?

택시가 맨해턴 비치 호텔 앞에 멈췄다. 허먼은 기사에게 10달러에 대한 거스름돈이 없는 게 아닐까 걱정을 했다. 그러나 운전사는 아무 말 없이 거스름돈을 세어 주었다. 로비 안은 조용했다. 호텔 종업원은 키 박스 앞 카운터에서 졸고 있었다. 허먼은 엘리베이터 보이가 이런 시간에 어디 가느냐고 물을 것이 틀림없다고 생각했다. 그러나 엘리베이터 보이는 그가 말한 층까지 아무 말 없이 태워다 주었다. 허먼은 방을 찾아서 문을 노크했다. 마샤가 즉시 문을 열었다. 그녀는 실내 옷을 입고 슬리퍼를 신고 있었다. 거리에서 들어오는 불빛만이 방 안을 희미하게 비추고 있었다. 그들은 팔을 벌려 말없이 서로를 꼭 껴안았다. 무서울 정도의 침묵에 잠겼다. 동이 텄는데도 허먼은 그것을 알아차리지 못했다. 마샤는 그의 몸에서 빠져나와 창의 차양을 내렸다.

거의 아무 말 없이 두 사람은 잠에 빠졌다. 허먼은 깊은 잠에 빠졌고, 새로운 욕망과 잃어버린 꿈에 대한 공포로 눈을 떴다. 기억나는 것은 혼란과 비명, 그리고 조롱하는 듯한 느낌이었다. 이런 어리둥절한 기억조차도 곧 사라지고 말았다. 마샤가 눈을 떴다.

"몇 시죠?"

그녀가 물었다. 그리고 다시 잠이 들었다.

그는 10시까지 서점에 가야 한다고 설명하기 위해 그녀를 깨웠다. 그들은 샤워하기 위해 욕실로 들어갔다. 마샤가 입을 열었다.

"우선 우리는 내 아파트에 가야 해요. 거기 몇 가지 물건이 아직 남아 있고, 집도 잠가야 해요. 어머니는 거기로 돌아오시지 않을 거니까요."

"며칠 걸리겠군."

"아뇨, 2~3시간이면 돼요. 우린 더 이상 여기 머무를 수 없어요."

그는 방금 그녀의 육체로 자기의 욕구를 충족시켰지만, 어떻게 그녀와의 긴 이별을 견뎌 왔는지 알 수 없는 기분이었다. 이 몇 주 동안 그녀는 더욱더 풍만해지고 젊어진 것 같았다.

"당신의 그 시골뜨기가 소동을 일으켰나요?"

그녀는 물었다.

"아니, 한 마디도 하지 않았어."

그들은 빨리 옷을 입었고, 마샤가 체크아웃을 했다. 그들은 쉬프스헤드만灣에 있는 지하철역까지 걸어갔다. 만에는 햇살이 빛났고 선박들이 붐비고 있었다. 그 중 많은 배들은 이른 새벽에 대해大海로 나갔다가 방금 돌아온 것들이었다. 몇 시간 전에 바다 속에서 헤엄치던 물고기들이 지금은 생기 없는 눈과 상처가 난 입, 그리고 혈흔이 진 비늘을 하고 배의 갑판에 눕혀져 있었다. 돈 잘 버는 운동선수 같은 체격의 어부들이 어획량을 가늠하면서 잡은 것들을 자랑하고 있었다. 허먼은 종종 사람들이 동물이나 생선을 죽이는 것을 볼 때마다 이런 생각을 했다. 즉 동물에 대한 행위에 있어서는 인간은 모두 나치라고 말이다. 인간이 제 잘난 듯 다른 종種들을 함부로 다룰 수 있다는 것은 가장 극단적인 인종차별주의를 예증하는 것이다. 힘은 곧 정의라는 원리를 말이다. 허먼은 줄곧 자기 자신은 채식주의자가 되겠다고 맹세해 왔다. 그러나 야드비가가 그 말을 들으려 하지 않았다. 그들은 고향에서도, 이후 수용에서도 그만하면 될 정도로 많이 굶었다. 그들은 또다시 굶주림에 시달리기 위해 이 부유한 미국에 온 것은 아니다. 이웃 사람들은 야드비가에게 의식 때의 도살은 유대교의 뿌리라고 가르쳐 주었다. 암탉의 목에 칼을 꽂기 전에 축복의 기도를 받고 의식의 도살을 하는 것은 암탉에게는 대단히 명예로운 일이었다.

허먼과 마샤는 아침 식사를 위해 카페테리아로 들어갔다. 허먼은 타마라를 만나서 서점의 열쇠를 줘야 하기 때문에 당장 마샤와 함께 브롱크스로 갈 수 없다고 다시 설명했다. 마샤는 의심스러운 듯이 그에게 귀를 기울였다.

"타마라는, 그러지 말라고 당신을 설득하려 들 텐데요."

"그러면 나와 같이 가지. 타마라에게 열쇠를 주고 나면 함께 집으로 갈 수 있으니까."

"난 지쳤어요. 요양소에서 보낸 지난 몇 주 동안은 정말 지옥에 갇힌 듯 지루하고 지긋지긋했어요. 매일같이 어머니는 브롱크스에 돌아가겠다고 고집을 피웠어요. 안락한 방과 간호사와 의사, 그리고 병원에 필요한 것은 다 갖춰져 있는데 말이에요. 거기에는 사람들이 기도를 할 수 있는 유대인 교회도 있어요. 랍비는 찾아올 적마다 어머니한테 선물을 했죠. 천국도 그 이상 나을 수 없을 거예요. 그런데도 어머니는 내가 양로원으로 데려다 주었다고 줄곧 책망했어요. 곧 다른 노인들도 무슨 수를 쓰더라도 어머니를 즐겁게 해줄 수 없다는 것을 알게 되었죠. 거기엔 모두가 신문을 읽고 카드놀이를 할 수 있는 정원도 있었어요. 그러나 어머니는 방에만 틀어박혀 나오질 않았어요. 노인들은 내가 참 안됐다고들 생각했죠. 내가 랍비에 대해서 한 이야기는 전부 사실이에요. 그는 나와 결혼하기 위해서라면 자기 아내와 헤어지겠다고까지 했어요. 말만 하면 모든 게 해결될 수 있었죠."

일단 지하철을 타고 나니까 마샤는 말이 없어졌다. 그녀는 눈을 감은 채 앉아 있었다. 허먼이 말을 걸 때마다 그녀는 잠에서 깨어난 것처럼 흠칫하고 놀랐다. 아침에는 그렇게 활기차고 젊어 보이던 그녀의 얼굴이 다시 침울해졌다. 한 올의 흰 머리카락이 허먼의 눈에 띄었다. 마샤는 드디어 이 드라마를 클라이맥스로 끌고 갔다. 그녀와 관련되는 모든 일들은 항상 꼬이고 걷잡을 수 없게 되고 극적으로 되어 버린다. 허먼은 줄곧 자기의 시계를 보았다. 그는 10시에 가게에서 타마라를 만나기로 되어 있었다. 그런데 벌써 10시 20분이었고, 열차는 아직 목적지까지 한참 남아 있었다. 드디어 기차는 캐널 스트리트에 멎었고 허먼은 재빨리 일어났다. 그는 마샤에게 전화할 것과 가능한 빨리 브롱크스로 가겠다고 약속했다. 그는 역 층계를 두 개씩 뛰어 올라갔다. 그는 서점으로 뛰어갔으나 타마라는 거기에 없었다. 집에 간 모양이었다. 그는 문을 열고 들어가서 타마라에게 전화를 걸어 자신이 서점에 도착했음을 알리려 했다. 그는 다이얼을 돌렸다. 그러나 아무 대답이 없었다.

　허먼은, 마샤도 지금쯤 집에 도착했으려니 생각하고 그곳으로 전화를 걸었다. 신호가 가는 소리가 몇 번 들렸다. 그러나 거기에서도 아무 대답이 없었다. 그가 다시 전화를 걸어 보고 수화기를 내려놓으려고 할 때, 마샤의 음성이 들려왔다. 그녀는 고함을 지르며 울고 있었다. 처음에는 뭐라고 말하는지 알아들을 수 없었다. 그는 간신히 그녀의 울부짖는 소리를 들었다.

　"도둑을 맞았어요! 물건을 모두 다 가져갔어요. 아무것도 남겨놓은 것 없이 말이에요. 남은 건 빈 벽 뿐이에요."

　"언제 일어난 거야?"

　"누가 알아요? 아, 세상에, 왜 나는 다른 유대인들처럼 화형을 당하지 않았을까?"

　그녀는 신경질적으로 울었다.

　"경찰에 신고했어?"

　"경찰이 무엇을 할 수 있죠? 그들 역시 도둑놈이에요!"

마샤는 전화를 끊었다. 그런데 허먼에게는 아직도 그녀의 울음소리가 들려오는 것 같았다.

4

타마라는 어디에 갔을까? 왜 기다리지 못했을까? 그는 그녀에게 전화를 걸고 또 걸었다. 허먼은 자기의 불안감을 가라앉히기 위해 책을 폈다. 그것은 《레비의 거룩함》이란 책이었다. 그는 다음과 같은 구절을 읽었다.

　　　사실은 모든 천사와 성스러운 동물은 최후의 심판을 앞두고 두려워 몸을 떠느니라. 사람도 역시 응보를 받을 날을 두려워 사지를 떠느니라.

문이 열리고 타마라가 가게 안으로 들어왔다. 그녀가 입은 드레스는 그녀를 너무 길고 커 보이게 했다. 그녀는 창백하고 수척해 보였다. 그녀는 간신히 소리치고 싶은 것을 참고 쉰 목소리로 거칠게 말했다.
"어디에 있었어요? 나는 10시부터 10시 30분까지 기다렸어요. 손님이 왔었어요. 그 손님은 미슈나 전집을 사려고 했었는데, 문을 열 수 있어야지요. 당신을 찾아 야드비가한테 전화해 보았지만 아무도 받지 않더군요. 그녀는 자살했을는지도 몰라요."
"타마라, 나는 더 이상 내 마음대로 할 수 없어."
"그럼요, 당신은 지금 스스로 자신의 무덤을 파고 있어요. 마샤는 당신보다 더 나빠요. 출산 직전의 여자에게서 남자를 빼앗아 가다니. 그런 짓을 하다니 정말 나쁜 년이야."

"마샤도 나와 마찬가지로 자기 자신을 마음대로 할 수 없어."

"당신은 항상 '자유 선택'이란 말을 해 왔어요. 당신이 랍비를 위해 쓴 책을 읽었는데, 거기에는 말끝마다 '자유 선택'이란 말이 나오더군요."

"랍비가 그렇게 하라고 해서 '자유 선택'이란 말을 쓴 거요."

"그만둬요! 당신답지 않아요. 여자는 남자를 미치게 할 수 있어요. 우리가 나치를 피해서 달아날 때 폴리 시온에서 꽤 유명한 남자가 가장 가까운 친구의 아내를 가로챘어요. 후에 우리는 모두 한 방에서 잘 수밖에 없었는데, 약 30명이 말이지요. 그런데 그녀는 뻔뻔스럽게도 남편한테서 두 발짝밖에 떨어지지 않은 곳에서 자기 애인과 함께 자더란 말이에요. 그 세 사람 모두 지금은 죽었어요. 그런데 당신 어디로 갈 작정인가요? 하느님께서는 이러한 모든 재난 후에 당신에게 아기를 주셨어요. 그걸로 부족한가요?"

"타마라, 그런 이야긴 쓸데없어. 나는 마샤가 없으면 살 수 없고, 또 나는 자살을 할 용기마저도 없어."

"자살할 필요는 없어요. 우리가 아기를 기르겠어요. 랍비도 뭔가 대책을 세워줄 거고, 나 역시 무력하지만은 않거든요. 내가 살게 된다면, 내가 그 아기의 두 번째 엄마가 되어 주겠어요. 그런데 당신 혹시 돈이 없지 않아요?"

"당신한테서는 한 푼도 더 받지 않겠어."

"서둘지 말아요. 그녀가 그토록 오래 기다렸다면 앞으로 10분 정도 더 기다릴 수 있을 거예요. 앞으로 어떻게 할 작정인가요?"

"우린 아직 결정하지 않았어. 랍비가 마이애미나 캘리포니아에 그녀의 일자리를 주선해 준다고 했어. 나도 일거리를 찾아볼 거야. 애기의 양육비를 송금할 작정이야."

"그건 문제가 안 돼요. 나는 야드비가한테 이사 갈 수도 있지만, 거긴 여기 서점에서 너무 멀어요. 아마 그녀를 이리로 데리고 와서 함께 살게 될 것 같아요. 큰아버지와 큰어머니께서 아주 기꺼이 그런 편지를 보내오셨기 때문에, 여기로 다시 돌아오실지는 의심스러워요. 벌써 모든 성자의 무덤을 방문하셨대요. 만일 성모 라켈이 여전히 전능한 힘을 가지고 있다면, 틀림없이 그들을 환대해줄 거예요. 당신의 마샤는 어디서 살죠?"

"이스트 브롱크스에서 산다고 말하지 않았나. 도둑을 당했다구 하는군. 말끔히 다 가져가 버렸대."

"뉴욕은 도둑들의 천국이죠. 그러나 나는 이 가게에 대해서 아무 걱정도 하지 않아요. 2~3일 전 내가 가게 문을 닫으려고 할 때 이웃의 직물가게 주인이 도둑이 무섭지 않느냐고 묻길래, 내가 두려하는 건 오직 어떤 이디시어를 쓰는 작가가 밤에 침입해 들어와서 책을 더 두고 가지나 않을까 하는 것뿐이라고 말했어요."

"타마라, 가봐야겠어. 키스하겠어. 타마라, 나에게는 이게 마지막이야."

허먼은 가방을 들고 서점 밖으로 서둘러 나왔다. 마치 지하철은 거의 텅텅 빈 시간이었다. 그는 지하철역에서 내려, 마샤가 살고 있는 작은 골목길로 걸어 들어갔다. 그는 여전히 그녀의 아파트의 열쇠를 가지고 있었다. 문을 여니 마샤가 방 한가운데 서 있었다. 그녀는 진정이 된 것 같았다. 옷장이란 옷장은 모두 열려져 있고, 서랍장도 전부 텅텅 비었다. 아파트는, 소지품들은 다 옮겨 갔고 단지 남은 가구들만이 옮겨지길 기다리고 있는, 마치 이사하는 중의 집처럼 보였다. 허먼은 도둑들이 전구까지 빼간 것을 알았다.

마샤는 이웃 사람들이 들어오지 못하도록 문을 잠갔다. 그녀는 허먼의 방으로 가서 침대에 앉았다. 베개와 시트마저도 훔쳐가고 없었다. 그녀는 담배에 불을 붙였다.

"당신 어머니한테는 뭐라고 이야기했어?"

허먼이 물었다.

"사실대로요."

"뭐라고 말씀하셔?"

"항상 하시는 그 말이지요 뭐. 엄마가 서운하다느니, 내가 어머니를 버렸다느니, 갈 테면 가라느니 하는 등 말이에요. 나에겐 오로지 현재만이 중요해요. 이렇게 도둑을 맞은 건 보통 일이 아니에요. 더 이상 여기서 꾸물대지 말라는 암시예요. 성경에도 나와 있잖아요, '어머니의 태胎내에서 빈 몸으로 왔으니 다시 그리로 빈 몸으로 돌아가리라'고 쓰여 있어요. 그런데 왜 '어머니의 태내'이죠? 우리는 어머니의 태내로 돌아가지 않잖아요."

"땅이 곧 어머니지."

"그렇군요. 하지만 대지로 돌아갈 때까지는 살아보자고요. 당장 어디로 갈 것인지 정해야만 해요. 캘리포니아인지 플로리다인지. 기차나 버스를 타고 갈 수 있어요. 버스가 더 싸긴 하지만 캘리포니아로 가려면 일주일이 걸리니까 거기에 도착하면 녹초가 될 거예요. 난 마이애미로 갔으면 해요. 요양소에서 당장 일을 시작할 수 있을 테니까요. 지금은 비수기니까 모든 게 반값이면 될 거예요. 거긴 더울 거예요. 그러나 우리 어머니 말씀에 따르면 지옥은 훨씬 더 뜨거울 것이래요."

"버스는 언제 떠나지?"

"전화를 해서 알아보겠어요. 전화기는 훔쳐 가지 않았네요. 낡은 가방 역시 두고 갔군요. 우리가 필요한 건 모두 있는 셈이네요. 유럽을 헤매 다녔을 때가 생각나요. 가방조차 없이 보따리만 들었을 뿐이었어요. 그렇게 비참하게 보이지 말아요! 당신은 플로리다에서 일자리를 찾을 수 있을 거예요. 랍비를 위해 글을 쓰고 싶지 않다면 가르치는 일을 할 수도 있어요. 노인들은 펜타튜크나 주석서를 공부하는 데 도와 줄 사람이 필요할 거예요. 당신은 적어도 일주일에 40달러는 벌 수 있을 거라 생각하고, 내가 버는 100달러를 더한다면 우리는 왕처럼 살 수 있을 거예요."

"좋아, 그러면 그렇게 결정하지."

"어쨌든 이 너절한 것들을 모두 가져갈 생각은 없었어요. 도둑맞은 것은 어쩌면 더 잘된 일일지도 몰라요."

웃는 마샤의 눈은 생기를 띠었다. 햇살이 그녀의 머리 위에 쏟아져 그녀의 머리카락이 불붙는 듯한 색깔로 바뀌었다. 겨울 내내 눈으로 덮여 있던 바깥의 가로수들은 다시 두껍게 무성한 푸른 잎으로 장식되어 있었다. 허먼은 놀라운 눈으로 그것을 쳐다보았다. 겨울마다 허먼은 쓰레기와 깡통들 사이에 서 있는 그 나무가 시들어 죽었으려니 믿었다. 바람이 나뭇가지를 꺾어 놓았다. 거리를 헤매고 돌아다니는 개들이 나무 밑동에다 오줌을 갈겼다. 나무는 세월이 지나감에 따라 더 가늘어지고 울퉁불퉁해지는 것 같았다. 이웃의 아이들은 그 수피樹皮에다 자기들의 이름을 새기고, 하트도 그리며, 상스러운 말들도 새겼다. 그러나 여름이 오면 나무들은 언제나 잎으로 무성했다. 새들은 그 무성한 잎 속에서 지저귀었다. 나무는 톱이나 도끼, 또는 마샤가 창 밖으로 항상 내던지는 담배꽁초의 불씨가 자기를 없애 버릴지도 모른다는 염려는 전혀 하지 않고 자기의 사명을 다해 온 셈이었다.

"혹시 랍비가 멕시코에 요양소를 갖고 있을까?"

허먼은 마샤에게 물었다.

"왜 멕시코예요? 기다려요, 금방 돌아올게요. 여길 떠나기 전 세탁소에 옷가지를 맡긴 것이 좀 있어요. 당신 것도 중국인 세탁소에 맡겨두었어요. 은행에도 몇 달러 남아 있는데 찾아와야겠어요. 한 30분쯤 걸릴 거예요."

마샤는 밖으로 나갔다. 그녀가 문을 잠그는 소리가 들렸다. 그는 자신의 책을 뒤져 랍비의 일을 계속하게 된다면 필요하게 될 사전을 골라냈다. 서랍 속에는 갖가지 낡은 노트와 도둑이 보지 못한 낡은 만년필까지도 들어 있었다. 허먼은 가방을 열고 책들을 그 속에 밀어 넣었다. 그러나 가방을 닫을 수 없었다. 그는 야드비가에게 전화를 하고 싶은 충동을 느꼈으나 그것이 무의미한 짓임을 깨달았다. 그는 아무것도 없는 침대에 벌렁 드러누웠다. 그는 잠이 들었고 꿈을 꾸었다. 눈을 떴을 때 마샤는 아직 돌아와 있지 않았다. 햇빛은 사라졌고 방 안은 어두웠다. 갑자기 문 밖에서 발자국 소리와 외쳐대는 소리가 들려왔다. 뭔가 무거운 것이 끌려오는 소리 같았다. 그는 일어나서 바깥쪽의 문을 열었다. 한 남자와 한 여자가 시프라 푸아를 반은 끌고 반은 부축하면서 데리고 왔다. 그녀의 얼굴은 병색으로 모습도 달라졌다. 남자가 외쳤다.

"이분이 내 택시 앞을 횡단하려고 했다오. 당신이 아들이오?"

"마샤는 어디 있어요?"

여자가 물었다. 허먼은 그 여자가 이웃에 살고 있는 여자임을 알아보았다.

"지금 집에 없어요."

"의사를 불러요!"

허먼이 층계를 두서너 개씩 달려 시프라 푸아에게로 갔다. 허먼이 달려들어 그녀를 껴안고 일어나려고 하자, 그녀는 엄한 표정으로 허먼을 노려보았다.

"의사를 불러 드릴까요?"

허먼은 물었다.

시프라 푸아는 싫다는 듯이 고개를 내저었다. 허먼은 돌아서 아파트로 들어갔다. 택시 기사는 허먼이 예전에는 본 적 없는 시프라 푸아의 지갑과 작은 여행 가방을 주었다. 허먼이 그의 돈으로 택시 요금을 치렀다. 그들은 시프라 푸아를 어둑어둑한 침실로 데리고 들어갔다. 허먼은 전등 스위치를 눌렀다. 그러나 도둑들은 전구마저도 훔쳐 가 버렸다. 기사는 왜 아무도 전등을 켜지 않느냐고 물었고, 그러자 이웃에 사는 여인이 자신의 아파트에 전구를 가지러 나갔다. 시프라 푸아는 불평을 늘어놓기 시작했다.

"여기는 왜 이렇게 어둡지? 마샤는 어디 갔어? 아이구, 내 팔자야!"

허먼은 시프라 푸아의 팔과 어깨를 붙들었다. 그동안 여인이 돌아와서 전구를 끼웠다. 시프라 푸아는 자기의 침대를 보았다.

"침구가 어디로 갔지?"

그녀는 거의 건강하게 들리는 어조로 물었다.

"베개와 시트를 가져다 드릴게요. 우선 좀 누워 계세요."

이웃에 사는 여자가 말했다.

허먼은 시프라 푸아를 침대로 데리고 갔다. 그는 자기 몸이 떨리는 것을 느꼈다. 그가 그녀를 안고 들어 올려서 침대 위에 놓을 때 그녀는 그에게 꼭 달라붙었다. 시프라 푸아는 신음 소리를 내었고 얼굴은 더욱 일그러졌다. 이웃 여자가 베개와 시트를 가지고 들어왔다.

"당장 구급차를 불러야겠어요."

다시 계단에 발걸음 소리가 나고 마샤가 들어섰다. 한 손에는 옷걸이에 건 옷을 들고 다른 한 손에는 세탁물을 들고 있었다. 그녀가 방에 들어오기 전에 허먼은 열린 문을 통해서 말했다.

"당신 어머니가 오셨어!"

마샤는 그 자리에 걸음을 멈추었다.

"막 달려서 쫓아온 거로군요. 그렇죠?"

"몸이 편찮으셔."

마샤는 옷 꾸러미를 허먼에게 넘겼다. 그는 그것을 받아서 부엌 식탁 위에 놓았다. 마샤가 화가 나서 어머니에게 고함을 지르는 소리가 들려왔다. 그는 의사를 불러야 할 것을 알았지만 어디로 연락해야 할지 알 수 없었다. 이웃 여자는 침실에서 나와서 손을 펴 보이면서 어떻게 했으면 좋겠느냐는 시늉을 지어보였다. 허먼은 자기 방에 돌아갔다. 이웃 여자가 전화로 누군가에게 불평을 늘어놓는 소리가 들려왔다.

"경찰이요? 어디 가서 경찰을 데려 오죠? 그 동안에 할머니가 돌아가실지도 모르는데요."

"의사를 불러요! 의사요! 어머니가 죽어 가요! 나에 대한 앙갚음으로 어머니가 자살을 했어요!"

마샤는 앙칼진 소리를 질러댔다.

그리고 마샤는 2~3시간 전에 도둑을 맞았다며 전화로 말하면서 울어댄 것처럼 통곡하기 시작했다. 그것은 그녀의 음성 같지 않았다. 고양이의 울음소리나 원시인의 목소리 같았다. 그녀의 얼굴은 일그러졌다. 그녀는 머리카락을 쥐어뜯고 발을 동동 굴렀다. 허먼에게 공격할 듯이 달려들었다. 이웃 여자는 멍해져서 수화기를 가슴에 대고 서 있을 뿐이었다.

마샤가 외쳤다.

"이게 바로 당신이 원한 거야! 적이야! 피투성이의 적이라고!"

그녀는 숨을 헐떡였다. 그리고 그녀의 몸은, 쓰러질 듯이 앞으로 많이 구부러졌다. 이웃 여인은 수화기를 떨어뜨리고 마샤의 어깨를 잡았다. 그녀는 숨 넘어 가는 아이를 살리려고 하는 것처럼 마샤를 흔들어댔다.

"살인자들!"

10장 이방인

1

의사가 도착했다. 마샤가 상상임신을 했을 때 돌봐 주었던 의사로, 시프라 푸아에게 주사를 놓아 주었다. 그러고 나서 구급차가 도착했고 마샤는 어머니와 함께 구급차를 타고 병원으로 갔다. 2~3분 후에는 경찰이 문을 두드렸다. 허먼은 시프라 푸아가 이미 병원으로 옮겨졌다고 말했다. 그러자 경찰은 도난사건 때문에 찾아왔다고 말했다. 경찰은 허먼의 성명과 주소를 묻고 이 집 식구들과 어떤 관계가 있느냐고 물었다. 허먼은 말을 더듬으며 창백해졌다. 경관은 어쩐지 수상쩍다는 듯이 그를 빤히 쳐다보며 언제 미국에 왔으며 시민권을 갖고 있는지를 물었다. 경찰은 무엇인가를 수첩에다 적고는 돌아갔다. 이웃에 사는 여자가 시트와 베개를 가지러 왔다. 마샤가 병원에서 전화를 해줄 것이라고 허먼은 기대하고 있었으나, 2시간이 지나도록 감감 무소식이었다.

밤이 되었는데도 침실을 제외하고는 아파트는 아주 깜깜했다. 허먼은 침실의 전구를 자기 방으로 가져가려 했다. 그러다 문기둥에 몸을 부딪혀 전구 속의 필라멘트가 파르르 떠는 소리를 들었다. 그는 그의 침대 곁에 있는 소켓에 전구를 꽂아 보았으나 불이 들어오지 않았다. 부엌으로 양초와 성냥을 찾으러 갔으나 그것도 눈에 띄지 않았다. 그는 창가에 서서 어두운 바깥을 바라보고 있었다. 2~3시간 전만 하더라도 잎마다 밝은 태양빛을 반사하고 있던 나무는 이제 어둠을 등지고 서 있었다. 불그레하게 타오르는 하늘에는 별 하나가 반짝이고 있었다. 한 마리의 고양이가 조심스러운 발걸음으로 뜰을 가로질러 고철 부스러기와 쓰레기의 틈새로 기어 들어갔다. 고함 소리, 차량의 소음, 고가철도의 억제된 포효 소리가 멀리서 메아리쳤다. 허먼은 이제껏 경험하지 못한 우울한 기분에 빠졌다. 그는 이 텅 비고 불빛 하나 없는 집에서 밤새 혼자 남아 있을 수 없었다. 만일 시프라 푸아가 죽기라도 했다면 그녀의 영혼이 유령이 되어 나타날 것 같았다.

그는 나가서 전구를 사오기로 결심했다. 게다가 그는 아침 이후로 아무것도 먹지 못했다. 아파트를 나와서 문을 닫는 순간, 그는 열쇠를 잊고 나온 것을 깨달았다. 그는 주머니 속에 열쇠가 없는 것을 알면서도 그 속을 뒤졌다. 테이블 위에 놓아둔 것이 틀림없었다. 아파트 안쪽에서는 전화벨이 울리기 시작했다. 허먼은 문을 밀어 보았으나 문은 단단히 잠겨 있었다. 전화벨은 계속 울리고 있었다. 허먼은 있는 힘을 다해 문을 밀어 보았으나 조금도 문은 움직이지 않았고, 전화는 계속 울렸다.

"저건 마샤야! 마샤라구!"

그는 시프라 푸아를 어느 병원으로 데려 갔는지 도무지 기억나지 않았다.

전화 소리가 멈췄다. 그러나 허먼은 문 앞에 서 있는 채였다. 그는 문을 부수고 안으로 들어가야 할지 어떨지 갈피를 못 잡았다. 전화는 곧 다시 걸려올 것이 틀림없었다. 그는 5분은 족히 기다리다가 계단 아래로 내려갔다. 그가 막 도로에 면한 건물 입구에 닿았을 때 전화는 다시 울리기 시작했고 몇 분간이나 계속되었다. 허먼에게는 그 집요한 전화 소리가 마샤의 성난 목소리로 들렸다. 그는, 그녀의 얼굴이 고뇌로 일그러진 것을 바라볼 수 있었다.

되돌아서도 어쩔 도리가 없었다. 그는 트레몬트 거리 쪽으로 걸어가서, 마샤가 전에 계산원으로 일하던 카페테리아 앞까지 왔다.

그는 커피를 딱 한 잔 마시고 되돌아가 마샤가 돌아올 때까지 계단에서 기다리기로 했다. 그는 카운터로 다가갔다. 그는 조끼의 주머니를 만지다가 열쇠의 감촉을 느꼈다. 하지만 그것은 브루클린에 있는 그의 아파트 열쇠였다.

커피를 주문하는 대신, 그는 타마라에게 전화를 걸려고 했지만, 전화 부스는 모두 만원이었다. 그는 느긋하게 굴려고 애를 썼다. '영원마저도 무한히 지속되는 것은 아니다. 우주에 시작이 없다면 하나의 영원은 이미 지나간 셈이다'라는 말이 떠올랐다. 그리고 혼자 미소를 지었다. 제논(그리스의 철학자)의 역설逆說로 돌아가자! 통화를 하고 있던 세 사람 중 한 사람이 전화를 끊었다. 허먼은 재빨리 부스 안으로 들어가 자리를 차지했다. 그는 타마라에게 전화를 걸었으나 아무도 받지 않았다. 그는 동전이 되돌아 나오자 무의식중에 브루클린의 아파트로 전화를 걸었다. 악의를 품고 있는 사람이라도 좋으니 귀에 익숙한 목소리를 듣고 싶었다. 그러나 야드비가도 역시 집에 없었다. 그는 수십 번이나 전화 소리가 울리도록 내버려 두었다.

허먼은 빈 테이블에 앉아, 30분 뒤에 마샤의 아파트에 전화를 하기로 했다. 그는 주머니에서 종이 조각을 끄집어내어 두 사람이 가지고 있는 돈으로 얼마나 오래 지낼 수 있는지 계산해 보려고 했다. 그러나 버스비가 얼마인지 모르는 이상, 그것은 헛수고였다. 그는 낙서를 하면서 2~3

분마다 손목시계를 들여다보았다. 이 시계를 팔면 얼마나 받을까? 1달러 이상 받지는 못할 것이다.

그는 거기 앉아서 생각을 종합해 보았다. 다락방의 건초더미 안에 있을 때는, 그는 세계에 어떤 근본적인 변혁이 일어나리라는 생각을 가졌었다. 그러나 아무 변화도 없었다. 정치, 정치가의 언동, 입에서 나오는 공약 등은 전부 이전과 같았다. 교수들은 살인, 고문, 강간, 공포의 심리학에 관한 논문을 계속 썼다. 발명가는 새로운 살인 무기를 만들었다. 문명과 정의에 관해 이야기하는 것은 야만과 부정에 관해 이야기하는 것보다 훨씬 불쾌했다.

"부패 속에 빠져, 나 자신도 부패되었다. 탈출구는 없다. 가르치다니? 무엇을 가르친단 말인가? 누구에게 가르친단 말인가?"

허먼은 중얼거렸다.

그는 랍비의 파티에서 일어난 똑같은 구토를 느꼈다. 20분 뒤에 전화를 걸었더니 마샤의 소리가 들렸다. 그는, 그녀의 음성에서, 시프라 푸아가 죽었다는 것을 알았다. 예사로운 일을 말할 때의 요란스러운 말씨와는 전혀 딴판인 억양이 없는 말투였다.

그럼에도 불구하고 그는 물었다.

"어머님은 어떠셔?"

"이제 난 엄마가 안 계셔."

마샤가 대답했다.

두 사람 사이에는 침묵이 흘렀다.

"지금 어디에 있어요? 기다려 줄 줄 알았어요."

잠시 후, 마샤가 물었다.

"언제 돌아가신 거지?"

"병원에 도착하기 전이에요. 숨을 거둘 때 '허먼은 어디 있지?' 라고 하셨어요. 당신 어디 있어요? 돌아와요."

그는 계산원에게 돈을 지불하는 것을 잊은 채로 카페테리아를 뛰쳐나왔기 때문에 계산원이 소리를 치며 따라 나왔다. 그는 계산원에게 돈을 던졌다.

2

허먼은, 이웃 사람들이 마샤와 함께 있어 줄 거라 생각했었는데, 아무도 없었다. 아파트는 그가 나왔을 때와 마찬가지로 어두웠다. 두 사람은 잠자코 가까이 서 있었다.

"전구를 사러 나갈 때 문이 저절로 잠겼어. 양초 놓아 둔 거 없어?" 허먼이 말했다.

"뭘 하게요? 필요 없어요."

그는 자기 방으로 그녀를 데리고 갔다. 그곳이 약간 더 밝았다. 그는 의자에 앉았고 마샤는 침대 가에 걸터앉았다.

"또 누가 알고 있지?"

"아무도 모르고, 아무도 관심이 없어요."

"랍비에게 연락해 볼까?"

마샤는 대꾸를 하지 않았다. 허먼은 그녀가 슬픔에 잠겨 자신의 말을 듣지 못한 것으로 생각했다. 그런데 갑자기 그녀가 입을 열었다.

"허먼, 이제 더 견디지 못하겠어요. 이런 일에는 절차가 있어야 하고 돈도 더 필요해요."

"랍비는 어디에 있지? 아직 집에 있나?"

"내가 갔을 때는 있었어요. 그러나 비행기로 어디론가 갈 모양이었어요. 어딘지는 기억 못하겠어요."

"내가 집에 있는지 연락해 보지. 성냥 있어?"

"내 핸드백 어디 있죠?"

"집 안에 있다면 내가 찾아보도록 하지."

허먼은 일어서 핸드백을 찾으러 갔다. 그는 장님처럼 더듬거리며 찾아 나섰다. 부엌에 있는 테이블 위와 의자 위를 더듬었다. 침실로 가고 싶었지만 무서웠다. 병원에다 두고 온 것이 아닐까? 그는 마샤한테로 되돌아왔다.

"못 찾겠어."

"가져왔어요. 문 열쇠를 꺼낸 걸요."

마샤도 자리에서 일어나 두 사람은 어둠 속에서 손으로 더듬으며 찾아다녔다. 의자가 넘어졌고 마샤가 그것을 일으켜 세웠다. 허먼은 욕실로 가서, 평소의 습관으로 전기 스위치를 눌렀다. 불이 들어왔고 세탁물 위에 있는 핸드백이 보였다. 도둑들은 약장 위의 전구는 미처 생각지 못했던 것이다.

허먼은 핸드백을 집어 들었는데 그 무게에 놀랐다. 그는 가방을 찾은 것과 목욕실에 불이 들어온 것을 알리기 위해 마샤를 불렀다. 그는 손목시계를 얼핏 보았는데 태엽 감는 것을 잊어버려 시계는 죽어 있었다.

욕실 문까지 온 마샤의 얼굴은 변했고, 머리는 헝클어져 있었다. 그녀는 실눈을 떴다. 그는 핸드백을 넘겨주었다. 그녀의 얼굴을 똑바로 쳐다볼 수 없었다. 여자의 얼굴을 보지 않는 경건한 유대인처럼 그는 얼굴을 돌리고 그녀에게 말을 걸었다.

"이 전구를 전화기 근처에 있는 램프에 꽂아야겠어."

"왜요? 좋아요, 뭐—."

허먼은 조심스럽게 전구를 뺀 뒤 그것을 꽉 쥐었다. 그는, 마샤가 자기를 책망하지도 않고, 울부짖지도 않고, 소란을 피우지도 않아서 고맙게 생각했다. 그는 전구를 거실 소켓에 꽂고 그것에 불이 들어왔을 때 일순간 만족감을 느꼈다. 그는 랍비에게 전화를 걸자 여자 목소리가 나왔다.

"랍비 램퍼트는 캘리포니아에 가셨습니다."

"언제쯤 돌아오실지 알 수 있을까요?"

"일주일 이상 걸릴 것 같군요."

허먼은 그것이 무엇을 의미하는지 알았다. 만일 랍비가 있었다면, 그가 장례 절차를 밟아 주었을 것이며, 어쩌면 비용도 부담했을 것이다. 허먼은 잠시 주저하다가 랍비에게 연락할 수 있는 곳을 물었다.

"그것은 말씀드릴 수 없습니다." 여자는 사무적으로 말했다.

허먼은 전등을 껐다. 왜 그랬는지 자신도 몰랐다. 그의 방으로 돌아오니 마샤는 핸드백을 무릎 위에 올려놓고 앉아 있었다.

"랍비는 캘리포니아로 떠난 모양이야."

"그렇군요—."

"무엇부터 시작해야 하나?"

허먼은 마샤와 그 자신에게 물었다. 마샤는 언젠가 모녀 둘 다 회원의 장례를 인수하는 어떤 기관이나 교회에도 속해 있지 않다고 말한 적이 있었다. 장례비용도 묘지 안장도 전부 돈을 지불해야만 한다. 허먼은 구청을 찾아가 편의를 부탁하고 신용 대부를 받고 보증을 얻어야만 했다. 하지만 누가 나를 알지? 그는 문득 동물 생각이 났다. 즉 동물들은 남에게 폐를 끼치지 않으면서 살고, 죽을 때도 누구에게도 짐을 지우지 않는다는 것이다.

"마샤, 난 살고 싶지 않아."

허먼이 말했다.

"당신은 언젠가 우리 함께 죽자고 말한 적이 있었죠. 이제 그러기로 해요. 우리 두 사람이 충분히 먹을 만한 수면제가 있어요."
"좋아, 그걸 먹도록 하지."
허먼은 자신이 진실로 그런 말을 한 것인지도 모르면서 말했다.
"가방 안에 들어 있어요. 이제 물 한 컵만 있으면 되는군요."
"물은 있지."
그는 목구멍이 굳어져 제대로 말을 할 수 없었다. 일이 이런 식으로 일어난 모양하며 모든 것이 이렇게도 빨리 정점을 향해 치솟는 속도가 그를 당황하게 했다. 그는 마샤가 휘젓는 핸드백 속에서 열쇠와 잔돈과 립스틱이 서로 부딪치는 소리를 들을 수 있었다.
'그녀가 내 죽음의 천사라는 것을 난 항상 알고 있었어.'
허먼은 생각했다.
"죽기 전에 진실을 알고 싶어."
허먼은 이렇게 말하는 자신의 음성을 들었다.
"무엇에 관한 거죠?"
"우리가 만난 뒤로 당신이 내게 충실했는지 어떤지, 말이야."
"당신은 내게 충실했어요? 당신이 진실을 말한다면 나도 그렇게 할게요."
"진실을 말하지."
"잠깐만요. 담배 한 대 피우고 싶어요."
마샤는 담뱃갑에서 담배 한 개비를 꺼냈다. 그녀는 모든 행동을 천천히 했다. 그녀가 엄지손가락과 집게손가락 사이에 담배를 끼우는 소리를 들을 수 있었다. 그녀는 성냥을 켰다. 그 불빛에 수상쩍게 그를 바라보고 있는 그녀의 눈동자가 보였다. 그녀는 담배를 한 모금 빨고 성냥불을 꺼버렸다. 성냥개비의 머리 부분이 잠시 빛을 내면서 그녀의 손톱을 비췄다.

"자, 말해 봐요."

마샤는 말했다.

허먼은 매우 힘들게 입을 열었다.

"타마라하고만 단 한 번. 그게 전부야."

"언제 그랬죠?"

"그녀가 캐스킬에 있는 호텔에 묵고 있을 때."

"당신은 캐스킬에 간 적이 없잖아요."

"랍비 램퍼트와 강연차, 애틀랜틱 시티로 간다고 말했을 거야. 자 이젠 당신 차례야."

마샤는 짧게 웃었다.

"당신이 전처와 한 일을 나는 내 전 남편과 했어요."

"그렇다면 그가 말한 게 사실이란 건가?"

"그때는요. 이혼을 해달라고 그를 만나러 갔을 때 그가 강요했어요. 그는 그것이 내가 그와 이혼할 수 있는 유일한 길이라고 말했어요."

"당신은 그가 거짓말을 한 거라며 하늘에 맹세했었는데."

"거짓 맹세를 한 거였어요."

두 사람은 침묵을 지키고 앉아 각기 다른 생각에 잠겨 있었다.

"별로 지금 죽을 이유도 없군."

허먼이 말했다.

"어떻게 하길 원해요? 날 떠날 건가요?"

허먼은 대답하지 않았다. 그는 공허한 마음으로 그곳에 앉아 있었다. 그러나 잠시 후 그가 말했다.

"마샤, 오늘 밤 떠나야 해."

"나치당원들마저도 유대인이 그들의 죽은 사람들을 매장하는 걸 허락했어요."

"우리는 더 이상 유대인이 아니요. 난 여기에 더 머물 수도 없어."

"내가 어떻게 하면 좋겠어요? 난 앞으로 10세대 동안 저주를 받을 거예요."

"우리는 이미 저주를 받고 있어."

"최소한 장례식이 끝날 때까지는 기다리도록 해요."

마샤는 겨우 입을 열었다.

허먼은 일어섰다.

"난 지금 떠나겠어."

"기다려요, 같이 가겠어요. 잠시 욕실에 갔다 올게요."

마샤는 일어났다. 걸으면서 발을 질질 끌었다. 구두 뒤축이 마루에 긁혔다. 문 밖에서는 어둠 속에서 나무가 미동도 없이 서 있었다. 허먼은 나무에게도 작별의 말을 했다. 그는 마지막으로 나무의 신비를 헤아려 보려고 했다. 그는 물이 첨벙거리는 소리를 들었다. 마샤는 분명히 샤워하고 있는 것 같았다. 그는 조용히 선 채, 귀를 기울이며 그 자신과 마샤가 함께 가겠다고 한 것에 놀랐다.

마샤가 욕실에서 나왔다.

"허먼, 어디 있어요?"

"여기 있어."

"허먼, 나는 어머니를 버리고 갈 수 없어요."

마샤는 조용히 말했다.

"어쨌든 어머니와도 헤어져야 하잖아?"

"난 어머니 옆에 묻히고 싶어요. 남들 한가운데 묻히는 것은 싫어요."

"내 곁에 묻어 달라면 되잖아."

"당신은 남이에요."

"마샤, 난 가야 해."

"잠깐 기다려요. 어차피 떠나가는 거라면 당신의 시골뜨기한테로 돌아가요. 아이 곁을 떠나지 말아요."

"모두에게서 떠날 거야."

허먼이 말했다.

| 에필로그 |

셰부트 전날 밤, 야드비가는 딸을 낳았다. 랍비는, 만일 태어난 아이가 계집아이면 마샤라는 이름을 지어 주도록 그들에게 당부했었다. 시프라 푸아의 장례식과 마샤의 장례식, 그리고 야드비가의 출산 비용도 랍비가 전부 부담했다. 유모차와 모포, 배냇저고리, 그리고 장난감까지 그가 장만해 주었다. 레브 아브라함 니센과 셰바 하다스는 이스라엘에 남기로 결정했으며, 타마라는 큰아버지의 아파트와 서점을 상속받았다.

 타마라는 야드비가를 혼자 살 게 할 수는 없었으므로 모녀를 데려오기로 했다. 타마라는 하루 종일 책방에서 일했고 야드비가는 집안일을 돌보았다.

 마샤는 유언을 남겼다. 그녀의 죽음에는 아무도 책임이 없었다. 그녀는 어머니 곁에 묻어 달라고 부탁했다. 캘리포니아의 랍비의 주선으로 그들 모녀는 함께 빈민 묘지에 매장되었다. 무슨 일이 일어났는지 아무도 모르는 가운데 이틀이 지나갔다. 《이디시어 신문》에 실린 기사에 의하면, 마샤가, 배우인 야샤 코티크의 꿈 속에 나타나 자기가 죽은 것을 알려 주었다는 것이다. 다음 날 아침, 야샤 코티크가 레온 토트샤이너에게 전화를 걸었다. 아직도 마샤의 아파트 열쇠를 갖고 있던 토트샤이너가 방문을 열고 들어가 그녀의 시체를 발견했다. 캘리포니아에 있는 랍비에게 연락한 것은 토트샤이너였다. 그런데 그 이야기는 후에 마샤의 이웃 사람이 그 신문에 실린 편지에서 반증되었다. 마샤는, 시프라 푸아가 죽었지만 시체 처리가 어려워 병원에다 전화를 걸었다. 그녀는 그 뒤에 아파트의 청소부에게 전화를 걸었다는 것이다. 청소부가 아파트의 문을 열었을 때, 마샤의 사체가 발견되었다고 이웃사람들이 증언했다.

랍비는 타마라와 꼬마 마샤를 자주 찾아왔다. 그는 가끔 차를 타마라의 가게 앞에 세워 놓고 안으로 들어가 책을 이것저것 끄집어내어 읽곤 했다. 그는 또 그녀의 단골손님들과 책을 싸게 팔겠다는 사람들을 타마라의 가게에 안내했다. 랍비는 또 마샤 모녀를 위해 타마라의 가게 바로 근처에 있는 커낼 가街의 묘비 제작자에게 합동 묘비를 주문했다.

타마라는 여남은 번 《이디시어 신문》의 사람 찾는 난에 허먼의 이름을 실었지만 반응은 없었다. 자살했든가 아니면 폴란드에서의 다락방 생활을 하든가, 미국의 어딘가에서 재탕하고 있음에 틀림없다고 타마라는 믿었다. 어느날 랍비는, 법이 개정되어 남편에게 버림받은 아내는 재혼할 수 있게 되었다고 타마라에게 알렸다.

그러자 타마라는, '아마 다음 세상에서라면 허먼과 재혼하겠어요' 라고 대답했다는 것이다.

| 작품 해설 |

유대계 작가들과 아이작 싱어

김회진(서울시립대 명예교수)

1. 아메리카의 유대계 작가들

(1) 그들의 역사와 배경

세계의 유대인 인구 1400만 중의 600만인이 아메리카로 이주했고 그 중의 250만인이 뉴욕에 거주하고 있다고 한다. 이스라엘의 230만, 러시아의 250만 등과 비교해도 아메리카의 유대인 숫자가 두드러지는 것을 알 수 있다.

모세가 이끄는 이스라엘 민족이 이집트를 탈출해서 약속의 땅인 가나안에 도착해서 거기서 건국했다. 그러나 주변의 강대국에 지배되고 마침내 기원 70년 로마군에게 망하고 이산의 민족이 되었다.

각지에 흩어진 유대인은 우선 스페인에 정착해서 번영했지만 15세기에 추방당했다. 또 한편 10세기 무렵 라인 지역에 정주한 유대인은 동구東歐에서 러시아로 퍼져나가 최대의 유대인 집단이 되었다. 그와 더불어 박해도 대단했으며, 게토(ghetto, shtetl, 유대 지구)에 감금된 데다가 정치적 이유가 얽혀서 대량학살(holocaust, pogrom)의 대상이 되기도 했다. 거기에서 1840년대부터 유대인의 이주가 시작되었고, 1880년대에 정점에 달했다. 현재 아메리카의 유대인의 90퍼센트는 그때의 이민의 자손이다. 벨로(Saul Bellow), 맬러머드(Bernard Malamud), 로스(Philip Milton Roth) 등이 거기에 포함된다.

유대인의 이러한 유리遊離와 비참함의 역사는 우선 아시리아(Assyria), 바빌로니아(Babylonia), 페르시아(Persia) 및 로마(Rome)라는 고대 제국의 인접국이었다는 데서 시작한다. 그리고 일상생활을 세세하게 규정한 법률을 지키는 유대교는 그 선민의식과 더불어 다신교적이고 배타적이 아닌 다른 고대 종교를 용납하지 않아서 큰 반감을 샀다. 유대교에서 출발해서 '하느님의 왕국'을 설파한 예수 그리스도를 그들의 소위 종말관적 세계에 나타나는 구세주로 인정하지 않고 십자가에 못 박았다. 이것은 그리스도교가 정신적 왕국으로 군림하게 되는 4세기 이후의 유럽에 있어서의 유대인의 입장을 지극히 곤란하게 했다.

국가적 비호를 구하지 않고 종교적 반감을 맞은 유대인은 활로를 금융업과 상업 등에서 구했고 각국에 흩어진 유대인들은 동족과 동일한 믿음의 의식에서 긴밀한 연락을 취했다. 또한 국가를 대신하는 것으로 가족혈연 관계가 중요한 역할을 했다. 그런데 특이한 신앙과 풍습에 대한 고집은 그들의 경제적 지배력과 더불어 그리스도교도의 반감을 더욱 강하게 했다. 이러한 반감은 제정 러시아에 있어서의 정정政情 불안의 희생양으로서 나치스 독일에 있어서 아우슈비츠(Auschwitz)와 부헨발트(Buchenwald)에서의 계획적 홀로코스트라는 악몽으로 이어졌다.

유럽에 있어서의 이런 박해 중에서 아메리카는 유대인에게는 소위 제2의 약속의 땅으로 보였다. 살기 힘든 본국을 버리고 아메리카의 신천지로 건너온 여러 인종의 도가니 속에서 소위 이산과 소외의 유대인이 그들이 바라던 자유와 독립을 겨우 얻게 되었다고 생각한 것도 무리는 아니다.

　19세기 중엽 이후 아메리카로 건너온 동구계 유대인 대부분은 뉴욕을 중심으로 정착했다. 거의 무일푼으로 건너온 그들의 생활이 고통스러웠다는 것은, 맬러머드(B. Malamud)의 뉴욕 유대인 거주지역에서 취재한 작품 속에서 아주 리얼하게 묘사되어 있다.

　그런데 타고난 근면과 노력, 종교적 유대감의 긴밀함, 정신적 부로서의 교육에 대한 열성 등으로 유대계 2세, 3세들은 지적 직업의 분야뿐만 아니라 당연히 경제계 등에서도 현저하게 진출하게 되었다. 그래서 1930년대에 웨스트(West)를 비롯한 유대계 작가들의 최초의 개화를 맞이하게 되었다.

　그러나 아메리카의 문학에서 유대계 작가들이 주류를 이루게 된 것은, 제2차 세계대전 후 50년대 이후였다. 이것은 1948년의 이스라엘 건국과 결코 무관하지 않다. 그 극적이고 영웅적 건국은 팔레스티나 난민 문제라는 큰 정치적, 정신적 게토를 포함하면서 이산과 박해를 견뎌온 소수민족의 긍지를 회복했다. 그것은 나치에 의한 600만의 유대인 학살이라는 인류사적 죄악의 소위 보상이라고도 할 수 있을 것이다. 그 보상은 유럽에서는 아니고 아랍 세계가 지불해야 한다는 것이 중동 불안의 불씨를 남기는 결과가 되었다.

(2) 그들의 '이산과 건국'의 이분법

　2000년에 걸친 '엑사일' 중에서 유대인의 최대 관심은 '살아남기'에 있었다. 그 때문에 유대교의 엄한 율법이 있고 동족적同族的 단결과 가족적 유대가 있었다. 역설적으로 말하면 디아스포라(Diaspora, 유대인의 이산) 속에서 유대인으로서의 민족적 자각 즉 아이덴티티가 확인되고 계승되어 왔다. 때문에 디아스포라와 이스라엘 건국은 이율배반적인 것이다.

'엑사일'은 아메리카의 건국과도 내통한다. 소위 변경정신도 그 이면과 같다. 제1차 세계대전 후의 '잃어버린 세대'도 그 파생적 현상이라고 할 수 있다. 따라서 유대계 작가들은 아메리카 사회에 내재하는 소외 상황을 본능적인 후각으로 찾아내고 그들의 심층의 혈액으로 내재하는 소외 의식에 공감할 수 있었다.

이리하여 소외감, 위화감이 유대계 작가들의 창작의 큰 동기가 된 것은 사실이다. 그래서 그들의 소외감이나 위화감을 일으키는 현실로서 앵글로 색슨계 백인 신교도 계급(White Anglo-Saxon Protestant)을 사회적 중핵으로 하는 '미국식 생활방식'이 견고하게 존재한다. 그래서 유대계 작가들의 작품의 대부분은 아메리카식 생활과 아메리카적 현실에 대한 이분법적인 원한, 비명, 패배, 타락 등을 묘사한다. 그러나 그들의 작품의 바탕에는 아메리카식 생활에 대한 신앙이 있고 그것으로의 적응과 동화의 지향하는 바가 있다.

그러나 이러한 신앙이 베트남 전쟁을 계기로 크게 동요하기 시작했다. 유대인은, 작가들을 포함해서 아메리카식 생활에로의 동화와 적응을 현시점에 두고 재검토가 부득이 필요하게 되었다. 왜냐하면 스스로의 아이덴티티의 재확인을 다시 하지 않으면 안 되었기 때문이다. 즉 유대인의 아메리카 사회로의 완전한 편입 및 이스라엘 건국에 의해서 소위 '외적인 게토'와 더불어 '내적인 게토'도 소멸했다는 역사적 현실이 유대인은 무엇인가라는 예술적이고 근원적 발상의 뿌리를 고갈시키는 것 외에는 아무것도 아니었다. 최근의 유대계 작가들의 작품이 지극히 고뇌에 가득 차게 된 이유도 바로 거기에 있다고 할 수 있다.

요컨대 유대계 작가들은 유대인적인 전통과 아메리카적 상황과의 이분법 속에서 적응과 소외, 게토 문제, 유대교 문제, 정치적 문제, 애정 문제 등을 다루어 그들의 아이덴티티 문제 회복에 번민하고 있다.

2. 아이작 B. 싱어(Isaac Bashevis Singer)(1904-1991)

싱어(Singer)는 폴란드 출신 아메리카의 유대계 소설가다. 그의 부친과 조부는 유대교의 일파로 신비주의적 경향이 있는 하시디즘(Hasidism)의 랍비였다. 이런 유대교의 영향이 그의 작품세계에 큰 영향을 끼쳤다. 그는 바르샤바 랍비 신학교에서 교육을 받았고, 토머스 만(Thomas Mann)의 《마의 산》(Der Zauberberg)을 이디시어(Yiddish)로 번역했다.

1935년에 아메리카로 이주해서 1943년에 국적을 옮겼다. 뉴욕의 유대인의 일간신문인 《이디시어 포워드 일보》(The Jewish Daily Forward)의 기자가 되어, '아이작 바쉐비스'(Isaac Bashevis)의 필명으로 칼럼니스트 생활을 했다. 바르샤바에서 출판한 초기의 작품들 외에는 거의 그의 작품은 이디시어(Yiddish)로 썼고, 유대인이라는 자기 확인의 과정과 폴란드 출신의 유대인이 가지는 이중성이 작품의 근간을 이루고 있다. 처녀소설 《고레이의 사탄》(Satan In Goray)(1955)을 쓰고 나서 20년 남짓하게 불우했지만 단편집 《바보 김펠》(Gimpel the Fool)(1957)이, 솔 벨로(Saul Bellow)에 의해 영역되어 주목을 받았다. 폴란드계의 유대인의 민화가 가지고 있는 우화적이고 환상적인 말투를 만들어내고 전통과 반전통, 육체와 정신 등 이율배반적인 것의 갈등을 다루는 그의 작품은 작자 자신과 조카의 도움으로 30권이나 영역되었고, 이디시어 최후의 대작가로 영어권에서도 인정받는다. 유대교의 전통과 근대적 사상의 대립을 다룬 《모스캣 가족》(The Family Moskat)(1950) 및 연작인 《장원》(The Manor)(1967), 《부동산》(The Estate)(1969), 방종한 생활을 보낸 여정 끝의 요술쟁이의 개심을 묘사한 《루블린의 마술사》(The Magician of Lublin)(1960), 《쇼샤》(Shosha)(1978) 등의 장편소설들이 있다. 게다가 그의 단편집은 더욱 높이 평가받는다. 〈마킷 스트리트의 스피노자〉(The Spinoza of Market Street)(1961), 〈세이앙스〉(The Seance)(1968), 〈카프카의 친구〉(A Friend of Kafka)(1970), 〈정열〉(Passions)(1975) 등 47편을 수록한 《단편전집》(The Collected Stories)(1982) 등 많다. 그 외에도 자전풍의 《내 아버지의 코트에서》(In My Father's Court)(1966), 《어린 소년이 하느님을 찾아서》(A Little Boy in Search of God)(1976), 《젊은이가 사랑을 찾아서》(A Young Man in Search of Love)(1978), 《아메리카에서 떠돌면서》(Lost in America)(1981), 그리고 아동취미의 《두려운 여관》(The Fearsome Inn)(1967), 《노아가 비둘기를 선택한 이유는》(Why Noah Chose the Dove)(1974) 등이 있다. 1978년에 노벨 문학상을 받았다.

3. 《적들, 어느 사랑이야기》(Enemies, A Love Story)

싱어(Singer)는 유다이즘의 전통을 강하게 이어받은 한편, 지극히 인간적인 이야기로 인해 유대인 외의 많은 사람들에게도 공감을 준다. 그의 작품은 성격이나 모티브에 대한 추구보다는 다양한 사회생활을 뛰어난 센스로 꾸준히 설명해 주는 것이 전부다.

여기에 소개하는 《적들, 어느 사랑이야기》는 그의 그러한 세계를 잘 그려놓은 작품이다. 그리고 그는 벨로(Saul Bellow) 등 많은 유대인 작가들이 활약하는 미국 문단에서도 독특한 존재로 높이 평가를 받아 왔다.

이 작품의 주인공인 허먼 브로더(Herman Broder)는 철학이나 종교에 대해서, 그것은 언제나 성性에 기초를 두고 "먼저 육욕이 있었다. 인간뿐만 아니라 하느님에게도 원칙은 우선 욕망이었다"(2:4) 라고 중얼거렸다. 이 인용문은 이 작품의 주제를 완벽하게 표현했다고 볼 수 있다. 이 작품을 그의 다른 것과 다르게 만드는 것은 스토리텔러의 대가로서 낡은 주제를 새롭게 구현시킨 점이다. 즉 스토리의 팬터시즘이다.

허먼 브로더의 가족은 폴란드(Poland)에서의 나치의 홀로코스트(holocaust) 속에서 숙청당했는데 그는 3년 동안 어느 마을의 건초 다락방에 숨어서 죽음을 모면한다. 그는 현재는 미국으로 이주해서 브루클린(Brooklyn) 지역에 있는 코니 아일랜드(Coney Island)의 한 아파트에서 두 번째 부인 야드비가(Yadwiga)와 함께 살고 있다.

이 부인은 과거 허먼(Herman)의 도망을 도와준 폴란드계 소작인의 딸이다. 한편, 미녀 마샤 토트샤이너(Masha Tortshiner)는 허먼과 깊은 관계를 맺고 있는 정부情婦다. 그녀는 자기 남편과는 별거 중이면서도 허먼의 정기적인 방문을 받아들인다. 야드비가는 허먼이 서적 판매원이라고 믿고 있다. 그는 자주 서적 판매 여행을 하기 때문이다. 그러나 허먼은 사실은 다이나믹한 랍비 램퍼트에게 대작자代作者로 고용되어 생활비를 번다.

자기의 첫 번째 부인이었고, 과거에 죽었다고 믿었던 타마라(Tamara)가 생존해 있고 현재는 아메리카에 있다는 소식을 허먼은 갑자기 듣는다. 세 여자들은 머지않아 허먼의 생활에서 각자의 역할에 대한 사실을 서로 알게 된다. 타마라, 야드비가 그리고 마샤는 각자가 그 딜레마에 대한 해결책을 내놓는다. 허먼만이 해결책이 없다. 이것이 세 사람 아니―네 사람의 '사랑 이야기'―'적들'이다.

분위기와 배경은 새롭고 스타일은 분명히 작가 싱어의 나름대로의 문체다. 예를 들면, "허먼은 지하실로 내려가 세탁기 구멍으로부터 자기의 속옷가지가 빙빙 돌고 있는 것을 보았다. 물은 거품을 내뿜고 철벅거리고 있었다. 허먼에게는 이들 생명이 없는 것들 ― 물이나 비누, 탈색제 따위 ― 이 인간과 인간이 그들을 제어하는 인간의 힘에 대해 화를 내고 있는 것처럼 보였다."(6장 1)

싱어의 작품은 두 가지의 경향으로 나누어 볼 수 있다. 하나는 《깃털의 왕관》(A Crown of Feathers)으로 대표되는데, 옛날의 유럽에서 숨 막히는 생활을 한 유대인과 요괴妖怪의 세계를 묘사한 것이고, 또 하나는 《적들, 어느 사랑이야기》(Enemies, A Love Story)로 대표되는, 20세기의 아메리카의 물질만능처럼 보이는 냉혹한 사회 속에서 방황하면서 묵살 당하는 유대인을 묘사한 것이다.

우수한 작가는 한 가지밖에는 노래하지 않는다고 한다. 이런 문학의 상식에 반하는 이 사건은, 싱어가 경험한 그 파란 많은 풍부한 인생과 관계가 있다고 보여진다.

그는 1904년에 바르샤바 근교의 마을에서 태어난 이래 30년이나 폴란드에서 지냈다. 1934년 그는 나치를 두려워하여 아메리카로 망명했다. 그 이후 40여년 이상을 아메리카에서 지냈다. 그 후 망명하고부터 본격적으로 작품 활동을 시작, 동유럽에 흩어져 사는 유대인들의 빈곤과 박해, 그리고 망국의 한을 안은 채 쓸쓸하게 살아가는 그들의 생활과 경건하고 장엄한 유대인의 종교의식을 인상 깊게 묘사했다.

구대륙의 싱어로부터 생겨난 대표작이 《깃털의 왕관》이라면 신대륙의 싱어로부터 생긴 대표작이 《적들, 어느 사랑이야기》라고 할 수 있다. 여기서 신대륙이란 유럽과 아메리카를 합친 것일 것이다. 이것은 동일한 유대계 작가들, 맬러머드(Malamud), 솔 벨로(Saul Bellow) 등의 작품과 비교해보면 현저하게 구별되는 싱어의 특징이다.

이 '유럽+아메리카'를 배경으로 처음 나타낸 작품이 1973년의 《적들, 어느 사랑이야기》(Enemies, A Love Story)이다. 이것은 싱어가 유럽을 떠난 지, 40여년이나 지나고 나서 처음으로 쓴 작품이다. 그 자신이 70세가 가까워지고 나서다. 여태까지 싱어는 구세계의 요괴의 세계밖에 묘사하지 않았다고 믿는 독자는 이 변신에 당황하게 될 것이다.

이 작품에서의 또 하나의 특징은 싱어는 유대인적인 전통과 아메리카적인 상황과의 이분법 속에서 남녀간의 성 모럴도 다루고 있다는 것이다.

　허먼은 상황이야 어쨌든 그들의 전통인 다처제에 따라 세 여자를 상대한다. 그런데 허먼의 애정 모럴은 유대인의 전통을 따라, 무척 엄격해서 흔히 새벽까지 이어지는 의식으로 생각했다. 마치 그 관계는 새벽까지 이집트를 탈출한다고 하는 기적을 이룬 옛날의 그들의 조상들의 사건과 연상시켰다(2:4). 또 한편으로는 애정을 스포츠와 연관시켜 허먼은 이야기한다(3:3). 이런 두 가지의 상황적 이분법 즉 전통과 현실 속에서 마침내 허먼은 세 여자들을 버린다. 그러나 그녀들은 머지않아 허먼의 생활에서 각자의 역할에 대한 사실을 서로 알게 된다. 타마라, 야드비가 그리고 마샤는 각자가 그 딜레마에 대한 해결책을 내놓는다. 그러나 허먼에게만은 아무런 해결책이 없다. 이것이 《적들, 어느 사랑이야기》다. 여기에 바로 유대계 작가인 싱어의 애정 문제의 아이덴티티 회복에 번민이 있다고 할 수 있다.

　싱어가 오랫동안 빛을 보지 못한 이유 중의 하나는 그의 작품이 모두 유대인의 말인 이디시어로 쓰여졌기 때문이다. 게다가 그는 폴란드의 바르샤바 근교의 작은 마을에서 태어나 나치의 압박을 두려워하여 아메리카로 도망하기까지 30년 동안 폴란드에서 살았다. 유대인이 많은 그 지역에서 이디시어는 큰 인구를 가진 언어지만 정작 미국에 와서 보면 살아있는 언어치고는 이 세상에서 사라진 언어나 매한가지라는 것을 알 수 있었다.

　영어의 나라인 아메리카의 한복판에서 영어 외의 국어가 사멸해가는 것은 당연하다. 뉴욕에서 나오는 이디시어의 신문인 《이디시어 포워드 일보》(The Jewish Daily Forward) 는 9만명의 독자를 가지고 있고 그 중의 2만명 정도가 연재되는 싱어의 소설을 읽었다고 한다. 그러나 그 독자들도 해가 거듭 지나갈수록 나이를 먹고 죽는다. 젊은이들은, 사라져 가는 말 따위를 돌아다보지 않는다. 이리하여 싱어의 문학은 눈부시고 강렬한 아메리카의 현실에서 떨어져버린다. 그러나 그것이 오히려 순수한 싱어의 세계를 지켜준다. 그것은 고향인 폴란드의 희미한 어두운 민화의 세계이고 남의 밑에서 고생만 하는 사람들의 선량한 서정의 세계이기 때문일 것이다.

  방해하는 것이 없는 것처럼 보이는 자국의 번영이 일단 끝나고 프런티어 정신도 없어진 것을 인식할 때 아메리카인들은 비로소 자기들의 눈앞에 쭈그리고 앉은 그 희미한 어두운 세계가 생각날 것이다. 아메리카 문학과 영화가 절망과 좌절을 그리기 시작했다.
  싱어의 소설은 전부 이디시어로 썼기 때문에 영어판은 모두 이디시어로부터의 번역이다. 그러나 영문은 자신이나 싱어와 공역의 형식으로 되어 있어서 싱어의 원작이라고 해도 좋을 정도로 우수하다고 할 수 있다.

옮긴이 소개
김회진(金會珍)
고려대학교 영문학과 및 동 대학원 졸업.
미국 Southeastern Oklahoma Univ. 대학원 수학.
건국대학교 대학원 문학박사 취득.
현재 서울시립대학교 영문학과 명예교수,
영국 토머스 하디 학회 회원.
저서로《영국문학사》(와이제이 물산),《영미문학의 이해》(한신문화사)
《영문학의 흐름》,《영미문학 개론》(집문당) 등이 있으며,
번역서로는《동물농장》,《노인과 바다》,《1984년》,
《더버빌가의 테스》,《토머스 하디 단편선》,
《비운의 주드》,《광란의 무리를 멀리하고》,《숲속에 사는 사람들》,
《인생의 작은 아이러니들》(영풍문고) 외 다수가 있음.

적들, 어느 사랑이야기

1978년 10월 25일 초판 1쇄 발행
2005년 5월 15일 2판 1쇄 발행

지은이 아 이 작 싱 어
옮긴이 김 회 진
펴낸이 윤 형 두
펴낸데 범 우 사

출판등록 1966. 8. 3 제 406-2003-048호
(413-832) 경기도 파주시 교하읍 문발리 525-2
대표전화 (031)955-6900, FAX (031)955-6905

* 파본은 교환해 드립니다.   교정·편집/김혜연·김영석·왕지현
* 책값은 뒤표지에 있습니다

ISBN 89-08-07202-0 04840 (홈페이지)http://www.bumwoosa.co.kr
      89-08-07000-1 (세트) (E-mail)bumwoosa@chol.com

당신의 서가에 세계 고전문학을…

범우비평판 세계문학선

세르반떼스의 《돈 끼호떼》
발간 400주년 기념!!

❶ 토마스 불핀치
- 1-1 그리스·로마 신화 최혁순 값 10,000원
- 1-2 원탁의 기사 한영환 값 10,000원
- 1-3 샤를마뉴 황제의 전설 이성규 값 8,000원

❷ 도스토예프스키
- 2-1,2 죄와 벌(상)(하) 이철(외대 교수) 각권 9,000원
- 2-3,4,5 카라마조프의 형제(상)(중)(하)
  김학수(전 고려대 교수) 각권 9,000원
- 2-6,7,8 백치(상)(중)(하) 박형규 각권 7,000원
- 2-9,10,11 악령(상)(중)(하) 이철 각권 8,000원

❸ W. 셰익스피어
- 3-1 셰익스피어 4대 비극
  이태주(단국대 교수) 값 10,000원
- 3-2 셰익스피어 4대 희극 이태주 값 10,000원
- 3-3 셰익스피어 4대 사극 이태주 값 12,000원
- 3-4 셰익스피어 명언집 이태주 값 10,000원

❹ 토마스 하디
- 4-1 테스 김회진(서울시립대 교수) 값 10,000원

❺ 호메로스
- 5-1 일리아스 유영(연세대 명예교수) 값 9,000원
- 5-2 오디세이아 유영 값 9,000원

❻ 밀 턴
- 6-1 실낙원 이창배(동국대 교수) 값 10,000원

❼ L. 톨스토이
- 7-1,2 부활(상)(하) 이철(외대 교수) 각권 7,000원
- 7-3,4 안나 카레니나(상)(하) 이철 각권 12,000원
- 7-5,6,7,8 전쟁과 평화 1,2,3,4
  박형규 각권 10,000원

❽ 토마스 만
- 8-1 마의 산(상) 홍경호(한양대 교수) 값 9,000원
- 8-2 마의 산(하) 홍경호 값 10,000원

❾ 제임스 조이스
- 9-1 더블린 사람들·비평문 김종건(고려대 교수) 값 10,000원
- 9-2,3,4,5 율리시즈 1,2,3,4 김종건 각권 10,000원
- 9-6 젊은 예술가의 초상 김종건 값 10,000원
- 9-7 피네간의 경야(抄)·詩·에피파니
  김종건 값 10,000원
- 9-8 영웅 스티븐·망명자들 김종건 값 12,000원

❿ 생 텍쥐페리
- 10-1 전시 조종사(외) 조규철 값 8,000원
- 10-2 젊은이의 편지(외) 조규철·이정림 값 7,000원
- 10-3 인생의 의미(외) 조규철(외대 교수) 값 7,000원
- 10-4,5 성채(상)(하) 염기용 값 8,000원~10,000원
- 10-6 야간비행(외) 전채린·신경자 값 8,000원

⓫ 단테
- 11-1,2 신곡(상)(하) 최현 값 9,000원

⓬ J. W. 괴테
- 12-1,2 파우스트(상)(하) 박환덕 값 7,000원~8,000원

⓭ J. 오스틴
- 13-1 오만과 편견 오화섭(전 연세대 교수) 값 9,000원
- 13-2,3 맨스필드 파크(상)(하) 이옥용 값 10,000원

⓮ V. 위 고
- 14-1,2,3,4,5 레 미제라블 1~5 방곤 각권 8,000원

⓯ 임어당
- 15-1 생활의 발견 김병철 값 12,000원

⓰ 루이제 린저
- 16-1 생의 한가운데
  강두식(전 서울대 교수) 값 7,000원

⓱ 게르만 서사시
- 17 니벨룽겐의 노래
  허창운(서울대 교수) 값 13,000원

⓲ E. 헤밍웨이
- 18-1 누구를 위하여 종은 울리나
  김병철(중앙대 교수) 값 10,000원
- 18-2 무기여 잘 있거라(외) 김병철 값 12,000원

⓳ F. 카프카
- 19-1 성(城) 박환덕(서울대 교수) 값 10,000원
- 19-2 변신 박환덕 값 10,000원
- 19-3 심판 박환덕 값 8,000원
- 19-4 실종자 박환덕 값 9,000원
- 19-5 어느 투쟁의 기록(외) 박환덕 값 12,000원
- 19-6 밀레나에게 보내는 편지 박환덕 값 12,000원

⓴ 에밀리 브론테
- 20-1 폭풍의 언덕 안동민 값 8,000원

㉑ 마가렛 미첼
- 21-1,2,3 바람과 함께 사라지다(상)(중)(하)
  송관식·이병규 각권 10,000원

㉒ 스탕달
- 22-1 적과 흑 김붕구 값 10,000원

㉓ B. 파스테르나크
- 23-1 닥터 지바고 오재국(전 육사 교수) 값 10,000원

㉔ 마크 트웨인
- 24-1 톰 소여의 모험 김병철 값 7,000원
- 24-2 허클베리 핀의 모험 김병철 값 9,000원
- 24-3,4 마크 트웨인 여행기(상)(하) 박미선 각권 10,000원

작품론을 함께 묶어 38년 동안 일궈낸 세계문학전집!

대학입시생에게 논리적 사고를 길러주고 대학생에게는 사회진출의 길을 열어주며,
일반 독자에게는 생활의 지혜를 듬뿍 심어주는 문학시리즈로서
범우비평판은 이제 독자여러분의 서가에서 오랜 친구로 늘 함께 할 것입니다.

㉕ 조지 오웰 25-1 동물농장·1984년 김회진 값 10,000원
㉖ 존 스타인벡 26-1,2 분노의 포도(상)(하) 전형기 각권 7,000원
　　　　　　　 26-3,4 에덴의 동쪽(상)(하)
　　　　　　　　　　이성호(한양대 교수) 각권 9,000~10,000원
㉗ 우나무노 27-1 안개 김현창(서울대 교수) 값 7,000원
㉘ C. 브론테 28-1,2 제인 에어(상)(하) 배영герман 각권 8,000원
㉙ 헤르만 헤세 29-1 知와 사랑·싯다르타 홍경호 값 9,000원
　　　　　　　 29-2 데미안·크눌프·로스할데 홍경호 값 9,000원
　　　　　　　 29-3 페터 카멘친트·게르트루트
　　　　　　　　　　박환덕(서울대 교수) 값 9,000원
　　　　　　　 29-4 유리알 유희 박환덕 값 12,000원
㉚ 알베르 카뮈 30-1 페스트·이방인 방곤(경희수) 값 9,000원
㉛ 올더스 헉슬리 31-1 멋진 신세계(외) 이성4·허정해 값 10,000원
㉜ 기 드 모파상 32-1 여자의 일생·단편선 이정림 값 10,000원
㉝ 투르게네프 33-1 아버지와 아들 이철 값 9,000원
　　　　　　　 33-2 처녀지·루딘 김학수 값 10,000원
㉞ 이미륵 34-1 압록강은 흐른다(외)
　　　　　　　　정규해(성신여대 교수) 값 10,000원
㉟ T. 드라이저 35-1 시스터 캐리 전형개(한양대 교수) 값 12,000원
　　　　　　　 35-2,3 미국의 비극(상)(하) 김병철 각권 9,000원
㊱ 세르반떼스 36-1 돈 끼호떼 김현창(서울대 교수) 값 12,000원
　　　　　　　 36-2 (속)돈 끼호떼 김현창(서울대 교수) 값 13,000원
㊲ 나쓰메 소세키 37-1 마음·그 후 서석연 값 12,000원
㊳ 플루타르코스 38-1~8 플루타르크 영웅전 1~8
　　　　　　　　　　김병철 각권 8,000원~9,000원
㊴ 안네 프랑크 39-1 안네의 일기(외)
　　　　　　　　　김남석·서석연(전 동국대 교수) 값 9,000원
㊵ 강용흘 40-1 초당 장문평(문학평론가) 값 10,000원
　　　　　　　 40-2 동양선비 서양에 가시다
　　　　　　　　　　유영(연세대 교수) 값 12,000원
㊶ 나관중 41-1~5 원본 三國志 1~5
　　　　　　　　황병국(중국문학가) 값 10,000원
㊷ 귄터 그라스 42-1 양철북 박환덕(서울대 교수) 값 10,000원
㊸ 아쿠타가와류노스케 43-1 아쿠타가와 작품선
　　　　　　　　　진웅기·김진욱(번역문학가) 값 10,000원
㊹ F. 모리악 44-1 떼레즈 데께루·밤의 종말(외)
　　　　　　　　전채린(충북대 교수) 값 8,000원

㊺ 에리히 M. 레마르크 45-1 개선문 홍경호(한양대 교수·문학박사) 값 12,000원
　　　　　　　 45-2 그늘진 낙원
　　　　　　　　　　홍경호·박상배(한양대 교수) 값 8,000원
　　　　　　　 45-3 서부전선 이상없다(외)
　　　　　　　　　　박환덕(서울대 교수) 값 12,000원
㊻ 앙드레 말로 46-1 희망 이가형(국민대 대우교수) 값 9,000원
㊼ A. J. 크로닌 47-1 성채 공문혜(번역문학가) 값 9,000원
㊽ 하인리히 뵐 48-1 아담 너는 어디 있었느냐(외)
　　　　　　　　　홍경호(한양대 교수) 값 8,000원
㊾ 시몬느 드 보봐르 49-1 타인의 피 전채린(충북대 교수) 값 8,000원
㊿ 보카치오 50-1,2 데카메론(상)(하)
　　　　　　　　한형곤(외국어대 교수) 각권 11,000원
51 R. 타고르 51-1, 고라 유영(연세대 명예교수) 값 13,000원
52 R. 롤랑 52-1~5, 장 크리스토프
　　　　　　　　김창석(번역문학가) 값 12,000원
53 노발리스 53-1 푸른 꽃(외) 이유영(전 서강대 교수) 값 9,000원
54 한스 카로사 54-1 아름다운 유혹의 시절 홍경호 값 10,000원
　　　　　　　 54-2 루마니아 일기(외) 홍경호 값 10,000원
55 막심 고리키 55-1 어머니 김현택 값 13,000원
56 미우라 아야코 56-1 빙점 최현 값 13,000원
　　　　　　　 56-2 (속)빙점 최현 값 13,000원
57 김현창 57-1 스페인 문학사 값 15,000원

(全册 새로운 편집·장정 / 크라운변형판)

범우사 www.bumwoosa.co.kr TEL 02)717-2121